文春文庫

復讐はお好き？

カール・ハイアセン
田村義進訳

文藝春秋

ウォーレン・ジヴォンの思い出に

覚書

エッシャー・ニューバーグ、マイアミ・ヘラルド紙のリズ・ドノヴァン、スポーツ・イラストレーティッド誌のボブ・ロウ、バール・ジョージ、ナサニエル・リード、ショーン・サベッジ、マイク・コリンズ警部、神秘的なソニー・メイタ、頑固な妹のバーブ、大いなる妻のフェニア、エヴァーグレーズの多くの無名の英雄のひとりドクター・ジェリー・ロレンツの助言と熱意と才能に最大級の謝辞を贈る。

本書はフィクションである。すべての名前、登場人物は架空のものであり、恣意的に使われている。ここに描かれている出来事はおおむね想像の産物だが、フロリダのエヴァーグレーズの破壊とその再生のための八十億ドルの資金投入はまぎれもない事実である。

復讐はお好き?

主な登場人物

ジョーイ・ペローネ……………本編の主人公　夫に殺されかけた女
チャズ・ペローネ……………ジョーイの夫　海洋生物学者
ミック・ストラナハン……………元検察局捜査官　島でひとり暮らし
ストラム……………ミックの飼っているドーベルマン
カール・ロールヴァーグ……………刑事　ニシキヘビ二匹を飼っている
ガーロ……………ロールヴァーグの上司　警部
レッド・ハマーナット……………悪徳農園主　チャズの雇い主
トゥール……………毛むくじゃらの大男　チャズの護衛役
リッカ……………チャズの愛人
ローズ・ジュエル……………ジョーイの読書クラブの仲間
モーリーン……………病気療養中の老女
コーベット・ウィーラー……………ジョーイの兄　ニュージーランド在住
キッパー・ガース……………ミックの妹の夫　弁護士
ベンジャミン・ミデンボック……………ジョーイの前夫　死亡

1

冷たい四月の夜の十一時の鐘の音とともに、ジョーイ・ペローネは豪華客船サン・ダッチス号のデッキの手すりを越えた。暗い大西洋に向かって落ちていきつつも、呆気《あっけ》にとられるほうが先でパニックになることはなかった。

とんでもない男と結婚してしまった。と思った瞬間、頭から海に突っこんでいた。

そのときの衝撃で、シルクのスカートも、ブラウスも、パンティーも、腕時計も、サンダルもみんな身体から剝ぎとられてしまった。でも、意識も判断力も残っている。そりゃそうよ。夫はすっかり忘れてしまっているようだけど、大学時代は水泳部の副キャプテンとして鳴らしたのだから。

泡立つ航跡のなかで揺れながら、ジョーイはサン・ダッチス号のまばゆい明かりが二十ノットの速度で遠ざかっていくのを見つめた。乗客二千四十九名のうち、何が起きたのかを知っている者はどうやらひとりしかいないようだ。話がそこから誰かに伝わることはない。

アンチクショー。

ブラジャーが腰までずり落ちていたので、身体をよじって取る。西の方向には、琥珀色《こはくいろ》の柔らかい光の下に、フロリダの海岸が見える。ジョーイは泳ぎはじめた。

メキシコ湾の水は外気より温かいが、北東からの強風のせいで、波は荒くて高い。大事なのはマイペースで泳ぐこと。鮫のことはなるだけ考えないようにしよう。そのために、ジョーイはこの一週間の船の旅での主だった出来事を思いかえすことにした。それは終わったときと同様、予期せぬ出来事で始まった。

サン・ダッチス号はエヴァーグレーズ港を三時間遅れで出航した。ペストリー・ショップの厨房で、凶暴なアライグマが見つかったからだ。シェフがつかまえて、グアバ・カスタードの六十ガロン缶に入れようとしたが、アライグマはその顔を引っ掻いて逃げ、船底に姿を隠してしまった。それで、ブロワード郡の動物管理局の捕獲チームが、保健調査官や救急隊員とともにやってきた。船外に避難した乗客たちには、口汚しとしてラム酒とカナッペがふるまわれた。

ふたたび船に乗りこもうとしたとき、タラップですれちがった動物管理局の職員は手に何も持っていなかった。

「どうやらつかまらなかったみたいね」ジョーイは小声で夫に言った。たしかにいい迷惑ではあった。でも、心のなかではアライグマを応援している。

「狂犬病にかかってるのかもしれないぜ」夫は訳知り顔で答えた。「ちょっとでも引っ掻かれたら、損害賠償訴訟を起こして、クルーズ会社を乗っとってやる」

「やめてよ、チャズ」

「そうなったら、ぼくのことをオナシスと呼んでくれ。あれっ。冗談だと思ってるのかい」

サン・ダッチス号は全長八百五十五フィート、総重量七万トン強。キャビンに置いてあったパンフレットには、そう書いてあった。寄港地はプエルトリコ、ナッソー、そしてバラバラ死体になったヘロインの密売人の未亡人からクルーズ会社が買った（と噂されている）バハマのプライベート・アイランド。最後にキー・ウェストに寄って、フォート・ローダーデールに帰ることになっている。

船旅の話を持ちだしたのはチャズだ。結婚記念日のプレゼントということだった。そのくせ、チャズは第一日目からゴルフばかりしていた。船尾のデッキにゴルフの練習場があり、海に向かってボールを打ちこめるようになっているのだ。アホらしいことに、サン・ダッチス号にはゴルフの練習場だけでなく、ロッククライミング用の壁やスカッシュのコートまであった。そんなことはボカ・ラトンにいたってできる。

それ以上に馬鹿げているのが日焼けサロンだ。曇りの日には大入り満員になる。小麦色や褐色の肌を七日間のトロピカル・クルーズのあかしとしたいということだろう。

が、結果的には、ロッククライミング用の壁や、二レーンのボウリング場を含むすべてのアメニティーを利用することになった。ほかにすることといったら、気分が悪くなるくらい食べたり飲んだりすることしかない。鯨飲馬食は船の旅の定めだ。サン・ダッチス号は二十四時間営業のロブスター＆ステーキ・ビュッフェを売りにしている。チャズはそこでいったい何時間過ごしたことか。

ブタめ。ジョーイは心のなかでつぶやきながら、泳ぐのをやめ、首のまわりでクリスマス・リースのようになっているヌメヌメの海草を払いのけた。

サン・ダッチス号の寄港地は毎朝変わったが、町並みやマーケットはすべて同じフランチャイズの経営かと思うほど変わりばえがしなかった。だったら、せめてその土地の民芸品をと思ったが、そのほとんどがメイド・イン・シンガポールやメイド・イン・コリア。マニキュア液を塗った貝殻細工や、ヘンリー王子の顔が描かれたココナツの殻を買って、どうしろっちゅうのか。

観光客という役まわりは次第に耐えがたいものになっていき、最後の楽しみはクルーズ会社のパンフレットに大書されていた〝手つかずのプライベート・アイランド〟だけになった。そこはほばかりもなく〝歓喜の小島《ラプチャー・キー》〟と名づけられていたが、行ってみると、なんてことはない。ほとんどなんの手入れもされておらず、そこに生息する動物はといえば、かつて食料用に飼われていた鶏やヤギや野豚の生き残りくらい。砂糖菓子のように白い浅瀬には、密輸用の飛行機の残骸が散乱し、すべての木が伐採されたビーチには、四五口径の薬莢《シェル》が落ちていた。

「ぼくはジェットスキーを借りてくる」とチャズは言い、

「わたしは木陰を探すわ。本の続きが読みたいの」とジョーイは言った。

ふたりの距離は開いたままで縮まることはなかった。船がキー・ウェストに着くころには、寝ているとき以外にいっしょに過ごすのは一時間だけになり、そのあいだはセックスをしているか、口論をしているかのどちらかだった。家にいるのとまったく同じだ。

ちっともロマンチックじゃない。ジョーイは思ったが、残念ながら、さほどに悲しみは感じなかった。

チャズが〝気晴らしに〟と言ってマロリー広場にいそいそと出かけていったときには、ふとした出来心から浮気をしてやろうと思った。お相手はティコという野性的なペルー人のキャビン・アテンダントだ。だが、結局は途中で面倒くさくなり、肩すかしを食らった若いペルー人の頰に軽いキスをして、五十ドルのチップを渡しただけ。夫がしばしば（おそらくはこの旅行中にも）浮気をしていることはわかっている。だが、腹いせに何かをしてやろうと思うほど夫への気持ちは強くなかった。

船に戻ってきたあとのチャズは、ハイになったオウムのように饒舌だった。

「なんだか怪しい雲行きだな。間違いない。もうすぐ雨が降ってくる」その口調にはなぜか嬉しそうな響きがあった。

「今夜はゴルフはしないってことね」

「デュバル通りにはTシャツ屋が二十六軒もあった。ヘミングウェイが頭をぶち抜きたくなるわけだ」

「場所がちがうわ。それはアイダホよ」

「メシにしないかい。鯨でも平らげることができそうだ」

ディナーの席で、チャズはしきりにワインをすすめ、いくら断わっても、せっせとおかわりを注ぎつづけた。いまはその理由がよくわかる。

アルコールのせいで身体がだるい。最初はストロークもキックも強く、波をものともしなかったが、いまはリズムもスタミナも急速に失われつつある。ここはUCLAの温水プールではない。大いなる大西洋なのだ。まぶたをいくら指で押しても、塩のために目は焼けるように痛い。

ジョーイは思った。わたしは愛されていなかったのね。でも、こんなバカげたことってあり?

手すりの前で、チャズ・ペローネは頭を小さく横に傾け、鷺《さぎ》のように微動だにせずに耳をすませていた。だが、水しぶきの音は聞こえなかった。耳朶《じだ》に達するのは、眠気を誘う船の低い機関音だけだった。

当初の計画ではここでやることにはなっていなかった。もっと早い段階でやる予定だった。たとえば、ナッソーとサンファンのあいだとか。そうしたら、海流は死体をキューバ海域に運んでくれる。アメリカの関係当局の権限はそこまで及ばない。

そのまえに人食い鮫に発見される可能性もある。

けれども、出航以来ずっと好天が続き、夜のデッキはほろ酔いのカップルでいつもいっぱいだった。今回の計画でいちばん大事なのは、誰にも見られないようにすることなのだ。今回は諦めたほうがいいかもしれない。そう思いかけたとき、雨が降りはじめた。キー・ウェストを発った三時間後のことで、小ぬか雨程度だったが、それでもデッキの乗客を屋内のロブスター・サラダやポーカーゲーム・マシーンに向かわせるには充分だった。

二番目に大事なのは不意をつくことだ。女房は日ごろから身体を鍛えているが、こっちはブヨブヨで、体力にはまるで自信がない。それで、星を見ようと言ってデッキに連れだすまえに、赤ワインをたっぷり飲ませた。数えたら、グラス四杯半までいった。いつもは二杯も飲めば、コックリコックリしはじめる。

船尾の手すりのほうに向かって歩きながら、ジョーイは訝《いぶか》しげに言った。「雨が降ってるわ、チャズ」

ジョーイが訝るのも無理はない。チャズは雨に濡れるのを極端に嫌っていて、家には傘が八本もある。

チャズは妻の肘から手を離さず、聞こえなかったふりをして歩きつづけた。「腹具合がどうもおかしい。この季節に生魚料理《セビーチェ》を出すバカがどこにいる。そう思わないかい」

「なかに入りましょ」

チャズは紺のブレザーのポケットからキャビンの鍵をそっと取りだし、きれいに磨かれた甲板の上にわざと落とした。「おっと」

「寒くなってきたわ、チャズ」

「部屋の鍵を落としてしまったようだ」

チャズはしゃがんで、鍵を探した。少なくともジョーイはそう思ったはずだ。

足音をつかんだとき、ジョーイがなんと思ったかを知るすべはない。おそらく、なにふざけてんのよ、ぐらいだろう。

梃子《てこ》の原理の応用で、身体を手すりの向こう側に放り投げるのは簡単だった。あっという間の出来事だったので、ヒーッという声さえあがらなかった。

水しぶきの音は聞けるものなら聞きたかった。それは結婚と犯罪の小さな終止符になる。だが、水面までの距離は短くない。

下を覗いてみたが、白い波と泡が船の明かりにきらきら光っているだけだった。ほっとしたことに、サン・ダッチス号は何ごともなかったかのように航海を続けている。警笛も鳴っていない。

チャズは鍵を拾って、急いでキャビンに戻った。ドアに錠をおろし、ブレザーをハンガーにかけると、ワインの栓をあけて、ふたつのグラスに注ぎ、どちらも半分だけ飲んだ。

ベッドの上には、ジョーイのスーツケースが開いて置かれている。荷づくりをしているところだったのだ。それを床に降ろし、自分のスーツケースをあけて、胃薬を探す。丁寧に折りたたまれたトランクスの下に（ジョーイが整理整頓のチャンピオンであることは認めざるをえない）、タータンチェックの包装紙に緑のリボンがかけられた箱があった。なかを見ると、革のゴルフクラブ・カバーが入っていた。C・R・Pというチャズのイニシャルが型押しされた高級品で、カードが添えられている。〝結婚二周年を祝して。変わらぬ愛を。ジョーイ〟

シルクのように滑らかなカーフスキンを見ているうちに、胃から苦い思いがこみあげてくるのを感じた。だが、それは一瞬のことで、もしかしたら胃酸のせいかもしれない。たしかにできた女房だった。それは間違いない。だが、いかんせん、あまりにも目ざとすぎた。

捜索願いを出すのはいまからちょうど六時間後だ。

チャズは服を脱いで、部屋の隅に放り投げた。スーツケースとは別に持ってきた小さなバッグのなかには、ペーパーバックの『ボヴァリー夫人』が入っている。それを取りだすと、適当なページを開いて、ジョーイの側のナイトスタンドの上に置く。

あとは目覚まし時計をセットして、頭を枕に沈め、眠りにつくだけだ。

メキシコ湾流によって、ジョーイの身体は四ノット近い速さで北へ押し流されている。このままでは、腐乱死体になってノース・カロライナの砂州に打ちあげられることになる。

だけど、神さま、力が出ない。

ワインのせいだ。わたしはアルコールに超弱い。チャズはそのことを知っていた。最初から計算に入っていたのだ。海に落ちたとき、足の骨を折るか、意識を失うと思っていたのだろう。だが、そうならなかったとしても、気にすることはない。陸は何マイルも離れている。漆黒の海は死ぬほど怖い。捜しても、見つけることはできない。日が昇るまでに、間違いなく力尽きて溺れ死ぬ。

そんなふうに読んでいたのだろう。

あらためて考えてみると、女房のUCLA時代の話をチャズが忘れていたとは思えない。海に落ちたときに、意識を失っていなかったら、泳ぎだすということは最初から織りこみずみだったにちがいない。いや、むしろそうすることを願っていたのかもしれない。女房の向こう意気の強さが命取りになると踏んでいたということだ。おとなしく波間に浮かび、日の出まで体力を温存していたら、通りかかった船に見つけられる可能性もなくはなかっただろう。

ナニやってんだか。

一度、タンカーが月を遮るくらいの距離まで近づいたことがある。暗く、ずんぐりした船影は、両端が垂直に切り立っていて、横倒しになった高層ビルのように見えた。手を振り、声を限りに叫んだが、いかんせんエンジン音には勝てなかった。船は轟音と異臭を残して去り、ジョーイはまた泳ぎはじめた。

爪先に始まった疼痛が、少しずつ上にあがってきて、脚全体に拡がっていく。こむらがえりなら驚かないが、このような感覚ははじめてだ。水の上に顔を出しているのもきつい。脚もいつのまにかキックするのをやめている。平泳ぎに切り替えても、脚はちぎれたケーブルのようにのびきっている。

わたしがいったい何をしたっていうの。結婚してまだ二年しかたってないというのに。

死のことを考えないようにするため、チャズに嫌われる理由を頭のなかで箇条書きにしてみた。

一、チキンに火を通しすぎること（子供のころからサルモネラ菌を恐れていたから）。

二、毎晩、かすかに殺虫剤の匂いがするフェイス・クリームを使っていたこと。

三、テレビでホッケーの試合をやっているとき、たとえそれがプレーオフであっても、よく居眠りをしたこと。

四、インターステート95やサンシャイン・ステート・パークウェイなど制限速度が五十マイル以上のところでは、運転中のフェラチオを拒んだこと。

五、虫の居所が悪かったときには、テニスの試合でチャズをいつもコテンパンに打ち負かしていたこと。

六、チャズが好きなジョージ・ソログッドのＣＤをときどき〝どこかに置き忘れた〟こと。

七、チャズのお気にいりの美容師と3Pをしたいという願望をかなえてやらなかったこと。
八、週に一回の読書サークルの会合に参加していたこと。
九、チャズより多くのお金を持っていること。
十、歯みがき粉のかわりに重曹を使っていること……

アホらし。

ウェルダンのコーニッシュ・チキンを食卓に出しただけで、どうして殺されなきゃいけないのか。

浮気が本気になったということか。でも、それなら、離婚しようと言えばいいだけではないか。

もう考える力も残っていない。要するに、あんなクソッタレと結婚したのがいけなかったのだ。自分は結婚記念の船旅で海に投げ捨てられ、もうちょっとで溺れ死ぬか、鮫の餌食になろうとしている。ここにはいろんな大物がいる。ツマグロ、レモンザメ、シュモクザメ、イタチザメ、アオザメ、メジロザメ……

お願い、神さま。鮫に食べられるのは、わたしが溺れ死んでからになりますように。

疼痛は手の指にも始まっていた。もうすぐ腕も脚と同じように痺《しび》れて、使いものにならなくなるだろう。唇は塩のせいでバリバリになっている。舌はソーセージのように腫れて、まぶたはかさぶたができたようになっている。だが、身体を波に持ちあげられたときには、いまも星屑のようなフロリダ半島の街明かりが見える。

生きのびられる可能性が完全になくなったわけではない。なんとか持ちこたえなきゃ。メキシコ湾流を突っ切りさえすれば、休息することができる。日が昇るまで、海にただ浮かんでいればいい。

鮫のことを忘れかけた矢先、鮫肌の何か固いものが左胸にあたった。ジョーイはわめき、もがきながら、最後の力を振りしぼってパンチを繰りだした。

薄れていく意識のなかに、ふとチャズの姿が浮かんだ。ゴルフの打ちっぱなしにいくまえに、キャビンでブロンドのディーラーと乳繰《ちちく》りあっているところだ。

あのエロガッパ！

その直後、頭のなかのスクリーンは真っ白になった。

2

チャズ・ペローネは根っからの卑劣漢だが、暴力的でないという点ではクエーカー教の長老に勝るとも劣らない。まわりの者は、数少ない友人も含めて、誰も殺人などという大それたことができる男だとは思っていない。本人からして、よくあんなことができたものだと驚いている。

目覚まし時計が鳴ったときには、あれは夢だったのかもしれないと思った。寝返りを打って、見ると、隣のベッドには誰もいない。舷窓《げんそう》からはエヴァーグレーズ港の入口の防波堤が見える。夢ではない。自分は間違いなく女房を殺したのだ。

なのに、意外なほど落ち着いている。チャズは受話器を取り、このときのために繰りかえしてきた練習どおりに説明した。うがいはしたが、身だしなみにはあえて注意を払わなかった。取り乱した夫には、寝乱れたままの格好がふさわしい。

船が係留されると同時に、捜索が始まった。最初にやってきたのは船内警備の責任者で、次はふたりの童顔の沿岸警備隊員、最後はブロワード郡保安官事務所の仏頂面の刑事。とりあえずは、サン・ダッチス号を船首から船尾まで徹底的に調べるところから始まった。ほかの乗客か、ことによったら乗務員とどこかにしけこんでいる可能性がなくもないというわけだ。

「奥さんが部屋から出ていったのは何時ごろですか」刑事は訊いた。

「夜中の三時半ごろです」チャズは答えた。

嘘をついたのは、捜索活動が見当はずれの海域に向けられるようにするためだ。夜中の三時半だと、船はジョーイが海に落ちたところから七十マイルほど北を進んでいる計算になる。

「奥さんは月を見にいくと言ったのですね」

「そうです。そう言いました」前もってこすっておいた目は、二日酔いの亭主の不安そうな顔にふさわしく、赤く充血している。「ぼくは眠ってしまい、目が覚めたときには、日は昇っていて、船は港に入るところでした。でも、家内は戻ってきていませんでした。それで、電話をかけたんです」

刑事は色の白い、冷たい感じのする北欧系の男で、手帳に何やらすばやく書きこむと、ベッドの横にあるふたつのワイングラスを指さした。「残したんですか」

「ええ」チャズは深いため息をついた。

「おかしいな。どうして持っていかなかったんだろう」

「食事のときにもうすでにワインを一本あけていたんです」

「でも、奥さんは月を見にいったんでしょ。普通はグラスを持っていくものです。たいていは連れあいといっしょに」

チャズは一瞬返事に窮した。のっけからこんなピンチに立たされるとは思っていなかった。

「あとで展望ラウンジで落ちあうことになっていたんです。そのときにぼくがワイングラスを持っていくことになっていたんです。でも、そうはせずに眠ってしまった。酔いつぶれてしまったんです。じつのところ、けっこう飲んでたんですよ」

「ワイン一本じゃなかったということですか」

「ま、そういうことです」

「奥さんも酔ってたんですね」

チャズはしかつめらしく肩をすくめた。

「夫婦喧嘩でもしたんですか」

「いいえ」ここだけが唯一本当の話だ。

「では、どうしていっしょに外に出ていかなかったんです」

「ええっとですね、そのときぼくはトイレにこもっていたんですよ。お腹をこわしてましてね」チャズはなんとか顔を赤らめようとした。「ゆうべ出た生魚の料理のせいです。いわゆる猫またぎってやつです。それで、先に行っててくれと言ったんです」

「グラスを持ってあとから行く、と言ったんですね」

「そうです。でも、ベッドに横になると、ついウトウトとなってしまって。そうなんです。すべてぼくがいけないいんです」

「何かいけないことをしたんですか」

ドキッとした。「万が一、家内の身に何かあったとしたら、ほかに責めを負うべき者がどこにいると言うんです」

「どうしてあなたが責めを負わなきゃならないんです」

「あんな遅い時間に家内をひとりで外に行かせたからです。だって、そうじゃないですか。こんなことになって、自分になんの責任もないと言う者はいませんよ」

刑事は手帳を閉じて、立ちあがった。「もしかしたら、なんでもないかもしれません、ミスター・ペローネ。奥さんは笑いながらひょっこり戻ってくるかもしれません」

「だったらいいんですが」

刑事は口先だけで笑った。「大きな船ですからね」

大西洋はもっと大きい、チャズは思った。

「もうひとつ訊かせてください。奥さんは最近ふさぎがちじゃありませんでしたか」

チャズは苦笑いをして、両手をあげた。「まさか。よしてくださいよ。ジョーイは自殺するような人間じゃありませんでした」

「まだ過去形にはしないほうがいいと思いますよ」

「誰に訊いてもわかります。ジョーイほど前向きな人間はいません」

それは計算ずくの答えだった。素人なりにできる範囲で調べてみたところ、近親者はおおむね自殺した者の鬱の兆候を否定するらしい。

刑事は言った。「酒を飲むと、ひとは――」

「ええ。でも、ジョーイはちがいます。飲んだら、陽気になるんです。笑い上戸なんですよ」

チャズは自分が下唇を嚙んでいることに気がついたが、それは悪いことではない。他人には、行方不明になった妻の身を心から案じているように見えるはずだ。

刑事は『ボヴァリー夫人』を手に取った。「これは誰の本です。奥さんのですか」

しめしめ。ひっかかった。

「そうです」

刑事は開かれたページを見ながら言った。「笑えるような内容の本じゃありません」

「さあ。ぼくは読んでませんから」

それは本当だ。バーンズ&ノーブルの店員にロマンチックで悲劇的な小説を選んでもらったのだ。

「主人公は女性です。みんなから誤解され、自分自身に嫌気がさして、砒素《ひそ》を飲むんです」

パーフェクトだ。

「昨夜のジョーイはとても上機嫌でした。でなきゃ、夜中の三時半にデッキに踊りにいこうなんて言ったりしません」

「月の光を浴びながら？」

「そうです」

「船長は雨が降っていたと言ってましたけど」

「ええ。でも、それはもっと早い時間のことです。ええっと、十一時ごろだったかな。ジョーイが出ていったときは、雨はあがっていました」

船がキー・ウェストを離れるまえに、スロッピー・ジョーズ・バーでテレビの気象情報をチェックし、午前三時半には雨雲がなくなっていることを知っていた。だから、その時間にジョーイが部屋を出たことにしたのだ。

「丸い大きな月が出ていましたよ」チャズは自分の目で見たように言った。

「そうですか」

刑事はチャズが何か言うのを待っているように黙っていた。

「そうそう。いま思いだしました。アライグマです。狂暴なアライグマが船内のどこかに隠れていたんです」

「ほう」

「本当です。嘘だと思うのなら、船長にお尋ねになればいい。そのせいで、日曜日にローダーデールを出港するのが何時間も遅れたんです」

「だからどうなんです」

「わからないのですか。家内がアライグマに襲われたとしたら、どうなると思います。追いかけまわされて、海に落ちてしまったってことも考えられます」

「ひとつの仮説にはちがいないでしょうね」

「あなたは狂犬病にかかった動物を見たことがありますか。どれだけ凶暴になるか知ってますか」

「アライグマのことは知っています。航海日誌によれば、乗務員専用のランドリーでとらえられて、サンファンで船から降ろされています」

「そ、そりゃよかった。よく調べてますね」

「警察は何ひとつ見逃しません」

妻がいなくなってうろたえている男にかける言葉にしては、やや棘《とげ》がありすぎるように思える。だが、ほっとしたことに、刑事はそのまま帰っていき、さらにほっとしたことに、あっさり下船の許可もおりた。次のクルーズの準備をしなければならないので、いつまでもキャビンにとどまらせるわけにはいかないのだろう。

チャズがポーターのあとから舷門を抜けたとき、二機の明るいオレンジ色のヘリコプターが港の反対側の沿岸警備隊のヘリポートから飛びたつのが見えた。その先に拡がる大西洋では、カッター艇や小型レスキュー船がもうすでに捜索活動を開始しているにちがいない。沿岸警備隊はおそらくオパロッカからファルコンを緊急発進させているだろう。

チャズは腕時計を見て思った。十三時間。しかも泥酔状態。望みはない。

好きなだけ捜せばいい。

ハンクとラナ・ウィーラーはネヴァダ州エルコに住み、熊のダンスを呼び物にするカジノ・リゾートを経営していた。熊の飼育と訓練を担当していたのは、アーサ・メジャー（大熊座）

と名乗る非常勤の女調教師で、ウィーラー夫妻にたいそう気にいられ、身内同然の扱いを受けていた。

あるとき、ボリスという四百二十五ポンドの去勢ずみのヒマラヤグマが埋伏歯という顎の病気にかかった。それで、レイクタホにある有名な歯周病専門の獣医のところに連れていくため、ウィーラー夫妻はガルフストリーム・ジェットを気前よくチャーターし、自分たちも熊のメンタル・サポート役として（ついでに春スキーを楽しむため）同行することにした。

帰路、機内で何かが起き、飛行機はコーテズ山脈に墜落した。連邦捜査局の調査の結果、事故発生時に、熊がなぜか副操縦士席にすわっていたことが判明した。ウィーラー夫妻のカメラに入っていた三十五ミリのフィルムに、熊が操縦桿《そうじゅうかん》の後ろに立っているところが写っていたのだ。アーサ・メジャーが笑いながら熊の口にベイリーズ・アイリッシュ・クリームを注ぎこんでいるところや、熊がヘッドホンとサングラスをつけてポーズをとっているところも写っていた。

飛行機と途中の管制塔との交信記録からも、機内のなごやかな雰囲気を窺《うかが》い知ることができた。飛行機がとつぜん墜落した理由は謎のままだが、アーサ・メジャーのアシスタントの話によると、麻酔が切れて、熊の機嫌が急に悪くなったのかもしれないとのことだった。飛行機が錐揉《きりも》み落下しはじめたとき、管制官はコックピットと無線連絡をとろうとしたが、聞こえてきたのは野獣の荒い鼻息とうなり声だけだったという。

ウィーラー夫妻が残した財産は、遺言書の検認のあと、ふたりの子供たちに等分に与えられた。歌手で女優のジョーイ・ヘザートンにちなんで名づけられたジョーイ・ウィーラーは、両親が亡くなったとき、わずか四歳であり、一方コメディアンのコーベット・モニカにちなんで名づけられた兄のコーベットは六歳だった。遺産の額はそれぞれ四百万ドルずつ。そこに親が経営していたカジノからの毎週のあがりが加算される。

ふたりを育てたのは、ラナ・ウィーラーの双子の貪欲な妹で、あの手この手を使って信託財産を奪いとろうとしたが、結局は成功せず、子供たちが成人したとき、財産は無傷だった。傷はふたりの心に残った。

コーベットはニュージーランドに移住し、ジョーイはフロリダに向かった。受け継いだ財産のことは誰にも話さなかった。最初の夫となった証券マンのベンジャミン・ミデンボックに対しても、それは同様だった。ふたりの交際期間は五年に及んだが、結婚生活は四年しか続かなかった。ある晴れた日の午後、ベンジャミンは裏庭で新しいルーミスの九番ロッドを持って、フライ・キャスティングの練習をしていた。その真上にスカイダイバーが音もなく落ちてきたのだ。パラシュートは最後まで開かず、スカイダイバーの身体はセメントの袋のように重かった。ジョーイはまたひとりになったが、財産は目もくらまんばかりに膨らんだ。スカイダイビングの会社が加入していた保険から、七桁の額の賠償金が支払われたのだ。

愛する者の死によって、望んでもいない富を得たのは、これで二度目だった。以降、遺産に手をつけることも、遺産について考えることもなかった。チャリティーに精を出すようになったのも、イタリアの靴以外にはなんの贅沢もしなかったのも、感じる必要のない罪悪感のせいであったにちがいない。ジョーイの願いは、普通のひとと普通の生活をすることだった。少なくとも、そのような生活ができる可能性があることを見つけだすことだった。

チャズ・ペローネと出会ったのは、一月の午後、ディズニー・ワールドのアニマル・キングダム近くにある駐車場で、ジョーイがベルギー人観光客のバッグを盗んだ男にフライング・タックルを食わせたときのことだった。つかまえた男はニキビ面の十代の若者で、ジョーイが以前ボランティアで支援活動をしたことがある集中力欠如障害者のひとりだった。だが、どうやらすべての集中力が欠如しているわけではなさそうだった。ごったがえす人ごみのなかで、プラダのバッグを見つけだすこともできたし、オオアリクイの檻の前からディノランドまでバッグのあとを尾けることもできたのだから。

改札口を出たところで男を熱いコンクリートの上に押し倒し、警備員がやってくるまでのあいだにポケットのなかを調べると、グッチのキー・チェーンやらティファニーのライターやらが出てきた。それで、集中力欠如障害に対する疑いはさらに強まることになった。

その様子を発車間際のトラムから見ていて、その勇気ある行動を褒めたたえるためにやってきたのが、チャズ・ペローネだった。色恋沙汰にはもってこいのイケメン男で、本人が誇らしげに語ったところによると、生物学者であり、エヴァーグレーズの湿地を救うための科学者のシンポジウムに参加しているらしい。アニマル・キングダムのVIPサファリ・ツアーに招待されたのだが、こっそり抜けだして、タイガー・ウッズのホームタウン・コースであるベイヒル・ゴルフ・クラブに行くところだという。

魅力的なのはルックスだけではなかった。危機に瀕したフロリダの自然を悪徳開発業者の手から救うための活動に従事しているというのも、好感が持てた。そのときは文句なしだと思った。だが、あとになって考えると、それまでの数々の失敗のせいで、冷静な判断ができなくなっていたにちがいない。プロのテニスプレーヤーや、ライフガードや、資格を剝奪された薬剤師などにたてつづけに振られたので、自負心が総崩れになり、男の評価基準が大甘になっていたのだ。

誰でもいいとは言わないまでも、とにかく決まった相手がほしかった。チャズの求愛行為（バラの花束、ラブレター、キャンドルライトのもとでのディナー、甘いささやき等々）は執拗かつ熱烈で、抵抗の余地はほとんどなかった。結婚生活の最初の十二カ月でもっとも印象的だったのは、チャズの唯一の取り柄である並みはずれた精力絶倫ぶりだった。それはオブセッションと言ってもいい。結婚二年目にして、徐々にわかってきた。その旺盛な性欲は、愛のあかしだとばかり思っていたが、そうではなかった。自分は単なるはけ口にすぎなかった。チャズは貞節を結婚の条件とさえ見なしていなかった。

普通なら、その時点でジ・エンドになっていただろう。だが、ジョーイはプライドと負けん気が人一倍強かった。だから、夫の世界にそれまで以上に深くコミットすることにより、自己啓発の本に出ているような〝人生の真のパートナー〟になろうと決意した。自分が夫にとってより必要な人間になれば、浮気をやめさせ、良好な夫婦関係を築くことができるにちがいない。

今回の結婚記念の旅行はそのいいきっかけになる。そう思ったので、大きな期待をこめて誘いに応じたのだった。うまくいけば、出なおしが可能になる。まず第一にしなければならないのは、実りある夫婦間の会話だ。下ネタはもういい。

が、残念ながら、旅行中、そういった機会は一度も訪れなかった。いや、もしかしたら、機会はあったのに、そういう気にならなかっただけかもしれない。繰りかえしになるが、チャズはセックス以外なんの取り柄もない男なのだ。話を聞けば聞くほど、ばかばかしくなってくる。科学者にしては驚くほど軽く、自己チューで、あまりに世俗的すぎる。エヴァーグレーズでの仕事について語ることはほとんどなく、地球の環境破壊について危機感を募らせているようにも見えない。アラスカの野生動物保護区での石油の掘削計画に怒りを表すこともない。タイトリスト社のゴルフボールが値あがりするという話をほかの乗客から聞いたときには、食べかけの貝を口から飛ばしながら、一時間にわたってウダウダと文句を言いつづけていたのに。

そんなくだらないことに無理やり自分をあわせて残りの人生を生きていかなければならないのか。その苦労に気づいてもらえないだろうというのに。そもそもチャズはどうして自分と結婚したのか。デッキを歩いているときに訊いてみようかと思ったが、結局やめた。黒い雲とそぼ降る雨に気が滅入り、キャビンに戻って寝たいという思い以外、頭には何もなくなっていた。

デッキでアフリカの方向を見やりながら考えごとをしていたとき、チャズは甲板に落とした何かを拾うために腰をかがめた。部屋の鍵だ。たしかそう言った。湿った手で足首をつかまれたときには、やれやれと思った。急に一発やりたくなって脚を開かせようとしているのだろうと思った。チャズは外でするのが好きなのだ。まさか海に放り投げられるとは思わなかった。

あのひとでなし。

いま自分は海のなかにいる。ふやけ、朦朧《もうろう》とし、視力をほとんど失い、人食い鮫に必死でしがみついている。

そんなバカな。自分はもう死んでいるのかもしれない。でなかったら、死にかけているのかも……

自分が死んでも、チャズには一文の得にもならない。遺産に手を触れることはできない。そのことをチャズは結婚当初から知っていた。だったら、どうしてこんなことをしたのか。筋が通らない。まるっきり。

チャズのことだけではない。この鮫もだ。妙におとなしい。なぜか甘い匂いがする。頭の上では、カモメがうるさく鳴いている。ひとは静かに死ぬこともできないのか。

低いエンジン音も聞こえる。波が何かにあたる音も聞こえる。もしかしたらモーターボート？　まさか。空耳に決まっている。こんなところにモーターボートがいるわけない。筋が通らない。遠くのほうから声が聞こえてくる。がんばれ、もうちょっとだ、とかなんとか。

同じ声がまた聞こえた。こう言っている。よし、これでだいじょうぶだ。手を離せ。もういい。手を離せ。

身体を軽々と持ちあげられる。水から出ると、きらきら光るしずくがむきだしの脚を滑り落ちる。爪先が波頭のあぶくを掃く。

温かいものに身体を包まれる。乾いたリネンの匂いがする。死のように深い眠りに引きこまれる。

3

「動くな」

「ここはどこなの」

「心配ない。じっとしてろ」

「鮫は？　どっか嚙まれてる？」

「鮫？」

「わたしがしがみついていた鮫よ」

男はくすっと笑った。「あれは麻袋だ」

「からかわないで」

「六十ポンドのマリファナが入っていた。ジャマイカ産の上物だ」

「ほんとに？」朦朧とした状態のなかで、麻袋を鮫の皮と勘違いしたのだ。「ここはどこなの。何も見えないわ。わたしの目、どうなってるの」

「腫れてふさがっている」

「塩のせいで？　それだけでこんなふうになっちゃうの？」

「クラゲに刺されたんだ」

ジョーイはおそるおそる手をのばし、燃えるように熱いまぶたに触れた。意識を失って漂流しているときに、カツオノエボシの触手が顔をかすめたのだろう。

「一日か二日でよくなるさ」

ジョーイは毛布の下を手で探った。フリースのトレーナーと薄いコットンのスウェットパンツらしきものを身につけている。

「服をありがとう。奥さんの服？」

「いや、ガールフレンドのだ」

「いまここにいるの？」

「何年かまえまでいた」

つまり、この家にいるのは自分と自分を助けてくれた男のふたりだけということだ。「まだ波の音が聞こえるわ」

「窓のすぐ外に海がある。ここは島なんだ」

疲れすぎていて、恐怖心は湧かない。男の声は感じがいい。精神異常者や性犯罪者のようには思えない。ただ、第一印象があてにならないことは、過去の経験からよくわかっている。

「身体を起こせ」

言われたとおりにすると、レモンの香りがして、カップが唇に触れた。舌に熱い紅茶の風味が拡がる。それを最後の一滴まで飲みほす。次は野菜スープで、それも全部飲みほす。

「あなたの顔が見られないのが残念だわ。こっちは全部見られちゃったのに」

「すまない。見つけたときにはそういう状態だったんだ」

やんなっちゃう。素っ裸でマリファナの袋にしがみついていたなんて。スープで身体が温まったせいで、逆に震えがきた。吐くかもしれない。そう思った瞬間、男がカップを取り、頭を枕に戻してくれた。

「もう一眠りしろ」

「変な臭いがするわ。濡れた犬のような」

「正解だ。バカ犬だが、女に嚙みつくことはめったにない」

笑おうとすると、皮膚が引きつって、ヒリヒリする。

「どういう種類の犬？」

男が口笛を吹くと、犬の爪の音が木の床に響いた。湿った冷たい鼻先が首に押しつけられる。ジョーイは頭を撫でてやった。男がまた口笛を吹くと、犬はどこかに走り去った。

「大きな犬のようね」

「ドーベルマンだ。まったく泳げない。何があったか話せそうかい、ジョーイ」

「どうしてわたしの名前を知ってるの」

「結婚指輪の内側に彫ってあった。きみを風呂に入れるまえにはずしたんだ」

「わたしをお風呂に？」

「悪く思わないでくれ。マリファナの臭いがあまりにも強烈だったから」

ジョーイは左手の指を探った。プラチナの指輪は元のところにある。盗もうと思えば、簡単に盗めたはずだ。海でなくしたのだろうと言えばいいだけだ。なのに、指に戻してくれた。もしかしたら、いいひとかも。ちょっとは期待できるかも。

「わたし、船に乗ってたの」ジョーイは言った。

「どんな船に？」

「サン・ダッチス号という大きな客船よ」

「そういう船なら、十五フィートの高波が来ないかぎり、さらわれることはない。ゆうべの海はそんなに荒れてなかった」

「波のせいじゃないの。夫に投げ捨てられたの」

「まさか」

「ほんとよ」

部屋に判読不能な沈黙が垂れこめた。

ジョーイは頭を起こし、男がすわっていると思えるほうに顔を向けた。「落ちたんじゃないの。落とされたのよ」

「ひどいな」

ジョーイは夫がしたことを話して聞かせた。

「でも、どうして」

「そこが問題なの。まったく心あたりがないの」

男が立ちあがり、椅子が滑る音が聞こえた。ジョーイはどこに行くのかと尋ねた。

「この家には携帯電話しかない。携帯電話はいま船内のバッテリーで充電中だ」

「待って。どこに電話をかけようとしてるの？」

「まず沿岸警備隊。それから警察」

「かけないで」

「どうして」

「あなたの名前は？」

「ミックだ」

「お願い、ミック。どこにも電話をかけないで。時間がほしいの。少し考えを整理したいの」

「きみのためを思って言ってるんだぜ。きみの旦那がしたことは殺人未遂だ。それが違法行為であることははっきりしている」

「お願いだから待って」

「わかったよ。きみがそう言うのなら」

声は遠くから聞こえた。戸口に立っているのだろう。ごまかされはしない。

「やっぱり通報するつもりね。わたしが眠ったら、出ていって、警察に電話をかけるつもりね」

「そんなことはしない。約束する」

「それならどこに行こうとしてるの、ミック」

「小便。それでいいかい」

ジョーイはシーツに倒れこみ、ひとりで笑った。わたしって、なんかマヌケ。

沿岸警備隊は捜索範囲を三千平方マイルにまで拡げたが、実際の捜索活動は、チャズが伝えた偽の情報にもとづいて、マイアミ・デード郡の海岸の北側の扇状の海域を中心に行なわれている。捜索隊が何かを発見することはないはずだが、鮫がそんなに目ざとくなかった場合、死体がキーズ諸島のどこかの岸に打ちあげられる可能性はある。そうなれば、これまでにでっちあげた話の時系列には大きなズレが生じ、あの目障りなブロワード郡の刑事を小躍りさせることになりかねない。

下船した一時間後、チャズの肝を冷やす出来事があった。ホテル・ハーバービーチ・マリオットの部屋で、つけっぱなしにしてあったテレビから、イブニング・ニュースの聞き捨てならない番組予告が流れたのだ。〝オーシャン・リーフを出たチャーター船が、カジキのかわりに人間の死体を釣りあげました。詳細はこのあとすぐに〟

そのとき、デンマークのポルノで虚しくマスをかいていたチャズは、息をのみ、あわててバスルームを飛びだした。賑やかなコマーシャルが流れている三分間は、生きた心地もしなかった。釣り人を驚かせた死体は、いったい誰のものなのか。

ニュースはヘリコプターから撮った停泊中のチャーター船の揺れる映像で始まり、そのあとに、黄色い防水シートにくるまれた死体が担架で沿岸警備隊の船に運ばれていくズーム・ショットが続いた。波止場で、日焼けした若い男がインタビューに答えていた。〝かかったのがカジキでないことはすぐにわかったよ。跳ねなかったからね〟

最後に、ニュースキャスターが神妙な口調で告げたところによると、被害者はニューポート・ニューズから来たツーリストらしい。三日前にレンタルしたジェットスキーで交尾中のウミガメに衝突し、それ以来、行方がわからなくなっていたという。チャズは大きなため息をついて、ベッドに倒れこんだ。よかったー。女房はまだ海のなかだ。

チャズがマリオットに滞在することにしたのは、エヴァーグレーズ港と沿岸警備隊の救難本部に近いという理由からだった。自宅はハイウェイを使えばほんの三十分の距離にあるが、当局といつでも接触できるようなところにいれば、受けはそれだけよくなるはずだ。あとは、心配のあまり夜も眠れないといった顔をしていればいい。

サン・センティネル紙の記者から電話がかかってきたときには、驚いたが、冷静さを失いはしなかった。記者の話だと、失踪事件があったときにいつもそうしているように、警察の広報をチェックして、行方不明者の夫の連絡先を知ったらしい。

「何か聞いていませんか」チャズは記者に尋ねた。

記者は何も聞いていないと答えた。「最後に奥さまの姿を見たのはいつです、ミスター・ペローネ」

「ドクター・ペローネです」

「ドクター？　ご専門は？」

「湿地の生態学です」

「お医者さまじゃないんですね」

「ええ。生物学者です」

もしかしたら、歯ぎしりの音が電話の向こうの女に聞こえたかもしれない。どうしてみんな自分のことを素直にドクターと呼んでくれないのか。

「で、最後に奥さまの姿を見たのはいつなんです」

チャズは刑事にしたのと同じ説明を簡単に繰りかえした。幸いなことに、記者は話を聞き流してくれているようだった。マスコミに大騒ぎされるような事態になることだけはなんとしても避けなければならない。

「何があったとお考えですか」記者は尋ねた。

「わかりません。こういったことはよくあるんですか」

「ええ。クルーズ船からひとがいなくなることはちょくちょくあります。たいていは……」

「たいていはどうなんです」チャズは訊いたが、答えは知っていた。酒に酔っての事故、もしくは自殺。予習はすませてある。「警察は詳しいことを教えてくれません。だから、余計に気になってならないのです」

「何かわかれば連絡します。いつまでマリオットに滞在される予定です」

「妻が見つかるまで」チャズはきっぱりと言った。

そのあと、チャズは急いでロビーに降りていき、公衆電話からリッカに電話をかけた。

「えらいことになっちまった。女房が船から落ちたんだ」

「船から落ちた？　どういうこと？」

「少なくとも警察はそう考えている。船内のどこにも見つからないんだ」

「ほんとに？」

「ああ。信じられないよ」

「海に飛びこんだのかしら」

「そんなことをする理由がどこにあるんだ」

「あたしたちのことがばれたのかも」

「ありえない」

「だったらいいんだけど」

一瞬の間があった。チャズにはその意味がすぐにわかった。

「ばれたのはあたしたちのことじゃなかったりして」

「くだらないことを言うなよ。こんなときに」

まるっきり信用されていない。

「別の誰かのことだったりして。ほかに女がいたりして」

「いい加減にしろ。きみしかいないよ」

「どうだか」

「グレン・クローズの真似をしてるつもりかい、リッカ。沿岸警備隊の半分が女房を捜してるんだぜ。船だけじゃない。ジェット機やヘリコプターまで出ている」

「ほんとに誰もいないの、チャズ」

「ほんとだってば。そろそろ切らないと——」

「今晩そっちに行っていい？　やなことをスカッと忘れさせてあげるわ」

イエスと言いたいのはやまやまだが、リッカはなにしろうるさすぎる。絶頂のよがり声を聞いて、ホテルの警備員がアイスピック殺人と勘違いし、すっ飛んできたことが三度もある。いまそんな危険をおかすわけにはいかない。女房が行方不明になって二十四時間もたたないうちに、愛人をヒーヒー言わせているところを見つかったら、かなりヤバい。

「明日、電話する」

「ジョーイが無事だといいんだけどね」

「同感だ。それじゃな、リッカ」

「ちょっと待って。グレン・クローズって誰なの?」

チャズはホテルのバーに行って、マティーニを注文した。そこへブロワード郡の刑事ロールヴァーグがやってきた。

チャズは言った。「一杯どうです」

「歩きましょう」

チャズは酒を紙コップに移し、ロールヴァーグといっしょに外に出た。日は落ちかけているが、昨夜と同じように空は晴れ、微風が吹いている。ホテルでは結婚披露宴が行なわれていたらしく、中庭の緑したたるブーゲンビリアの木の前で、新郎新婦が写真撮影をしていた。花嫁は十九歳か二十歳の色っぽいキューバ娘で、ふと気がつくと、チャズはふたりの初夜について淫らな想像をめぐらせていた。

「残念です」ロールヴァーグは言った。

「え?」

「奥さんはまだ見つかっていません」

「そうですか」

「捜索は明日打ち切られます」

「ま、まさか。一週間くらいは捜してもらえるものとばかり思っていたのに」

「どういう決まりになっているのかはわかりません。そのへんのことは沿岸警備隊にお訊きになってください」

「あまりにも早すぎる」

いい感じだ。捜索範囲を南に拡げ、偵察機が犯行現場の周辺を飛ぶとわかったときには、どうなることかと思ったものだが。

「あと二、三質問させてください。形式的な質問ですが、あまり愉快なものではないかもしれません」

「次の機会にというわけにはいかないでしょうかね」

「お時間はとらせません」

「わかりました。だったら、早いとこすませてください」

いらだちが口調に滲みでていればいいのだが。

「あなたは奥さんに生命保険をかけていましたか」

「いいえ」

「奥さんが自分でかけていたということは？」

「ぼくに勧められて、ということですか」

「誰に勧められてでもかまいません」

「知ってるかぎりではありません」

「調べたらすぐにわかることです、ミスター・ペローネ」

「どっちにしても調べるってことですね。それはそうと、ぼくはドクターなんだけど……」

ロールヴァーグは不思議そうな顔をしたが、とりあわずに質問を続けた。「奥さんとビジネス上の関係はありましたか。共同で出資をしていたとか、株を買っていたとか、不動産を持っていたとか――」

「まわりくどい話はやめましょう。家内は自分名義の財産を持っています」よしよし。現在形で話せている。「莫大な財産です。でも、ぼくは一セントも受けとれません。家内が死んだら、それはすべて自動的に信託扱いになります」

「受益者は？」

「世界野生動物保護協会です。お聞きになったことは？」

「ありません」

「絶滅の危機にあるペンギンやパンダを保護する活動をしている団体です」

「おかしいと思いませんか、ミスター・ペローネ」

「いいえ、べつに。ぼくは生物学者です。野生動物は保護されるべきだと考えています」

「そうじゃなくて、あなたが奥さんの財産を一セントも受けとれないということを言ってるんです」

「いいですか。それはぼくの金じゃないんです。家内が相続したものなんです。どんなふうに使おうが、ぼくの与《あずか》り知るところじゃない」

「すべての夫がそういう態度をとれるとは思いませんが」

チャズは微笑んだ。「いいですか。家内が急に心変わりして、全財産をぼくに残すと言ってくれたら、もちろん受けとります。小切手を破り捨てたりはしません。でも、家内はそう言わなかったんです」

「そのことで喧嘩になったりしませんでしたか」

「ぜんぜん。その話は結婚するまえから聞いていました。それは飛行機事故で亡くなった両親の遺産なんです。〝お願いだから半分ちょうだい〟とは、ちょっと言えないでしょ」

ロールヴァーグは遺産の額を尋ねた。チャズは正確な額は知らないと答えた。嘘ではない。

「数百万ドルといったところでしょうか」ロールヴァーグは訊いた。

「そんなところでしょうね。結婚前に交わした同意書に、具体的な数字は記載されていませんでした」

チャズはあえて付け加えなかったが、同意書にサインをしたときは、のちにそれが破棄されることを大いに期待していた。ジョーイをその気にさせる自信はあった。ベッドで激しく愛しあったあと、顔を紅潮させた新妻が同意書をひろげて、ライラックの香りのするキャンドルにかざすシーンは、想像にかたくなかった。だが、それはいっかな現実のものにならず、二年近く待ったあと、チャズはしぶしぶ諦めることにした。ジョーイは財産をひとりじめしようとしているわけではない。金に興味がないのだ。それは自然の摂理に反している。金持ちなのに、金を使うことを拒否する女と夫婦でいることに何の意味があるのか。答え——意味はない。

「結婚後の家計はどんなふうになっていたんです」ロールヴァーグは訊いた。

「単純明快です。小切手帳も銀行口座も別々です。支払いは折半《せっぱん》にしていました」

「なるほど」

「メモをとらなくていいんですか」

「だいじょうぶです。おかかえの弁護士はいますか、ミスター・ペローネ」

「弁護士が必要なんですか」

これまでのところ、刑事とのやりとりはすべて想定の範囲内だ。

「何かあったんですか。たとえば、犯罪につながるようなものが見つかったとか」

「そうじゃありません。さっきホテルのロビーから電話をかけていらっしゃるのを見ましてね。どうして部屋からかけないのだろうと思ったんです。部屋からなら、話を立ち聞きされることもないでしょうに」

「それは——」

「で、弁護士のことが頭に浮かんだのです。依頼人に公衆電話を使わせたがる弁護士は珍しくありません」

「どうしてです」

「外線通話の記録を残さないためです。B級映画の見すぎですよ」

「弁護士に知りあいはいません」

「わかりました」

「掃除婦に電話をしていたんです。この次の月曜日には、家を留守にすることになるから、警報装置を解除するための暗証番号を教えなきゃならなかったんです。バーに行こうと思って、エレベーターに乗ったときに、ふと思いだしましてね」

「いろいろ大変ですなあ」

「名前はリッカといいます。お調べになりたいのなら……」

「いいえ、べつに」

「リッカ……ええっと、苗字はなんだったかな」チャズはひとりごちるように言った。

このとき、ふたりは桟橋のほうに向かって柔らかい砂の上をゆっくりと歩いていた。チャズはほくほく顔だった。電話の件はうまくごまかせた。このアホ刑事はなんの疑いも持っていない。

ロールヴァーグは急に足をとめて、チャズの肩をぎゅっとつかんだ。「あれを見てください、ミスター・ペローネ」

時間が凍りつき、すぐには見ることができなかった。これはただの散歩ではなかったのだ。残酷な罠だったのだ。蝶番《ちょうつがい》がはずれたように膝がガクガクしはじめる。

が、ちがった。そこにあったのは、岸に打ちあげられたジョーイの腐乱死体ではなかった。刑事が指さしているのは、沖合いの船影だった。船首は外洋のほうを向いている。

「サン・ダッチス号です。船内の捜索を終え、予定より二時間遅れで出港しました」

チャズはゆっくり息を吸い、大きな安堵感を押し隠した。「結局、見つからなかったということですね」

「残念ながら」

「ということは、やっぱり海のなかということですか」

「そう考えざるをえないでしょうな」

「ジョーイは泳ぎが得意でした。大学時代、水泳の選手だったんです。一日や二日で捜索を打ち切るべきじゃありません。冗談じゃない」

「お気持ちはよくわかります」

「どうすればいいんです」何度もリハーサルしたかいあって、声はいい感じにかすれている。

「ぼくはいったい何をすればいいんです」

ホテルのほうへ向かいながら、刑事は言った。「すぐに連絡をとれる聖職者はいませんか。なるだけご家族と近しい方のほうがいい」

「探してみます」

心のなかで、チャズはジャッカルのように笑っていた。

4

ミック・ストラナハンは釣り糸に白い毛鉤《けばり》をつけてキャストした。それは趣味と実益を兼ねていて、釣れたフエダイはこの日の夕食になる。島に連れてきた女をどんなふうに扱うかはまだ決めていない。

聞いた話を疑う根拠もなければ、信じる根拠もない。そもそもかかわりあいになる筋合もない。そんなことをすれば、イライラが募ることは目に見えている。まず第一に、本土で過ごす時間がどうしても長くなる。街にいる時間は苦痛以外の何物でもない。脳天に五寸釘を打ちこまれるほうがまだいい。

近ごろでは、マイアミに行くのは、日用品の買い出しと、障害年金の受けとりのためだけになっている。障害年金をもらえるようになったのは、悪徳判事を逮捕しようとしたときに撃たれたからであり、撃ちかえしたからだ。そのときの怪我で障害が残ったわけではない。州検察局がミック・ストラナハンを三十九歳という若さで引退させるには、もっともらしい口実が必要だったのだ。銃弾による負傷――これほど打ってつけの口実はない。

本人がそれを望んでいたわけではない。だが、選挙で正式に選ばれた判事（どんなに悪徳であっても）を殺した捜査官（どんなに有能であっても）を雇用しつづけることは、建前上できないという。そんなわけで、ミックはしぶしぶ州検察局の申し出を受けいれて、ビスケーン湾沖の浅瀬に建てられた古い高床式の家を購入し、おおむねは平穏無事な毎日を過ごしていた。ハリケーン・アンドリューがやってくるまでは。

その夜、ミックはココナツグローヴにある妹の家に行って、窓に板を打ちつけていた。妹の役立たずの夫が、ボストンで開かれた弁護士の会議で夜遊びに精を出しすぎ、マイアミに帰ってくることができなかったからだ。二日後、むっとするような暑さのなか、モーターボートを出し、海に漂う残骸を掻き分けながらビスケーン湾岸に戻ってみると、かつて自分の家が建っていたところには、八本の杭が残っているだけだった。ミックはそのまわりを一周して、船首を南に向けた。

しばらく行ったところに島があった。島といっても、珊瑚礁のでっぱり程度のもので、慎ましやかなL字型の家が一軒あるだけだった。それはコンクリートの二階建てで、建物自体は無事だったが、高波は窓を破り、中身を管理人ごとさらっていっていた。ミックは管理人の仕事を喜んで引き継いだ。

島のオーナーはメキシコの人気作家で、その複雑な私生活のゆえに、ときおり安息の地を求めて国外に脱出しなければならないらしい。だが、都合八年間で、島にやってきたのはたったの四度で、滞在するのはいつも数日だった。最後に訪れたときには、顔色が悪く、げっそりしていた。具合が悪いのかと訊くと、からからと笑いながら、百万ペソを賭けて腕相撲をしようと言った。

それでも、遠からぬうちにパーク・レンジャーの船がやってきて、老作家の死を伝え、島は国立公園局に売却されることになったと告知する日がくるはずだ。だが、少なくともそれまでは、そこに住みつづけることができる。

ミックの唯一の友は、二年前の十月の嵐のとき岸に打ちあげられたドーベルマンだ。誰かの船から落ちたのだろうが、捜しにくる者はいなかった。役立たずのボンクラ犬であるところから、共和党の某上院議員にちなんでつけた名前はストラム。ドーベルマンの遺伝子が欠落しているのか、吠えたり、うなったりすることを覚えるのが精いっぱいで、目が悪く、動きも鈍く、番犬としての能力はゼロ。ヤシの木につないでおかないと、通りかかる船をちらっと見ただけで、足を滑らせて防波堤から落っこちてしまう。

いまはヤシの木陰でまどろんでいる。三匹の大きなフエダイがバケツのなかでピシャピシャ跳ねているが、ぴくりとも動かない。ご主人さまが苦労して手に入れたものには、概してなんの興味も示さないのだ。釣果《ちょうか》しかり、たまさかのロマンスのお相手しかり。お義理でにおいを嗅ぐだけで、あとはたいてい完全無視だ。どうせ長続きはしないだろうから、お近づきになっても仕方がないと思っているかもしれない。

犬の意見はともかく、ミック自身は自分を変人とも世捨て人とも考えていない。齢《よわい》五十三にして、電話も衛星放送もコンピューターもない大西洋のはずれの小島に独居しているだけだ。残念ながら、ここにやってきた女たちはみな、怖いほどの平穏と静けさに数カ月ももたないうちに音《ね》をあげる。女たちが去っていくのは悲しいが、本土にいたころのように結婚してつなぎとめておいても、ろくなことにはならないだろう。

ジョーイ・ペローネのことは何も知らないが、その胆力と冷静さには感心させられる。夜の海を何時間も漂流したあとでは、普通何も話せなくなるか、無意味にわめきちらすかのどちらかだが、ジョーイの話は明快で、理路整然としていた。本人が望むように、しばらく様子を見たほうがいいかもしれない。気持ちはわかる。亭主に殺されかけたという話が本当だとすれば。

もっと知りたい。昔のように質問攻めにして、話を聞きだしたい。そういう気持ちはある。けれども、より分別のある内なる声は、やめておけと言っている。ジョーイはそのうちどこかに消える。夫婦仲の問題は警察にまかしておけばいい。

なんだかんだ言っても、おれは引退の身なんだ。魚から毛鉤を取りながら、ミックはそう自分に言い聞かせた。

引退の身。

が、どんなに時間がたっても、割り切れない思いを断つことはできない。

「あそこで何をしてたの」

「あそこって？」

「海よ。どうして沖に出てたの」

ミックは魚の切り身を溶き卵にくぐらせていた。「言っておくが、あれは沖じゃない。エリオット島から半マイルしか離れていない。ターポンを釣っていたんだ」

「ということは、いずれにしても、わたしは岸へ打ちあげられていたってこと？」

「ああ、なんらかのかたちでね」

「としたら、あれは救助と呼べるのかしら。わたしとしては、救助されたって考えたいんだけど」

「コンロがある。気をつけろ」

ミックは魚の切り身にパン粉をつけて、一枚ずつ鍋に入れていった。ジョーイは耳をすました。熱い油がはじける音が全部で八回。二人分にしてはちょっと少なすぎるんじゃないかしら。お腹はグーグーいっている。

「あなたのことを聞かせてちょうだい、ミック。暗い秘密は口外しないと約束するから」

「気分はどうだ。目はよくなったか」

「目隠しを取ってくれなきゃわからないわ」

「目隠しじゃない。取りたきゃ、いつでも取っていい」

目を覆っているのは、アロエ入りの冷たい水にひたしたタオルで、頭の後ろで軽く結ばれている。一時間前には、無謀にも家のなかをひとりで歩きまわろうとして、ドッグフードの袋につまずき、あやうく足首の骨を折るところだった。

「わたしはあなたの苗字さえ知らないのよ」

「ストラナハン」

「仕事は何をしてるの、ミスター・S。青く深い海から女をかっさらう以外には」

「じつはそんなに深くない。きみを見つけたところはたぶん水深二十フィートぐらいだろう」

「もういいわ。どうあっても、あなたはわたしのアドベンチャーを台無しにしたいのね。冗談じゃない。わたしの命を救ったのは、マリファナの密売をしているレゲエ親父だったなんて。しかも、そこは浜辺からわずか五分のところだったなんて」

「先週、まさにその場所で十五フィートのシュモクザメを見た。そう言ったら、少しは慰められるかい」

「嘘でしょ」

ミックは頭を振った。「嘘じゃない。昼メシにアカエイを食ってたよ」

「げっ」

「ライム？　それともタルタルソース？」

「両方」

いきなり手を取られたので、ジョーイはびくっとした。

「だいじょうぶだよ」

ふたりはピクニック・テーブルがあるウッドデッキに出た。ジョーイはとつぜんの陽光に身をすくめたが、目の覆いは取らなかった。食事はひとりでとることができた。フエダイを四切れと黒豆とライス。黒豆はおかわりをした。食事がすむと、ミックはライムパイと冷たいビールを食卓に持ってきた。

ジョーイはナプキンを探しながら言った。「最高においしかったわ」

「これで精がつく」

「なんの音かしら。ヘリコプター？」

「ああ。沿岸警備隊だ」

湾の遠くのほうに、オレンジ色の小さな機影が見える。

「わたしを捜してるのかしら」

「たぶんね」

ジョーイは落ち着きなく身体を動かした。「なかに入る？」

「どうして」

「もうすぐ日没でしょ。空気が冷たくなってきてるからわかるわ。今日の夕日はきれい？」

「きれいじゃない夕日を見たことはない」

「明日にはこの布を取ることができるのね。そうしたら、ようやくあなたがどんなひとかわかるのね。予想では、中年のクリント・イーストウッドなんだけど」

「だったら、大いに失望することになる」

「でも、背は高いんでしょ。年は四十代後半？」

「五十代前半だ」

「ロマンスグレー？」

「ビールのおかわりは？」

「まだいいわ。もう一度手をさわらせて」

ミックは笑った。「やめたほうがいい。魚臭いから」

「手で食べてるの？　そういうの好きよ」

「以前はもうちょっとまともだった。たぶん一人暮らしのせいだろう」

「結婚は何回？　ぶしつけな質問だけど、一回じゃないような気がするの」

「六回だよ」ミックは立ちあがって、テーブルから皿を片づけはじめた。

「すごい。三回くらいかと思ってたわ」

「わかったかい。おれは意外性のかたまりなんだ」

「何が原因なの」

返事は網戸がバタンと閉まる音だった。それから、蛇口をひねる音と、流しに皿を置く音が聞こえた。ミックがまた外に出てきたとき、ジョーイは謝った。

「何を謝ってるんだ」

「余計な詮索をしすぎたから。網戸を閉める音で、怒ってるんじゃないかと思ったのよ」

「べつに。蝶番が錆びついてるだけだ」ミックは冷たいビール瓶をさしだした。「でも、たしかにそうだ。バツ六なんて、シャレにもならない」

「でも、誰もあなたを殺そうとはしなかった」

「ひとりは近いところまでいった」

「ほんとに？　そのひとはつかまったの？」

「いいや。死んだ」

息が喉に引っかかったような気がして、ジョーイはビールを大きく一飲みした。

「怖がらなくていい。おれが殺したんじゃない」

「何をしているひとだったの」

「おれと出会ったとき？　ウェイトレスだよ。みんなそうだ」

ジョーイは吹きだした。「六人ともウェイトレス？」

「正確に言うと五人だ。最後のひとりはテレビ局のプロデューサーだった」

「ねえ、ミック――」

「最初はよかったんだ。うまくいかなくなったのは、おおむねおれのせいだ」

「どうして。どうして六回目も結婚を――」

「わからない。恋愛は考えてするものじゃない。きみも知っているはずだ」

ジョーイは椅子の背にもたれかかり、タオルに覆われた顔を沈みゆく夕日のほうに向けた。

「空は茜《あかね》色に染まってるんでしょうね。あーあ。わたしって、ひどい顔をしてるんでしょうね」

「チャズは最初の旦那だったのかい」

「二番目よ。一人目は死んだわ」ジョーイは急いで付け加えた。「事故で」

「お気の毒に」

「証券マンだったの。チャズは生物学者よ」

「蚊に刺される。なかに入ろう」

「おかしいわね。こんなに目が痛いのに、こんなに泣けるなんて。泣きたくなんかないのに」

「さあ、手を取って」

「もうちょっとここにいさせて。蚊ぐらい、へっちゃらだから」ジョーイは腹立たしげに鼻をすすった。「いいこと。悲しいのはチャズのせいじゃないのよ。愛していたわけでもなんでもないから。いまなら九十九パーセント間違いないと断言できる」

ミックは何も言わなかった。愛の終わりのやるせなさは誰よりもよく知っているつもりだ。あいた穴は誰かが埋めてくれるまでふさがることはない。

ジョーイは海を指さした。「でも、今度のことはわたしの心をズタズタにしたわ。あなたにはわからないでしょうけど」

それはわかる。だが、わからないこともある。

「それなら、どうして泣いているんだい」

「そうね。それはたぶんこういうことだと思う。自分の人生がこんなふうになってしまったから。もっと言うなら、こういう瞬間と、こういう場所と、こういう惨めな状況のせいよ。気を悪くしないでね、ミック。でも、目に覆いをされて、赤の他人とふたりっきりで小さな島にいるというのは、いまのわたしが望んでいることじゃないの。三十歳のわたしはこんなふうになってるはずじゃなかったの」

「これからよくなるさ」

「そうかしら。結婚記念の旅行中に自分の夫に海に投げ捨てられたのよ。そんなことをあっさり水に流せると思う？　そんなことを簡単に忘れられると思う？」

「旦那が手錠をかけられるところを見たら、気がすむかもしれない。どうして警察に通報しちゃいけないんだい」

ジョーイはタオルが飛んでいくのではないかと思ったくらい激しく頭を振った。「裁判はきっと悪夢のようなものになる。言った言わないの水かけ論よ。あいつはわたしが酔って手すりから落ちたと言うに決まってる。沿岸警備隊にはもうすでにそう言ってるはずよ。チャズの弁護士は四年前にわたしがデイトナで飲酒運転をしたことを二秒フラットで嗅ぎあてるわ。〝ミセス・ペローネ、証言席にお立ちください。水着のモデルをしている女性にテニスプレーヤーのボーイフレンドを奪いとられたとき、あなたは赤ワインのボトルを一本あけ、車を州道のまんなかにとめて寝てしまい——〟」

「もういい。わかった」

「でも、そうでしょ。結局は水かけ論よ」

たしかに泥仕合になるのは避けられない。

「余計なおせっかいかもしれないが、ジョーイ、金の問題はどうなんだい。きみが死んだら、旦那は金持ちになるのかい」

「いいえ」

「生命保険は？」

「わたしの知るかぎりじゃ入ってないわ。そうなの。だから、頭をかかえてるのよ。わたしを殺そうとした理由がわからない。別れたいのなら、そう言えばいいだけなのに」

あなただったらこれからどうすると、とジョーイは尋ねた。

「とりあえずは結婚指輪をはずすだろうね」

ジョーイは黙ってプラチナの指輪をはずし、てのひらに包んだ。「次は？」

「まっすぐに警察に行く」

ほかにどんな選択肢があると言うのか。ミックはそう思ったが、口にはしなかった。

「笑ってるね。いい傾向だ」

「脚をペロペロ嘗められてるの。くすぐったくって」

「何に？」

「犬ならいいんだけど」

ミックはテーブルの下を覗きこみ、ドーベルマンの首輪に手をのばした。「やめろ、ストラム」

「どうやらわたしが好きみたい」ジョーイは寂しげに笑った。「でも、みんな最初だけよ」

カール・ロールヴァーグ刑事は中西部の産だ。そのことは自分でもよくわかっている。捜査のたびに思い知らされもする。

中西部の北のほうなら、なんの問題もない。ミシガンでもウィスコンシンでもダコタでもい い。そういったところでの犯罪は、金や女や酒が原因の、単純でわかりやすいものばかりだ。フロリダの犯罪はもっと複雑で、異常で、一筋縄ではいかないものが多い。国中のへそまがりの悪党がみなここに集まってきて、虎視眈々《こしたんたん》と獲物を狙っているような感がある。

ロールヴァーグは警部に言った。「亭主のチャズ・ペローネですが、どうも怪しい」

「ずいぶん早いな」

警部の名前はガーロといって、ロールヴァーグには全幅の信頼を寄せている。付きあって楽しい男ではないが、これまでにいくつもの難事件を解決してきたという実績は誰にも否定できない。

「亭主が女房を海に突き落としたと言うんだな」ガーロは言った。「でも、それを証明することは簡単じゃない」

ロールヴァーグは肩をすくめた。「いまのところは単に怪しいというだけです」

ふたりは八四号線のサービスエリアの食堂でコーヒーを飲んでいた。時間は夜の十二時に近く、ロールヴァーグは車のなかで走りまわっているかもしれないネズミのことが気になってならなかった。

「女房はどれくらいの財産を持っていたんだ」

「千三百万ドルほどです。受託者がいま正確な数字を調べているところです」

「しかし、亭主は一セントも受けとれないんだろ。生命保険にも入ってない。そうじゃないのか」

「わかっているかぎりではそうです。でも、ゲームはまだ始まったばかりです」

「そんなことで嘘をつくのは愚の骨頂だ」

「たしかに」ロールヴァーグは腕時計にちらっと目をやった。ペットショップを出てから六時間になる。ネズミが靴の箱に穴をあけていなければいいのだが。

「女房の身内の者は？」

「両親は亡くなっていて、兄がニュージーランドの牧羊地に住んでいるそうです」

ガーロは眉を寄せた。「やれやれ。電話代が高くつくな。話は短めにしてくれよ」

「へい」

いらいらすると、ファーゴ訛りがつい口をついて出る。ロールヴァーグがミネソタ州のセントポールからフォート・ローダーデールに引っ越してきたのは、うだるような暑さへの妻の奇妙なあこがれのせいだった。十年後、ふたりは離婚して、妻はセントポールに戻ったが、ロールヴァーグはまだフロリダにいて、一年のうち十一カ月半は豚のように汗をかいている。

が、捨てる神あれば、拾う神あり。ブリーフケースのなかには、ミネソタ州ミネアポリス郊外のアイダイナという小さな町の警察署長からの手紙が入っている。そこで、めったに起きることのない重大犯罪を担当してもらいたいという。ロールヴァーグはその話を持ちだす機会を先ほどからずっとうかがいつづけていたのだ。

「船の乗客は何も見たり聞いたりしていないんだな」ガーロは言った。「美貌の若妻が海に落ちていきつつあるのに、みんな高いびきだったんだな」

二千四十八人の乗客全員から話を聞く時間はなかったと、ロールヴァーグは皮肉をまじえずに答えた。「でも、すすんで話をしにくる者はいませんでした」

ガーロは右手の小指で車のキーの束をくるくるまわした。「沿岸警備隊は？　捜索はまだ続いているのか」

「明日の昼には打ち切られることになっています。ヘリは日没まで捜索を続行しますが、それは単なるデモンストレーションにすぎません」

「亭主の言動に不審な点は？」

「言っているのはもっともらしいことばかりですが、あらかじめ用意してきた台本を読んでいるみたいでした」

ガーロは口を歪めて笑った。「いいか、カール。女房の死体がどこかに打ちあげられたとしても――」

「ええ、わかっています」

「首を絞めたあとがあったり、頭から弾丸が出てこないかぎり――」

「ええ。何も証明できません」

「亭主に愛人は？」

「調査中です」

「だが、もしいたとしても――」

「わかっています。だからといって、女房を殺したということにはなりません」

不倫の話になると、ガーロはとたんに歯切れが悪くなる。自分も複数の愛人を囲っているからだ。

「それでも、亭主の言葉は信じられないんだな」

「結婚生活についてのすべての話が聞けたとは思っていません」

ガーロは笑った。「そりゃ無理だよ、カール。そんなものが他人にわかってたまるか。誰の結婚生活だって同じだ。きみだってそうだろ」

「でも、あなたの奥さんは海で行方不明になっていません」

「何か気になることでもあるのか。ノルウェーの憂鬱な王子みたいな顔をしているぞ」

ロールヴァーグは無理に笑い、事実とは裏腹のことを言った。「いつもと同じですよ」

「いまもヘビを飼っているのか。どでかいのを何匹も」

「二匹だけです。たったの七フィートです」

「いまもネズミを食わせているのか」

「あいにく野菜炒めは食べないもので」

「団地からよく追いだされないもんだな」

「追いだされかけています」

団地の住人のほとんどは小型犬を飼っていて、ロールヴァーグのニシキヘビがいつ逃げだしはしないかとみな戦々恐々としている。裁判にかかった費用はもうすでに六千ドルを超えている。

「あんな爬虫類のどこがいいんだ。どうしてあんなものを飼っているんだ」

「好きだからです」

「でも、相思相愛ってわけじゃあるまい」

「われわれの関係は良好です。餌と住まいの見返りとして、絶対的な無関心を与えてくれます」

ガーロはステージでヘビを使うオークランドパークのトップレスダンサーを知っているという話をした。「その女は大きな家に住んでいる。そこならヘビも満足するはずだ」

「ご親切にどうも」ロールヴァーグは立ちあがった。「そろそろ行きます。ネズミが車のイグニッションをショートさせるといけませんから」

「困った男だ」ガーロは悪意をこめずに言った。「ミセス・ペローネの一件は金曜日までに終わらせろ。わかったな」

「金曜日までに?」

「連戦連勝というわけにはいかんよ、カール。人間にできることには限界がある」

六日間ではなおさらだ。

「チャズ・ペローネの話だと、女房は大学時代に水泳の選手だったそうです」

「だからといって、クルーズ船から海に飛びこんだり、鮫といっしょに泳ぐ練習をしたとは思えない。とにかく金曜日までだ、カール。それで捜査を打ち切れとは言わんが、ファイルは書類のいちばん下に置くように」

「へい」

ネズミたちといっしょに車で家に帰る途中、ロールヴァーグはブリーフケースのなかの手紙のことを思いだした。辞職の話を持ちださなかった自分に腹が立ってならなかった。あの場で話をして、すぐさま手続きにとりかかってもらうつもりだったのに。

月曜日の朝いちばんに言おう。この炎熱地獄から脱出して、ミネソタに帰りたい。もうこれ以上我慢できない。

5

チャールズ・レジス・ペローネが生物学者になったのは怠慢の結果だ。

本当は医学部の放射線科をめざしていた。医者になれば、金には不自由しない。だが、潔癖症の健康フリークとしては、できれば病人と接触したくない。としたら、選択肢はかぎられてくる。隔離された衛生的な部屋でレントゲン写真を見るだけなら害はない。仕事は楽で、余暇にあてる時間もたっぷりとれる。

だが、第一志望は旺盛な性欲のせいでかなえられることはなかった。予科時代は書物と過ごす時間よりもコンドームと過ごす時間のほうが長かったし、フロリダ大学では平均値が二・一という情けない成績しか残せなかった。C評価では医学部に進むことはできない。だが、チャズはめげなかった。医師になるためには犠牲にしなければならないものが多すぎる。金を儲ける方法はほかにもある。

そう自分に言い聞かせて、しぶしぶ取得したのが生物学の学士号だった。あとはバービー人形の恋人のような甘いマスクと男の色気で、身過ぎ世過ぎができると思っていた。だが、社会はそんなに甘くなく、大学を卒業して三カ月後にはいったん実家に帰らなければならなくなった。そこにいたのが、母の新しい夫で、ロジャーといういかれた元イギリス空軍パイロットだ。チャズが一日に数回マスをかくためにバスルームにこもるたびに、アイルランド民謡のテープを大音量で流し、ドアを叩きながら、気色の悪い裏声で〝悪い猿、悪い猿〟とはやしたてるから、たまったものではない。

たまったものではないが、稼ぎがないのでは、親もとを離れるわけにもいかない。チャズの学歴にいささかなりとも興味を示したのは、日に二度ずつ犬舎を掃除する者を探していたベイ郡のヒューマン・ソサエティだけだった。

博士号を取得しないかぎり、左うちわの暮らしは望めそうもない。それで、コロラドにある有名なマスプロ大学で学位を購入することにした。九百九十九ドルを払えば、八週間の通信講座で卒業証書（立派な成績票つき）を発行してもらえるのだ。金は母親が出してくれた。学位論文は生物学に少しでも関連していればなんでもよく、タイプは一行おきにという決まりが守られてさえいれば、それで合格になる。チャズの論文の表題は〝時期遅れのオレンジとグレープフルーツとミカンの比較分析〟。ある日の午後の数時間を近所のスーパーマーケットの青果売り場で過ごして、ちょこちょこっと書きあげたものだ。

それにスーパーマーケットのレシートを添付して郵送した十日後、大学から一通の手紙が送られてきた。大学は認可を取り消されて閉鎖され、繁華街にあった本部も引き払うことになったという。

博士号を取得するためには、やはり実際に学校に通わなければならない。母親としても、マスをかいてばかりいるバカ息子をいつまでも家に置いておくわけにはいかないので、マイアミ大学のローゼンスティール校で海洋生物学を教えている従兄に泣きついた。それが功を奏し、チャズの進学試験の成績はお粗末きわまりないものだったが、コネのおかげで、大学院への入学は例外的に認められることになった。

初登校のときには、やる気まんまんで、意気揚々としていた。南の海に浮かんだ帆船で、片方の手に双眼鏡を、もう一方の手に冷えたマルガリータを持って、イルカの群れを追いかける楽しい日々が始まると思っていたのだ。

前もってカリキュラムに目を通していれば、実習の地味さにこれほどまでに落胆することはなかっただろう。まず最初に命じられたのは海シラミの研究をしている博士課程の学生の助手だった。この経験によって、チャズは大自然とそこに住むあらゆる生物に対して嫌悪感を持っていることをあらためて思い知らされることになった。

海シラミというのは、藻に宿る微生物で、シラミの一種ではなく、指抜きのようなかたちをしたクラゲの幼虫だ。二日目には早くも耐えられなくなった。ウェットスーツの内側に入りこみ、上半身に痒《かゆ》みを伴う膿疱性の発疹が無数にできたからだ。そこにコロンをつけたのだから、たまらない。一学期の半分も終わらないうちに、チャズは燃えさかる油田から引っぱりだされた人間のようになってしまった。のちに担当教授に語ったところによると、海シラミを調査することの唯一の意味は、地球上から海シラミを消滅させる毒薬を見つけだすことであるというのが、そこから導きだされた結論だったらしい。

ことほどさように、チャズは学究に必要な忍耐強さも理解力も持ちあわせていなかったし、下等生物になにがしかの興味があったわけでもなかった。教室での試験は最低点がとれるだけの丸暗記でなんとか切り抜けることができたが、実習はそうはいかなかった。外は暑く、作業は退屈で、きつかった。藻を集めるより、イルカとたわむれるほうが自分には向いていると何度教授に訴えたことか。

だが、ここでもコネのおかげで、落第という不名誉はなんとか免れることができた。次に与えられた研究課題は、ボウフラを食べる魚の繁殖サイクルについて。自然と接触する機会がなるだけ少なくてすむようにという大学側の配慮からだ。二年間の退屈な水槽番の甲斐あって、お情けで博士号が与えられることになった。ローゼンスティール校の教授たちにとっては、それはようやく厄介払いができたということであり、卒業式の日にチャズが証書を受けとったときには、全員が歓声をあげたという。

驚いたことに、証書を額に入れると同時に、仕事のオファーが来た。有名な化粧品会社で、ありがたいことに、生物学の知識も必要としないし、成績も問わないという。求められているのは博士号という肩書きだけだ。自社製品にトキシンやアセトンや発ガン性物質が無視していい量しか含まれていないと請けあってくれる者なら、要するに御用学者なら、誰でもかまわない。化粧品会社の人事担当者はチャズのルックスのよさに注目し、特に女性陪審員に対して鑑定証人としての利用価値は高いと判断したのだ。

勤務地はジャクソンヴィルで、チャズは専用オフィスとハツカネズミ百匹つきの実験室をあてがわれた。〝青い熱情〟や〝おののき〟といった新製品がテスト発売されるたびに、香水がハツカネズミに大量塗布された。それで、ときおり金柑サイズの腫瘍ができると、哀れな実験動物はバーベキュー用のトングでつまみあげられ、ビルの裏手の排水溝に捨てられた。症状が科学的に分析されたことは一度もなかった。三万八千ドル程度の年俸で、そんなバッチイものに手を触れて、白く美しい指を汚すわけにはいかない。

ある日の朝、ハツカネズミのケージ用に新聞紙をちぎっていたとき、まさしく運命的な見出しが目にとまった。〝議会はエヴァーグレーズ再生のために八十億ドルの資金投入を検討〟

神秘的な黄金色の光が見えたような気がした。そこで、チャズは大学の担当教授が驚くような熱心さでそのプロジェクトのことを調べ、人間（特に移民労働者）と大地に対する残虐行為によって新聞紙上をしばしば賑わせ、敵にも味方にも〝レッド〟というニックネームで通っている農園経営者のサミュエル・ジョンソン・ハマーナットという男とわたりをつけた。

ハマーナットは最初のうち警戒心を抱いていたが、結局はチャズの強引な売りこみを受けいれた。

いま(夜中の三時)、チャズに電話をかけてきたのがこのレッド・ハマーナットだった。

「なんかややこしいことになってるそうじゃないか」ハマーナットはNASAの航空実験用の風洞のなかにいるような声で言った。

チャズはデジタル時計にちらっと目をやった。「いまどこにいるんです」

「アフリカだ。覚えてないのか」

ハマーナットは世界記録級のターポン釣りの最中で、ガボン沖の船から衛星電話をかけてきたのだった。

「ジョーイに何かあったって? ほんとなのか」

チャズは気をひきしめ、ベッドの上で身体を起こした。「ええ、そうなんです。旅行中に船から落ちたようなんです。いまだに見つからないんです」

「そりゃ、えらいこっちゃ」

「でも、どうやって知ったのです」

「フォート・ローダーデールの新聞に載ってたんだ。リズベスがファックスを送ってきた」

「ぼくがここにいるってことは?」

「新聞社に電話して、おまえの叔父だと言ったんだよ」

「なるほど」

これがいたわりの電話ではないことはわかっている。レッド・ハマーナットはそのような感情とは無縁の男だ。心配をしているようなふりをしているが、本当は別に何か知りたいことがあるにちがいない。

「何が起きたかわからないんです」チャズは言葉に気をつけながら言った。ロールヴァーグ刑事に電話を盗聴されていないともかぎらない。「真夜中にデッキに出ていって、それっきり帰ってこなかったんです。見た者はいないのですが、海に落ちたとしか考えられません」

「そりゃそうだ。ほかには考えられん」ハマーナットの声は風の音に掻き消されそうになっている。「まいった。まいった。沿岸警備隊の捜索はまだ続いてるのか」

「明日の正午まで。それで打ち切られます」

「そうか。薄情なもんだな」

船上のハマーナットの姿は手に取るようによくわかる。デッキの椅子にすわって、ジャック・ダニエルズをちびちびやっているにちがいない。染みだらけのボウリングのピンのような脚は日に焼けて真っ赤になり、風はバーコード状の髪をコミカルに舞いあがらせている。大きなサングラスをかけているので、目のまわりは白く、キツネザルのように見える。

「助けが必要なら言ってくれ、チャズ。なんなら、こっちで捜してやってもいいぞ。朝になったら、ヘリコプターを五機でも六機でも出してやる」

あのオヤジ、酔っぱらっているのか。

「ご親切にどうも。でも、沿岸警備隊は同じところを何度も繰りかえし調べています。見つかるなら、もうすでに見つかっているはずです。海には鮫がうようよいます」

「いやはや。それにしても、ひどい風だ。そっちにも聞こえるか」

「ええ」

「大荒れだ。風速三十ノットは下らんだろう」

「気をつけてください」

「おい、釣りのことを訊かないのか」

「忘れてました。調子はどうです」

ハマーナットがジョーイの身を案じているふりをしているうちに話を切りあげるべきだった。

「さっぱりだよ。四日もいるのに、百ポンド級のターポンは一匹もあがらない。おまえはその道の専門家なんだろ。どうしてか知ってるはずだ。魚はどこにいるんだ」

知るわけがない。「産卵中じゃないんですか」

ハマーナットは便秘中のラバのような声で笑った。「産卵中だって！　博士号を持ってるのに、そんな返事しかできんのか。なんのために金を払ってると思ってるんだ」

チャズは怒りを押し隠して言った。「ぼくの専門じゃないんです」

「何が専門じゃないんだ」

「スポーツ・フィッシングがです」

ハマーナットは大笑いした。「困ったもんだ。こんなことなら、本物の専門家を雇うべきだったよ。いいか。この釣りには日に三千ドルもかかってるんだぞ」

だったらスズキとかの雑魚《ざこ》から始めろよ。スポーツ・フィッシングの経験はまだ三カ月ほどしかないというのに。

「明日には運がめぐってきますよ」

だが、野蛮な田舎者は矛《ほこ》を収めようとしなかった。「こう言っちゃなんだが、おまえはターポンより鮫のほうが詳しいようだな」

信じられない。こんなときにジョーイをジョークのネタにするなんて。

「どうも電話が遠いみたいです」チャズは受話器に向かって叫んだ。「気をつけてください。お帰りになったら連絡します」

「わかった。ジョーイのことは気の毒に思ってる。同情するよ」

そんな気持ちはこれっぽっちもないくせに。だまされはしない。サソリの心を持つ男なのだ。

「用心しろ」ハマーナットははっきり警告とわかる口調で言った。「聞こえてるのか。何ごとも用心が肝心だ。わかってるな」

「わかってますよ」


ジョーイ・ペローネは日が昇るまえに起きて、目を覆っていたタオルを取った。クラゲに刺されたところはまだひりひりしているが、目は見える。忍び足でバスルームへ行って、鏡の前に立ったとき、そこに映った顔はむくみ、目は赤く充血していた。

このとき着ていたのは、スタンフォード大学の大きなトレーナーと白いジョギング・パンツ。テレビ局のプロデューサーだった元妻のものらしい。昨夜、結婚生活は何年続いたのかと尋ねると、〝何を結婚生活と見なすかによってちがう〟という答えがかえってきた。

おっかなびっくりで顔を洗い、静かにうがいをする。キャビネットをあさって、ゴムの輪っかを見つけだし、髪を結わえる。

ミックは居間のソファーで眠っていた。そこに近づき、腰をかがめ、薄明かりの下で顔を覗きこむ。思わず口が緩む。

悪くない。思ったとおりだわ。

キッチンに行って、リンゴ二個と熟れたバナナ一本を取る。裸足《はだし》で裏口から外に出て、そっと網戸を閉める。栈橋に行くと、ストラムが顔をあげたので、鼻を撫でてやる。

「きみはハンサム・ボーイよ。ミックがいつか素敵なガールフレンドを見つけてくれるわ」

ボートに乗りこんだとき、ジョーイは思った。これって、ちょっとひどすぎじゃないかしら。せめてメモくらいは残しておくべきだったかも。

ロープをほどいて、ボートを押す。操舵席にすわって、バナナの皮をむきながら、ボートが栈橋から遠ざかるのを待つ。家の近くでエンジンをかけたら、ミックが目を覚ます。こういう立ち去り方をするのは本意ではない。

操舵席のコンソールには充電中の携帯電話があった。つまり、ボートがなくなったことに気づいても、警察に連絡できないということだ。悪いとは思うが、仕方がない。こうしないと、やりたいことができなくなる。

ボートのなかでバナナを食べ終えると、皮を座席の下に置き、船尾のハッチに点火用のバルブを取りつける。バルブを押して、船外機に燃料を送りこむ。操作法は知っている。もう何年もまえのことになるが、アクアスポート社の船を持っていたことがある。最初の夫といっしょに水上スキーをするために購入したもので、それは百五十馬力のヤマハの船外機を搭載していた。

古いエヴィンルードは三度目の試みでようやくかかった。スロットル・レバーを押し、それから後ろを向く。ミックの姿はない。ストラムが桟橋のはずれで耳を立て、尻尾をパタパタ振っている。ジョーイは手を振り、船首をマイアミのスカイラインに向けた。

「またか」ミックはつぶやきながら、地面に落ちていたココナツの実を蹴った。

ピクニック・テーブルにすわり、手にはコーヒー・カップを持っている。ストラムはその足もとに寝そべっている。ジョーイは島から逃げだした最初の女ではない。しばらくのあいだ寝食をともにしたあと、不平不満を募らせて逃げたわけではない最初の女だ。それにしても、女というのは逃げようとするとき、どうしてその行為をメロドラマ仕立てにしたがるのか。

最後に逃げたのはスーザンという名前の特許代理人だった。島の孤立感がステキとかなんとか口では言っていたが、実際は気が狂いそうになっていた。本人の言によれば、そうなったのは、大気の状態が不安定なので、携帯電話がつながりにくかったかららしい。

ある日の夕暮れどき、スーザンはとうとう限界に達した。ミックを睡眠薬入りのラム&コークで眠らせると、荷づくりをして、ボートに乗りこんだ。だが、ボートはほどなくラギッド島沖の水面下の岩に激突。スーザンは鎖骨を折り、エヴィンルードはシャフトを折った。修理費はしめて千八百ドル。

救急処置室で、ミックは訊いた。「どうして黙って出ていったんだい。ひとこと言ってくれたら、乗せていってやったのに」

「あなたを困らせたくなかったからよ。あなたの気持ちはわかっているつもりよ」

女たちはみな同じことを言う――〝あなたの気持ちはわかっているつもりよ〟。それはちがう。見当違いもいいところだ。だが、それを責めることはできない。他人の胸の内がそう簡単にわかってたまるものか。いずれにせよ、スーザンの一件はいい教訓になった。また同じようなことが起きたときに、乗っとられた船を守る手立てを講じておく必要がある。

ライフルのスコープを覗くと、ボートはすぐに見つかった。島から二マイルほど離れたところに浮かんでいる。

「いっしょに行くかい」ミックはストラムに訊いた。

ストラムは股間を嘗めるのに夢中で、いっしょに行くつもりはなさそうだった。

ミックは納屋から黄色いカヤックを引っぱりだし、海に浮かべた。シャツとビーチサンダルを脱いで、カヤックに乗りこむと、小さく力強いストロークでこぎはじめる。海は凪《な》ぎ、肩にあたる陽光が心地いい。追い風のおかげで、ボートがとまっているところまで二十分もかからなかった。

ジョーイは舳先《へさき》にすわって脚をブラブラさせていた。「三日間で二度目ね。バカみたい」

ミックはボートに乗り移り、カヤックを索止めに結びつけた。「これは海難のうちには入らない。単なるお騒がせだ」

「船を盗むつもりはなかったのよ、ミック。ほんとよ」

ミックはハッチをあけて、そのなかに頭と腕を突っこんだ。

「ディナー・キーまで行って、そこに係留しておくつもりだったの。まさか故障するとは思わなかったわ。心配しないで。修理代は払うから」

「どうして故障だと思ったんだい」

「故障じゃないの？」

「ちがう。まったく正常だよ」

ミックは起きあがって、ズボンで手を拭いてから、操舵席に向かった。キーをまわすと、エンジンは一発でかかった。

ジョーイはむっとした顔で訊いた。「どういうことなの」

「燃料ホースのタンク側に手動式のバルブがついている。昨夜、それを閉めておいた。そうするのが習慣になっているんだよ」

「燃料をカットするためのバルブね」

「そう。ホースのなかに残っている燃料分しか走れない。だから急にとまったんだ」

ジョーイは下顎をさすりながら言った。「考えたわね」

「まえにも同じようなことがあったんだ」

「驚かないわ」

ジョーイはクーラーボックスの上にすわって、前かがみになった。ミックは舵輪をまわした。

「きみががっかりする気持ちはよくわかるよ。イーストウッドを期待してたら、こんなオッサンだったんだから」

ジョーイは目をくるっとまわした。

帰り道はリラックスできた。カヤックが波に揺れて、モーターボートの舷側に軽くあたる。

「言ってくれたら、送っていってやったのに。いったい何を考えてるんだ」

「あなたはわたしに内緒で沿岸警備隊か警察に連絡するにちがいないと思ったの。そうされたくなかったの」

「それでどこへ行こうとしてたんだ」

「夫を驚かせようと思って。わたしが生きてることを知って、仰天する顔を見たかったのよ」

「それで？　もう一度殺人事件を起こさせたかったのか」

「そこまでは考えてなかったわ。とにかく腹の虫がおさまらなかったので、何かしたかったの。チャズがシャワーを浴びているときに、バスルームに入って、いきなりカーテンをあけるとか。そうしたら、心臓発作を起こすかもしれない」

「名場面だが、名案じゃない」

「もっといい案を思いついたの。聞きたい？」

「べつに」

「ここで海に浮かんでいたとき、突然ひらめいたのよ。きっとあなたも気にいると思うわ」

「どうだか。いずれにせよ、きみはここから逃げだす必要などなかった。おれは約束を守るつもりだった。きみがその気になるまで、警察に連絡をとるつもりはなかったんだ」

ジョーイは髪を束ねていたゴムを取った。「ずっとその気にならなかったとしたら？」

「それがきみの新しい案なのかい。きみが死んだとみんなに思わせつづけようというのかい」

「主として殺人犯の夫に対してよ」

「それで、きみはどこか遠いところに行方をくらませる。新しい名前で新しい生活を始める」

「ちがうわ。殺人犯の夫をとっちめるのよ」

「リベンジだな」

「ジャスティスと言って」

ミックは笑った。とんだ鉄砲玉だ。

「やれやれ。きみの家族や友人はどうなるんだ。嘆き悲しんでるのじゃないのか」

ジョーイは両親がすでに死亡していることを伝え、唯一の肉親である兄は地球の反対側で暮らしていると付け加えた。

「兄には言うわ。兄はわかってくれるはずよ」

「職場の上司は？　同僚は？」

「仕事は結婚と同時にやめたの。まえにも言ったように、お金はある。うなるほどある。どんな仕返しをするにしても、お金の心配をする必要はないわ」

「おいおい。本気なのかい」

「あたりまえでしょ。理解できないってことがわたしには驚きだわ」ジョーイは言って、横を向き、太陽を遮るために手をあげた。

桟橋に着くと、ストラムが水しぶきを跳ねあげながら、嬉しそうに波打ち際を走ってきた。ミックはモーターボートを係留し、カヤックを納屋に戻し、それからオムレツをつくるために家に入った。ジョーイは誰のものかわからない黄色いサンドレスに着替えて、大きな麦わら帽子をかぶった。

しぼりたてのグレープフルーツつきの朝食が、薄曇りの空の下の桟橋で供された。食べ終わるのを待って、ミックはレクチャーを再開した。

「よく考えろ。たとえ死んだことになっていたとしても、旦那を殺して逃げおおせることはできない。そんなナンセンスは映画のなかだけの話だ」

ジョーイは愉快そうな顔をして、大きな麦わら帽子の鍔《つば》の下から目をこらしている。

「誰も殺すなんて言ってないわ。夫が自分で自分を破滅させるように仕向けるのよ。そういったことって考えられないかしら」

驚いたことに、ミックはその考えに好奇心を掻きたてられた。気づかれていなければいいのだが。

ジョーイはぐいと身を乗りだした。「誰かに殺されかけたことはない？　ほんとのことを答えてちょうだい」

「あるよ。ほんとのところ」

「それで、あなたはどうしたの」

「それとこれとは話がちがう。おれは警察にいたんだ」

ジョーイは両手でテーブルを叩いた。「やっぱり。そうだと思ったわ」

「いまはちがう。昔の話だ」

「質問に答えてちょうだい、ミック。あなたを殺そうとした者に対して、あなたはどんなことをしたの」

ミックはゆっくり息を吸いこみ、それから答えた。「殺した」

ジョーイは誰かに押されたかのように身体を後ろに引いた。「すごい」

「パパイヤ食べる？」

「何人殺したの」

「おれは軍隊にもいた。ちょっと待っててくれ」

ミックはキッチンへ行き、二個のベーグルとパパイヤのスライスを持って戻ってきた。

「話を聞かせてくれない？」

ジョーイの目はキラキラ輝いている。

「勘弁してくれ」

話したくないことの一番は離婚した女についてで、二番は殺した男についてなのだ。ひとりはローリー・グーマーという悪徳判事だが、そのまえにもあとにも何人かいる。銃撃戦で撃ち殺した北ヴェトナム軍の兵士とか、カジキの嘴《くちばし》で刺し殺した鈍足のヒットマンとか。けれども、道徳的に正当化できないものはひとつもない。話としたら、おもしろいかもしれないが、見知らぬ若い女に聞かせるような類のものではない。

ジョーイは言った。「ほんとなら、あなたのことを怖がらないといけないんでしょうね」

ミックは頭を振った。「そんなことはないと思うよ」

「さっきも言ったように、チャズを殺したいわけじゃないの。わたしは小さな虫一匹殺しても、罪悪感にさいなまれるような人間よ。でも、罪は償われなきゃならない」

「刑務所にぶちこむだけじゃ足りないのかい。十年間のライフォード暮らしは、きみが思っている以上に過酷なものだ。請けあってもいい」

ジョーイはパパイヤを口に放りこんだ。「有罪になるとはかぎらないでしょ。目撃者もいないし、動機もないのよ。ちがう?」

「動機はあるはずだ。かならずある」

「たしかに考える余地は残ってると思うわ。でも、いいこと。チャズは口が恐ろしく達者なの。ことわざにもあるでしょ。立て板に水とか。口も八乗とか」

「ちょっとちがうけど」

「だから、法廷で争うのはいやなの。リスクが大きすぎる」

ジョーイが不安に思うのも無理はない。とりわけ南フロリダの裁判は予測がつかないことで有名なのだ。

「わたしと出会うまえ、チャズは化粧品会社にいたの。新発売の香水の安全性を証明するために雇われていたのよ。要するに提灯持ち。一度ビデオを見せてもらったことがあるんだけど、法廷での証言はじつに堂に入っていたわ。たいしたものよ。陪審員がだまされるのも無理はないと思ったわ」

残念ながら、裁判制度を信頼しろと真顔で言うことはできない。極悪非道のモンスターが大手を振って法廷から出てくるのを見たのは一度や二度のことではない。

「じゃ、どうしたらいいの。あなたはわたしをどうするつもり」

なんと答えるべきか思案していたとき、明るいオレンジ色のヘリコプターが低空飛行でこっちへ向かってくるのが見えた。ストラムもそれに気づき、くるくるまわりながら、狂ったように吠えはじめた。

ジョーイが顔をあげたとき、頭から麦わら帽子が落ちた。ヘリコプターがその上でとまった。開いたハッチの向こうから、白いヘルメットをかぶった男が双眼鏡を覗いている。間違いない。行方不明になっているミセス・ジョーイ・ペローネを捜しているのだ。ジョーイは麦わら帽子をかぶりなおして、不安そうな視線をミックに投げた。

これで一件落着にしたければ、立ちあがって、両手を振り、黄色いサンドレス姿の女を指さすだけでいい。

そうするのは簡単だし、そうしてしまいたいという気持ちも強い。こんな厄介ごとに巻きこまれるには年をとりすぎている。

だが、手を振りもしなければ、指さしもしなかった。そのかわりにジョーイの左手を取って、これ見よがしに自分の唇に押しあてた。

それを見たら、黄色いサンドレスの女は行方不明者ではなく、ピクニック・テーブルでくつろぐ中年男の恋人か妻としか思わないだろう。

ヘリコプターは去り、しばらくして薄曇りの空のかなたの小さな点になった。ストラムは吠えるのをやめ、満足げに身体を丸めた。カモメの群れがふたたび頭上を飛び交いはじめた。

「ありがとう」ジョーイは言った。「これって、ここにもう少しいていいってことかしら」

「どうしておれはこんなにバカなんだろう」ミックは答えた。

6

十二時ちょうどに沿岸警備隊から電話がかかってきた。

「諦めるってどういうことです」チャズは言ったが、荷づくりは一時間以上もまえにすんでいる。「家内はまだ海のなかにいるんですよ。生きているかもしれないんですよ」

「残念ながら、その可能性はひじょうに低いと言わざるをえません、ミスター・ペローネ」

ホテルをチェックアウトし、車で家路についたとき、チャズは大きな安堵感と満足感を覚えていた。完全犯罪をなしとげたのだ。ジョーイを海に投げ捨ててから三十七時間が経過し、いまだに髪の毛一本も見つかっていない。海はその務めを果たしたということだ。

家に帰ると、不思議な感情の波が押し寄せるのがわかった。罪悪感ではない。もっと肉欲的なものだ。家のなかにはジョーイの香水の匂いがかすかに残っている。リッカの香水のフルーティな匂いよりずっと淡いが、こっちのほうがずっと官能的だ。リッカに言って、取りかえさせよう。

留守番電話は事故の記事を読んだジョーイの友人たちからのメッセージでいっぱいになっていた。幸いジョーイは、ややこしいことを言ってくる家族や親戚はいない。兄とは顔をあわせたことさえない。引きこもりらしいので、妹の訃報を聞いてニュージーランドから出てくるかどうかも疑問だ。

　クロゼットのなかのジョーイの服を見ると、気が滅入った。それをすべてハンガーから取り払うと、少し気が晴れた。ジョーイの私物はバスルームにも残っていた。石鹸、クリーム、スクラブ、保湿液、クレンジング、ローション、コンディショナー。それらもすべて取り払うと、より気分がすっきりした。そのあとも部屋をまわって、ジョーイの私物を見つけてきては、キングサイズのベッドの上に積み重ねていった。持ってこなかったのは、下着と宝石だけだ。セクシーなレースのブラジャーとパンティーは、リッカがあと何キロか痩せたら着せることができる。宝石には一万ドルから一万二千ドルくらいの値段がつくだろう。

　ベッドの上に積み重ねたものが入るような箱はない。それで、近くのブランズマートまで車で行って、ダンボール箱をいくつかわけてもらった。家に帰ると、グレーのフォードが車まわしにとまり、カール・ロールヴァーグが玄関のドアの前で待っていた。

　妻がいなくなってせいせいしたように見えるとまずい。本当ならダンボール箱は車のなかに隠しておくべきだろう。だが、チャズは怖《お》めず臆せず正面突破をはかることにした。

「それって新型のハマーでしょ」ロールヴァーグは言った。「すごい車をお持ちなんですね」

　チャズは無言のまま玄関のドアの錠をあけると、ダンボール箱を持って家に入り、まっすぐ寝室に向かった。ロールヴァーグは礼を失することのないよう少し距離を置いて、あとをついていった。

「家内の持ち物を見たくないんです。あまりにつらすぎて」チャズは言いながら、ジョーイのドレスやブラウスをサンヨーの四〇型テレビの空き箱に次々と放りこんでいった。「どこを見ても、ジョーイがいます。旅行に持っていったスーツケースをあけることさえいまだにできません」

ロールヴァーグはその様子を思案顔で見ていた。「このようなショックに対する反応はひとさまざまです。なかには、リネンや洗濯物なども含めてすべてを元のままにしておきたいと言って、家のなかにあるものにまったく手を触れようとしない者もいます。あなたには理解できないかもしれません。歯ブラシ一本捨てることができず、洗面台のコップに立てたままにしている者もいます。何年間もです」

チャズは手を休めなかった。「ぼくはちがう。思い出の品々に囲まれていると、つらすぎて、ベッドから出ることもできなくなります」

「その箱をどうするつもりです」

「決めていません。チャリティーに出すのがいいかもしれませんね」

ロールヴァーグはダンボール箱のなかに手を入れて、鼈甲《べっこう》の櫛を取りだした。「お借りしてもいいですか」

「どうぞ」チャズはふたつ返事で答え、一瞬の間のあと尋ねた。「何に使うんです」

「念のためです」

「念のため?」

「どこかで何かが見つかるかもしれません。たとえば身体の一部とか。気を悪くしないでいただきたいのですが、そういったことはけっこうあるんです、ミスター・ペローネ」

「なるほど。DNA鑑定用のサンプルですね」

「そうです。その際には、櫛についている髪の毛が一本あれば用は足ります。よろしいですね」

「もちろん」チャズはベッドの上にあったハンドバッグを無造作にダンボール箱に放りこんだ。

ロールヴァーグは櫛を上着の内ポケットにしまった。「フロリダでは鮫が釣りあげられることがよくあります。その鮫の口からときどき人体の一部が出てくるんです。行方不明になってから何週間もたっていたり、距離が二、三百マイル離れていたりすることも――」

チャズは苦虫を嚙みつぶしたような顔で話を遮った。「もう充分です」

「すみません、ミスター・ペローネ。あなたはローゼンスティール校でそういったことを学んでらしたのでしたね」

チャズは顔をあげて、刑事に目をやった。「ええ。いけませんか」

ロールヴァーグはさりげなく探りを入れている。そう思うと、つい棘のある口調になってしまう。

「必要なものがあれば、なんでも持っていってください」チャズは言って、ジョーイの私物の山に手をやった。「この一件に決着をつけるためなら、なんでもするつもりです」

ロールヴァーグは微笑み、チャズはそれを同情のしるしと受けとった。

「決着をつける？　そうですね。そういうふうにお考えになるほうがいいと思います。つらいかもしれませんが、それは一歩前進です。お邪魔をして申しわけありませんでした」

チャズは刑事を玄関まで送っていった。

「沿岸警備隊から連絡がありました。今日の正午に捜索を打ち切ったそうです」

「ええ、知っています」

チャズは無念そうに言った。「三千平方マイルを捜して、結局は何も見つけられなかったのです」

「何もというわけじゃありません」

ドアノブにかけていた手が凍りついた。

「マリファナの袋が四つ見つかったそうです」

チャズは吐き気がおさまるのを待った。「そうですか。コロンビアではいまごろ大騒ぎをしているかもしれませんね」

「見つかったのはジャマイカ産です。でも、おっしゃるとおりかもしれません。それがどこから来たものかは誰にもわかりません。メキシコ湾流に乗れば、どんなに遠いところからでも運ばれてきます」

「だったらバミューダからです。ジャマイカではありません」

「どうしてですか」

「メキシコ湾流でしょ。それは北から南へ流れている」

ロールヴァーグのブロンドの眉が寄った。「少なくとも、このまえ見たときはそうじゃなかった。その逆ですよ、ミスター・ペローネ。間違いありません。メキシコ湾流は南から北へ流れてるんです」

チャズは思わずむせた。もしこの刑事の言ったとおりだったとしたら？　やばい。海流はジョーイの身体を沿岸警備隊の捜索活動のはずれから中心部に運んだということになる。

「ええ、そうでしたね」チャズは咳払いをした。「今日は頭がどうかしています。太陽と月の区別さえつかないくらいです」

「よくわかります。ゆっくりお休みになってください」ロールヴァーグは言って、車のほうへ向かった。

チャズはドアを閉め、そこに力なくもたれかかった。メキシコ湾流が流れる方向を知らない者はいくらでもいる。だが、海洋学の専門家で、それしきのことを知らない者はいないはずだ。担当教授に電話をして、答えを聞きたいと思ったが、ついでに説教をされるのはごめんこうむりたい。学校でサボってばかりいたことが珍しく悔まれる。

ジョーイの私物を片づける作業に戻りながら、チャズは思った。マイアミ・ビーチ沖の鮫がフロリダ・キーズの鮫以上に慎み深いとは思えない。ジョーイはそのうちの一匹に食われたにちがいない。死体があがらないのが何よりの証拠だ。

が、リッカが電話をかけてきたときには、訊かずにはいられなかった。「メキシコ湾流ってどっちの方向に流れてるんだったかな、ハニー」

「それはクイズなの？　ヒントは？」

「北か南か」

「さあ、知らないわ」

「おまえはバカか」

「なに言ってんのよ。あんたはその道の専門家でしょ」

カール・ロールヴァーグは沿岸警備隊の救難本部に向かいながら、チャズ・ペローネについてリッカとまったく同じことを考えていた。

コーベット・ウィーラーは二十二歳のときにニュージーランドに移住した。アメリカにとどまっていたら、貪欲な叔母から相続財産を守ることに人生の大半を費やさなければならないと感じたからだ。そのとき、ジョーイにもいっしょに行こうと声をかけた。だが、ジョーイは兄の誘いを断わって、フロリダに行き、そこでベンジャミン・ミデンボックという証券マンと結婚した。それは驚くべきことではなかった。驚くべきは、ベンジャミンが妻の財産になんの興味も示さなかったということだ。ジョーイが愛する夫にさえ相続財産のことを話していなかったということを知ったのは、ベンジャミンがスカイダイバーに押しつぶされたあとのことだった。妹はひとりでも生きていけると、コーベットはこのときはじめて確信した。

そのころには、ニュージーランドを心から愛するようになっていた。そこはカリフォルニアと同じように広くて美しく、だがカリフォルニアほど車が多くない。牧羊の仕事に興味を持ちはじめたとき、スウェーデンからフリージャン種の羊がニュージーランドに入ってきた。それは世界でもっとも多産の羊で、ニュージーランド種と交配させると、数はおもしろいように増えていった。事業は順風満帆だった。だが、利益は第一の目的ではなかった。純粋に牧羊の仕事が好きだったのだ。田舎の一軒家のポーチの椅子にすわって、タバコをくゆらせながら、白い羊が点在する緑色の丘を見るのが何よりの楽しみだったのだ。

ある日の夜、ジョーイから電話がかかってきた。母の双子の妹で、強欲な里親のドッティ・バブコックが、保険金詐欺の罪でつかまったという。ロサンゼルスで悪徳医者と組んで、当たり屋をしていたのだ。回数は月に二、三回ずつで、そのたびに偽名を使い、脊椎の損傷とか腰骨の骨折とか網膜剥離といった症状をでっちあげ、金をだましとっていたらしい。運が尽きたのは、サンタ・モニカで共犯の悪徳医者といっしょにローラーブレードをしている写真が新聞の第一面に掲載されたときだった。それで警察が動きだし、判事は八年から十二年の実刑判決を言い渡した。ジョーイはこの知らせによって兄がアメリカに帰ってきてくれるのではないかと期待していたようだが、そうはならなかった。地球の裏側から見ると（辛辣なBBC放送の影響も多分にあるだろうが）、アメリカの文化はあまりに猥雑で、惹かれるものは何もないように思えた。もはや羊なしの生活は考えられなくなっていた。

アメリカに帰ってきたのは、ベンジャミン・ミデンボックの葬儀のときだけで、滞在時間はたったの四十八時間だった。南フロリダの目を覆いたくなるような俗悪さには、とても耐えられなかった。コーベットはクライストチャーチに飛んで帰り、羊たちとともに生きる決意をあらためて強くした。ジョーイとは、その後もしばしば電話で話をした。そのたびに二番目の夫ドクター・チャールズ・ペローネの誠実さと公正さに対する疑問は深まる一方だったが、危害を加えられる恐れがあるという話までは聞いていなかった。

「海に投げ捨てられた？　本当に？」受話器を握ったコーベットの手はぶるぶる震えていた。

「どうやって？　いったいなんのために？」

ジョーイはその夜起きたことを話した。話がマリファナの袋のところまで来たときには、コーベットはようやく笑えるようになっていた。

「誰に助けられたんだい。麻薬取締局かい」

「そういった類のひとじゃないの」

「警察は？」

返事がない。

「ジョーイ、どうしたんだい」

「警察に届け出ても、証拠は何もないわ。それに、チャズは役者よ。わたしより一枚も二枚も上手の」

コーベットは一思案してから言った。「何かたくらんでるようだな」

「いま考え中よ。そのときには兄さんに助けてもらわないといけないかもしれない」

「どんなことでもする。いまはどこにいるんだい」

「小さな島よ」

「そりゃいい。ひとりかい」

「男といっしょ。わたしを助けてくれたひとよ」

「おいおい、ジョーイ。だいじょうぶかい」

「だいじょうぶ。信用できるひとよ」

「チャズだって最初は信用してただろ。明日の朝いちばんにそっちへ行くよ」

「ちょっと待って。お願い」

ジョーイは頼りないところもあるが、芯はしっかりしている。

「だったら、何を考えているか聞かせてくれ」

ジョーイが電話を切って、外に出たとき、ミック・ストラナハンは防波堤で釣りをしていた。足もとではストラムが居眠りをしている。

「法律上わたしはどれくらいで正式に死んだことになるの?」ジョーイは訊いた。「死体が見つからないという条件でよ。何週間とか、何カ月とか?」

「州法では五年だ」

ジョーイは思った。それを聞いて一安心。でも、もちろん五年間もチャズを追いかけまわすつもりはない。なるだけ早く、なるだけきついしっぺい返しをと思っている。

「兄はいまごろ警察に電話をかけて、自殺でも事故でもないと言っているはずよ」

「そうやって野郎に圧力をかけようというんだな」

「圧力は強ければ強いほどいいわ。あなたが言ったように、あいつがやったということは証明できないんだから」

「少なくとも、きみの証言なしでは、証明できないだろうね」

「警察に質問攻めにされたら、誰だって精神的にまいってしまうわ」

「次は何を訊かれるのかと思うと、心配で夜も眠れなくなる?」

「そう、そのとおり。天井をじっと見つめて過ごすのよ」

「質問はいつか出つくす。そのあとは?」

「さあ。何かいい考えはない?」

ミックはフエダイを釣りあげ、バケツのなかに入れた。「きみは殺されかけたんだ。怒るのも無理はない」

「わたしが何よりも知りたいのは動機よ。これから何をするにしても、動機を棚上げしたままにしておくことはできないわ。チャズはわたしより年下だってことは話したかしら」

「いいや」

「五歳近く離れているの。大失敗だったわ。ガキはもうたくさん」ジョーイは言ってから、その言葉が誤解を生む可能性に気づいて、あわてて付け足した。「だからと言って、年上の男のほうがいいってわけじゃないのよ」

ミックは海を見たまま言った。「そりゃ残念」

ジョーイは眉を寄せた。「皮肉はあんまり好きじゃないの。チャズが大の皮肉好きだったから」

「窃盗罪でおれの気を惹くことはできないぜ」

「どういうこと」

「船を盗もうとしただろ。もう忘れたのか」

「悪かったわね」

これからは男との接し方を変えようとジョーイは心に決めていた。嘘をついたり、思わせぶりなことを言ったりすると、おかしな誤解を招きかねない。これからは歯に衣を着せず、直球勝負で行こう。ミックは最初のテストケースだ。

「お礼はするつもりよ、ミック。もちろん必要経費も払うわ。部屋代とか足代とかも含めて」

「だからといって、きみを襲わないとは約束できない。魅力的な女性に出会ったら、そうすることは珍しくない。公平を期すため、最初に断わっておくよ」

「あなたの正直さに感謝するわ」

「心配するな。おれが襲いかかるのは、一マイル離れたところからだ。待ち伏せ攻撃はしない」

「そうなの？」

「フランス・ワインとか、月明かりとか、ニール・ヤングのBGMとかは使わない。笑うな。そんなものにだまされるほうがおかしいんだ」

「ワインによるわ」

沿岸警備隊のヘリコプターが来たとき、手にキスをされたことを、ジョーイはふと思いだした。あれは単なるお芝居だったのか。

ミックは言った「もしきみがおれの妹だったら……」

「娘でもいい」

「おいおい。おれはそこまでの年じゃない」

「続けて」

「はっきり言おう。もしきみがおれの妹だったら、一刻も早くここから出ていけと言う」

「どうして？」

「どうしてもこうしてもない。おれはテッド・バンディのファンクラブの会長かもしれないんだぜ。連続殺人犯かもしれないし、強姦魔かもしれないし、切り裂きジャックかもしれない」

「それって口説き文句？」

ミックはもう一匹フエダイを釣りあげて、これで今夜の夕食は確保できたと言った。そして立ちあがると、口笛を吹いてストラムを呼んだ。

「ストラムはカモメと喧嘩をするのが好きなんだ」

「あなたはいつもお魚ばかり食べてるの？」

「いいや。ロブスターのときもあれば、タラバガニのときもある」

「寂しくない？」

「バカな連れといっしょにいた歳月の埋めあわせはいまだにできないでいる」

ミックは反ったナイフを鞘から抜いて、魚をさばきはじめた。フエダイは小さいが、大きな手の動きは繊細で、正確だった。魚の内臓を抜くのは謎めいた宗教儀式のようで、見ているうちに、ジョーイは畏敬の念に似た感情を覚えるようになった。

「いつかキー・ビスケーンへ行こう」ミックは言った。「あそこにはいいレストランが――」

「銃を持ってる、ミック？」

「ここはフロリダだ」

「真剣に訊いてるのよ」

「こっちも真剣に答えてる。マイアミ商工会議所の会長は装塡ずみのウージーをいつも枕の下に入れていた。答えはイエスだ。もちろん持っている」

「使い方を教えてほしいの」

「断わる」

「チャズと何かあったときのためよ」

「危険すぎる」

「わかったわ」

ジョーイは思った。無理に教わることはない。拳銃を撃つくらい誰にでもできる。

「旦那の職業は？」ミックは訊いた。

「言ったでしょ。生物学者よ」

「何をしてるんだい」

「エヴァーグレーズの水質検査よ」

「優秀なのかい」

「わからないわ。科学のことはまるでチンプンカンプンなの。わたしはどちらかというと体育会系だから」

「給料は？」

ミックは魚の内臓を海に放り投げた。カモメがそれを取りにくる。ストラムにどんなに吠えられても、意に介する様子はない。

「年俸六万二千ドルよ。国税局の監査を受けたことがあるから知ってるの」

「きみが死んだら、きみの財産は旦那のものになるのかい。ここは重要なところだ」

そうはならない、とジョーイは答えた。

「結婚前に同意書を交わしていたの。あいつは反故《ほご》にしたがってたけど、結局は諦めたわ」

「それって、ちょっと不自然じゃないかな」

「べつに。向こうにもたくわえはあったはずよ。おたがいに詮索はしなかったけど。わたしたち夫婦のあいだで、お金はそんなに大きな問題じゃなかったの。あなたが訊きたかったのは、要するにそういうことなんでしょ。勘定も折半なら、税金の申告も別々だった」

「どんな夫婦のあいだでも、金は大事な問題だよ、ジョーイ。嘘だと思うなら、離婚弁護士に訊いてみればいい」

ミックは白い魚の骨を海に放り投げた。

「チャズの両親は金持ちなのかい」

「父親はパナマ・シティのカントリークラブのグリーンキーパーよ。殺虫剤のせいで、頭がおかしくなり、ある日の朝目を覚ますと、とつぜん自分はウェストモーランド将軍だと思いこむようになったらしいわ。パターとバンカー・レーキを持って港へ行き、エビ漁船を襲撃したこともあったんだって。その船の船長と乗組員はヴェトナム移民で——」

「それはチャズから聞いた話かい」

ジョーイはうなずいた。「新聞の切り抜きを持ってたわ。結局は施設に収容されたって話よ。母親はスーパーのレジ係で、イギリス空軍の元パイロットと再婚したんだって」

「じゃ、チャズのたくわえはどこから来たんだろう」ミックは魚の切り身を洗い、テーブルを水で洗い流した。「金づかいは荒かったほうかい」

「そうでもない。でも、三カ月前には、ハマーを新車で買ってきたわ。ローンじゃなくて、現金で。黄色いハマーH2よ。湿地での作業に四駆が必要だからと言って」

ミックは笑った。「べつにハマーじゃなくてもよかっただろうに」

「値段を訊いたら、急に怒りだしたわ。わたしは何も文句を言いたかったわけじゃないのよ。ただ単に金額を知りたかっただけ。わたしだって、新しい服や靴を買ってきたときには、値段を訊かれてた。でも、そのときは、おまえには関係ないと言って、急に怒りだしたの。わたしのことを〝詮索ババア〟とまで言ったわ」

「それで、きみはどうしたんだい」

「今度そんな口をきいたら、喉から手を突っこんで、キンタマをひとつずつ引っぱりだしてやると言ってやったわ。わたし、たまにブチ切れるの」

ミックは肝に銘じておくと言った。

「その夜、ベッドに入ると、さっきはごめんと言って、わたしに覆いかぶさってきたわ。そのときに聞いた話だと、車は交通事故の示談金で買ったんだって」

「いつの事故だい」

「ずっとまえよ。わたしたちが出会うよりまえ。タンパで。もらい事故よ。相手はキワニス・クラブの会員で、酔っぱらっていた。複雑骨折で、チャズは六カ月も松葉杖をついていたらしいわ」

「ショックは大きかったはずだ。もしかしたら、その後の人生を変えるような大きな出来事だったかもしれない。なのに、結婚して二年ものあいだ、女房に何も言わなかったのかい」

「そうね。どうしてかしら」ジョーイは首を振った。「裁判で大金をせしめたことが後ろめたかったのかもしれないわ」

「間違いない。できることなら、ノーベル賞かマッカーサー賞の賞金だろうと、きみに思っていてほしかったんだろうね」

このときほど自分がバカに思えたことはない。

「ということは……」

「チャズが言ったことはすべて嘘っぱちだったってことだ。新車のハマーはいくらぐらいするんだろう」

「オプションつきで、ざっと六万ドル。インターネットで調べたのよ」

犬の悲鳴が聞こえたので、ふたりは後ろを振りかえった。ストラムが海のなかで情けなくもがいている。その上ではカモメたちがからかうように舞っている。ミックはすばやく海に飛びこんで、犬を腕にかかえた。ジョーイは急いでタオルを取りにいった。

数時間後、ミックは魚を揚げながら、ワインのボトルをあけた。

「心配するな。これはカリフォルニア・ワインだ。フランス産じゃない」

「じゃ、これはナンパ作戦の一環じゃないってこと?」

「少しはひとを信用しろよ」

「でも、この曲はニール・ヤングでしょ」

「ああ。バッファロー・スプリングフィールド時代のものだ。若いのによく知ってるね」ミックは言いながらワインを注いだ。「明日、島から出てみないか」

「いいわね。あなたにハマーを見せてあげたいわ」

「おれが見たいのは、そんなにたいした給料をもらっているわけでもないのに、六万ドルの新車を現金でポンと買える男の顔だ」

その女は沿岸警備隊の下級職員で、名前はヤンシーと言うらしい。

「これがさっきお話ししたものです」

監房の床に、四つの袋が並べて置かれている。濡れたマリファナは強烈な甘い臭いを放っている。

ヤンシーは三つめの袋を指さした。カール・ロールヴァーグはそれを見るために腰をかがめた。

「おかしいと思いませんか」

その袋には二箇所に傷あとが認められた。ロールヴァーグはボールペンのキャップの先で麻布をそっとさわった。数本の細い筋がついていて、そのうちのいくつかは布が破れそうなくらい深い。

「頼みがある」ロールヴァーグは言って、手招きをした。

ヤンシーは前に進みでて、言われたとおりのことをした。まずは左手をあげて、片方の傷の上に置く。それから今度は右手をあげ、同じようにもう一方の傷の上に置く。完璧だ。ヤンシーの指は麻布の溝にぴたりとおさまっている。

「どう思う」

ヤンシーは身をこわばらせた。「わたしじゃありません。本当です。見つけたときから、こうなっていたんです」

「心配するな。きみを疑っているわけじゃない」

「ちょっとでもおかしいと思うことがあったら、報告するようにとのことでしたので。どんなことでもいいとおっしゃってたでしょ」

だよ」

「ああ。きみのおかげで有力な手がかりが得られた。いくら感謝しても感謝しきれないくらい

「お役に立ててよかったです」

「袋が見つかった場所は？」

「エンジェルフィッシュ・クリークです」

「本当に？　ずいぶん離れているな」

だとすれば、ジョーイ・ペローネは夫が告げた時間よりずっとまえに海に落ちたことになる。

「あとふたつ頼みたいことがある」ロールヴァーグは言った。「押収した麻薬はすべて焼却することになっている。そうだな」

「ええ。禁制品は連邦管理局に引き渡され、そこで焼却処分されることになっています」

「この袋は処分されたくない。証拠物として保管しておいてもらいたい」

「了解です」

「もうひとつ。ピンセットとジップロックを持ってきてくれないか」

「探してきます」

ヤンシーが部屋から出ていくと、ロールヴァーグは別のマリファナの袋の上にすわって、激しく鼻をかんだ。アレルギーなのだ。農産物や花粉、そして何よりも濡れたマリファナに対して、強い症状が出る。

監房の壁には〝自由《リベルタード》〟という落書きがある。ロールヴァーグはふと思った。それを書いたのはどんな人間なのか。どこへ強制送還されたのか。それほど遠くないところに南フロリダよ

りもっと醜悪な場所があると思うと、なんとなく救われるような気がする。そこと比べると、ハイアリーアはオズのエメラルドの都に見えるかもしれない。

ヤンシーは頼まれたものを持って戻ってきた。ロールヴァーグはピンセットを持って、麻布についた爪のあとを仔細に調べはじめた。探していたものはすぐに見つかった。

「ジップロックをあけてくれ」

「いまあけます。何が見つかったんです」

ヤンシーはそれをピンセットでつまんで、ヤンシーが見えるように持ちあげた。

「爪ですか」

「たぶんそうだ。女のものだと思う」

「袋を破ろうとしていたということでしょうか」

「いや、ちがう」ロールヴァーグは爪のかけらをジップロックに入れた。「生きるためにしがみついていたんだ」

ヤンシーは麻布をじっと見つめていた。身体がかすかに震えているようだった。

「それはわたしたちが捜していた女性のものということでしょうか。クルーズ船から消えた女性がそれをつかんでいたということでしょうか」

ロールヴァーグは可能性はあると答えた。

「不気味です。ぞっとしますわ」

「たしかに」ロールヴァーグは言って、また水浸しになった袋のほうを向いた。「ほかにも何か見つかるかもしれない。もう少し調べてみよう」

7

そこにはウェスト・ボカ・デューンズ第二分譲地という名前がついているらしい。

「砂丘《デューンズ》だって?」ミック・ストラナハンは言った。「海岸から十五マイルも離れているのに」

「チャズは第一分譲地が希望だったの。ゴルフ場に面してるから」ジョーイ・ペローネは答えた。「でも、そのときにはすでに完売していたのよ」

「どの家も同じに見える」

「実際に同じなのよ」ジョーイは営業マンの口調をまねて続けた。「このモダンな分譲地に建つ三百七戸の邸宅は、主寝室が西側にあるか東側にあるかのちがいだけで、すべて同じつくりでございます。なおプールはオプションとなっております」

ミックは双眼鏡をおろした。「きみの家にはないようだね」

「チャズは水泳が嫌いなの」

「でも、きみはちがう。大学時代は水泳の選手だったんだろ」

「昔の話よ」

「でも、プールつきのほうがよかったんだろ」

「まあね」

「イチジクをもうひとつどう」

ポンパノ・ビーチの青空マーケットで、ミックは新鮮な果物をどっさり買いこんでいた。車内には、二トン分の地中海風フルーツ・サラダの匂いがこもっている。

「あなたには島暮らしが似あってるわ、ミック」ジョーイは言って、ダッシュボードを叩いた。

「いまどきこんな車に乗ってるひとはいない。少なくともプッシー・マグネットとは言えない」

「えっ？」

「チャズの言葉で、イケてる車のことよ」

「クライスラー・コルドバは走るアンティークだ。言っておくが、きみが尻に敷いているのは、最高級のコリンシアン・レザーなんだぜ」

「いまは見る影もないわ」

それはミックが本土に来たときに使っている車で、たいていディナー・キーの係船地のそばのイチジクの木の下にとめっぱなしになっている。錆だらけで、あちこちガタが来ているが、巨大なエンジンだけは奇跡のようによくまわる。

「とにかくここに車をとめていたら、警察に通報されるのは時間の問題よ」

ウェスト・ボカ・デューンズ第二分譲地の車まわしには、判でおしたようにピカピカの最新式SUVがとまっている。その風景にコルドバがなじまないことは認めないわけにはいかない。ジョーイは車を人目につかないところに隠しにいってくるので先に家に入っていてくれと言った。

「窓を割る必要があるかもしれない」

「裏庭の鳥の巣箱のなかにスペア・キーが入ってるわ」

「警報装置は?」

「壊れてる。じゃ、十分後に」

　このときのミック・ストラナハンのいでたちは、フロリダ電力会社の半袖の作業着に、白いヘルメット。玄関のドアの前へ行って、チャイムを鳴らし、それから一分後には家の裏手にまわり、どんなに詮索好きな隣人でも興味を失うだろうと思えるくらいの時間をかけて、メーターの点検をするふりをした。

　巣箱は庭にたった一本しかない細いオリーブの木にかかっていた。鍵にこびりついたムクドリの糞を芝生で拭いとり、家に入ると、手を洗ってから、台所用のゴム手袋をはめた。玄関のドアの内側で待っていると、しばらくしてノックの音が聞こえた。

「どう、わたしの格好は?」

「悪くない」

　ジョーイはブルネットの短髪のかつらをかぶり、膝丈まであるグレーのワンピースを着て、擦り切れた聖書を手に持っている。いずれも野菜の直売所の近くのリサイクル・ショップで買ってきたものだ。

　ジョーイがなかに入ると、ミックはすぐにドアを閉めた。ジョーイは肩をこわばらせ、無言のまま玄関ホールに立ちつくしていた。

　ミックは肘をつかんで言った。「だいじょうぶかい」

「わたしが見ないほうがいいものはある?」

「まだツアーの途中だ。でも、こんなものがキッチンのカウンターの上にあった」

それはサン・センティネル紙で、内側のページが開かれている。

ジョーイは見出しを声に出して読んだ。「〝沿岸警備隊、捜索を打ち切る〟。ひどいわ。これってわたしのことよ。〝行方不明のクルーズ客は死亡したものと思われる〟だって。信じられない」

ジョーイは聖書を床に落として、両手で新聞をつかんだ。

「やっぱりだ。あいつはわたしが酔っぱらって船から落ちたと言っている」

「そうは書いていない」

「でも、そういう意味にしかとれないわ。〝ミスター・ペローネが警察に話したところによると、その夜は二回目の結婚記念日を祝うためにワインを何本もあけた〟だって。あのボケ!」

ジョーイは新聞を丸めて、屑かごに投げ捨てた。

「ローズに電話してくるわ」

「ローズって?」

「親友よ。読書サークルの仲間」


居間で待っているあいだ、ミックは部屋の調度を見まわし、そのひとつひとつが誰の見立てなのかを考えることにした。ソファーと二脚の読書用の椅子は品がよく、すわり心地がよさそうに見える。これはおそらくジョーイだろう。プラズマ・テレビと、ナツッチの黒いリクライニング・チェアは、チャズ。水槽はどちらとも考えられる。印象的なのは、単行本が一冊もなく、ゴルフ雑誌が山ほどあることだった。家族の写真は一枚もない。結婚式の写真さえない。

ジョーイが冷えたビールを持って戻ってきて、一本をミックに渡した。「ローズはもう少しで気を失うところだったわ。あの世からの電話だと思ったらしいの。それはそうと、この臭いは何？」

「水槽からだ」

ジョーイは水槽の前へ行って、うめき声をあげた。「あのバカ、魚に餌をやるのを忘れてるわ」

魚はクリスマスの光るオーナメントのように濁った水に浮かんでいた。ジョーイは憤懣《ふんまん》やるかたなげに踵《きびす》をかえし、ほかの部屋を見てまわりはじめた。ミックは黙ってそのあとにつづいた。言葉が発せられたのは、寝室の隣のバスルームに入ったときだった。

「まいったわ。わたしのものが全部なくなってる」

「全部？」

「歯磨き粉も、化粧品も」ジョーイは引出しとキャビネットを引っかきまわしながら言った。「ローションも、クリームも。タンポンまで。信じられない」

それから、寝室に走っていき、クロゼットのドアをあけた。

「服もない！」

ミックはアンティークのチェストのいちばん上の引出しをあけ、明るい声で報告した。「下着は残ってるよ」

「あのゲス！」

ジョーイは力まかせにクロゼットを閉めた。力があまりに強すぎたので、ドアがレールからはずれて床に倒れる。

「個人的には、破壊より狡猾さと隠密性を推奨するがね」ミックは言いながら、ドアを起こして、レールにはめた。

ジョーイはチェストからブラジャーとパンティーを取り、ベッドの端に身をこわばらせてすわりこんだ。

「わたし、いまから泣くけど、黙っててね。言葉をかけないでね」

「どうぞご自由に。好きなだけ泣きなさい」

「肩に腕をまわして、髪をなでたり、父親や兄のように慰めたりしないでね。こっちから頼むまで」

「了解」

「ここはわたしの家なのよ、ミック。わたしの生活の場だったのよ。それなのに、あいつはまるでゴミのようにわたしを掃きだそうとしている」

ジョーイは目をつむったが、なぜか頭に浮かんだのは、ベッドの支柱に縛りつけられた夜のことだった。チャズとのセックスで感じたふりをしなければならないことはまれだったが、あのときは、アルザシアンのスカーフを強く結びすぎたために、すぐに手足の感覚がなくなり、感じているどころではなかった。驚いたのは、チャズが行為の最中に興奮のあまり気を失い、胸の谷間に顔を埋めたまま、一時間近くもいびきをかいていたことだった。その間、セントバーナードのようによだれをたらしながらも、ペニスは勃起したままずっと身体のなかにあった。

まるでコルクボードにピンでとめられた蝶々みたい、と思ったことを覚えている。いまあらためて考えると、その奇妙なエピソードほどチャズという人間をよく物語っているものはない。あの男は意識があるときもないときも、完全に下半身に支配されている。

「あいつはけだもので、わたしはそれを見抜けなかった。博士号を持った原始人よ。あんな男と結婚したわたしがバカだったわ」

ミックは寝室のドアの前に立って、ヘルメットを両手でくるくるまわしていた。「ジョーイ」

「なに」

「泣きたいのなら、早く泣け。そろそろ退散しないといけない」

「五分間だけひとりにして」

「わかった」

「五分間だけ。そうしたら、ここに戻ってきて、わたしを抱きしめ、慰めの言葉をかけてちょうだい。これからはきっとうまくいくとかなんとか。どんなたわごとでもいい」

「本気で言ってるのかい」

「ええ。試しにやってみて。でも、まずそのゴム手袋をはずしてからね」

あとでわかったことだが、ジョーイの私物は三つの大きなダンボール箱に詰めこまれ、ガレージのなかのトヨタ・カムリの横に積みあげられていた。ジョーイがそのなかのものを見ていたとき、ミックは怪しまれるようなものは持っていかないほうがいいと言った。

「たとえば車とか」

ジョーイは恨めしそうに黄色いハンドバッグを持ちあげた。「これはクルーズ中に買ったものよ」

チャズはハンドバッグのなかを見なかったのだろう。そのなかの財布には、六百五十ドルの現金とアメリカン・エクスプレスのカードが入っていた。

「カードは持っていくわ。あとで必要になるはずだから」

「現金もあったほうがいい」

ジョーイは残りのダンボール箱のひとつを指さした。「あなたも手伝ってちょうだい」

「何を探せばいいんだい」

「なんでもいいわ。ろくでなしの野蛮人の目にとまりやすいものよ」


夜明けとともに、雷がどよめき、ネズミの悲鳴があがった。ニシキヘビが腹をすかせて目を覚ましたのだ。

ロールヴァーグは十分間冷たいシャワーを浴びた。それはミネソタへの帰郷に備えて、気合を入れなおすための儀式だ。南フロリダ暮らしは精神をなまくらにする。

ガーロ警部は有給休暇をとれと言ったが、働く以外にすることはない。ひげを剃って、服を着たときには、ニシキヘビは食事を終え、シャルマン夫人がドアを叩いていた。向かいの7Gの住人で、スゲの原団地の管理組合の副理事だ。職務はカール・ロールヴァーグをそこから立ち退かせること。

「おはよう、ネリー」ロールヴァーグは言った。

「不気味な悲鳴がまた聞こえたわよ。いい加減にしてもらいたいわ」

「ヘビだって食べないといけませんからね。われわれと同じように」

「あんたが警官でなかったら、動物虐待罪で刑務所入りよ」

シャルマン夫人は小柄で、体重は九十ポンドほどしかない。にもかかわらず、いまにも殴りかからんばかりにしている。しみだらけの骨ばった手は、固く握りしめられ、ぶるぶる震えている。

ロールヴァーグは言った。「団地の管理組合は去年ネズミの駆除のために三千ドルか四千ドルを費やしています」

「ふざけないで」

「ヘビを飼っちゃいけないとは住民規則のどこにも書かれていません」

「〝危険なペットの飼育禁止〟。百十九ページに書いてあります」

「おたくの犬は四人に嚙みついた。うちのヘビは誰も傷つけていない」

「平和を脅かしているわ。かわいそうなネズミたちは、断末魔の悲鳴をあげて息絶えていくのよ。考えただけでも、ぞーっとするわ。あんたのおかげで精神安定剤を二倍飲まなきゃならなくなったのよ」

「あいつらはスチュアート・リトルじゃない。あなたたちが業者を雇って駆除している普通のネズミです。ところで、彼らはどんな薬物を使ってるか知ってますか。それはネズミの小さなお腹で破裂するようになってるんですよ」

シャルマン夫人は小さな悲鳴をあげて後ずさりした。

「この件は弁護士にまかせておきませんか」

「あんたはビョーキよ。イジョーよ。ヘンタイよ。結婚できないのも無理はないわ」

「ご主人の耳が遠くなるのも無理はありませんね」

羊皮紙のような皺だらけの顔のなかで、目が細くなった。「七月までには出ていってもらいますからね」

「ペチュニアを紐につないでおいてください。危険きわまりない」

遅い朝食のあと、ロールヴァーグは車でオフィスに行き、ミネソタの警察署長からの手紙をガーロ警部に見せた。

「笑わせてくれるよ。アイダイナだって？　いったいどこにあるんだい」

「ミネアポリスの郊外です」

「そういえば、そんな歌があったな。〝アイダイナの朝ほどご機嫌なものはない〟とかなんとか」

「それならアイダイナじゃなくて、カロライナです。オファーを受けいれようと思っています」

「バカなことを言うな」

「もう少しまともな場所に住みたいんです」

「退屈で死ぬぞ。間違いない」ガーロは紙切れをさしだした。「コーベット・ウィーラーという男から電話があった。これが電話番号だ」

「ミセス・ペローネの兄ですね」

「夜中の一時半にかかってきたらしい。カンガルー・タイムだ。大事な話なので、折りかえしいたのだ。

電話してくれとのことだった」

「すぐに電話します」ロールヴァーグは言った。土曜日の午後からずっと居所を探しつづけていたのだ。

「コレクトコールでな」

「冗談でしょ」

ガーロは肩をすくめた。「向こうがそう言ったんだ。コレクトコールでいいから、かならず電話してくれって」

ニュージーランドの丘のどこかで呼びだし音が鳴ると同時に、コーベット・ウィーラーは受話器を取った。クロコダイルと闘う素っ頓狂なオーストラリア人風のしゃべり方を心のどこかで期待していたが、実際に聞こえてきたのは平凡なアメリカ訛りの英語だった。

「あなたが捜査の責任者ですか」

「ええ、そうです」

「だったら、よく聞いてください。妹の亭主がなんと言ったか知りませんが、酔っぱらって、船から落っこちたとは絶対に思いません。もちろん自殺でもありません」

「お気持ちはわかります。二、三質問してよろしいでしょうか」

「ボカ・ラトンの新聞に出ていたので、ジョーイの友人が電話してきてくれたんです。それで、何があったか知ったんです」

「こちらからも連絡をとろうとしていたんです。ミスター・ペローネから電話番号を聞いたんなんです」

「あの男の言うことはあてになりません。ふしだらで、愚かで、どうしようもなく無節操な男ですが、つながりませんでした」

「最後にミスター・ペローネに会ったのはいつです」

「会ったことも話したこともありません。でも、話はジョーイから聞いています。精力絶倫で、穴があるものならボウリングのボールでもいいという男です」

ジョーイの友人たちも同じようなことを言っていた。ただ、特別な愛人の存在をほのめかす者はいなかった。

「ミスター・ペローネが妹さんの失踪となんらかのかたちで関係しているということでしょうか」

「牧場を賭けてもいい」

「不倫と殺人とはまったくの別問題です」

「妹の話だと、どんなことでもしかねない男らしいです」

後ろから羊の鳴き声が聞こえてくる。

「じかに会って話したほうがよさそうですね」

「正直言って、遠出はあまり好きじゃないんです。でも、あの色情狂が電気椅子に縛られて、ドジャー・スタジアムみたいに光るのを見るためなら、飛行機に何時間乗ってもかまいません」

「近ごろでは、たいていが毒物注射のほうを選ぶようですが」

「犯罪者が死刑の執行方法を選べるってことですか」

「そうです。なんだか騒々しいですね」

「羊が三つ子を産んでるところなんです」

「かけなおしましょうか」

「いや、こっちからかけます」コーベットは言って、電話を切った。

ふしだら、愚か、無節操、色情狂――チャズ・ペローネに対する侮辱の言葉のオンパレードだ。

ガーロはその話を聞いて、肩をすくめた。「自分の妹が酔っぱらって海に落ちたとは誰だって思いたくない。ウィーラーは妹の飲酒運転のことを知っていたかね」

「そういう話はしていません。でも、ウィーラーの見方が正しかったとしたらどうします」

飲酒運転でつかまった友人は何人もいる。だが、そのなかでクルーズ船から海に落ちた者はひとりもいない。

「だったら、証拠を見つけだせ。金曜日までに。そうすれば、われわれは天才扱いされる」

マリファナの袋に残っていた爪のかけらのことは、DNA鑑定がすむまで黙っていようとロールヴァーグは思った。鑑定に要する費用は安いものではないし、無断でそんな指示を出したことがわかったら、ガーロは決していい顔をしないはずだ。

ガーロはアイダイナの警察署長からの手紙をさしだした。ロールヴァーグはそれを受けとり、折りたたんで封筒にしまった。

「三週間後でいいでしょうか」

「わしの言ったことが聞こえなかったのか。金曜日までだ、カール。そのあとは、別の仕事に移れ」

「そうじゃありません。わたしの退職のことです。三週間後ということでいいでしょうか」

ガーロは椅子の背にもたれかかって、にやりと笑った。「そうだな。考えておこう」


チャズ・ペローネは排水路から半マイル離れた土手にハマーをとめると、エアコンをつけっぱなしにして、コーヒーをすすりながら、渺茫《びょうぼう》とした湿地帯をぼんやりと見つめた。微風がスゲをそよがせ、暗い水面にさざ波を立てている。クイナがヒヤシンスやユリのあいだを忍び足で歩き、鷺が浅瀬で小魚を突っつき、バスがトンボをつかまえるために飛び跳ねている。野生の生物が粛々と営む生に、だがチャズの心は穏やかではない。

人けのなさや、神秘的な無辺の空間や、悠久の潮の満ち引きに、畏敬の念や、癒しや、謙虚な気持ちが湧き起こることはない。チャズにとって、そこは暑く、臭い、虫だらけの危険な場所でしかない。こんなところより、イーグル・トレースのゴルフ練習場にいるほうがどれだけいいか。

いつ水質管理局の抜き打ち検査があるかわからないので、決められた仕事はきちんとこなすようにと言ったのは、レッド・ハマーナットだ。未舗装道路のせいでシボレーのショック・アブソーバーがいかれてしまったので、ハマーを買ってくれという数カ月にわたる懇願を聞きいれたのも、同様にレッド・ハマーナットだ。

車のボディーカラーを黄色にしたのは、そういう派手な色なら、エヴァーグレーズの湿地帯に生息する豹が怯えて近寄らないだろうという理屈にもとづいてのことだった。チャズは豹の襲撃を心底恐れている。だが、豹が人間を襲ったという事例はこれまで一件も報告されていない。そもそも、フロリダの豹は絶滅の危機に瀕していて、野生のものは六十頭から七十頭しか残っていない。

豹に襲われる確率は隕石にぶつかる確率とほぼ同じだと同僚の生物学者に指摘されたときは、それでも可能性はゼロではないと強弁した。豹は色が判別できないので、車体の色は関係ないと言われたときも、意に介さなかった。黄色は若い女が好む色なのだ。

車から降りると、たちまち蚊の大群に取り囲まれた。チャズは手を振りまわし、ぶつくさ言いながら、アウトドア用品の通販で購入した分厚いゴムの胴長靴をはいた。背後で水の音がしたので、はっとして振り向くと、水面に波紋ができている。カメが驚いて岩から水に落ちたのだろう。そういえば、七歳のとき、母親が十セントショップでミドリガメを買ってくれたことがある。そのカメにつけた名前はティミー。ところかまわず糞をするので、頭に来て、トイレに流してしまったことを覚えている。

だが、湿地に足を踏みいれるのをためらわせたのは、カメの復讐ではない。カメは歯を持っていない。怖いのは凶暴なワニだ。エヴァーグレーズでワニに食われたり、嚙まれたりした科学者はひとりもいないが、チャズはそれを時間の問題だと考えている。本当なら大口径のライフルを持って歩きたいところだが、火器の携行は厳重に禁じられている。クビになったり、お役御免になったり、配置がえになったりするような危険はおかせない。そんなことになれば、ハマーナットとのおいしい関係を含むすべてが吹き飛ばされてしまう。

それで、護身のために持ってきたのがボロンシャフトの二番アイアンだ。いまではそれでゴルフボールを打つより、水辺の動物たちを追い払うほうが遥かに上手になっている。チャズは闇雲《やみくも》にクラブを振りまわし、痔を患うヤマネコのような声をあげながら、スゲを掻き分けて歩きはじめた。水を叩き、藻を跳ねあげ、小枝を折り、スイレンを薙《な》ぎ倒す。足取りは胴長靴のせいでフランケンシュタインの怪物のようにぎこちないが、それで目的は達せられる。動物たちはあわてて飛びのいていき、すぐに土手から百ヤード以内に脊椎動物は一匹もいなくなる。あとは蚊とアブだけで、最初のモニター地点に着いたときに聞こえるのは、その低い羽音だけになっていた。本当はそれさえなく、どのような音も生命も周囲から完全に消えたほうがいいのだ。水が深くなるところまで来ると、その手前で立ちどまり、息をとめて、自分がつくった波がおさまるのを待つ。

ここで腋の下まで水につからなければならない。そうすると、身体の自由はほとんどきかなくなる。ゴムの胴長靴はスゲの鋭い葉やマムシの毒牙《どくが》から身を守ってくれるが、泳ぐのには適していない。気をつけないと、水がなかに入ってきて錨のようになる。

波がおさまるのを待っているあいだ、水面に目をこらし、細長い不気味な鼻面を探す。ここは夢のなかでいつもワニに襲われる場所だ。助けてくれる者はいない。あまりに無防備すぎる。ワニにしてみれば、いいカモだ。実際に大あわてで逃げたことも一度ならずある。だが、このとき見つかったのは、靴箱のなかに入るくらいの大きさの赤ちゃんワニ一匹だけだった。いきなり前に進みでて、二番アイアンを振りおろしたが、空振り(いつものように)。赤ちゃんワニが逃げだすと、ふたたび前進をはじめる。

クラブを頭の上に構えて、ぬかるんだ泥の上を摺《す》り足でゆっくりと歩いていく。水面に浮かんできたものは、どんなに小さく、どんなに害のない生き物でも、容赦なく叩きつぶすつもりだ。だが、いまのところあえて向かってくるものはいない。途中、しばしば足をとめて、ガマの新芽を引っこ抜く。これから先も末永く富と安逸を享受しつづけるために、やらなければならないことは多い。

水のサンプルを採取するには、三分ほどしかかからなかった。もちろんそれは形だけの儀式にすぎない。誰にも見られていないことはわかっている。ここから三十マイル以内に水質管理局の職員はひとりもいないはずだ。ハマーナットは監視用のヘリコプターが出ることがときどきあると言っているが、本当とは思えない。ハマーナットにうるさく言われなければ、こんな馬鹿げたことはとっくにやめていたはずだ。だが、ハマーナットの命令にそむくことはできない。

来たときと同じようにクラブを振りまわし、大声をあげながら後戻りしはじめる。なんとか無事に土手にたどり着くと、サンプル容器をハマーの荷室に置いてから、汗と腐った肥やしの臭いのする胴長靴を身をよじって脱ぐ。クーラーからマンゴー味のゲータレードを取りだして、バンパーにクラブを立てかける。その横に腰かけて、汚れたシャツの袖で額の汗を拭いながら、つらつら思案をめぐらせる。ここはまるで肥溜めだ。こんなものを守るために八十億ドルもの大金を注ぎこむなんて。

アメリカの納税者は何も知らされていない。いい面の皮だ。

双眼鏡で土手の両側をチェックする。車の姿は見あたらない。空を見あげると、数羽のタカが時計まわりに旋回しているが、ヘリコプターや飛行機の機影は認められない。

だいじょうぶだ。ゲータレードを飲みほし、空き瓶をスゲの茂みに投げ捨てる。それから、サンプル容器のふたを取って、紅茶色の水を地面に流す。

ひとはここを草の大河と呼ぶ。バカどもめ。

8

リッカがやってきたとき、チャズはバスタブのなかにすわって、湿地の汚れをせっせと洗い落としていた。

「どうしたんだ。気でも狂ったのか」

「だって寂しかったんだもん」リッカは言って、真紅のハイヒールを脱いだ。

「ここに来る途中、誰にも見られなかっただろうな。車はどこにとめたんだ」

リッカはフープ・イヤリングをはずし、キャビネットのなかのスティック式のデオドラントの横に置いた。「何をそんなにカリカリしてるの。喜んでくれると思ったのに」

と、次の瞬間には、服を脱ぎ、チャズにまたがっていた。

「ま、まだだ」

「そりゃそうよ。これから始まるんだもん」

リッカは両手でチャズの胸を突いた。チャズはとっさに息を吸いこみ、目を固く閉じ、それから水中に沈んだ。もともと極端な潔癖性なので、バスタブの汚れた水のなかでのセックスの危険性を心配せずにはいられない。エヴァーグレーズからどんな有害な熱帯性病原菌を運んできたかわからない。

だが、もう遅すぎた。まるでコヨーテといっしょにミキサーに放りこまれた気分だ。リッカの獣じみたよがり声は、タイルの壁に反響して、耳を聾《ろう》さんばかり。息つぎのために顔をあげるたびに、音量はますます大きくなっていく。水のなかにいても、いまにも鼓膜が破れそうだ。リッカは狂ったように上下運動を繰りかえし、そのたびに水が大きくうねり、跳ねあがる。チャズは両腕で頭を抱えこむ。耳を守るためだけでなく、排水口の真鍮のプレートによって頭を割られるのを防ぐためでもある。リッカは短期決戦型だ。チャズが溺れさえしなければ、間違いなく先にイく。

案の定、四分足らずでおとなしくなった。チャズは身体をよじり、ほとんど空になったバスタブから出ると、タオルを取って、床と壁を拭きはじめた。

「あんたって、もうサイコー」

リッカは壊れた人形のように両手を開き、片方の足をソープ・トレイに、もう一方の足を蛇口にかけていた。黒い髪はべっとり濡れて、顔の半分を覆っている。

「ほんとよ、チャズ。スゲーよかった」

「ああ。殺されるかと思ったよ」

「あらま。まだ立ってんじゃん。どうしちゃったの」

チャズはドアのフックからバスローブを取った。「どうもしないよ」

「イカなかったの？」

「もちろんイッたさ」嘘だ。「ドパッーと出した」

「じゃ、もう次の用意ができてるってこと？　早っ」

チャズは肩をすくめた。「メシを食いにいこう」

「スゴすぎー」リッカは立ちあがって、髪を絞った。「今度は口でやったげよっか」

チャズは訝しげにリッカの陰毛を覗きこんだ。「それ、なに？」

「クローバーよ。気にいった？」

「クローバー？」いまのいままで気がつかなかった。

「幸運のお守りよ。本当は四つ葉にしたかったんだけど、三つ葉分の毛しかなかったの」

リッカはアイルランド系だったのだろうか。

「合わせ鏡を見ながら、一時間かけて仕上げたのよ」

「最近は緑の毛染めがあるんだな」

「あるある」

「すごいなあ」

「これでイーブンね。さあ、こっちに来て。二回戦よ」

そんな気分でない。なのに下半身は……いったいおれはどうなってるのか。

「電話が鳴っているようだ」チャズは言い、急いで服を着はじめた。

数分後、チャズはベッドの端に前かがみになってすわっていた。茶色の靴下を片足だけににはいている。シャツのボタンはかけちがえている。扉の開いたクロゼットをじっと見つめている。

リッカはそこへ行って、肩に手をかけた。「どうしたの」

チャズは撥ねつけるように手を振り払った。

「さっきから考えてたんだけど、お葬式はどうするの。ヤッパやったほうがいいんじゃない」

「葬式は嫌いだ。そもそも葬るものがない」

「追悼式は？　飛行機事故で死体が燃えちゃったり、船が沈んで全員行方不明なんてときによくやるでしょ」

チャズはそんなことをしても意味はないと言った。「ジョーイの身内は、地球の裏側にいる引きこもりの兄だけだ」

「お友だちは？」

「新聞に死亡広告を出すよ。お悔やみ金は世界野生動物保護協会に寄付してもらう。絶滅寸前のヤクやら何やらを救うために」

リッカはスカートの皺をなおして、チャズの隣に腰をおろした。「今後のこともあるから、法律的にはっきりさせておいたほうがいいんじゃない？」

「ジョーイが死んだってことをか」

「そう」

「おいおい、リッカ。まだ何日もたってないんだぜ」

「そのうちにってことよ」

「急ぐ必要はない」

ロールヴァーグという刑事の手前もある。独身になるのを急いでいると思われるとまずい。

「いつごろならいいの？」

「いつでも同じだ。どっちにしたってジョーイの金は一セントも入ってこない。あわてることはないさ」

「あたしは待てないと言ったら？」

チャズは聞こえないふりをして、クロゼットに歩み寄り、またひとしきり目をこらした。そのハンガーには、胸もとが大きく開いて、片側にレースのスリットが入った薄手の黒いドレスがかかっている。それを取りだして、リッカに見せる。

「これはおまえのか。おまえが持ってきたのか。ジョーイも同じようなのを持っていた。同じようなというより、まったく同じものだ」

リッカは口を尖らせた。「よしてよ、チャズ。背が三インチ高くて、体重が十ポンド少なくなきゃ、着られないわ」

「そうプリプリするな」

「あたしがそんな服を持ってるわけないでしょ」

「わかった、わかった」チャズはドレスをハンガーから取り、丸めて、部屋の隅に放り投げた。

「それにしても変だな。昨日、箱に詰めたはずなのに」

リッカはいらだたしげに部屋を見まわした。「正直言うと、この家、なんかヤな感じするんだけど。奥さんが死んじゃったからかしら」

「生きていたほうがよかったってことか」

「じゃなくて、奥さんがなんか哀れな感じがして。ねえ、外へ出ない？」

チャズはチェストの前に行き、引出しをひとつずつあけていった。リッカのためにとっておいたパンティーやブラジャーもない。これはいったいどういうことなのか。おれは壊れつつあるのか。

「靴下を探してるの？　それなら、あそこ、ナイトスタンドの下よ」

「あ、ああ。ありがとう」

リッカが化粧を直しにいくと、チャズは勝手口から外に出て、ガレージに足を運んだ。ジョーイの私物の入ったダンボール箱は、置いたときと同じようにトヨタ・カムリの横にある。誰かが手を触れた形跡はない。としたら、あの黒いドレスは？　うっかりクロゼットから取り忘れただけかもしれない。下着は無意識のうちにどこかほかの場所に移したのだろう。

居間では、ほっとしたことに、トイレに流した魚が生きかえって水槽のなかで泳いでいるというようなことはなかった。チャズはグラスに酒を注いでから、アルファベット順に並んだCDラックの前へ行って、ドライブ用のノリのいい音楽を探した。Tの項に目を走らせていたときに、身体が凍りついた。『バッド・トゥ・ザ・ボーン』がない。『ムーヴ・イット・オン・オーヴァー』もない。『アンソロジー』もない。

リッカが化粧をすませてやってきた。「悪いけど、奥さんの口紅を借りたわよ」

チャズはうなじの毛がよだつのを感じた。「ウソだろ」

「ごめん。自分のは車に置いてきちゃったの」

「そうじゃない。ジョーイの口紅はここにないはずなんだ。バスルームにあったジョーイの持ち物は全部捨てたんだ」

「でも。バスルームにあったわ、チャズ。キャビネットのなかに――」

「そ、そんなことはありえない」

　腋の下に冷たい汗が滲《にじ》む。チャズは前に進みでて、リッカの顎をつかみ、口紅の色がよく見えるように唇を明かりのほうに向けた。

「ど、どういうことだ」

　間違いない。それは〝珊瑚のからかい〟だ。ジョーイのお気にいり――というより、実際はチャズのお気にいりで、スリット入りの黒いドレスと同様、最初の結婚記念日にマークス・オン・ラス・オラスに行ったときに使ったものだ。

　チャズはリッカの顔から手を離した。「ありえないことだ。絶対におかしい」

　リッカは顎をさすった。とまどい、怒っている。「あたしが嘘をついてると思ってんの？」

「そんなことはない。悪かった」

「とにかく外へ出ましょ」

「そうしよう。そのまえに一本電話をかけさせてくれ」

「好きにしたら。あたしはバスルームにいるから」リッカはそこへ行って、ドアを閉め、湯を出した。「ねえ、カミソリはどこにあるの」

　だが、チャズはもうすでに受話器に向かって話をしていた。

　ミック・ストラナハンはペローネ宅から半ブロック離れた家の車まわしにいた。ジョーイの話だと、その家の主はニューヨーク州の北部地方に行っていて、少なくとも一カ月は帰ってこないらしい。

「召喚状のがれのためよ。もぐりのブローカーで、お年寄りにエタノールの先物を売りつけているの。FBIが動きだすたびに、アディロンダックの山小屋にこもってるわ」

「ここは自由の国だ」

「何をしてるの」

「CDを聞こうと思って」

ふたりはペローネ宅を見張るためにレンタルした緑のサバーバンにすわっていた。窓には濃いスモーク・ガラスが入っている。

「やめて、ミック」

ミックはジョーイが自宅から持ちだしたジョージ・ソログッドのCDを手に持って見ていた。「どうして？　スライドギターが嫌いなのかい」

「思いだしたくないの」ジョーイはそれで話を打ち切るつもりだったが、意に反して言葉が口をついて出てきた。「ドライブ中に『バッド・トゥ・ザ・ボーン』をかけると、チャズはいつもわたしにあそこ《ボーン》を……わかるでしょ」

「わかる」ミックはCDを後部座席に放り投げた。「つまりチャズはウイットに富んだセックス・マシーンだったってことだね」

ジョーイはチャズに嫌われる理由を十個並べた。ソログッドのCDを隠したことは六番目だ。

「そんなものは間違っても殺人の動機にならない」

「そこなの。そこがおかしいのよ。チャズがどうしてあんなことをしたのか、さっぱりわけがわからない」

「理由は金じゃないかな」

「でも、言ってたでしょ。わたしが死んでも、あいつには一セントも入らないって」

ミックはラジオのダイアルをいじりながら言った。「殺人の動機は突きつめれば情痴か、怒りか、欲得かのどれかになる。きみの話を聞いたかぎりでは、欲得の線が強そうな気がする。狙いはきみの金じゃなくて、ほかの誰かの金かもしれない」

ある意味でそうであってもらいたい。そうジョーイは言って、家のほうに鋭い視線を投げた。

「いちばん考えたくないのは、さっきの女のせいだってことよ」

「その可能性は少ないと思うよ」

「あなたを最初の夫のベニーに会わせたかったわ。すごくいいひとだったの。性的にはイマイチだったけど、とっても誠実で優しいひとだった」

ミックは双眼鏡をペローネ宅の張りだし窓に向けた。部屋に明かりがともっているのがカーテンごしにわかる。黒い髪の女がフォードの青い小型車をハマーの横にとめてから一時間が経過している。

「あの女を知ってるのかい」

「さあ、知らないわ。女はあちこちに大勢いるはずよ。発信器つきの首輪を付けないと、あとを追いきれないくらいに」

ミックはひそかにほくそえんだ。チャズは独り身になってたったの三日で女を家に連れこんでいる。無節操きわまりない。すなわち、つけいる隙はいくらでもあるということだ。

「今夜はこれで終わりにしよう」ミックは言った。

「正直に答えてほしいの。ああいう女と付きあいたいと思う?」

「行こう。長居は禁物だ」

「この車はシークレット・サービス御用達よ」

「おれたちはシークレット・サービスじゃない。おれは隠遁していることになっているし、きみは死んだことになっている」

「車のナンバーを控えておかなきゃ」

「控えてある」

記憶に頼るには疲れすぎているので、手首の内側に書きつけておいたのだ。

「あと十五分だけ。そうしたら行くわ」

「わかった」

先ほどレンタカー会社を出たあと、ふたりはアウトレット・モールに立ち寄っていた。ミックは反対したが、ジョーイはいつまでも他人の元妻や元ガールフレンドの服を着ているわけにはいかないと言って聞かなかった。ブラジャーがどれも大きすぎるということもあるらしい。ミックは不承不承ジョーイのあとをついて歩いた。買ったものはスラックス、トップス、スカート、靴、化粧品といったもので、支払い金額はしめて二千四百ドル。買い方はてきぱきとしていて、手間どりはしなかったが、それでもミックはひどい疲れを感じ、先ほどから頭がしびれたような感じになっていたのだ。

もしかしたら、ウェスト・ボカ・デューンズ第二分譲地という場所のせいもあるのだろう。

「さっきの黒いドレスのことを訊かないの？」ジョーイは言った。「エッチな思い出がいっぱいあるのよ」

「妄想を膨らませていたところだ」

「今夜あの女と何をするにしても、チャズはわたしのことを考えてるにちがいないわ。請けあってもいい。もしかしたら口紅も見つけてるかもしれない」

ミックは車の窓に頭をつけて、目をつむった。

「眠いの？」

「ストラムのことが心配だ。島に帰りたい」

ジョーイが肩を突っつく。

「出てきたわ！」

ふたつの人影が家から出てきて、歩道を足早に歩いていく。ひとりは男で、ひとりは女だ、暗くて顔は見えないが、チャズ・ペローネとその愛人であることは間違いない。青いフォードに乗りこんだとき、ルームライトに一瞬ふたりの顔が浮かびあがった。奇妙にシラッとしていて、情事のあとのほてりのようなものは感じられない。

「チャズが運転してるわ。その意味がわかる？」

「いいや。どういう意味だい」

「ふたりはできてるってことよ。男が女の車を運転するのは、少なくとも二回はやってるってことなの。ローズがそう言ってたわ。四十九人の男と寝た女が言うことだから間違いない」

「そろそろオイル交換をしたほうがいいようだな」

「ねえ、あとを尾《つ》けましょ」

「やめておこう。一発やったあと、食事に連れていこうとしているだけだ」

「だったら、わたし、もう一度家に寄っていくわ」

「あまりいい考えじゃない。もう充分に怖がらせたはずだ」

「十分だけ。トイレに行きたいの」

ジョーイは車から降りて、通りを駆けていった。

戻ってきたときには、車のスピーカーから『ムーヴ・イット・オン・オーヴァー』が流れていた。

ジョーイは眉を寄せた。「悪趣味ね」

「CDじゃない。ラジオだよ」ミックはボリュームをさげた。「クラシック・ロックの局にあわせたら、たまたまやってたんだ」

「何がそんなにおかしいの？」

「偶然って、あるもんだなと思って。シートベルトを締めろ」

車がハイウェイを南に向けて走りはじめたとき、ジョーイは言った。「チャズはクロゼットのなかのドレスに気づいたみたい。さっき見たら、なくなってたわ」

「そりゃよかった」

「でも、バスルームのシンクで変なものを見つけたの」

「なんだい」どうせゼリーとかホイップクリームとかだろう。

「陰毛よ。緑色の陰毛。洗面所で剃ったんだと思うわ」

ミックは腕をのばして、ジョーイの手を握った。「気にするな。その程度はまだまだ序の口さ」


トゥールと呼ばれる男は、オーキチョビー湖からほど近いラベル郊外のトレーラーハウスに住んでいる。その裏には半エーカーの畑があり、前の所有者はトマトを植えていた。だが、トゥールは農園で働いていたころからトマトが大嫌いで、そこに移ってきた日に、古いポンティアックからはずしたエンジンをトラックに結びつけ、それで畑を何度も往復して、すべてのトマトを土にかえしてしまった。

そのかわりに植えたのが、交通事故の犠牲者の慰霊のために誰かが建てた十字架だ。色とりどりの花で飾られた手づくりの小さな十字架は、見ていて楽しい。それで、フロリダの南西部の道路を走っている途中、その種の十字架が目にとまるたびに、地面から引っこ抜いては、トラックの荷台に積みこんでいる。その行為が目撃されることはしばしばあったが、注意をされたことは一度もない。

トゥールの身長は六フィート三インチ、体重は二百八十ポンド。コンクリートブロックのような頭をしている。上半身は毛むくじゃらで、冬でも大汗をかくので、シャツは着ない。明るい陽光の下で熊と間違えられて密猟者に尻を撃たれてから一年近くたつ。射入痕が見えないのは、銃弾が巨大な尻のちょうど割れ目に突き刺さったからだ。さほど出血しなかったので、病院には行かなかった。それが間違いだった。

しばらくして痛みは耐えがたいものになり、仕事を続けることもできなくなった。農園で従業員に十二時間労働を強いる現場監督の仕事は、決して楽なものではない。ヤク中の友人の話によると、フェンタニルという鎮痛剤がよくきくとのことだった。通常は医師が手術のときに使うが、皮膚に直接貼りつけるものもあるという。

医師の処方箋はなかったが、トゥールは錠前破りの道具を持っていた。それで、週に一度ずつフォート・マイヤーズまで車を飛ばし、介護施設に忍びこんでは、末期ガン患者の身体からフェンタニルの貼り薬を剝がしてまわった。薬の投与量は次第に増えていき、内臓の機能の一部が損なわれるまでになったが、鎮痛効果は抜群だった。ただし、貼り薬にはひとつ問題があった。体毛だ。剛毛が密集しているため、そのままでは貼りつかないのだ。そこで毎日のように毛を剃ることが必要になった。何枚も貼らなければならないので、背中は市松模様になっている。

レッド・ハマーナットが訪ねてきたときも、トレーラーハウスの横の錆だらけのバスタブのなかで、使い捨てのカミソリを使って、毛を剃っているところだった。

「やあ、お久しぶり」トゥールは言った。

「アフリカにターポン釣りに行ってたんだ」ハマーナットは疲労の色もあらわにため息をつき、古びたラウンジチェアに腰をおろした。「今朝タンパに戻ってきたところだ。時差ボケがひどくてな。ひとつ訊きたいことがあるんだが、おまえ、いま何をして食ってるんだ」

「おれに頼みがあるってことですかい」

単刀直入で、話が早い。そこがトゥールのいいところだ。

「早く風呂からあがれ。話はそれからだ。友人のミスター・ダニエルズはどこにいる」

「ベッドルームのどこかに転がってると思うけど」

トゥールの寝室には死んでも足を踏みいれたくない。それで、ハマーナットは冷蔵庫からビールを取りだした。外に出たとき、トゥールはホースの水を身体にかけているところだった。

ハマーナットはトレーラーハウスの後ろの白い十字架の列を指さした。「何個くらい集めたんだ」

「六十ちょっと。いや、七十はあるかな」トゥールは水につかったバッファローのように身体を震わせた。「悪いけど、そこにあるタオルを投げてもらえないっすか」

タオルというのは丸めたボロ布で、トランスミッション液のようなものが染みついている。ハマーナットが放り投げると、トゥールはそれを無造作に頭に巻いた。

「何が悲しくて、そんなものを集めてるんだ。わしには薄気味が悪いだけだ」

トゥールは振りかえって、整然と並んだ十字架を見つめた。特に気にいっているのはシンメトリカルな構図だ。交通事故の被害者のことを考えることはまったくない。

「ワシントンに有名な兵士の墓地があるでしょ。なんてったけな」

「アーリントンか」

「そう。これはミニ・アーリントン」

「なるほど」

「トマト畑よりずっといい」

ハマーナットは笑った。「そうかそうか」

ふたりの出会いは四年前にさかのぼる。ハマーナットが買いとった農園で、トゥールは以前から野菜の収穫や荷詰め作業を監視する仕事をしていたのだ。ハマーナットはその実績を買い、良心の欠如と腕力が要求されるサイドビジネスを持ちかけた。トゥールは生まれながらの荒くれだ。だが、粗暴さという点では、前任のクロウ・ビーチャムのほうが上をいっていた。あるとき、十九歳の若いメキシコ人が、壊れたトイレや茶色く濁った飲料水の改善を求めて、地元の法律相談所に駆けこんだことがある。オカマでアカの弁護士が連邦判事に提出する訴状を用意していたとき、訴えた当人が行方をくらませた。それから二年後に、そこから百マイル離れたリン酸肥料の保管所で、その青年のものとおぼしき骨が見つかったとき、クロウ・ビーチャムはもうすでに梅毒とサナダムシのせいで死亡していた。それと比べれば、トゥールは自分の身体にまだしも気を配っているほうだ。

「どんな仕事っす」トゥールは尋ねた。「いくらもらえるんです」

「一日五百ドルだ」

トゥールは驚き、疑わしそうな顔をした。「まさか人殺しとかじゃないでしょうね」

「さあ、どうかな」

「気を持たせんでくださいよ、ボス。そういう気分じゃないんだ。ケツの割れ目に鉄砲のタマが食いこんでるんだから」

トゥールはトレーラーハウスのなかに入り、しばらくのあいだバタバタと動きまわっていた。出てきたときには、ブラックデニムのオーバーオールを着て、手に凍ったままのピザを持っていた。トゥールがそれを一口かじると、二二口径の銃声のような音がした。

ハマーナットは背中に貼られた三枚の黄褐色の膏薬《こうやく》についていて何も訊かないことにした。この男の個人的嗜好や習慣については、かかわりになるのはなるだけ避けたほうがいい。

「どうなんです。早く話してくださいよ」

「わかった。わしの手の者で、数日前に女房が死んで、おろおろしている男がいる。そいつのボディーガードをおまえに頼みたいんだ」

「おかしな死に方をしたってことっすか」

冷凍ピザで歯茎を切ったらしく、口から血が出ている。

「クルーズ船から海に落ちたんだ」

「マジに？　その女、低脳か何かなんすか」

「かもしれん」余計な情報を与えてトゥールの頭を混乱させないほうがいいことは、これまでの経験からよくわかっている。「とにかく、女房が死んだり、警察にあれこれ訊かれたりで、神経がまいってるんだ。今朝、留守電にメッセージが入っていた。何者かが家に忍びこんで、あちこち引っ掻きまわしているらしい。たぶん妄想だと思うが、本人はビビっている。それで、ボディーガードをつけてやろうと思ってな」

トゥールは冷凍ピザをバリバリ嚙みながらうなずいた。「農園で働いてる男なんすか」

ハマーナットはすばやく腕をあげ、飛んできたペパロニの破片をはたき落とした。「いや。ボカ・ラトンに住んでいる」

「ボカ・ラトン？　勘弁してくださいよ、ボス」

「わかっている。たしかに胸くそが悪くなるようなところだ。だから五百ドルなんだ」

トゥールは唾を吐いて、またトレーラーハウスのなかに入っていき、今度はビーフジャーキーの袋を持って戻ってきた。

「ひとつくれ」ハマーナットは言って、ビーフジャーキーを取った。

「街は嫌いなんだ」

「我慢しろ」

「そいつはどんな仕事をしてるんです」

「それは言えない。何かおかしなことに気づいたら、電話してくれ」

「わかりやした」

「誰も傷つけるな。わしがそうしろと言うまで」

以前、ハマーナット農園は従業員の虐待容疑でＦＢＩの取調べを受けたことがある。叩けば、ほこりはいくらでも出る。こうむるダメージは測り知れない。そこで、ハマーナットは従業員の口封じのためにトゥールを送りこんだ。そのとき姿を消したり、死んだりした者はいなかったが、証言席に立った数少ない従業員は、ミスター・ハマーナットが自分たちを貧乏のどん底から救いだしてくれ、近代的な農業という明るい未来を与えてくれた聖人もしくは父のような人物だと口を揃えて持ちあげた。

イモカリーやベル・グレードの農園でこれまで見てきたことを考えると、トゥールにとって、チャズ・ペローネのような温室育ちの軟弱な白人のお坊ちゃまを手玉にとるのは朝メシ前にちがいない。

ハマーナットはうなりながら伸びをして、これから家に帰って四日間眠りつづけると宣言した。トゥールは舗道まで送っていった。そこには運転手つきのグレーのキャデラックがとまっていた。いつものようにエンジンはかけっぱなしで、車内温度は十八度に設定されている。

「べっぴんなんですかい」トゥールは訊いた。

「誰のことを……女房のことか？　ああ、べっぴんだった」

トゥールは首筋を掻いた。「その男に殺されたんですね」

「わしには関係ない」ハマーナットは言った。「おまえにも関係ない」

9

一八九六年の春のある夜、ハミルトン・ディストンというペンシルヴェニアの著名人が、バスタブのなかで自分の頭を吹き飛ばした。エヴァーグレーズと呼ばれるフロリダの湿地帯の四百万エーカーを干拓するという壮大な事業に相続財産のすべてを注ぎこんだあげく、重度の鬱状態に陥ったのだ。

本人は敗北者だと思いこんでいたが、じつは先駆者であり、啓発者であった。その後、同じような夢を追う貪欲な投機家が相次いだ。土地開発業者、銀行家、鉄道王、不動産屋、柑橘類の農園経営者、牧場主、砂糖成金。そして忘れてはならないのが、その子飼いの政治家たち。干拓も舗装も植樹も不可能だった湿地帯は、陸軍工兵隊によって掘りかえされ、堤防を築かれ、ついには巨大な貯水池へと姿を変えた。太古の昔から湿地状の幅広い川としてフロリダ湾に注ぎこんでいた大量の水は、堰《せ》きとめられ、農業や工業、そして急速に拡大を続ける市街地のために吸いあげられることになった。半島の南を横断する道路が次々に建設され、オーキチョビー湖から南へ向かう水流はずたずたに寸断された。湿地の中心部まで達した貴重な水には、大量の農薬や化学肥料や水銀が混じるようになった。

水を堰きとめた結果、しばしば起きるようになった洪水から農地や住宅地を守るため、何百マイルにも及ぶ運河が掘られ、夏の雨季にはあふれた水を海へ流すようになった。自然のサイクルなどお構いなしで、天候やその時々の思いつきによって水が汲みあげられ、水位が調節された。エヴァーグレーズはそこに棲息するかけがえのない野生動物とともに死滅していったが、それに歯止めをかけようという声が有力者のあいだからあがることはなかった。

結局のところ、エヴァーグレーズはだだっぴろい厄介な湿地にすぎなかったのだ。

二十世紀の後半になると、深刻な旱魃《かんばつ》が頻発し、水は無尽蔵にあるという人間の勝手な思いこみは見事に打ち砕かれた。南フロリダに住宅をつくったり、観光客を呼びこむことで財をなしていた者たちは、いかれた環境保護論者の意見が正しかったというおぞましい可能性を真剣に考慮せざるをえなくなった。エヴァーグレーズが干あがったり、汚染されたりしたら、パーム・ビーチからキーズまでの一帯に飲料水を供給している地下水脈にも当然ながら影響が出る。そうなると、もはや成長は望むべくもなくなる。汚れた富は鉄板の上の精液よりもはやく消えてなくなる。

この終末論的なシナリオは広く世間の知るところとなり、ついにはもっとも保守的な政治家でさえ、エヴァーグレーズはいかなる代償を払ってでも保護すべき国の宝だと主張するようになった。長年にわたってエヴァーグレーズの破壊に手を貸してきた者が、いまはその消滅を嘆く大演説をぶっている。選挙運動の期間ともなれば、候補者がイースト・ケープにカヤックをこぎだしているところや、シャーク・ヴァレーを歩きまわっているところを、まどろむワニやシラサギを背景にして写真に撮らせるのは、珍しい光景ではない。エヴァーグレーズの保護は、どの政党にとっても、それを支持する有権者にとっても、疑問の余地のない大義となっている。

とはいえ、保護すべきものは、もはやいくらも残っていない。湿地の九十パーセントはすでに人間の手が加わり、農地か宅地に変わっている。かろうじて残ったところは国立公園になっているが、そこの水も汚れていないという保障はない。それで、一九九〇年代の後半、連邦議会とフロリダ州議会はエヴァーグレーズに汚染されていない天然の水をとりもどす事業に八十億ドルという巨額の予算をつけた。心ある者たちはそれを道徳的に当然のこととして受けとめた。

一方、レッド・ハマーナットのような者にとって、エヴァーグレーズを保護することの意味は、一万三千エーカーの自分の農園に灌漑《かんがい》用の水を安く無制限に供給できるかどうかということだけだった。気にかけているのは、そこでとれるレタス、キャベツ、スイートコーン、トマト、ラディッシュ、エンダイブ、パセリといった農作物の収穫のことだけで、危機に瀕した野生動物に対しては、不当な借金のカタに低賃金でこき使われている哀れな従業員に対してと同様、なんの関心も抱いていない。

汚染について言えば、広大な湿地を公衆便所としてしか考えていない。法律なんて屁とも思っていない。ハマーナットはエヴァーグレーズの再生プロジェクトに官僚主義が巣食う頃あいを見定め、しかるのちに自分の利益を守るために一策を講じることにした。八十億ドルというのは桁外れの金額だが、ざっと見積もったところでは、その三分の一以上が大物政治家の息がかかった弁護士やコンサルタントやロビイストや談合入札者の懐に入ることになる。その残りが、めったに連絡をとりあうことのない地方自治体と州と連邦政府によって、効果的にではないにしても、一応は有意義に使われることになる。

問題はサウス・フロリダ水質管理局だ。専門家を雇って、農園からの排水に有害物質が含まれていないかを検査する業務を担当している。ここでなんらかの手を打たないと、まずいことになる。

幸いなことに、水質管理局の幹部職員を任命した州知事には、再選のための選挙運動時に多額の資金援助をしたり、セスナ社の小型ジェットを貸し与えたりしていた。それゆえ、ハマーナットが水質管理局に電話をかけたときの受け答えが奇妙に丁寧であったとしても、あるいは、ハマーナットが推薦した生物学者が水質検査官として優先的に採用されたとしても、驚くにはあたらない。

新しく採用された者を特定の水質検査区域に配属させるのは、さしてむずかしいことではない。

履歴書を見たところ、ドクター・チャールズ・R・ペローネは裏で通じあうにはうってつけの人物であるように思えた。

細工は流々だ。

「忙しくしてるほうが気分的に楽ってことですね」カール・ロールヴァーグは訊いた。

チャズ・ペローネは黙ってうなずいた。

「上司から一週間でも二週間でも好きなだけ休みをとっていいと言われたそうですね」

チャズは眉を寄せた。「マータと話したんですか。なんのために？」

「通常の手順を踏んだだけです。あなたはすぐに仕事に戻るとおっしゃったそうですね。わたしも精神衛生上そのほうがいいと言いました」

「ほかにどうしろと言うんですか。一日じゅう家にいて、ふさぎこんでいればいいんですか。そんなのはごめんですよ」

チャズは手にバドワイザーを持ち、ロールヴァーグはスプライトを飲みながら、キッチンに立って話をしていた。ロールヴァーグが玄関口に姿を現わしたのは、チャズが仕事から戻って五分もたたないときだった。

「今日はもうクタクタなんです」チャズがこの言葉を口にするのはこれが三度目だった。

「わかります。今日は本当に暑かったですからね」

ロールヴァーグがエアコンのきいた部屋で見たテレビのニュースによると、この日ミネアポリスは吹雪だったらしい。信じられない。

「あなたがどういうお仕事をなさっているのかも聞きました。興味しんしんです。ヘビと出くわすことなんかもよくあるんでしょうね」

「ええ。出くわしたら、かならず轢《ひ》き殺していますよ」チャズは腹立たしげに言った。「申しわけないんですが、今日は本当にクタクタなんです」

「わかっています」ロールヴァーグはスプライトを飲みほし、空き瓶を上にあげた。「これはリサイクル扱いですか」

チャズはゴミ箱に放り投げろという仕草をした。「分別は神にまかせましょう」

ロールヴァーグは空き瓶をカウンターの上に置いた。「あの夜サン・ダッチス号で起きたことについて、ひとつだけはっきりさせておきたいんです」

「あなたを見ていて、誰を思いだすかわかりますか。コロンボです。いつまでも質問をやめようとしない。あなたはあの番組のファンなんでしょ。ちがいますか」

「正直なところ、一度も見たことはありません」

「でも、よく似てるって言われませんか。外見ではなく、しつこいところが。もちろん悪い意味でじゃないんですよ」

「その番組は何曜日にやってるんですか。今度、見てみます」

チャズは首を振った。アホか、こいつは。

「もう終わってますよ。百年もまえに。それより、何をお訊きになりたいんです」

本題に戻ることができて、ロールヴァーグはほっとしたような顔をしていた。「本当にひとつだけです。奥さんがキャビンを離れた時刻に間違いはないでしょうか」

チャズは腸に鋭いさしこみを感じた。「このまえ言ったとおり、午前三時三十分です。そのとき腕時計を見たんです」

「腕時計が狂っていたということは考えられませんか」腹立たしいほど淡々とした口調だった。

「そんなふうに考えるしかないようなものが見つかったんです。奥さんが海に落ちたのはそれより数時間早かった可能性が出てきました」

ロールヴァーグは両手を無造作にポケットに突っこんで、カウンターにもたれかかった。

「いいえ、そんなはずはありません」

「それだとどうしても辻つまがあわないんです」

「いったい何が見つかったんです」

ロールヴァーグは申しわけなさそうに肩をすくめた。「申しわけありませんが、まだお話しすることはできないんです」

オフィスの机のなかには、マリファナの袋に食いこんでいた爪のかけらがジョーイ・ペローネのものであると確認されたという報告書が入っている。

「自分の女房のことなんですよ。なのに、話せないと言うんですか」チャズは頰が紅潮するのを感じた。だが、それで怒っているように見せかけることができるとすれば、そのほうがいい。

「遺体が見つかったんですか。答えてください。ぼくには知る権利がある」

「いいえ。見つかったのは遺体じゃありません。それははっきり申しあげることができます。さらに言うなら、遺体の一部でもありません」

「じゃ、いったい何なんですか」

チャズは思案をめぐらせた。ジョーイはあのときハンドバッグを持っていなかった。としたら、衣服の一部が岸に打ちあげられたということだろう。その場所と、当日の潮流と風のデータをコンピューターに入れて、ジョーイが海に落ちた時間を割りだしたのだろう。

「そのためにDNA鑑定用のサンプルが必要だったということでしょうか」

「捜査は継続中です。ですから、いまの時点では、すべてをあきらかにするわけにはいかないんです。申しわけない、チャズ」

ロールヴァーグに愛称で呼ばれたのは、このときがはじめてだった。だが、とつぜんの親しげな呼びかけに、不安は搔き立てられるばかりだった。テレビでは、刑事が友だちのようにふるまいだしたら、逮捕は近いということだ。

「こっちは妻を亡くしたんですよ。なのに、あなたはゲームを楽しんでいる」チャズはいかにも心外そうな口調で言った。「ぼくが嘘をついていると思うなら、はっきりそう言ってください」

「ひとは間違いをおかすものです」

「これは間違いじゃありません」

「あの夜はワインをずいぶん飲んだとおっしゃってましたね。記憶があやふやになることもあるんじゃないでしょうか」

チャズは二本目の缶ビールのタブをあけ、ゆっくり一飲みした。それで気持ちが落ち着いた。ロールヴァーグが言ったとおり、沿岸警備隊の捜索はもうすでに打ち切られている。ジョーイが海に落ちた時間をいまさら議論しても始まらない。もう五日もたつのだから、海に何かが残っているとは思えないが、たとえ残っていたとしても、それがどれだけ遠いところで見つかったとしても、うろたえる必要はない。鮫か何かが捜索範囲の外に運んでいったということで説明はつく。

「たしかにそのとおりです。あの夜はけっこう酔っぱらっていました。時間を勘違いしていたかもしれません。時計を見間違えた可能性もあります」

チャズはうなだれて、エヴァーグレーズで水のサンプルを採取する日にだけつける安物のタイメックスの風防を叩いた。だが、いつものことながら、ロールヴァーグの表情はまったく読めない。

「どちらかでしょうね。とにかくご一考いただければ幸いです。ごちそうさまでした」

「えっ？」

「ソフト・ドリンクのことです。ところで、誰かがお宅を見張っているようですよ。毛深い大きな男が乗ったミニバンが角にとまっています。ナンバープレートからすると、レンタカーのようです」

「なんですって」

知るわけがない。まだハマーナットからなんの話も聞いていないのだ。

「心あたりはありませんか」

チャズは戸口から顔を出して、通りを見やった。「さっぱり見当がつきませんね。見張られてるのがぼくだとどうしてわかったんですか」

ロールヴァーグは微笑んだ。「あてずっぽうですよ。名刺を渡しておきます。何かあったら連絡してください」

「そうします」

そうするのは、ヤギがバレエを習ったらだ。そう思いながら、チャズは窓辺に立って、刑事の車が遠ざかって行くのを見ていた。電話がけたたましく鳴りだしときには、思わずコードを居間の壁から引き抜きたい衝動に駆られた。

いったい何が起きつつあるのか。本当なら、いまごろは高枕だったはずなのに。なんの問題もなかったはずなのに。楽勝だったはずなのに。

なのに、いまだにクソッタレ刑事にしつこく付きまとわれている。家に忍びこんで、ジョーイの私物をあさっているサディスティックな変質者もいる。おまけに、ハマーナットがどこかの掃きだめから拾ってきた間抜けなボディーガードの尻拭いまでしなきゃならないなんて。

電話をかけてきた男は、トゥールと名のった。

「いま男が出ていったな」

「それがどうした」

「あとを尾けたほうがいいか」

「尾けてどうするんだ」

「知んねえよ。内臓を破裂させてやろうか」

チャズはため息をついた。「相手は警官だぞ」

「ふーん。それで?」

信じられない。「頼むから何もしないでくれ」

「おめえさんがそう言うんなら。おれはこれからクソをしにいってくる。おめえさんのほうはひとりでだいじょうぶか」

「なんとかなると思う」

チャズは服を脱ぎ、二十分ほど熱いシャワーを浴びた。どんなに考えても、計画に抜かりがあったとは思えない。どこかでドジを踏んだとも思えない。

これは完全犯罪だ。おかしいのは自分ではなく、まわりの世界のほうだ。


「わたし、嘘をついたの」ジョーイは言った。

平穏無事な一日だった。この日は泳いで、日光浴をして、ミック・ストラナハンの釣り道具入れのなかにあったジョン・D・マクドナルドのペーパーバックを読んだだけだ。

「あなたに嘘をついたの」ジョーイは繰りかえした。

ミックは顔をあげなかった。スプーンの平たい部分でタラバガニの爪を割り、殻の破片を榴散弾のように飛び散らせていた。

「どんな？」

「トイレへ行くと言って家に入ったときのことよ。何もさわらなかったと言ったでしょ。そのとき、額に入れて飾っていた写真が廊下のクロゼットに突っこまれているのを見つけたの」

「結婚式の写真とか？」

「結婚式とか、ハネムーンとか、バケーションとか。幸せだったころ、ふたりで撮った写真よ」

「どうしてクロゼットに？」

「壁から引っぱがしたのよ。おそらく、クルーズから帰って五分とたたないうちに。わたしの顔を見るのもいやだったってことよ」

ミックはジョーイの頬についたオレンジ色のカニの身を払いのけてやった。「で、きみは何をしたんだい」

「ワインのおかわりを。お願い」

「写真をどうしたんだ」

「全部じゃないのよ。一枚だけ。額からはずして、枕の下に滑りこませたの」

「まいったな」

「そのまえに甘皮切りを使って――」

「写真から自分の顔をくり抜いた」

ジョーイは目をしばたたいた。「どうしてわかったの」

「ノーコメント」

「奥さん？　それともガールフレンド？」

「前者だ。三番目の。記憶がたしかなら」

ジョーイはため息をついた。「この次はもっとユニークな方法を考えるわ」

ふたりは家のなかで食事をとっていた。網戸の向こうで、ストラムがおこぼれを求めてぐずっている。ミックが何も言わないので、ジョーイはだんだん不安になってきた。もしかしたら、自分はとんでもないヘマをしでかしたのかもしれない。計画を台無しにするようなことをしてしまったのかもしれない。

それで、ワイングラスを置いて言った。「写真から顔をくり抜いたことが気にいらないのなら、そう言ってちょうだい。でも、いいこと。あそこはわたしの家でもあるのよ。あいつが捨てようとしてるのは、わたしのものなのよ」

「タンパで、チャズは交通事故にあっていない」

「どうしてわかったの」

「ハイウェイ・パトロールに問いあわせた。訴訟の記録もなかった。示談金云々というのもたぶん嘘だ」

「自分のお金じゃなかったってことね」

「ほぼ間違いない。ひとつ提案したいことがあるんだが、聞きたいかい」

「気が滅入るようなものでなければ」

「チャズを脅迫するんだ」

「ステキ」

ミックはカニの大きな爪をバター・ソースのカップにつけた。「もう少し正確に言うと、脅迫されていると思いこませるんだ」

「誰が脅迫するの」

「チャズが犯人だってことを知っている人間だ」ミックは微笑み、カニにかぶりついた。「もちろん実在の人物である必要はない。勝手にでっちあげればいい」

ジョーイは思った。よくわからないけど、なんとなくおもしろそう。

「チャズは謎の侵入者のいやがらせに肝を冷やしているはずだ。ミスリードするのはむずかしくない。きみも自分が生きてるってことを知られたくないだろ。少なくともいまのところは。

ちがうかい」

ジョーイは大きくうなずいた。

「気を悪くしないでもらいたいんだが、きみが残したメッセージはいかにもってものばかりだ。頭に血がのぼった女房がしそうなことばかりだ。クロゼットのドレスも、キャビネットの口紅も、枕の下の写真も。あまりにしつこすぎると、いずればれる」

「そうね」

「いやがらせをしているのは別の人間だと思いこませなきゃならない」

「わたしを海に落とすところを見たひとっていうのはどうかしら」

「ばっちりだ」

「欲の皮を突っぱらせた謎の目撃者。いいわねえ。でも、誰がその役を演じるの。それに、どうやってチャズを見つけだしたことにするの。ちょっと待って。そもそも鍵がないのにどうやって家に入れるの」

「そんなに先を急ぐことはない。最初の一手はもうすでに考えてある」

「だと思ったわ」

ジョーイは上機嫌だった。この数日間でいまほどいい気分になったことはない。もちろん、それはワインのせいばかりではない。

「でも、まずはチャズがなぜきみの死を望んだかを知る必要がある。それがわかれば、おもしろい脅迫の方法がいろいろ出てくるはずだ」

ジョーイは肩をすくめた。「そこが問題なのよ。わたしは朝から晩までそのことばかり考えてる」

「心配しなくていい。そのうちにあきらかになるさ」ミックは言って、ウィンクをした。「それはこれからのお楽しみだ」

「期待してるわ、ミック」

10

チャズが枕の下の写真を見つけたのは、火曜日の夜になってからだった。月曜日の夜は自己流のセックス・セラピーを試すためにリッカの家に行っていたのだ。前回、バスタブのなかでイカなかったのは、ジョーイとともに暮らした家のせいだと考えていた。だが、他人の家でも、結果は同じだった。ジャスミンの香り漂うリッカの寝室にいても、クロゼットのなかの亡き妻の黒いドレスと、それによって呼び覚まされる淫らな記憶を頭から振り払うことはできなかった。

リッカは手を変え品を変えて試みたが、結局ダメだった。リッカだけでなく誰との関係においても、このときほど虚しく情けない慰めの言葉を聞かされたことはない。

「気にすることないわ。誰にでも起きることよ」

チャズはうろたえ、リッカといっしょに近くのＣＤショップに行って、ジョージ・ソログッドのベスト・アルバムを買い求めたが、それも役に立たなかった。デジタル・リマスター盤の『バッド・トゥ・ザ・ボーン』でさえ、一物《ボーン》にいつものような爽快感《バッド》をもたらしはしなかった。陰鬱な気分は翌日エヴァーグレーズの土手を走っているときも続いた。家に帰っても気分は晴れず、ロールヴァーグの訪問により一時的にそこから気をそらせることはできたが、いらだちは募るばかりだった。

その夜、ベッドに入ったとき、また別の大きなショックを受けることになった。チャズは写真を見つめながら、妻の美しい顔があったところにあけられた穴に無意識のうちに指を突っこんでいた。

その写真を撮ったときの状況はいまも鮮明に覚えている。去年の大晦日に、スティームボート・スプリングスのスキー・ロッジで、一時間十七分におよぶ組んずほぐれつの激しい一戦の直後にバーテンダーに撮ってもらったものだ。チャズは精も根も使い果たして、サックされたクォーターバックのように両手でTの字をつくり、息をはずませながら降参の合図をした。写真のなかで、ふたりが笑っているのはそのためだ。

いま写真を見ながら、チャズが考えなければならないのは、それをクロゼットから取りだし、顔をくり抜いたのは誰かということであるはずだった。それはいつのことで、窓を割ったり側柱を傷つけたりすることなく、どうやって家のなかに入ったのかということであるはずだった。本当なら、いますぐハマーナットの用心棒である毛むくじゃらの大男に連絡をとって、近くに不審人物がいなかったかどうか問いただしていなければならなかった。

だが、このとき頭のなかにあったのは、四カ月前のスティームボート・スプリングスでの夜のことだった。かつては愛情をこめて〝ブロンドのモンスター〟と呼んでいた女房とのセックスがいかにエロティックなものであったかということだった。ふと気がつくと、ビンビンに勃起していた。それで、もしやと思ってバスルームに駆けこみ、せっせとマスをかきはじめた。顔は紅潮して歪み、まず片方の手が痙攣し、次いで両方とも痙攣しはじめた。だが、クライマックスはいつまでたっても訪れなかった。

チャズは股間に向かって毒づいた。これはいったいどういうことなのか。ジョーイが生きているあいだは、いつでもどこでもできていたのに。ほんのわずかしか持ちあわせていないはずの良心が、このような屈辱的なかたちで現われるとは夢にも思わなかった。

「殺したかったわけじゃない」チャズはひとりごちた。苦悩のタネはいつのまにか小さく縮こまっている。「ほかに方法がなかったんだ」

チャズは便器の上で写真を引き裂くと、戸締りを確認してから、胃薬を六錠服《の》み、居間のソファーに横たわった。明日は鍵を取りかえ、警報装置の修理を依頼し、ジョーイの宝石を銀行の貸し金庫に入れよう。そのあと、家のなかを徹底的に点検しよう。自分の意志とは無関係に一物《いちもつ》をおっ立たせるようなものは、ブロンドのまつげ一本たりとも残してはいけない。

それからもうひとつ。郡のゴミ集積場からの帰り道に、ウォルマートに寄って拳銃を買っておこう。

「ハーブ・ティーをいただけないかしら」

「コーヒーで我慢してもらえませんかね」カール・ロールヴァーグは言った。

ローズ・ジュエルは眉を寄せた。「毒は飲めないわ」

年は四十ぐらい。恐ろしいほど魅力的で、オフィスに入ってきたときには、一瞬時間がとまったみたいだった。白いコットンのセーター、タイトなストーンウォッシュのジーンズ、ハイヒール。髪はブロンド王国ミネソタでもめったにお目にかかれないようなまぶしいブロンド。ロールヴァーグでさえ、平常心を失いかけたくらいだった。

「わたしはジョーイの親友よ。というか、親友だった。これだけは言っておきたいんだけど、ジョーイは絶対に自殺するような人間じゃない。もしそんな仮説を立てているとしたら、それは大きな間違いよ」

「まだどのような仮説を立てられる段階でもありません」ロールヴァーグは言ったが、それは本当ではない。実際は旦那に船から落とされたと考えている。と同時に、死体や証拠や目撃者が見つからなければ、立件は不可能であるとも考えている。

ガーロ警部も同意見だった。ミセス・ペローネの爪がマリファナの袋から見つかったことには関心を示したが、それによって証明できるのは、海に落ちたあともしばらくのあいだは生きていたということだけで、それ以上ではない。ミセス・ペローネがキャビンを出た時刻についての夫の供述に疑問を抱いてもいたが、立件の根拠になるようなものではない。

「酔っぱらって船から落ちたんでもないと思うわ。ワインを大量に飲んでたって新聞に出てたけど、たわごともいいところよ。ジョーイが酔っぱらったところなんて見たこともないわ。飲酒運転の一件があってからは、特にそうよ。ほろ酔いで上機嫌ってところを見たこともない」

「結婚生活はどうでしたか」

「チャズはとんでもない女たらしよ。街中の女と寝ていたわ」

「あなたも誘われましたか」訊いてから、ロールヴァーグは自分の質問のあけすけさに驚いた。ローズの率直さが伝染したのだろう。

ローズは微笑んで、大胆に足を組んだ。ロールヴァーグはうぶなティーンエージャーのようにたじろいだ。

「指一本でも触れられたら、急所に蹴りを入れていたでしょうね。でも、残念ながら会ったこともないのよ」

浮気をしまくっていたという噂だけで、チャズ・ペローネを殺人事件の容疑者と見なすことはできない。三週間後、ロールヴァーグはミネソタに帰ることになっている。残念ながら、フロリダでの最後の事件は未解決のまま終わることになる。冷血な殺人犯は司直の手を逃れることになる。ガーロ警部は手詰まり状態の捜査にこれ以上の時間も人材も割けないと明言している。

ジョーイが海のなかでマリファナの袋に必死でしがみついているところを想像するのはむずかしくない。チャズが警察と沿岸警備隊に提出した写真も見た。それはどこかのビーチで撮られたもので、ジョーイの身体からは水がしたたっていた。チャズはなんとも思っていないのかもしれないが、ロールヴァーグはこのぞっとするような皮肉に思いをめぐらせずにはいられなかった。後ろに撫でつけられたブロンドの髪、水のしずくでキラキラ輝いている顔。恐怖の落下のあと、海に叩きつけられたときも、そのような髪と顔をしていたはずだ。

ちがうのは微笑だけだ。海に落とされたあと、ジョーイの顔に微笑が浮かんだことは一度もないにちがいない。

ロールヴァーグは言った。「船のなかで何があったと思います、ミス・ジュエル」

「なかったことならわかるわ。ジョーイが海に飛びこむか、落ちるかしたってことよ」ローズは立ちあがって、ハンドバッグを肩にかけた。「わたしがここに来たのは、そのことを知っておいてもらいたかったからなの。ファイルのどこかに書きとめておいてちょうだいね」

「そうします。約束します」

ローズは刑事の腕をつかんだ。「捜査を打ち切らないでね。ジョーイが浮かばれないわ」

ロールヴァーグは黙っていた。奇跡でも起こらないかぎりチャズ・ペローネを逮捕することはできない、とは言えない。

帰宅途中、ロールヴァーグはエヴァーグレーズについて調べるためダウンタウンの図書館に立ち寄った。あれほどあからさまに自然への嫌悪の情を表明する者が、生物学を専攻し、自然の王国に職を求めるというのは、いったいどういうことなのか。その学識にも大いに疑問の余地がある。メキシコ湾流がどっちへ流れているかさえ知らないのだ。どうも胡散臭《うさんくさ》い。裏に何かあるとしか思えない。低燃費のＳＵＶに乗っていることや、ヘビを轢き殺すことを冗談めかして話したことや、空き瓶のリサイクルを拒んだことも引っかかる。これが地球の将来を気づかう者のすることか。

自分のことしか頭にない者が、地球の生態系の維持に心を砕いているというのは、どう考えてもおかしい。だが、エヴァーグレーズの悲しく複雑な歴史にその手がかりを見つけだすことは結局できなかった。チャズ・ペローネと守るべき自然との関係は謎のまま残る。時間切れということになるのは避けられそうもない。

車のなかで、ロールヴァーグは自分の結婚生活のことを思いかえした。それは失敗に終わったが、殺人を選択肢のひとつにするようなシナリオなどは夢にも考えなかった。今回もそうだが、自分の出自がハンディキャップになっているのではないかと思うときがしばしばある。ノルウェー人は沈思黙考型が多く、家人を殺すなどという激越な感情にはあまりなじみがない。が、どのような犯罪であれ、犯罪者の心根を理解することは容易ではない。三十四ドルぽっちの現金を奪うためにアイスクリーム売りを撃ち殺す者がいるということも、魅力的な（そしておそらくは貞節な）妻を船から突き落とす者がいるということも、理解の域を遥かに超えている。

動機はいったい何なのか。金ではない。チャズ・ペローネの懐には、保険金も入らないし、相続財産も入らない。まとまった金はどこからも入ってこない。色恋沙汰でもない。女房を捨てて、愛人と暮らしたいなら、離婚という手段がいちばん手っとりばやく、痛みも少ない。フロリダでは、子供がなく、結婚期間が短い離婚は、比較的簡単に受理される。女房の個人資産を考えると、扶養料を支払わされる心配もない。

ガーロの言うとおりだ。動機と呼べるものは何ひとつない。

家に着いたとき玄関のドアの下に、新聞の切り抜きがさしこまれていた。見ると、巨大なニシキヘビを飼っていたセントルイス在住の男の記事だった。何カ月もまともに餌を与えなかったので、絞め殺され、呑みこまれたという。隣人が物音を聞きつけてやってきて、救急隊員に連絡をとった。満腹になったニシキヘビの胴体が事故車の切断器具で切り裂かれたとき、犠牲者の遺体は異様に細長くのびていたらしい。記事の見出しの上には、すみれ色のインクで、こまっしゃくれた字が走り書きされていた。〃次はあんたの番よ〃

ロールヴァーグは笑った。そうなったら、喜ぶ人間はふたりいる。チャズ・ペローネとネリー・シャルマンだ。

ロールヴァーグが飼っている二匹のヘビは、居間の隅の大きなガラスケースのなかでとぐろを巻いている。白子《しらこ》のような白さではなく、どちらかというとクリーム色の地に、エキゾチックな濃いオレンジ色の斑が入っている。屋外では、その不自然な明るさが致命的になることがあるが、家のなかでは安全だ。飼い主に感謝の念を示すこともなければ、食事のときや日なたに移動するときをのぞいて、動くこともめったにない。それでも、見ていると心がなごむ。これほど原始的で、完璧な動物はない。なのに、チャズは車でヘビを故意に轢き殺しているという。そのことを考えると、自分でも驚くほど腹がたつ。

ロールヴァーグは冷凍のラザーニアをオーブンに入れてから、ブリーフケースのなかの書類をあさって、探していた紙切れを見つけだした。ハーツ社のボカ・ラトン営業所に電話をかけ、身元をあきらかにして、協力を依頼すると、夜間のアシスタント・マネージャーは快く応じてくれた。それで、受話器を置いたときには、ミニバンのなかからペローネ宅を見張っていた毛深い男の名前と、レンタカーの料金を払っている会社の名前が判明していた。

どういう会社かはわからないが、とにかく名前は〃レッド・トマト商会〃というらしい。

ジョーイ・ペローネはミック・ストラナハンを揺すって起こした。「ミック、思いだしたことがあるの」

ミックは目をこすりながらソファーの上で身体を起こした。「いま何時?」

「五時四十五分よ」

「いい知らせであってほしいね」

ミックはランプに手をのばしたが、ジョーイに腕をつかまれた。

「服を着てないの」

明かりをつけなくても、部屋はそれほど暗くなかった。ジョーイが身につけているのは白いカットオフのTシャツとビキニ・スタイルのパンティーだけで、それを見たら眠気はたちどころに覚めた。

「何を思いだしたんだい」

「二カ月前の夫婦喧嘩のことよ。その日、わたしは友人の結婚式でLAに行くことになっていたの。でも、空が急に曇ってきたので、空港からそのまま家に引きかえした。飛行機に乗るのは、晴れた日でないといやなの」

家に戻ると、チャズがダイニング・テーブルで何かの用紙に数字を書きこんでいたという。

「肩ごしに覗きこむと、いくつもの数字を何も見ないで次々に書きこんでいた。それで、〝よくそんなに覚えられるわね〟って言ったの。なんの悪意もなく、明るい口調で。〝わあ、すごい〟って感じで。そうしたら、チャズは椅子からなかば飛びあがり、烈火のごとく怒りだした」

「それだけのことで?」

「狂ったみたいだったわ。叫んだり、足を踏み鳴らしたり、腕を振りまわしたり。〝余計なお世話だ、スパイのような真似をするな〟と言って。そういえば、新しいハマーのことを訊いたときもそうだったわ。でも、そのときは四文字言葉を使ったの。だから、ぶん殴ってやった」

「素晴らしい」

「顎への右クロスよ。チャズはてんでヘナチョコなの」

「なのに、つい声を荒らげてしまったってことだね。きみはその数字の意味を知っているのかい」

「結局、何も話してくれなかったわ。でも、たぶん仕事と関係があることだと思うの。水質検査とか、汚染物質とか」

「本当に殴ったのかい」

「殴らなきゃよかったわ。そうすれば、あんなことにはなってなかったかもしれない」

「あんなこと？　きみを殺そうとしたってことかい」

「きっと自尊心が許さなかったのね」

ミックは傲慢さと自尊心は別物であることを指摘した。「ああいう男にとっては自尊心などいくらのものでもないはずだ」

「でも、あれほど取り乱したのはあのときがはじめてよ」

「なるほど。覚えておくよ」

「あらっ。それって、フルート・オブ・ザ・ルームのトランクスじゃない」ジョーイは手をのばして、ウェストバンドをつまんだ。

ミックは枕を股間にあてがった。ミセス・ペローネの羞恥心はあきらかに薄らぎつつある。

「そろそろ日が昇るわ。泳がない？」

「ふざけてるのかい」

「ちっとも。島を三周するのよ。さあ、行きましょ」

「鮫が怖くないのかい」

「ふたりならちっとも」

「そのうちのひとりは年をとっていて、動きが鈍い。どういうことになるかはおおむね察しがつく」

「ダメオヤジ」

「えっ？」

だが、ジョーイはすでに下着のまま裸足で駆けだしていた。網戸が開く音に続いて、水しぶきがあがる音が聞こえた。ミックは仕方なしに栈橋まで行き、海に飛びこんで、ジョーイのあとを追った。ストラムは訝しげに見ているだけで、ふたりに加わろうとはしなかった。

島を半周したところで、ジョーイは言った。「年のわりには、けっこう元気じゃない」

ミックは水をかくのをやめ、立ち泳ぎに変えた。

「どうしたの」

ミックは表情をこわばらせて、ジョーイの後ろの波を指さした。そこを見ると、三枚の灰色の背びれが水面を切り裂いている。ジョーイは悲鳴をあげ、水を蹴って、ミックの腕のなかに飛びこんだ。

「殴らないでくれよ」しばらくたってから、ミックは言った。「あれはイルカだ」

ジョーイはゆっくり息を吐き、塩でしみる目をしばたたいた。「いつもこんなふうに悪さをしているのね」

「おれは無害な男だよ。誰に訊いてもわかる」

イルカは遠ざかっていき、やがて陽光のなかに消えた。驚いたことに、ジョーイの腕はまだ首に巻きついたままになっている。

「ワイルドね。シークエリアムの水族館よりずっといいわ」

「よくこのあたりで見かけるんだ。まだ続けたいかい」

「泳ぐこと？　それとも、まさぐりあうこと？」

「まさぐってるんじゃない。こうしてないと、ふたりとも沈んでしまう」

「あなたの手がある場所はわたしのお尻なんだけど」

「正確に言うと、大腿部だ。つかむのにいちばん適した場所だ」

「知らなかったわ。わたしの体重、どれぐらいだと思う？」

ミックはジョーイの腕を振りほどいた。「頭に銃を突きつけられていなきゃ、答えられない」

「百三十一ポンドよ」ジョーイは言って、水に濡れた髪をかきあげた。「でも、背は高い。五フィート十インチある」

「ナイスボディーだ。とにかく、おしゃべりをやめて泳ごう。忘れたのかい。きみが言いだしたことなんだぜ」

四十五分後には、身体は乾き、着替えもすんでいた。ミックはワッフルを焼き、ジョーイはコーヒーをいれていた。ストラムは島のそばを通りすぎる釣り船に向かって吠えていた。

ジョーイは言った。「脅迫の計画について、もう少し詳しく聞かせてくれない」

「そうそう。それで思いだした」ミックはキッチンから出ていき、携帯電話を持って戻ってきた。それをジョーイに渡して言った。「きみの家に電話をかけるんだ」

「冗談でしょ」

「きみが話す必要はない。ダイヤルしたら、おれが出る」

「電話番号が表示されるわ」

「最初に67を押せば非通知になる」

「何をするつもり？」

「いいからかけろ」

「わかったわ」

電話が通じると、ミックはワッフルの焼き具合を見ながら、芝居がかった声音で話しはじめた。ジョーイは懸命に笑いをこらえた。

「もしもし。ミスター・チャールズ・ペローネ？ 唐突の話にて恐縮ながら、近いうちに大金を請求させていただくことに……いいや、ケーブルテレビの会社じゃない。犯罪の目撃者だ……さよう。先週の金曜日の午後十一時ちょうど、小雨そぼふるなか、貴君は妻の足首をつかみ、手すりの向こうに放り投げた。聞こえているか。どうした。もしもし、チャズ……」

ミックが受話器を置くと、ジョーイは拍手をした。「いまのはチャールトン・ヘストンね。

大学時代に、マリファナをやりながら『十戒』と『猿の惑星』の二本立てを見たことがあるわ」

「これで、きみの旦那の朝は間違いなく台無しになった」

「あいつはなんて言ってた?」

「最初はケーブルテレビの受信料の取り立てと勘違いし、次にロルヴァドだかロルヴァグだとかいう名前の男のいたずらだと思ったようだ。最後には、漂白剤を飲んだようななり声をあげていた」

「こういうことって違法じゃないの」

「さあ、わからない。この次、教会に行ったとき、ルアク神父に告白するよ」

「なんだか楽しんでるように見えるけど」

「身から出た錆さ」

「わたしはあなたのやり方に賛成よ」

「もう一度聞かせてくれ、ジョーイ。きみはどうしてあんなクサレと結婚したんだい」

ジョーイの顔から微笑が消えた。「あなたにはわからないわ」

「と同時に、おれの知ったことでもない」

「やっぱり聞いてちょうだい。三人の男にたてつづけに振られたからよ。チャズは最初のデートの日から二週間毎日ピンクのバラを一本ずつ送り届けてくれたわ。ラブレターに甘い言葉を書きつづり、いつも約束どおり電話をくれ、ロマンチックなディナーに誘ってくれた。わたしは孤独で、チャズはその道のプロだった。だから、二回目のプロポーズで承諾したの。また捨てられたくなかったから。信じられないくらい屈辱的だけど、要するにそういうことなの」

「だまされた女はきみが最初じゃないはずだ。でも、間違いだと気づいたときに——」

「どうして別れなかったのか？　結婚してまだ二年しかたってないのよ、ミック。それに、そんなにいやなことばかりでもなかったの。バカみたいに聞こえるかもしれないけど、チャズはセックスの達人だったの。ほかの欠点に目をつぶってもいいと思えるくらいの」

「よくわかる。それはまるでおれの人生のようだ。おれの最悪の結婚のいくつかは、愚かな性欲に大部分を支配されていた」ミックは言って、ジョーイの皿にワッフルを置いた。「腹がへっただろ」

　ジョーイはうなずいた。

「おれもだ。メープル・シロップ？　それともバター？」

「両方」

「どうして女はみなそう答えるんだろう」

　ふたりの会話は犬の悲鳴によって遮られた。ミックは外に駆けだしていき、ジョーイもそのあとに続いた。ストラムは桟橋のはずれに身を横たえ、鼻先を前足でさすっていた。ジョーイはしゃがみこんで、くんくん鼻を鳴らしている犬を抱き寄せた。

　そこから百フィートほど離れたところに浮かんだ釣り船の上で、四人の男がルアーを針につけながら笑っていた。ミックはかがみこんで、桟橋に落ちていた卵型の鉛の塊を拾った。

「それはなんなの」ジョーイは訊いた。

「二オンスの釣り用のおもりだ」

「ひどい」

ミックは船に向かって叫んだ。「これを投げつけたのはおまえたちか」

一瞬の沈黙のあと、男たちは仲間うちで話をし、それからいちばん大柄な男が答えた。「そのバカ犬がいつまでも鳴きやまねえからだよ」

そうかもしれないが、他人にバカ呼ばわりされる筋合はない。

「話がある。こっちに来い」

今度はひとまわり小さな男が答えた。「糞《くそ》して寝な。そこのオマンコ女といっしょによ」

男は挑発するように釣り竿を振り、桟橋のほうに黄色い大きなルアーを投げた。ルアーは桟橋の手前に落ち、虚ろな水音が響いた。

ミックはジョーイに言った。「ストラムを連れて家に入っていてくれ」

「どうして。何をするつもりなの」

「いいから行け」

「あなたをひとりにしてはおけないわ」

「だいじょうぶだよ。ひとりでもない。プラスアルファがある」

連中をただで帰すわけにはいかない。その理由は三つもある。第一に、必要以上に島に接近し、プライバシーを侵害したこと。第二に、自分の務めを果たしただけの健気《けなげ》な動物に危害を加えたこと。第三に、何もしていない女に侮辱の言葉を投げたこと。

ジョーイはキッチンの窓から様子を見守っていた。釣り船は桟橋に向かってくる。四人の男はやる気まんまんで身構えている。ミックは納屋に姿を消し、出てきたときには手にライフルを持っていた。あとで聞いたところによると、セミ・オートマチックのルガー・ミニ14という銃らしい。

そこから発射された三発の銃弾は、三発ともマーキュリーの九十馬力の船外モーターに命中した。男たちは泡を食い、降参のしるしに両手をあげた。怯えて懇願する声が、閉めきった窓ごしに聞こえてくる。ミックがなんと答えたのかはわからないが、男たちは膝をつき、船べりに身を乗りだして、便器のなかでもがくムカデのように手で水を掻きはじめた。

ジョーイは犬の紐をテーブルの脚にくくりつけて、急いで外に飛びだした。ミックは肩にライフルをかけ、遠ざかっていく船を見つめていた。

「それがあなたの銃なのね」

「そうだ」

「驚いたわ」

「やつらも驚いてた」

「いまのは違法じゃないの?」

ミックは振りむいた。「その質問はもうしないでくれ」

11

トゥールはエアコンのスイッチを強にしたが、ミニバンのなかは四十度以上あるように思えた。少なくともフロリダでは、エアコンの効きが悪い車をレンタルすべきではない。

朝の九時にもなっていないというのに、フェンタニルの貼り薬は汗で剝がれかけている。ワークブーツとオーバーオールを脱ぎ、パワーラインぞいのサークルKで買ったマウンテンデューの一リットル・ボトルを一気に飲みほしたが、体温は少しもさがらない。ラジオのつまみをまわしていると、ご機嫌のカントリー・ミュージック局がたまたま見つかった。女であることの悦びをシャナイア・トゥエインが歌っている。本当にそうなのかどうかはわからない。自分の知っている女は、母親を筆頭に、みな怒ってばかりいた。だが、もしかしたら、それは自分が悪かったせいかもしれない。

九時半ごろ、チャズ・ペローネが家から姿を現わし、急ぎ足でミニバンに向かってきた。近くで見ると、なかなかの男前で、年も若い。女房の身に何が起こったのか考えずにいられない。

チャズは窓をあけるよう手ぶりで合図した。「怪しい者を見なかったか」

「おれに言わせりゃ、この界隈にまともな人間はひとりもいねえ。でも、おめえさんの言うことはわかる。そういった人間はひとりも見ちゃいねえよ」

「間違いないか。また何者かが家に忍びこんだんだ」

「おれはずっとここにいたんだ。見ちゃいねえったら見ちゃいねえ」

たしかにこの男は一睡もしてないような顔をしている。

「うちにあった写真に穴があいていたんだ」

「そんなに心配なら、今日は仕事場についていって、ずっと見張っててやるよ。念のために」

チャズは今日は仕事を休むと言った。「ところで、どうして服を脱いでるんだい」

「車んなかは象の屁よりクソ暑いんだよ。レッドの話だと、おめえさん、ドクターなんだってな」

嬉しそうな顔になった。「そうだよ」

トゥールは身体をひねって、背中にかろうじて貼りついている二枚の膏薬を見せた。「これと同じのがほしいんだ」

チャズは湿った壁のような背中の肉に狼狽しているみたいだった。

「軟膏だよ。裏に薬がついてる」

「それはわかる。でも——」

「名前はドゥラジェシックっていうんだ。処方箋を書いてもらえねえかな」

「そんなことを言われても困るよ」

「ものすげえ痛みなんだ。鉄砲のタマがケツに食いこんでてな。頼むよ」

チャズは青白い顔をして、後ずさりした。「悪いけど、処方箋は書けない」

「ずいぶん薄情じゃねえか」

「そういうドクターじゃないんだよ」

チャズは踵をかえして、そそくさと家へ戻っていった。

トゥールは毒づいた。くそっ。とんだヤブ医者だ。処方箋ひとつ書けねえなんて。

二軒先の家から、黄色い麻のワンピースを着た中年女が出てきた。二匹の小さな動物を連れている。どうやら犬のようだが、いままで見たどの犬にも似ていない。皺くちゃの丸い顔は、コンクリートミキサーと激突したようなつぶれ方をしている。女の顔は化け物に限りなく近い。ハロウィーン用の小さなマスクをかぶっているようにテカり、皮膚が突っぱっている。見ていると、二匹の犬といっしょに歩道をこっちのほうに歩いてくる。どうやらミニバンには誰も乗っていないと思っているらしい。犬が右のフロント・タイヤに小便をひっかけはじめたのに、素知らぬ顔をしている。

トゥールは車の窓を叩き割って、サンダルばきの女の足にガラス片を撒き散らしてやろうかと思った。が、そうはせずに窓から頭を突きだし、飛びきり汚い言葉で小便を拭くように命じた。

「な、なんですって」女は犬を引っぱって、腕に抱いた。「あなた、いったい何さまのおつもりざます」

「何さまでもいい。タイヤを拭かないと、犬コロどもを半殺しにするぞ」

トゥールは車のドアを少しあけて、見せたいものが見えるようにした。女はすぐにしゃがみこんで、ピンクのティッシュで濡れたタイヤを懸命に拭きはじめた。その横で、二匹の犬は哀れっぽく鼻を鳴らしている。

拭き終えると、トゥールは言った。「まだ謝ってもらってなかったな」

女は憎々しげに謝罪の言葉を述べた。頬は紅潮しているが、表情はまったく変わらない。額から顎にかけての皮膚は張りも艶も驚くほどよく、熟れたマンゴーのようにパックリ割れそうだ。

「行きな」

女はサンダルを鳴らして駆けはじめ、アコーデオンのような顔をした犬は必死でそのあとを追った。

数分後にチャズがまた家から出てきた。

「ミセス・ラグーソにいったい何をしたんだ」

「犬コロがタイヤにションベンしやがったんだよ。このへんはお上品な奥さま連中が住むところじゃねえのかい。ハイソで通ってるところじゃねえのかい。へっ。おれはトレーラーハウスに住んでるけど、飼ってる犬が人さまの車にションベンしてるのを黙って見てねえぞ」

「すぐに立ち去ったほうがいい。今頃ミセス・ラグーソは警察に電話をかけているはずだ」

「なんのために？　向こうが悪いんじゃねえか」

「居間から一部始終を見ていたんだ。あれじゃ、怒るのはあたりまえだ」チャズはあきらかにいらだっていた。「わかるな。これ以上警察とかかわりたくないんだ。車のナンバーを控えられるまえに行け」

「じゃ、誰がおめえさんの家を見張るんだ」

「いいから行け。ミスター・ハマーナットに連絡をとるよう言っておく。これからどうするか、ふたりで話しあってくれ」

「まいったなあ」

トゥールはミニバンをバックさせ、十字路でターンをして、猛スピードでウェスト・ボカ・デューンズ第二分譲地の出口に向かった。それから一時間ほどして携帯電話が鳴ったときには、ソーグラス・エクスプレスウェイの中央分離帯の草むらから二本の十字架を引っこ抜いているところだった。花はしおれているが、十字架は二本とも新品同様だ。そのおかげで、レッド・ハマーナットから電話がかかってきたときには、少しだけ晴れやかな気分になっていた。

ハマーナットは言った。「こういう仕事で何より大事なのはまわりに溶けこむことだ」

「そういうのは得意じゃないんっすよ、ボス」

「だろうな。仕方がない。だったら、別のやり方を考えよう」

「ついでに車を替えてもらえませんかね」

「どういうことだ」

「エアコンがちっともきかなくて」

「わかった」

「ところで、あの坊やのことなんだけど、ずいぶん出来の悪いドクターっすね」

レッド・ハマーナットは笑った。「誰にも言うなよ」


午前十時半に、ミック・ストラナハンとジョーイ・ペローネがやってきたとき、家の前にはチャズの黄色いハマーがとまっていた。

「今日は休みをとってるみたいね」ジョーイは言った。

ミックはサバーバンをこのまえと同じ近所の留守宅の車まわしにとめた。しばらくして一台のバンがやってきた。ペローネ宅の前を通りすぎたところでブレーキをかけ、それからバックして、ハマーの横にとまる。車体には赤い文字で〝サンシャイン錠前屋〟と記されている。

「まずいな」ミックは言った。「錠を交換するつもりだ」

「だから？」

「巣箱のなかのスペア・キーは使えなくなるってことだ」

ジョーイは眉をあげた。「気にすることはないわ」

しばらくすると、またもう一台の車がやってきた。小型のトラックで、ドアには磁石式のステッカーが貼られている。〝ゴールドコースト・セキュリティ・システム〟

「今度はなんだ」

「警報装置の修理を依頼したのよ」

「ますますまずい」

「あなたって、どうしてそんなに心配性なの？」

「知ってのとおり、おれはB&Eの専門家じゃない」

「翻訳して」

「ブレーク・アンド・エンター。つまり家宅侵入だ。へたなことはできない。警察沙汰になったら、説明のしようがない。網戸に警報装置は？」

「ついてないわ。でも、廊下と寝室にはついている。チャズがどれだけ怯えているかによって、もっと増える可能性もある」

「チャズは充分に怯えてるよ。おれたちがいま見てるものからもあきらかだ」

「あなたの電話のせいよ、ミック。モーゼの声が効いたのよ」

「枕の下に入れた写真のことも忘れないでほしいね」

「わかってるわ」

ジョーイは思った。写真を見つけたとき、チャズはいったいどんな顔をしたか。その顔を見ることができるなら、何をさしだしてもいい。

昼までには錠前屋も警報装置の修理屋も帰ったが、チャズ・ペローネは家に閉じこもったままだった。このときのジョーイの格好は、長ズボンに、だぶだぶのワークシャツ。髪はマーリンズのキャップにたくしこんでいる。手には聖書ではなく、今回は道具箱を持っている。通りを歩いているところを誰かに見られたとしても、上背と大きな歩幅のせいで、たぶん男と思われるだろう。だが、いつまで待っても、チャズは出てこない。ジョーイは待ちくたびれ、この日はもう切りあげようという気になりはじめた。

「本当に具合が悪くて寝こんでるのかもしれないわ」

ミックは双眼鏡で家の様子をうかがっていた。「あと一時間だけ待とう」

青いフォードが角を曲がってやってきて、ペローネ宅に近づいた。緑の陰毛の女の車だ。

「嘘でしょ」

「落ち着け」

「あのバカ、お昼まで我慢することもできないのかしら」

「いや。どうやら家のなかには入らないみたいだ」

フォードのクラクションが短く二回鳴ると、玄関のドアが開き、チャズが茶色の紙袋を持って出てきた。

「あのゴルフシャツを見て。アイアンのセットといっしょに、わたしがお誕生日のプレゼントにあげたものよ」

チャズは助手席にすわり、車は発進した。女は大きなジャッキー・オナシス風のサングラスをかけている。

「もしかしたらポルノ女優かも。だから、顔を隠してるのかも」

とりあえず女のことは忘れたほうがいい、とミックは言った。「何かしたいことは?」

「もう一度家のなかに入りたいわ。わたしの家に」

「どうやって――」

「ここで待ってて。スプリンクラーから水が出たら、来てちょうだい」

ミックはジョーイの手首を握った。「アラームが鳴ったら、すぐに車をそっちにまわす。きみは裏口ではなく、玄関のドアから外に出て、ゆっくりと通りを歩いてきてくれ」

「わたしを置いてきぼりにして逃げないでね、ミック」

「だいじょうぶ。きみにはまだ貸しが残ってる」

「またあの船のことを言ってるの?」ジョーイはため息をついて、車から降りた。「いったい何度謝ったら気がすむの? 百回?」

ミックは四十年にわたって女を見くびりつづけてきた。だから、ペローネ宅の芝生用のスプリンクラーからいきなり水が噴きだしたときには、まだ半信半疑だった。ジョーイが新しい鍵を見つけだし、セキュリティ・システムの裏をかいて、家のなかに入れるとは思っていなかったのだ。

玄関のドアがあくと、ミックは家のなかに入った。

「きみの職業は泥棒だったのかい」

「ちがうわ。主婦よ。新しい鍵は以前と同じ餌箱のなかにあったわ。思ったとおりよ」

「というと……」

「元々それはチャズのアイデアだったの。チャズはうぬぼれ屋で、自分は利口だと思っている。鍵の隠し場所を知っているのは自分と女房だけで――」

「そして、きみは死んだと思っている」

「そう。だとしたら、同じところに隠さない理由はないでしょ。侵入者は掃除婦か水槽のメンテ業者が持ってた鍵を使って、家に忍びこんだと思っているのよ」

「それはわかった。でも、警報を解除できたのは？」

「少しは頭を使ったら」

ミックは笑った。「チャズがまえと同じ暗証番号を使ったなんて言わないでくれよ」

「そのとおりよ。二、二一、七二」

「それって誕生日？」

「ビンゴ。新しい暗証番号を覚えるのは面倒くさいものよ」

「それでも、ギャンブルだったことはたしかだ」

「そうでもないわ。チャズという人間を知ってればね」

ふたりはダイニング・ルームの椅子にすわった。テーブルの上には、泥まみれのリュックが置かれている。ジョーイの話だと、現場に出るときには、以前チャズに贈った革のブリーフケースではなく、いつもそれを使っているらしい。ミックはリュックのバックルとファスナーをあけて、中身をすべて取りだした。書類や用紙の束、数本のシャープペンシル、虫除けスプレー二缶、毒へビ用の救急キット、包帯とガーゼ、厚いコットンの靴下、軍手、ゴム手袋、塩素のタブレット、丸まったデンマークのポルノ誌、しなびたチョコ・ドーナツ、非常用の携帯食、胃薬の瓶。

「胃が弱いみたいだね。われわれにとっては望ましいことだ」

ジョーイは書類をめくった。「チャズはわたしに何かを見られてキレたと言ったでしょ。そのとき数字を書きこんでいたのは、こういった感じの用紙だったわ」

「たぶんそうだろう。これは水質検査表だ」

ミックは未記入の用紙を一枚抜きとって、折りたたんでから、フロリダ電力会社の作業着のポケットに入れた。

「持って帰るのはこれだけ?」

「いまのところはね」

ミックはリュックから取りだしたものを注意深く元に戻した。「思わぬ掘り出し物が見つかった。ついでにもひとつ。わが愛しのミスター・ペローネは小切手帳をどこに隠しているのか」

「ちょっと待ってて」ジョーイは部屋から出ていき、煮しめたような色のスニーカーを持って戻ってきた。「一度も洗ったことがないのよ」

利口だ、とミックは思った。どんなに利口な泥棒でも、はき古したボロ靴には手を出さないだろう。スニーカーを逆さにすると、小切手帳が落ちてきた。それはフロリダ州から半月ごとに支払われる給料の支払い小切手で、記録欄を見ても、不自然な金の動きはまったくない。

「ハマーを買ったのはいつごろと言ってたっけ？」ミックは訊いた。

「一月のなかごろよ」

「何の記録もない。頭金すら振りだしてない」

「もしかしたら、わたしの知らない口座があるのかも」

あるいは、自分で購入したのではないのかもしれない。

「ヘソクリとかは？」

ジョーイは首を振った。

「株とか債券とかは？」

「あれば、明細書が郵送されてきたはずよ」

そういうものを見たことは一度もないという。ミックは立ちあがって、そろそろ行こうと言った。長居すると、チャズがガールフレンドを連れて帰ってくるかもしれない。

「ちょっと待って。チャズにまたプレゼントを置いていきたいの」ジョーイは言って、部屋の隅に置いてある夫の傘に目をやった。

「それはまずいだろ」ミックは言った。

「だいじょうぶよ」

「チャズはもうすでに充分にまいっている。請けあってもいい」

ジョーイは不満顔で戸口まで行った。「スプリンクラーを出しっぱなしにするくらいはいいでしょ」

「タイマーは外にあるのかい」

ジョーイはうなずいた。「洗濯室の横よ。わたしたちが家のなかに入ったとは思わないわ」

「だったらいい。それできみの気がすむのなら」

「とりあえずはね」ジョーイは言って、警報装置をリセットした。

リッカはチャズがやつれて見えると言った。

「眠れなかったんだ」

「あたしといっしょなら、クタクタになって、ぐっすり眠れたはずよ」

「朝の早い時間に、変な電話がかかってきたんだ」

「エロ電話？」

「いいや。ただの変な電話だ」

あのときのことを思いだしただけで、てのひらが湿ってくる。

リッカはジョーイの追悼式をどうするのかとあらためて訊いた。

「しつこいなあ」チャズはいらだたしげに答えた。「そういうのは嫌いだって言っただろ。そんなに追悼したいのなら、蠟燭に火をつけて拝んでろ」

「なにも大袈裟なことをする必要はないのよ。教会を借りて、司祭に話をしてもらうだけでいいの。ジョーイの友人のなかには、悲しみをみんなと分かちあいたいっていう者もいるはずよ」

チャズは窓の外に目をやった。

「そういう儀式ってけっこう大切よ。けじめをつけるという意味でも」

チャズはタバコの煙を吐くように大きなため息をついた。

「そしたら、あんたの人生の第一章は終わり。そこから第二章が始まるのよ」

まいった。まるでダブル・ヘルニアのように厄介な女だ。

「何もしなかったら、世間体も悪いでしょ。連れあいの死をなんとも思ってないってみんな思うよ」

たしかに一理ある。世間体は大事だ。そのために追悼式をしても損にはならない。そういえば、ロールヴァーグ刑事はどうしてそのことについてひとことも言及しなかったのか。

あの悪党め。脅迫電話をかけてきたのは、間違いない、ロールヴァーグだ。

「聞いてるの、チャズ」

「聞かないという選択肢があると思うか」

リッカは悲しそうな声で言った。「あたしはあんたのためにここにいるのよ」

そうだ。ここにも、あそこにも、どこでにでもくっついてくるつもりだ。

「追悼式のことは考えてみる。でも、やるのはもう少し先だ。たぶん二週間くらいあとになると思う」面倒な問題が片づいてからだ。

チャズが銀行で用を足しているあいだ、リッカは車のなかで待っていた。そのあと、ランチを食べているときに、持ってきた紙袋には何が入っていたのかと訊いた。

「宝石だ。貸し金庫に預けてきたんだ」

「奥さんの宝石？」

「いや、エリザベス・テイラーの。預かっておいてくれと頼まれたんだ」

「寒っ」

「すまん。考えなきゃならないことが多すぎてね」

「ねえ。わたしの家にファッション・ショーを見にこない？　リオのTバックをまとめ買いしたの」

「今日はやめとくよ、ハニー。郡のゴミ処理場に行かないといけないんだ」

リッカはフォークに巻きつけたリングイネを口の前でとめた。「ぶっちゃけた話、セックスよりゴミ処理のほうが大事ってこと？」

「よせよ。そんなに単純なことじゃないんだ」

少なくとも、自分ではそう思っている。

12

マイアミに戻る車のなかで、ジョーイは最後に夫とセックスをしたときのことを思いだしていた。場所はサン・ダッチス号のキャビン。海に投げ捨てられる五時間前のことだ。いつもとちがったところがあったかどうかは定かでない。少なくとも貪欲さと激しさはいつもと同じだった。その夜、殺害するつもりでいる者を快楽のためにもてあそんでいたと思うと、怒りがフツフツとこみあげてくる。

「男について教えてほしいことがあるの」ジョーイは言った。「わたしには、いくら考えてもわからないことなの」

「なんなりと」

「あの夜、チャズはわたしを抱いたのよ。ディナーに行くまえに。わたしを殺すつもりでいたのに」

「臆面もなく?」

「そうよ。よくおっ立つものだと思うわ」

「それとこれとは別ってことだと思うよ」

「そんな経験をしたことは?」

「なくはない」

「一例をあげてみて」

「そうだな……セックスをした四十五分後に、家を出ていったことがある」

「そのまえから出ていくって決めてたの?」

「ああ。そのときにはもうすでに新しい家を借りていた」

「相手はどうだったの? 何も気づかなかったの?」

「そのときの反応から判断すると、気づいていたとは思わない」

ジョーイは身を乗りだした。「それで? 話を続けてちょうだい。セックスをしようというのは、どっちが言いだしたことなの」

「セックスはストレスをやわらげると言われている。そのとき、おれは大きなストレスを感じていた」

「嘘ばっかり。最後にもう一発やりたかっただけでしょ」

「かもしれない」

「男ってゲスよ」

ミックは道路前方から目を離さなかった。「それが本当かどうかはわからないが、少なくともおれは女を海に突き落とすようなことはしない。激しいセックスをしたあとでも、激しくないセックスをしたあとでも」

「なにを紳士ぶってるの」

「言っておくが、きみの旦那は——」

「あのクソッタレのことをそんなふうに呼ぶのはやめて。お願い」

「わかった。チャズは冷血な人殺しだ。男のゲスさ加減の平均値を大幅に上まわっている。そのことを忘れちゃいけない」

ジョーイはぐったりとシートに沈みこんだ。「自分がつくづくイヤになるわ。こういった状態のことをなんと呼ぶか知ってる」

「徒労感？」

「いいえ。自己嫌悪よ。多くの疑問が頭のなかをグルグルまわってるわ。あなたはいったい何を考えてるの、ジョーイ。どうしてあの程度の男の本心が見抜けなかったの。どうして度重なる浮気を許していたの。あなたの自尊心はいったいどこに行ってしまったの」

ジョーイは頬にミックの手が軽く触れるのを感じた。涙を流していないかどうかたしかめたのだろう。

「だいじょうぶよ。涙はもう涸《か》れてるわ」

「おれたちには健全な自我がある。それだけで充分じゃないか」

「あなたはどうしてわたしを助けてくれているの」

「チャズのような男をまた追いかけたくなったからかな。クソッタレをブタ箱に送るっていうのが、昔のおれの生きがいだったんだ」

「どさくさにまぎれて、わたしのパンティーのなかに潜りこもうとしてるのじゃないってことね」

ミックはハンドルを指で叩いた。「その話題を持ちだすのは、そろそろやめてもらえないかなあ」

「それより、お腹がすいたわ。何か食べない?」

「あと一時間で家に着く」

ジョーイは抗《あらが》わなかった。ミックがどれほど都会を嫌っているかはよくわかっている。

「わたし、ときどきチャズを殺すことを考えるの。けっこうマジに。昨日は傘で突き殺す夢をみたわ。おかしい?」

ミックは怒りを覚えないほうがおかしいと言った。「でも、おれたちはもっとスマートにやる。刑務所にも精神病院にも入りたくないからね」

「今日わたしたちは何かをなしとげたのかしら。お庭の水やり以外に」

「もちろん」ミックは胸のポケットを叩いた。「リュックから抜き取った用紙は、水質検査区域の水に含まれているリンの量を記録するためのものだ。きみが見たのはその数字にちがいない」

「リンってリン酸塩のこと？」

「そう」

「湿地にとってはよくないものね」

「おれが読んだものには、そう書かれていた」

話の辻つまをあわせるには、どう考えたらいいのか。

「つまり、こういうことかしら。チャズは仕事をサボっていた。湿地で泥まみれになるかわりに、ゴルフをして遊んでいた。提出しなければならない水質検査表には、いい加減な数字を書きこんでいた」

「いかにもって感じだね」

「そこへわたしがとつぜん帰ってきて、無邪気に質問をしたので、チャズは不正を見抜かれたんじゃないかと思った。つまり現行犯ってわけ」

「それで、きみを抹殺することにした」

「そう。でも、ちょっと待って。それくらいのことで殺そうと思うかしら。たかが化学肥料ごときで」

「すべての答えが出たとは言っていない。パズルの一片が埋まっただけだ」

納得できない。チャズが二カ月前に激怒したことが、先週のクルーズ船での出来事につながっているとはどうしても思えない。チャズは水質検査のデータを改竄していただけで、国家機密を売り渡そうとしていたわけではないのだ。

「いつかチャズとサシで向かいあいたいわ。そんなふうにお膳立てをすることはできるかしら」

「なりゆき次第だね」

ディナー・キーに着くと、ミックはサバーバンをイチジクの木の下の古いコルドバの横にとめた。ボートに乗りこんだとき、冷たい雨が降ってきたので、ふたりはひとつのポンチョをいっしょにかぶって、波に揺られながら島へ向かった。


カール・ロールヴァーグは二七号線を北に向けて走っていた。エヴァーグレーズのスゲの群生は、見渡すかぎりのサトウキビ畑に変わっている。オーキチョビー湖で八〇号線に乗りかえ、西へ向かうと、ラベルに出る。急いではいない。車窓の光景は大きく開けている。緑なす平坦な畑地は夏のミネソタ州東部を思い起こさせる。

〝レッド・トマト商会〟の住所は〝ハマーナット農園〟のものと同じだった。まっすぐな砂利道を半マイルほど進むと、郊外型の工業団地があり、その突きあたりに煉瓦づくりの近代的な建物があった。受付嬢は警察のバッジをちらっと見て、小さな声で電話をかけ、それからコーヒーがいいかソフト・ドリンクがいいかと訊いた。しばらくして、ミスター・ハマーナットの〝エグゼクティブ・アシスタント〟なる女性が出てきて、淀んだ丸い池を望む応接室へ案内した。羽目板には額入りの写真がずらりと並んでいる。州知事、下院議員、ノーマン・シュワルツコフ、ナンシー・レーガン、ビル・クリントン、三人のブッシュ、ジェシー・ヘルムス。そのすべてに、背の低い赤毛の男がいっしょに写っている。たぶんそれがサミュエル・ジョンソン・ハマーナットだろう。訪問者に自分がどんなに大物であるかということを印象づけるためのものだ。インターネットでざっと調べたところによると、その事業はフロリダに限らず、アーカンサスで大豆、ジョージアでピーナツ、サウス・カロライナで綿、と広範囲にわたっている。それぞれの地域で有力者と交友関係を築いていることは想像にかたくない。従業員の虐待と、環境汚染でしばしば問題を起こしているが、いつも微々たる罰金だけで放免されている。それだけ民主と共和両党に太いパイプを持っているということだろう。

ハマーナットは鼻をすすりながら、どこか落ち着きのない様子で入ってきた。「レッドと呼んでください。春になるとアレルギーが出るんです。で、ご用件は？」

ロールヴァーグはウェスト・ボカ・デューンズ第二分譲地にとまっていた不審な車について話した。「ナンバープレートを調べると、ハーツ社で借りたものでした。支払いは法人用のクレジット・カードで行なわれており、その名義が〝レッド・トマト商会〟になっていたのです」

ハマーナットはうなずいた。「それはわたしの会社です。いくつかあるもののうちのひとつです」

「アール・エドワード・オ・トゥールという名前の男をご存じでしょうか」

「すぐには思いだせませんね。わたしのところで働いていたと言ってたんですか」

「話はしていませんが、姿かたちは確認できています。ひじょうに目立つ男です」

「どんなふうに？」

「大男です」

「大男はいくらでもいますよ。リズベスに訊いてみましょう」ハマーナットは机に身を乗りだし、インターホンのボタンを押した。「リズベス、給料支払い名簿のなかにアール・エドワードという名前があるかどうか調べてくれ」それからロールヴァーグのほうを向いて、「エドワード何でしたっけ」

「オ・トゥール。その名前でレンタカーを借りています」

ハマーナットは受話器に向かって言った。「オ・トゥールだ」

一分もたたないうちに、インターホンが鳴った。ハマーナットはスピーカーをオフにして受話器を取った。

「うんうん。わかった。それで思いだしたよ。ありがとう」

ロールヴァーグは手帳を開いて待った。

ハマーナットは受話器を置いた。「以前はたしかに現場監督として働いていました。でも、いまはもう辞めて、ここにはいません。どうして会社のクレジット・カードを持っていたのかはわかりません。調べてみます」

「新しい勤め先はわかりますか」

「さあ。リズベスの話だと、健康上の理由で辞めたそうです。農園の現場監督というのは重労働ですからね。仕事に耐えられなくなったんでしょう」

ロールヴァーグは手帳にボールペンを走らせた。「ミスター・オ・トゥールがボカ・ラトンの住宅地をうろついていたわけに何か心あたりはありませんか。誰かに危害を加えたといったことではありません。でも、近隣住民のなかには神経質な者もいます。おわかりいただけますね」

「ええ、もちろん。わたしが知っているのと同じ男であれば、イグルーでも小便を漏らすでしょうよ」

　ロールヴァーグは無理に笑った。「履歴書を見せていただけないでしょうか」

「履歴書？　そんなものはありませんよ。あるのはインデックスカードだけです。本名を書いている者が半分もいれば御の字ですよ。みな流れ者ですので、仕方ありません」

　ロールヴァーグはうなずいた。「暴力沙汰を起こしたとか、精神的に不安定だったという記録はありませんか」

　ハマーナットはくしゃみをして、ポケットからハンカチを取りだした。「そういう者を使うわけにはいきません。そういう者がいたら、即刻クビですよ」

「でも、ここにはいろいろな人間がいると思います」

「先ほどの話だと、誰にも危害を加えていないとのことでしたね。なのに、どうしてわざわざブロワード郡からこんなところまで出向いていらしたんです。何かの事件の捜査なんですか」

　殺人事件の可能性があるということをあきらかにするつもりはなかった。現時点では第一容疑者を見張っていたと思われる大男を調べるくらいしか手立てがないということも、さらには、ガーロ警部から新しい任務を仰《おお》せつかるまえに署を脱出しなければならなかったということも、話すつもりはなかった。

「おっしゃるとおりです」ロールヴァーグは言った。「電話やファックスでも用は足ります。

でも、今回ミスター・オ・トゥールが目撃された地域は、なんというか、保安官の熱心な支持者が大勢いるところでもあるんです」

「つまり、再選のための選挙資金を出してもらえるということですね。だから、そこの住人に何かあったときには、特に丁寧な対応が必要になるということですね」

「わかっていただけてよかった」ロールヴァーグは言って、壁の写真に目をやった。「あなたならわかっていただけると思っていました」

ハマーナットは心得顔で微笑んだ。「どこでも同じです。それが政治というものですよ」

ロールヴァーグは微笑みかえした。「そういうわけで、わたしはミスター・オ・トゥールが共和党支持の奥方連中にとつぜん襲いかかる連続殺人犯ではないということをたしかめなきゃならないんです」

ハマーナットはまた大きなくしゃみをして、赤くなった鼻をハンカチで拭いた。「お戻りになったら、何も心配することはないと保安官にお伝えください。オル・アールなんとかという男はそのような危険人物ではありません。わたしが請けあいます」

ロールヴァーグは手帳をしまって、立ちあがった。チャズ・ペローネの名前はあえて出さないことにした。両者のあいだになんらかの関係があったとしても、ハマーナットがそれをすんなりと認めるとは思わない。

「クレジット・カードの不正使用でミスター・オ・トゥールを訴えることは可能です」

「わかっています。あるいは、プライベート・カウンセリングを受けさせることも可能です」

ハマーナットはウィンクをした。「わたしのところには、もっと大きく、もっと毛深い男が何人もいます。どういう意味かおわかりですね」

体毛の話はひとこともしていない。すなわち、ハマーナットは自分で言ったほどアール・エドワード・オ・トゥールのことを覚えていないわけではないということだ。

戸口で、ハマーナットはロールヴァーグの肩を叩いて、新鮮なレタスを持ってかえるかと尋ねた。ロールヴァーグは礼を言い、だが葉ものは消化不良を起こすのでと言って断わった。

ハイウェイに向かう途中、ヘビの赤ちゃんが砂利の上で日光浴をしていたので、急ハンドルを切って車をとめた。それは子供用のネックレス・サイズの斑入りのキングヘビで、どうやら奇形であるらしく、一つ目で、黒い鼻頭にはどんぐりのような腫瘍ができている。たぶん長くは生きられないだろう。そう思いつつも、ロールヴァーグはそれを近くの木立ちのなかの安全なところまで持っていってやった。

かわいそうに。天の采配とはなんと不公平なものであることか。

レッド・ハマーナットははじめてチャズ・ペローネに会った日のことをよく覚えている。リズベスがオフィスに入ってきて、若い男が面会を求めていると告げたのがはじまりだった。用件は社長にしか話せないと言っているらしい。最初は警備員につまみださせようと思ったが、履歴書を見て、考えを変え、五分だけ時間を割くことにした。生物学の博士号を持っている者が農園で働きたがっていることに興味を引かれたのだ。

そのときのチャズのいでたちは、紺のブレザーと茶色のスラックスに、ストライプのネクタイ。力のこもった握手をし、机の向かい側に腰をおろすと、猛烈な勢いでしゃべりはじめた。

その態度があまりに無作法で生意気だったので、話の道筋が見えてくるまで、げっぷで相槌を打っていたことを覚えている。

チャズはファイルを開いて、最近の新聞記事の切り抜きを取りだした。見出しは〝エヴァーグレーズを汚染する地元農園〟。ハマーナット農園の近辺から採取した水の調査結果について書かれたものだ。それによると、リンの濃度は三〇二ppbで、法定限度値の三十倍近くあり、ハマーナット農園が南フロリダの湿地へ垂れ流している農薬は、州最大の牧場とサトウキビ畑をあわせた量よりも多い。ワシントンにいる有力な友人の口ききで握りつぶせるようなレベルのものではない。

ハマーナット農園は今後も水質管理局とメディアの厳しい監視の目にさらされつづけるだろう。だから、環境コンサルタントとして雇ってくれというのだ。農業廃棄物に関する知識のなさを指摘すると、チャズはその程度のことならいまからでも簡単に身につけることができると答えた。現在の雇用主である有名な化粧品会社で、製品に発ガン性物質や腐食剤が含まれているという告発を受けたときには、自分の証言によって、頬紅を塗ったら皮膚が醜くただれたという訴えに重大な疑義をさしはさむことができたという話もした。会社にはそういうプロが必要であるという。告発者の主張は科学的にしりぞけられなければならない。少なくとも議論の争点をうやむやにするくらいのことはできなければならない。

悪くない、とハマーナットは思った。理想主義とはまったく無縁で、これほど露骨に御用学者として自分を売りこめる若者は珍しい。以前雇ったことがある科学者とちがって、機転も融通もきく。見栄えもするし、弁も立つ。テレビ映りもいいにちがいない。しかしながら、専門が海シラミというのはいかがなものか。

「湿地関連の博士号がどうしても必要だ」ハマーナットは言った。「でなければ、環境論者に手もなくやりこめられてしまう」

それで、チャールズ・レジス・ペローネはデューク大学の湿地研究所の博士課程に籍を置くことになった。通常は認められない特例措置だが、ハマーナットはチャズの学費の負担だけでなく、大学に多額の寄付の申し入れもしていた。タバコ畑の中心地にあるデューク大学は、思ったとおり、汚染された金を受けとることにいささかのためらいも見せなかった。

マイアミ大学在学中とは打って変わって、チャズは博士号の取得のために鞭を必要としなかった。優等生というわけではなかったが、劣等生として恥をさらすこともなかった。新しい大学では確固たる目的があった。その向こうからは金の臭いが漂ってきていた。卒業したら、破格の条件でハマーナット農園とコンサルティング契約を結ぶことができるのだ。

だが、ハマーナットには別のプランがあった。裏から手をまわして、チャズをエヴァーグレーズの水質検査官に仕立てあげるのだ。報酬は六桁の現金とエアコンつきのオフィス。

チャズは不本意ながらもその提案を受けいれた。仕事を始めてから六週間後、ハマーナット農園から流出するリンの濃度は、それまでの半分以下の一五〇ppbになり、さらにその二カ月後には七八ppbになった。そして、六カ月目からは九ppb前後で安定的に推移するようになり、ハマーナット農園は違法な汚染企業の要注意リストからはずされることになった。ハマーナットは地元のシエラ・クラブから表彰され、イトスギの苗の植樹式が行なわれるというおまけまでついた。

その宣伝効果は絶大で、ありがたいことに、小うるさい環境保護団体ももう何も言わなくなった。さらにありがたいことには、湿地の再生という名目で余計な金をあちこちにばらまく必要もなくなった。この地域のほかの農園とちがって、ハマーナット農園は化学肥料の量を減らさなくてもよかったし、莫大な金額を費やして、リンを濾過するための浄化槽をつくる必要もなかった。ドクター・チャールズ・ペローネの革新的なフィールドワークのおかげで、エヴァーグレーズを肥溜めとして利用しつづけることが可能になったのだ。

当然のことながら、チャズとの不正な関係の秘密は絶対に守られなければならない。気になるのは、チャズの女癖の悪さだった。愛人に本当の雇用主の名前をあかしたりしたら、間違いなく運の尽きになると警告したことも一再ならずある。皮肉なことに、いちばん安心できるのはチャズの妻だった。夫婦間の会話がほとんどないので、そこから秘密が漏れる恐れはまったくないように思えた。

ところが、ある日、チャズから電話がかかってきた。水質検査の数値の改竄を女房に知られてしまったとのことだった。〝その数値の意味が本当にわかっていると思うか〟とハマーナットは何度も訊いた。チャズはわからないが、それ以降、そのことは一度も話題にのぼらないと答えた。動揺し、怯えているのは、傍目《はため》にもあきらかだった。ハマーナットは冷静になれと言い、〝まだ何も決めつけるな。向こうが何か言ってくるまで様子を見ろ〟と助言した。

ジョーイは何も言ってこなかった。それでも、チャズの気は休まらず、不安はハマーナットにも感染した。ジョーイが不正に気づいていて、機が熟すまで静観することにしているとしたら？　考えられる最悪の事態は、ジョーイに浮気の現場をおさえられ、腹立ちまぎれに水質管理局に通報されることだ。金で口封じができるとは思えない。チャズから聞いた話だと、ジョーイは何百万ドルもの資産を持っている。

数週間が過ぎると、チャズはようやく落ち着きを取り戻したみたいだった。ジョーイの話も、ジョーイに疑われているという話も、その後はほとんど出なかった。だから、問題は自然に解決したのだろうと思っていた。そんな矢先にジョーイが死んだという知らせが飛びこんできた。そしていまはチャズが何者かにゆすられている。少なくとも、チャズはそう言っている。そういう状況では、また何をしでかすかわからない。そういう男なのだ。

「その男が刑事だというのは間違いないのか」ハマーナットは訊いた。

「ほかに誰がいるって言うんです。ジョーイのことでゴチャゴチャ言ってるのはあの男だけです」チャズは興奮して腕を振りまわしながら言った。「電話では声を変えて、チャールトン・ヘストンの物まねをしていました」

「チャールトン・ヘストン？　全米ライフル協会の会長の？　アルツハイマーの？」

「映画にも出てます」

「チャールトン・ヘストンの物まねをさせたら、ロビン・ウィリアムズの右に出る者はいないってことを知ってるか」

「ぼくの話を聞いてるんですか」

「もちろん聞いている。その映画俳優の声色《こわいろ》を使う男は、家に忍びこんだ男と同一人物だと思ってるんだな」

「そうです。刑事なら他人の家に忍びこむくらいは朝メシ前です。今日は何をしていったと思います？　スプリンクラーのスイッチを入れていったんです。家に帰ったときは、どしゃぶりの雨だったのに、スプリンクラーから水が噴きでてるんです。まるでナイアガラの滝です。あんなことが続いたんじゃ、本当に気が変になっちゃいますよ」

三人はグレーのキャデラックの後部座席に鳩のように身を寄せあってすわっていた。それぞれの身体からは、それぞれちがった異臭が放たれていた。ハマーナットはモンテクリストの葉巻の臭い。トゥールは濡れた雄牛のような臭い。チャズは妻の所持品を捨てにいった郡のゴミ処理場の臭い。

チャズが犯罪を示唆するようなことをうっかり口走らないともかぎらないので、運転手にはドーナツ・ショップで待っているようにと命じてある。用心するに越したことはない。余計な話を聞く必要もない。チャズとジョーイのあいだにあったことは、プライベートな問題であり、それ以上のものではない。

チャズのような男が誰かを海に突き落とすシーンを想像するのはむずかしい。ジョーイは大きく、強い女だ。トゥールなら屁とも思わないだろう。でも、チャズにそんなことができるのか。

もしかしたら、チャズは見かけほどヤワな男ではないのかもしれない。

ハマーナットは言った。「おもしろい話を聞かせてやろう。今朝、おまえを悩ませている刑事に会った」

チャズは顔面蒼白になった。「ロールヴァーグに！　んまあ。いったいどういうことなんです」

「レンタカー会社から借りたミニバンのことを訊きに農園まで来たんだ」

ハマーナットは横目でトゥールを見た。トゥールは素知らぬ顔をして首のかさぶたを引っかいている。

「ぼくの名前は出ましたか」

「いや。トゥールの外見があのへんに住んでる保安官の支持者を脅かしているという話をしにきただけだ。そのときはこっちもその話を額面どおりに受けとった。それがおまえのケツを追いかけまわしてるのと同じ刑事だとは思わなかったからな」

トゥールが口をはさんだ。「おれは言ったんです。野郎を痛い目にあわせてやろうかって。でも、そんなことをする必要はないって言われたもんで」

「それでいいんだ。刑事を移民と同じように扱うわけにはいかん。業腹《ごうはら》だが、それが現実なんだ」

チャズはうんざりしたようにため息をついた。

トゥールは指の関節を鳴らした。「わかんねえなあ。なんの罪も犯してない者がなんでゆすられなきゃならねえのか」

ハマーナットは苦笑した。このウツケ者はまた直球を投げやがった。

「電話をかけてきた男は、ぼくがジョーイを海に落とすところを見たと言った。でも、そんなのは嘘っぱちだ」

トゥールは眉を寄せた。「何が嘘っぱちなんだい。女房を海に落としたってことかい。それとも、海に落としたところを誰かが見たってことかい」

チャズは返事をしようと口を開いたが、何かが喉に詰まったような音しか出てこない。

ハマーナットはすばやく話題を変えた。「でも、ロールヴァーグというのは、そういうふざけた真似をするようなタイプの男じゃないような気がする。わしのような年になれば、悪党は見りゃすぐにわかる」

「でも、あの男以外にはありえないんです」チャズは言ったが、その口調に確信を感じさせるものはなかった。もしチャズが妻を海に落としたのであれば、目撃されている可能性はある。それは乗客かもしれないし、乗務員かもしれない。

「いずれにせよ、ゆすっているのが誰なのか、いくらほしいのかはっきりさせる必要がある」ハマーナットは言った。「もしかしたら、ニュースを見て、たかることを思いついただけかもしれん。だとしたら、話は簡単だ。でも、おまえの言うとおり、それが刑事だとしたら、厄介なことになる。たとえ何もしていないとしても、よくよく注意してかからなきゃならない」

チャズは歯を食いしばった。「ぼくは何もしていない。まえにも言ったように、あれは事故だったんです」

「落ち着け。なにもおまえを疑ってるわけじゃない」

トゥールは爪のささくれを錆びた釣り針でほじりながら、聞こえよがしに鼻を鳴らした。

ハマーナットは言った。「今度そいつから電話があったら、会って話したいと言え」

「えっ？　面と向かって？　どうしてです。われわれに何ができるというんです」

「とりあえず話を聞くんだ。念のために言っておくが、これは〝われわれ〟の問題じゃない。〝おまえ〟の問題だ」

13

ミック・ストラナハンは朝の五時四十二分にチャズ・ペローネに電話をかけた。

「オハヨー、抜け作くーん」今日はジェリー・ルイスだ。島のオーナーであるメキシコ人の小説家のお気にいりの映画のひとつが『底抜け大学教授』で、ミックはそれをビデオで何度も繰りかえし見ていた。熱帯の憂鬱をやり過ごすには、そんなに悪い方法ではない。

一瞬の間のあと、受話器の向こうで、チャズは目を覚ました。「昨日、電話してきたやつだな」

「アッタリー」

「一度会う必要がありそうだ」

「にゃんのために」

「話をするために」

「話はもうしてるよーん。チミは愛するワイフを大西洋に落とした。わっからないのは、どうしてそんなことをしたのかってことだよーん」

「落としたんじゃない。女房が勝手に落ちたんだ」

「ボクちゃんが見たのとはちがうよーん」

「聞いてくれ……」チャズは言ったが、その先が続かない。

「モシモーシ」

「直接会って話をつけよう」

「話をつけるー？　口座には千八百ドルしかないのにー？　そんなんじゃ、話にならないよーん」

「金ならなんとかする」チャズは言い、それから訊いた。「どうして口座の残高を知ってるんだ」

「教えないもーん」

「切るな。待ってくれ」

「どうやって金を工面するんだーい」

「借金を取りたてる」

　ミックは笑った。「チミは生物学者？　それともサラ金屋？」

「わかったよ、ロールヴァーグ。いくらほしいか言ってくれ」

　おやおや。またロールヴァーグか。

「額はまだ決めてないよーん」

「いつ会える？　真剣に考えてくれ」

「そいじゃーね、チャズ」

「待ってくれ。ひとつだけ訊かせてくれ。今回の物まねのことだ」

「それがどうしたんだーい」

「ジム・キャリーだろ」

ミックは言った。「金額はたったいま倍になったよーん」

トゥールは寝室の戸口に行って、こんな朝早くに電話をかけてきたのはどこのどいつかと訊いた。チャズがゆすり屋だと答えると、毒づき、よろよろとベッドに戻った。

昨夜は夜中に何度も目が覚めた。フェンタニルの貼り薬は花が枯れるように一枚また一枚と効果を失っていく。チャズはドクターのくせにクソの役にも立たない。家のなかで見張りをしていることが気にくわないようだが、鬱陶《うっとう》しいのはおたがいさまだし、ボスの意向に逆らうわけにもいかない。近所の住民が怖がるから外にいないほうがいいとハマーナットに言われ、しぶしぶ客用の寝室を明け渡したのだ。夜になって、シャワーを浴びたときには、剛毛が大量に抜け落ち、五分もしないうちに排水口が詰まってしまったので、チャズはハンガーを使って掃除をしなければならなかった。何も言いはしなかったが、向かっ腹を立てているのはあきらかだった。

朝食は自分でオムレツをつくった。材料は卵九個、クロテッド・クリーム一パイント、チェダー・チーズ半ポンド、数種類のコショウ、種を抜きとった山盛りのオリーブ、それにタバスコ四オンス。派手な音を立てながら貪り食っていると、チャズは見るに耐えないといった顔をしてキッチンから出ていった。

食事が終わると、トゥールは薬を探しにいってくると言った。「いちばん近い病院はどこだい」

「おいおい。気はたしかか。病院に忍びこんで、薬を盗もうって言うのか」

「病院の近くには、たいていあれがあるだろ。なんつったっけな。くたばりかけの患者が入るところだ」

「ホスピス？」

「そうそう。それそれ。そういうところの患者はめったなことじゃ騒がねえ」

「それで？」

「薬を貼ってる患者を探してまわるんだ」

「おそれいったよ」

それからしばらく沈黙があった。

トゥールは訊いた。「どうしたんだい」

「そういったことをレッドは知ってるのか」

「さあ。見て見ぬふりをしてるんじゃねえかな」

「賢明だ」チャズはボールペンを取った。「最寄りの病院はサイプレス・クリークっていう。道順を書いておいてやるよ」

「絵のほうがいい」

「地図のことかい」

「ああ。そうしてもらえると、ありがてえ」

ミニバンはハーツ社にかえし、このときはエーヴィスで借りた黒のグランド・マーキーに乗っていた。足もとはゆったりしているし、エアコンもよくきく。病院を見つけだすと、トゥールはターゲットとなる施設を探しはじめた。最初に見つかったところには〝平安荘〟という名前がついていた。だが、そこが介護老人ホームとわかると、すぐに退散した。こういう施設の老人たちはみな元気に施設内を闊歩《かっぽ》している。これまでの経験からすると、薬への執着心も並みはずれて強い。

次に見つかったのは、地元の教会が運営する〝やすらぎの里〟という介護施設だった。トゥールはいつも持ち歩いているXXLの白衣を着て、通用口からなかに入り、大男にしては器用な身のこなしでベッドをひとつずつ調べてまわりはじめた。患者たちはみなスズメのヒナのように弱々しい。眠っている者は、身体をそっとひっくりかえして、手さぐりで薬を探せばい い。起きている者も、ヤルタでの裏切り行為がどうのこうのという訳のわからない演説をいきなりぶちはじめた男以外は、概して協力的で、手間はいくらもかからなかった。

見舞い客が少ないということも、病院ではなく介護施設を選ぶ理由のひとつだ。病気の父や母を見舞う子供がほとんどいないというのは、どうしてかはわからないが、動かしがたい事実と言わざるをえない。実際のところ、やすらぎの里で患者の枕もとに家族がいたのは一部屋だけだった。そこでは手を振っただけで、なかには入らなかった。看護人はみな忙しそうにしていて、廊下ですれちがっても、誰もなんの関心も示さない。新入りの雑役夫と思っているのだろう。こういった施設は従業員の入れかわりが激しいという話をどこかで聞いたことがある。

次に入ったのは三十三号室だった。銀髪にパーマをかけた老女が、壁のほうを向き、骨ばった身体を丸めて眠っている。コットンの寝間着は背中の紐がほどけ、血色の悪いかさかさの肌に新しいフェンタニルが貼られているのが見える。そこに忍び寄って、剝がそうとした瞬間、老女はすばやく振りかえった。むくんだ右ひじが眉間を直撃する。トゥールは後ろによろけ、身体を支えるためにベッドのレールをつかんだ。

「何をしてんの」

青く澄んだ目は鋭く、警戒の色を宿している。

「薬を取りかえようと思って……」

「一時間前に取りかえてもらったばかりよ」

「いますぐ取りかえるように言われたもんで……」

「いい加減なことを言うもんじゃありません」

これはまずい。えらく勝気なバアさんにあたっちまった。

「あとで新しいのを持ってくるから。さあ、うつぶせになって」

「なるほど。あなたも病気なのね。ガンなの？」

眉間にはコブができはじめている。

「病気じゃねえよ」トゥールは言いながら、ドアにちらっと視線をやった。いつ誰がやってくるかわからない。

「わたしはモーリーンっていうの」老女は部屋の隅の椅子を指さした。「それをこっちに持ってきて、おすわんなさい。あなたの名前は？」

「ちょっとだけおとなしくしててくんねえかな。薬を剝がさせてくれたら、すぐに寝ていいからよ」

モーリーンは身体を起こして、頭の後ろの枕を叩いて整え、それから髪に手をやった。「ひどい姿でしょ。言っとくけど、わたしは眠ってたんじゃないのよ。とても眠れるような按配じゃないの。さあ、椅子をこっちに持ってきなさい。ほしいものはあげるから」

いま頭のなかにあるのは、薬によって痛みから解放されることだけだ。トゥールは椅子をベッドわきに引きずっていき、そこに腰をおろした。

「どこか痛むの？」

「ああ。ケツの割れ目に鉄砲のタマが食いこんでるんだ」

「まあっ」

「だから薬がいるんだ。約束は守ってもらうぜ」

フェンタニルを無理やり引っぱがすわけにはいかない。そんなことをしたら、このバアさんは黙っていないだろう。抵抗されたら、手荒なことをしなければならなくなる。場合によっては首を締めることも……

「どうしてそんなことになったの？」

「事故だ。密猟者に撃たれたんだ」

「摘出手術を受けなかったの？」

「ああ」

「死んだ夫はシカゴで警官をしていたの。ひとを撃ったことが一度だけあると言ってたわ」

「ケツにあたったんでなきゃいいんだが」

「肩よ。相手は常習の犯罪者だったらしいわ。車上荒らしよ。あなたも犯罪者なの？」

「自分じゃ、ちがうと思ってるけど」

白衣を通して汗がじわりと滲みでてくる。バアさんの背中からフェンタニルを引っぱがして、戸口に突進したいという衝動を抑えつけるのは容易でない。

「わかったわ。あなたはわたしより深刻みたいね」モーリーンは寝返りを打ち、肩ごしにむきだしの背中を指さした。「さあ、お取りなさい。でも、ゆっくりとね。このところ、なぜかよく出血するの」

トゥールはシールを剝がすように薬を上の端からめくりはじめた。「すぐに新しいのを持ってきてもらえるよ。風呂で剝がれたと言えばいい」

「お風呂には入れないのよ。スポンジで身体を拭いてもらっているの」

「ベッドの上で？　たまんねえな」

「そうなの。プライバシーもへったくれもあったものじゃない。元気だったころが懐かしいわ」

薬を剝がしおえると、モーリーンはまた寝返りを打った。

「わたしはいま八十一だけど、もう百歳のような気分よ。あなたの名前を教えてちょうだい」

「アールだ」声がひっくりかえっている。アールと呼んでくれる者はもうひとりもいない。

「お母さまはご健在？」

「いいや。親父もいねえ」

「お気の毒に。ガンでなきゃいいんだけどね、アール」

「あんたはガンなのかい」

モーリーンはうなずいた。「でも、とても気分がいいときもあるのよ。自分でもびっくりするくらいに」

トゥールは手のなかの肉色の膏薬を見つめた。こんな状態なら、モーリーンはいっそのこと死んだほうがいいのかもしれない。あるいは、植物人間にでもなったほうがいいのかもしれない。

モーリーンはトゥールの腕を軽く叩いた。「気にすることはないわ。持っていきなさい。貼れば、楽になるわ」

「悪いな」

トゥールが戸口に向かって三歩歩いたとき、声が聞こえた。「よかったら、またここに来て、アール」

トゥールは足をとめて振りかえった。「それがその……おれはここで働いてるわけじゃねえんだ」

「わかってるわ」青い瞳がきらっと光った。「わたし、それほど間抜けに見える？」

ロールヴァーグが机の整理をしていたとき、ガーロ警部がやってきた。「ペローネの一件の捜査は明日までだぞ」

「わかっています」

「念を押すには理由がある。オヤジから電話があった」

「ほう？」

ガーロが言う〝オヤジ〟とはブロワード郡の保安官のことだ。

「おまえのことを訊かれたんだ。昨日ラベルで何をしていたのかって。もちろん、わしにそんなことがわかるわけがない。フロリダに住んで三十年になるが、デカがあそこに行かなきゃならないような理由はひとつも見あたらない」

ロールヴァーグはペローネの一件がらみの捜査であることを説明した。

「それでサミュエル・ジョンソン・ハマーナットのところへ行ったのか。それがどういう人物か知ってるだろうな」

「農園主でしょ」

「ただの農園主とはちがう。超リッチな大物で、政治的にも強い影響力を持っている。おまえが帰った直後に、ヘンドリー郡の保安官に電話をかけたらしい。そこからオヤジに電話がかかってきた。カール・ロールヴァーグというのはいったい誰だってわけだ。それで、わしのところに電話がかかってきた」ガーロは磔《はりつけ》を待っているように大きく両腕をひろげた。「どういうわけでレッド・ハマーナットのような善良な市民を煩わせているのかと訊かれて、わしは阿呆みたいに口をパクパクさせるしかなかった。わしが何をどんなふうに説明できると言うんだ」

ロールヴァーグはボールペンにキャップをして、椅子の背にもたれかかった。「ハマーナットがそういう反応を示したというのは興味深いことです。そう思いませんか」

「わしをおちょくっとるのか、カール」

「いいえ。円満退職の準備をしているだけです」

「ふざけるな」

「ミネソタへ戻る決意は変わっちゃいません」

「そんなことはどうだっていい。それより、説明をしろ。どうしてハマーナットのような男のところに行かなきゃならなかったのか」

ロールヴァーグはペローネ宅を見張っていた男のことを話した。「ミニバンを借りるのに、ハマーナットのクレジット・カードを使っていたんです」

「それだけのことか」

「いまのところはそれだけです。でも、変だと思いませんか。どうしてチャズ・ペローネのような男やもめを見張らなきゃいけないんです」

「変だってだけで事件を大陪審にまわすわけにはいかん。誰だって変なことをする。おまえだってそうだ。普通だったら、あんなルームメイトを選びはしない」

「ヘビをペットにしている人間はいくらでもいます」

「とにかく、オヤジにはとんだ無駄足でしかなかったと言っておく」

「わかりました。それで気がすむのなら」

「おまえはどうなんだ。ミネソタの話はするな。いまおまえが望んでいることは何なんだ、カール。昇給か。週末の休みか。約束はできんが、奇跡が起こることはときとしてある」

「わたしはチャズ・ペローネが女房を海に落としたと考えています。退職するまでにそのことを証明するのはむずかしいでしょうが、そう確信しています。捜査にあと二日もらえないでしょうか」

もっとも気になっているのは、マリファナの袋に残っていた爪のかけらだ。ジョーイ・ペローネは波にもてあそばれながら、恐怖と絶望のうちに、夫のいまわしい仕打ちのことをじっと考えていたにちがいない。冷たい闇のなかで、やがて手足の感覚がなくなり、海に沈んでいったにちがいない。

「だめだ」ガーロは言った。「悪いが、カール、既定方針は変わらない」

「動機が見つかったとしたら？」

「これから二十四時間のうちに？」

「そうです」

「となると話は別だ。そのときは考えなおしてもいい。ただし、確実な動機でないといかんぞ」

「運が味方してくれるかもしれません」ロールヴァーグは自信ありげに答えたが、実際のところは自信など少しもなかった。チャズ・ペローネがなぜ妻を殺したのか、思いあたる節もなければ、虫の知らせのようなものもない。あてずっぽうで例をあげることすらできない。

ミック・ストラナハンが朝食の準備にとりかかろうとしたときに、発電機が故障した。ジョーイ・ペローネが目を覚まして外に出てきたときにも、まだ直っていなかった。

「これも島暮らしの楽しみのひとつね」

「ニール・ヤングは正しい。錆は眠らない《ラスト・ネヴァー・スリープス》」

ミックは短く切ったジーンズに上半身裸という格好で、汗まみれになっていた。顔と胸には油の染みがべっとりとこびりついている。手伝えることはないかとジョーイが訊くと、必要なのはダイナマイトだと答えた。

「なんとかする」ミックは木槌をもてあそびながら言った。「とりあえずは、カップボードに入っているコーンフレークで我慢してくれ」

ジョーイは携帯電話を借りていいかと尋ねた。ミックは携帯電話を充電しているボートを指さし、それからまた発電機との格闘に戻った。二十分後、ジョーイはアイス・ティーのピッチャーと果物を盛ったボウルをキッチンから持ってきた。それから、ミックといっしょに桟橋へ行って、そこに腰をおろし、足の先を水につけた。ストラムはお気にいりのヤシの木陰からその姿をまぶしそうに見ている。

「クレジット・カードを使ったことが心配になってきたわ」ジョーイは言った。

ミックは心配ないと答えた。アメリカン・エクスプレス社はジョーイが行方不明になっていることを知らないし、支払いが滞らないかぎり問題は起きない。「まさかいちいち新聞をチェックするようなことはしていないだろう。誰かが電話をかけて、紛失届けを出さないかぎり、カードが失効することはない」

「引き落としはわたし個人の銀行口座からだけど、明細書はひと月ごとに家に郵送されてくるわ。チャズはそれを見てなんと思うかしら」

「そのためにも急ぐ必要がある。次の明細書が届くまでの勝負だ。チャズはそれをゴミ箱に投げ捨てるだけかもしれない。でも、でも、もし開封したら、厄介なことになる。きみがいまも金を使っていることがばれてしまう」

「死人にはできない芸当ね」ジョーイは空を見あげ、それから目を固く閉じた。「太陽が目に痛いわ」

「まだ一週間にもならないからね。次に本土に行ったときに、サングラスを買えばいい」

「ゆうべまたチャズの夢をみたの」

「チャズを殺す夢？」

「もっと悪いわ。あんなことがあったのに、まだ夢のなかでセックスをしてるのよ。信じられる？」

「一種の禁断症状だろうな。カフェインを断とうとしているときに、とつぜん世界中がネスカフェの香りでいっぱいになるようなものだ」

ジョーイは下唇を噛んだ。「もしかしたら、わたしはあのクソッタレを最後まで愛していたのかもしれない。セックスだけの関係じゃなかったのかもしれない。わたしはそのことを受けいれられないだけなのかもしれない」

ミックは肩をすくめた。「おれを見るな。おれはできそこないのプリンスなんだ。大事なのは、いまこの時点できみがチャズのことをどう思っているかだ。そのことをはっきりさせないと、次の行動に出ることはできない」

ストラムがやってきて、ジョーイの隣の日だまりに寝そべった。

「さっきは兄に電話をしていたの。わたしが海で行方不明になったという新聞記事を見て、信託財産の管理会社から連絡があったらしいわ。兄はもう少し様子を見るようにと言ったそうよ。どのみち、死亡証明書がないと、なんにもできないはずだけど」

「チャズからお兄さんのところに信託財産のことを探るための電話はかかってきていないのだ

ろうか」

「いまのところはかかってきていないそうよ。兄も驚いていたわ」ジョーイは悲しげな笑みを浮かべた。「おかしな話だけど、財産目当てだったらよかったのにとつくづく思うわ。それなら理解できる。でも、ただ単に目障りだったから殺すなんて。あんまりだと思わない?」

「そんな理由じゃないはずだ、ジョーイ。いまにわかる」

ミックは腕をジョーイの身体にまわした。ジョーイはミックの肩に頭をもたせかけた。

「お兄さんはきみがどうするべきだと思ってるんだい」

「チャズを精神的に追いつめるというアイデアは気にいってるみたい。気が狂うまで幽霊みたいにまとわりついてやれと言ってたわ」

「気が狂う可能性はたしかにある」

ジョーイは顔をあげた。「そうそう。ほかにもニュースがあったわ。刑事が何度も電話をかけてくるんだって。チャズのことで話があると言って。月曜日に電話をかけてきたのと同じ刑事よ。いつもつながらなくて、留守番電話にメッセージが残っているだけらしいんだけど」

「つまり、きみの望みどおり、捜査は続いているということだ」

「そう思うと、なんとなく嬉しくなるわ」

慎重にならなければならないもうひとつの理由がそれだ。自分たちは裏に隠れたまま、警察を舞台の上に引っぱりだす必要がある。

「その刑事の名前を聞いたかい」

「ロールヴァーグだって。カール・ロールヴァーグ。カールの綴りはCじゃなくてKよ」

「ふーん」

「電話番号も控えておいたわ。船の甲板に口紅で。怒らないでね」

ミックは口もとをほころばせた。「気にすることはない」

「何がそんなにおかしいの」

「チャズのことだ。チャズはその刑事に脅されていると思ってるんだ。今朝、電話でおれのことをロールヴァーグと呼んでいた」

ジョーイは笑いかけてやめた。「ちょっと待ってちょうだい。今朝チャズに電話をかけたって話は聞いてないわ」

「きみは眠っていた」

「だからどうなの」

「あまりにもしどけない姿だったので近づけなかったんだ」

「やめて」

「褒め言葉のつもりなんだけど」

「いびきをかいてなかった？」

「というか、うなされていた。チャズの夢をみてるとわかってたら、叩き起こして、冷たいシャワーを浴びさせてやったのに」

ジョーイがふざけてパンチを繰りだし、ミックはそれをてのひらで受けとめた。「顔を洗ってこいよ。目やにがついてるぞ」

「ミック、言葉に気をつけないと……」

そのときジョーイが投げた視線は、はじめてのガールフレンドのアンドレア・クラムホルツが父の車のなかでブラをはずし、窓から外に投げ捨てた夜を思い起こさせた。当時十六歳の少年にとって、その夜はこの上なく実りの多い幸せなものとなった。

「そろそろ仕事に戻ったほうがよさそうだ」

「本当に直ると思ってるの？」

「フリーザーに五ポンドのロブスターが入っている。腐らせたら罰が当たる」

「わかったわ。ポンコツ発電機を直しにいって」

二時間後、ようやく修理が終わったときには、腕はずきずきし、指は皮膚が擦りむけていた。ミックはジョーイを探したが、ベッドで本を読んでもいなければ、防波堤で日光浴をしてもいなかった。桟橋でストラムとたわむれてもいなかった。実際のところ、島のどこにもいなかった。

ストラムは尻尾を振っただけで、なんの情報も提供してくれなかった。モーターボートは杭につながれたままだったので、納屋の戸をあけてみると、案の定、カヤックがなくなっていた。ジョーイはすでに遠くへ行ってしまったらしく、双眼鏡で見つけだすことはできなかった。家の屋根の上にのぼってもみたが、海に明るく光っているのはヨットとウインドサーフィンのセイルとジェットスキーだけだった。捜しにいこうかとも思ったが、くたびれていたし、身体は汗まみれになっている。冷たいビールの誘惑には抗いがたい。

屋根から降りると、ストラムが咎めるように吠えながらキッチンまでついてきた。

「心配するな」ミックは言った。「すぐに戻ってくるさ」

14

ミック・ストラナハンの妹の結婚相手は、キッパー・ガースという、自分を売りこむこと以外はおよそ無能な弁護士だった。フロリダの人身被害専門の悪徳弁護士のはしりで、以前はテレビや看板で大々的に広告を打ち、甘言に乗せられてやってきた大勢の依頼人をトランプのカードでも配るように仲間の弁護士たちに振りわけて、コミッションを受けとっていた。優秀な弁護士を見つけるのは職業別電話帳で配管工を見つけるのと同じくらい簡単なことだという誤った考えを世に拡めるのに一役買っていたことは、商売仇でさえ一様に認めるところだ。

妹のケイトがそのような三百代言と結婚し、たび重なる浮気や国税局の立ち入り検査や破滅的なギャンブル癖にもかかわらず、いまだに別れずにいることが、ミックには歯がゆくてならない。

ガースは不倫相手の夫によって負わされた頭蓋骨の傷のせいで早期退職を余儀なくされた。だが、ルールすらよく知らないクリケット賭博にハマって、あっという間に貯えを食いつぶし、自己破産の危機に瀕すと、高度の鎮痛医療と新しい営業戦略を頼りに弁護士活動を再開した。自宅療養中に愛用していた車椅子で図書館の通路を行き来する姿が、テレビのCMでバンバン流れはじめた。弁護士であり、同時に被害者であるという点を強調し、共感によって（専門知識によってではなく）人身被害訴訟の専門家としての資質を印象づけるのが狙いだった。なにしろ機を見るに敏な男なのだ。あるとき、新聞の記事で、ふたりの弁護士が南フロリダのレストランや店舗やオフィスビルをまわって、車椅子の利用のしやすさを調べていることを知った。そこにスロープやエレベーターがなければ、身体障害者（たいていは友人や身内）を雇って訴訟を起こすのだ。だいたいにおいて、訴訟は審理入りするまえに和解となる。建物のオーナーとしては、身体障害者に思いやりがないという記事が新聞に出ることはなんとしても避けなければならないからだ。ガースは我が意を得た。思惑は図にあたり、商売は繁盛した。いまでは三つの郡で車椅子用のスロープのない施設を探してまわる調査員を六人もかかえている。

羽振りがいいときも悪いときも、ミックはガースとのかかわりをなるだけ避けるようにしていた。ケイトを訪ねるのは、ガースがいないときに限っていた。ケイトはいつも喜んで迎えてくれたが、夫の人格的欠陥についての議論には応じないという姿勢が変わることはなかった。到底理解しがたいことだが、意地でも別れるつもりはないのだろう。したがって、今回ガースに助力を求めようとしていることも、もちろんケイトには知らせていない。

「悪いが、引きうけられない」キッパー・ガースは言った。

ミックはベイフロントの広々としたオフィスの片隅に置かれた車椅子のほうを向き、これ見よがしの一瞥《いちべつ》をくれた。

「いまでも必要なんだよ」ガースは先手を打つように言った。「ときどき頭がクラクラするもんでね」

車椅子の片方のタイヤには、ゴルフのパターが立てかけてある。絨毯の上には、真っ白なゴルフボールが三つ転がっている。

ミックは机の前の椅子に腰をおろした。「あんたが歩けるってことを弁護士会は知ってるのかい。テレビで身体障害者と偽っちゃいけないという決まりはないのかい」

ガースは気色ばんだ。「何ごとにも演出というものは必要だ」

「というよりは、でっちあげだろ。詐欺のにおいがプンプンするぜ。協力してもらえないなら、しかるべき筋に電話をかけざるをえない。どうする」

「ケイトはきみを許さんだろう」

「このままは許してくれたよ」

ガースは首まで真っ赤になった。もう何年もまえのことだが、ミックは聴聞会でガースを窮地に追いこむような証言をしたことがある。弁護士資格の剝奪は避けられないと思われたが、その矢先に、例の寝取られ亭主にハイアライの球を頭にぶつけられて、職務不能になったので、フロリダの弁護士会は煩瑣《はんさ》な書類仕事をする必要がなくなったのだ。

「ミック、これはわたしの専門分野外のことだ」ガースはネクタイを直し、襟から見えない糸くずを払い落としてから、ファイロファックスに手をのばした。「知りあいの弁護士を紹介するよ」

ミックは身を乗りだして、その手をつかんだ。「決まり文句を並べるだけだ。ロースクールの一年生でも、目をつむっていてもできる」

ガースはこわごわ手を引っこめた。ミックの激しやすい性格はよく知っている。腕ずくで勝てる相手でもない。それに、いまはあえて黙っているが、ミックは車椅子の件以外の不正行為についてもいろいろ知っているにちがいない。

ミックは持ってきたメモ用紙をひろげて、机の向こうに押しやった。「必要なことは全部ここに書かれている」

ガースはそれにざっと目を通した。ごくありきたりな内容で、おかしなもののようには見えない。書類はコンピューターで簡単に作成できる。秘書にまかせておけばいい。

「わかったよ、ミック。引きうけよう」ガースは両開きのドアのほうに手をやった。「連れてきてくれ」

「誰を？」

「依頼人だよ」

「ここにはいない」

ガースの顔に困惑の表情が浮かんだ。「どういうことだね」

「行方不明なんだ」

「はあ？」

「いちおうは行方不明ということになっている」

「アメリア・イアハートばりの？　それとも脱獄囚のような？」

ガースはそれが冗談だと思っているみたいだった。

「話はそんなに単純じゃない」

「でも、書類には本人のサインがいる」

「署名欄は空白のままでいい」

「サインするときには立会い人が必要だ」

「きみの秘書の大いなる忠誠心をあてにしているよ。おっと、忘れるところだった。日付けは三月の上旬にしておいてくれ」

「来年の？」

「いいや、今年の。四週間前だ」

ガースは哀れっぽい弱々しい声で言った。「冗談じゃない、ミック。そんなことをしたら訴えられる」

「だいじょうぶ。車椅子の人間を訴える者はいないよ」

「茶化すな。面倒なことになれば、知らぬ存ぜぬで通すからな」

「そうすることはわかってるよ」

ガースはメモ用紙を振った。「いったいどういうことなんだ。何をたくらんでいるんだ」

ミック・ストラナハンはいらだたしげに腕時計に目をやった。「のんびりしている時間はない。急いだ、急いだ」


チャズ・ペローネは二日連続で水質管理局に病欠の電話をかけていた。昼食はリッカが持ってきてくれた。ハム・サンドイッチと、ナチョチップスと、ロブスター・サラダだ。若い蓮《はす》っ葉《ぱ》女の訪問を隣人にどう思われようと、この際どうだっていい。もっとさしせまった問題がある。

「どうしたの」

「どうしたと思う？」

「話をしたいの？」

「いいや」

チャズはリッカをバスルームに連れていき、服を脱がせた。二十五分後、リッカはけだるげにベッドから出て、ブラジャーをつけた。

「悪いけど、仕事に戻んなきゃならないの」

チャズはシーツの下でヌードルのようにのびているモノを指ではじいた。「まったくもって信じられないよ」

「まえにも言ったけど、どんな男にだって起きることよ」リッカはバスルームから努めて明るい声で言い、せかせかと髪をとかしながら出てきた。「それとも、ほかに誰かいるの。それならそう言ってちょうだい」

「まさか」

「知らないのはあたしだけってのはごめんよ」

「いい加減にしろ。こっちはインターネットで勃起補助器具《インプラント》を探さなきゃとマジに思ってるのに」

リッカはハンドバッグを取り、チャズの鼻にキスをした。「だいじょうぶよ、ダーリン。いまはいろいろ大変なときだから仕方がないわ」

「その話はしないでくれ。頼む」

「追悼式がすめば、元どおりになるわ。けじめをつけたら、元気百倍よ」

チャズは顔をしかめた。「けじめはもうすでにつけたつもりだ」

「そうは思わないわ。それが問題なのよ」

リッカが出ていって数分後に、トゥールが家に入ってくる音が聞こえた。大きな頭を寝室に突きだして、何か変わったことはないかと挨拶がわりに訊いた。

「だいじょうぶだ。何もない」

「さっきのネエちゃんは誰だい。まえにもあの車を見たことがある」

「遺族のメンタル・ケアのためのカウンセラーだ」

トゥールはベッドの脇に投げ捨てられたズボンとトランクスに目をやった。「おれのかあちゃんが死んだときには、ペンテコステ派の牧師が来たけどな」

「対処法はひとそれぞれだ。薬は見つかったか」

「ああ。まっさらなのが一枚」トゥールは背中を向けて、肩甲骨の上に貼ったフェンタニルを見せた。「一眠りしてくるよ」

チャズは手を振った。「いい夢を」

トゥールが客室に消えるのを待って、チャズはベット脇のテーブルの引出しから三八口径のコルトを取りだした。ウォルマートでは種類の多さに圧倒されて買うことができなかったので、マーゲートの質屋へ行って、ネオナチ風の派手な入れ墨の男から買ったものだ。ベッドの上で上体を起こして、青光りのするグリップを左右の手に持ちかえているうちに、ここにはどのような暗い過去が隠されているのだろうという疑問がふと頭に浮かんだ。もしかしたら、これは凶悪な強盗事件で使われたものかもしれないし、人殺しに使われたものかもしれない。引出しにはホローポイント弾が入っているが、CNNのレポートによると、護身用に銃を買った自家所有者が、自分自身を撃ったり、誰かに撃たれたりすることは、侵入者に向けて撃つ回数より五十倍も多いという。いまここで装塡するのはなんとなくためらわれる。これまでBB銃より破壊力のあるものを撃ったことはない。取り扱いには細心の注意を払わなければならない。

拳銃を引出しに戻すと、思案はまた陰鬱な方向に一人歩きを始めた。もしかしたら、あのバカ女の言うとおりかもしれない。ジョーイに関するものはすべて処分したのに、股間の一物はいまだにストライキを強行している。リッカには言えないが、少しでも欲望のうずきを覚えるのは、ジョーイのことを考えるときだけだ。

たとえば、朝シャワーを浴びながら、頭のなかで犯行の場面を無意識に再現していたときとか。なぜかはわからない。海の匂い、顔にあたる霧雨、デッキの手すりに並ぶ琥珀色のライト、船の低い単調な機関音。ジョーイの足首。それをつかんだときの温かで滑らかな感触。神よ。なんという美しさ。と、そのときだ——

下半身に懐かしいうずきを感じたので、見ると、悪友が頭をもたげていた。前かがみになってシコシコやっているうちに、熱い液がほとばしりでて、そのときは最後までイった。

たしかにリッカの言うとおりかもしれない。潜在意識がジョーイとの結婚を——その性的な部分だけを忘れられずにいるのかもしれない。だが、それ以外はなんの問題もない。自分はしなければならないことをしただけなのだ。浮気はいつかかならずばれる。ジョーイは腹いせに何をするかわからなかった。水質検査のデータを改竄していることを通報することも考えられた。そうなったら、元も子もない。生物学者としての信用も、ハマーナットとの秘密の雇用契約も、輝かしい未来も、すべてが台無しになる。

ジョーイは真実を知っていた――はずだ。水質検査表を偽造しているところを見たのだから。

自分はしなければならないことをしただけだ。必要なら何度だってやる。

チャズは衝動的に受話器を取り、週末のクラブ・シーンの顔と言われているゴルフ仲間に電話をかけた。

「リチャードソンの独身最後の夜のパーティーで、ぼくに服《の》ませようとしたクスリがあっただろ。あれを試してみたいという友人がいるんだ」

「友人？　ほう。友人ねえ」

「ちがうよ。ぼくじゃない。聞いてると思うけど、ぼくはつい先日女房を亡くしたばかりなんだぜ。いくらなんでもそんな不謹慎な真似はしないよ」

「すまない。悪気はなかったんだ。で、その友人っていうのは、何錠ほしいと言ってるんだい」

「さあ。とりあえずは六錠くらいかな」

「わかった」

「処方薬よりずっと強いと言ってたね」

「ああ。正式の販売許可は永遠におりないだろうな」

「いまどこにいるんだい」

「ボカ・パインズ・ノースで打ちっぱなしの練習をしているところだ。急いでるのかい」

「そう言っていた。どこかにいい女ができたんだろう」

「クラブハウスに来てくれ。一時間後に」

「そうする。恩に着るよ」

「どういたしまして」それから一瞬気まずげな沈黙があった。「奥さんのことは聞いてるよ。ご愁傷《しゅうしょう》さま。さぞかしつらかっただろう。気を落とさないようにな」

「だいじょうぶ。最悪の日はそんなに長く続かないよ」


キッパー・ガースのオフィスを出たあと、ミック・ストラナハンはディナー・キーに戻った。だが、係船地にジョーイの姿はなく、カヤックも車も見あたらなかった。ボカ・ラトンまでドライブする気にはなれないが、ココナツグローヴで午後のあいだずっと待つのもつらい。最近は、釣り以外どうも根気が続かない。ミックは札入れを開いて、チャズの愛人の青いフォードのプレートナンバーを書きつけた紙切れを取りだした。州検察局には、ミックのことを覚えていて、喜んで手を貸してくれる者が、いまもふたりほど残っている。ハイウェイを北へ向かいながら、そのうちのひとりに電話をかけると、郡境を越えたあたりで、返事がかえってきた。それでチャズの愛人の名前、年齢、住所、婚姻状況、および職業がわかった。

名前はリッカ・ジェーン・スピルマン。フロリダ州の美容師免許を持っている。だが、どこで働いているかまではわからない。ハランデールで車をとめると、公衆電話はすぐに見つかった。職業別電話帳から美容院のページを破りとり、探す範囲を北ブロワード郡の西側の郊外にしぼって、片っ端から電話をかけていくと、十五分もしないうちに勤務先を突きとめることができた。ヘア・ジョーダンという店のスタイリスト兼カラリストで、予約状況を訊くと、たまたま五時三十分から空いているという。

ボカ・ラトンの高級店のつねとして、ヘア・ジョーダンは珊瑚色のショッピング・モールの一角にあった。なるだけ人目につかないようにと思って、錆だらけのコルドバは店の裏手にとめた。だが、油で汚れたシャツ、色褪せたアーミーパンツ、擦り切れたスニーカーという格好では、人目を引かずにすませることはできない。ソファーにすわり、顔を隠すようにして雑誌を開くと、エミネムの記事が出ていた。若くして、金と名声を勝ちとり、女にもモテモテなのに、どうやら悩みは尽きないらしい。真の幸せは内面にあるということだろう。

「スミスさんですね。お待たせしました」リッカが言って、手招きをした。「雑誌をお持ちになってもかまいませんよ」

モーターボートでビスケーン湾を横切ったときの潮風で、髪がべとつき、不自然に横に寄っている。リッカはそのことには触れず、シャンプーをしながら、肌の日焼け具合を指摘した。ミックは太陽の下で仕事をしているからだと答えた。

「へーえ。どういうお仕事なんです」リッカは頭をタオルで拭きながら陽気に訊いた。

「クルーズ船に乗っている」

「まあ」

ミックは鏡のなかのリッカの表情に目をこらした。「乗ったことはあるかい」

「クルーズ船に？　いいえ」その声に先ほどまでの快活さはない。「それはひとつの街みたいなものでね。とにかくデカい」

リッカは殺菌消毒器からハサミを取りだした。「どれくらいお切りしましょう。耳にかからない程度？」

「クルーカットにしてくれ。グラナダ侵攻の映画に出ていたクリント・イーストウッドみたいな」

「承知しました」

「冗談だよ」

リッカはあきらかにとまどっている。それからしばらく髪を切るだけの無言の時間が続いた。

「きみは船酔いをするほうかい？　船ではみんなゲーゲーやっている」

「経験はあります。船ではどんなお仕事をなさってるんです」

「セキュリティ」

「ふーん」

ミックはハサミの動きにあわせて頭をさげた。「さっきも言ったように、船は街みたいなものだ。善人もいれば、悪人もいる」

「悪人？　悪人といっても、せいぜい酔っぱらいくらいでしょ。大きな犯罪とかはないんでしょ」

「それがそうでもないんだ。つい先日も、女房を海に落とした野郎がいた」

ハサミの音が途絶えた。リッカの視線は鏡のなかの男に釘づけになっている。

「悪い冗談だわ、スミスさん」

「いいや、マジだよ。両足を持って、手すりの向こうに放り投げたんだ」

「ひどい」

ミックはすまなそうに笑ってみせた。「悪いことをしたね。怖がらせるつもりはなかったんだ。もっと楽しい話をすりゃよかった。すまない」

「いいえ。訊いたほうが悪かったんです」

手がぶるぶる震えている。リッカはハサミをトレイに置くと、櫛を取って、切りかけの髪をぼんやりとときはじめた。

なんだかかわいそうになってきた。この娘もチャールズ・ペローネの口車に乗せられたひとりなのだ。

リッカは小さな声で尋ねた。「その男のひとはどうなったんです」

「信じられないかもしれないが、まんまと逃げおおせた」

「でも……どうやって」

ミックはウィンクをした。「少なくとも自分ではそう思っている。一部始終を見ていた者がいるってことを知らないんだ」

もうハサミを使える状態ではない。ミックは首に巻かれていたヘアカット用のクロスをはずした。

リッカは後ずさりし、まわりの者に不審に思われないよう声をひそめて言った。「あんたはいったい何者なの」

ミックは二十ドル札を出し、ハサミの横に置いた。「チャズから話を聞いていないのかい」

リッカは強く首を振った。「事故だと言ってたわ」

「いいや。あれは殺人だ。計画的な殺人だ」

「だったら、どうして……どうしてあなたはとめなかったの」

「そんな時間はなかった。ついさっきまでそこに立っていたのに、次の瞬間には鮫の餌食になっていたんだからね。こんなふうに」指をパチンと鳴らす。

リッカは飛びあがった。「まさか。そのときチャズは寝ていたと言ってたわ」

「嘘っぱちさ。あいつはとんでもない悪党だ。もっと言うと、冷酷な殺人者だ。悪いことは言わないから、新しいボーイフレンドを見つけたほうがいい」

「あんたは誰なの」

「チャズの未来のビジネス・パートナーだ。おれがここに来たことを伝えておいてくれ」

「どうしてここがわかったの。これ以上あたしにまとわりつかないで」

「そうする。でも、これだけは言っておく。今後のチャズの人生は恐ろしく厄介なものになるはずだ。かかわりになるな」

「帰ってちょうだい」

ミックはショッピング・モールのはずれにあるタイ料理店で夕食をとった。帰りがけにヘア・ジョーダンの前を通ったとき、リッカの青いフォードはなくなっていた。チャズを問いつめにいったのかもしれない。あるいは、家に帰り、ドアに鍵をかけて、酒を飲みながら、自分が殺人犯と付きあっているというゆゆしき事態について思案をめぐらせているのかもしれない。

そこからウェスト・ボカ・デューンズ第二分譲地までは、ラッシュアワーのせいで三十分近くかかった。そのため、チャズ・ペローネの家がある通りに入ったときには、いらだちのあまり気が狂いそうになっていて、ルーフラックに黄色のカヤックをくりつけたサバーバンが、逃亡中のブローカーの家の車まわしにとまっているのを見るまで、表情がやわらぐことはなかった。サバーバンの横に車をとめて、窓をおろし、ジョーイが同じようにするのを待った。だが、何も起こらない。悪い予感がして、スモーク・ガラスを覗きこむと、車内はもぬけの殻だった。

「やれやれ」

ジョーイはまた家のなかに忍びこんだにちがいない。ペローネ宅のほうを見やると、まずいことに、家の前には黄色いハマーがとまっている。グランド・マーキーかクラウン・ヴィックらしき黒いセダンもとまっている。

ミックが車から降りて、足早に歩きだしたとき、三台目の車がやってきて、ハマーの後ろにとまった。まわりが暗くなりかけているので、はっきりとはわからないが、白のトヨタかアウディだろう。両手をポケットに突っこみ、何食わぬ顔で通りをゆっくり歩きながら見ていると、スティック状のイヤリングをつけた赤い縮れ毛の女が車から出てきた。

ミックが家に近づいたとき、玄関のドアが開いて、チャズ・ペローネが姿を現わした。片手にワインのボトルのようなものを持ち、もう一方の手を女に向かって振っている。

パーティーか。こいつはいい。

15

ジョーイ・ペローネは買い物がしたかっただけで、よからぬことを考えていたわけではない。ディナー・キーでカヤックを海から引っぱりあげ、サバーバンのルーフラックにくくりつけると、メリック・パークに向かった。そこでショルダーバッグ、ビキニ、イタリア製の靴を四足、キャンバス地の野球帽、それにヴェルサーチのサングラスを買い、アンダルシア・ベーカリーでキー・ライム・タルトを買うと、ようやく人心地がつくようになった。

だが、次の瞬間には、夫に殺されかけたという事実をまた思いだしていた。ダイビングの方法を体得していなかったら、いまこうしてむきだしの腕を陽にさらし、ラジオでノラ・ジョーンズを聞き、新しいショルダーバッグの革の匂いを嗅ぐこともなかっただろう。チャズの望みがかなっていたら、自分はいまごろ鮫の腹のなかか、海の底でカニや魚に肉をかじられていただろう。

あんちくしょう。そう思うや否や、まっすぐハイウェイに向かい、四十分後には裏庭の鳥の巣箱からスペア・キーを取りだしていた。裏口から家に入り、警報装置を解除して、見慣れた部屋を見て歩いていたとき、身体に寒気が走った。自分がそこに住んでいた痕跡が完全に消えているのだ。

これまでの侵入で、写真や服やCDといったものがなくなっていることは知っていた。いまはもっと多くのものがなくなっている。壁にかけていたお気にいりの絵画や素描も。バレンタイン・デーの贈り物で、書棚に置いていたクリスタルのイルカも。結婚祝いに兄からもらった四つの銀の燭台も。アンティークの宝石箱も。

キッチンも同様だった。窓辺にかかっていたランの花は？　コーヒー用のマグ・カップは？　チャズが好きなスパゲッティを茹《ゆ》でるために買った銅の鍋は？　まるで住んだことも、来たこともないみたいだ。自分が存在していなかったようにすら思える。

引出しからステーキ・ナイフを取りだして、寝室に忍びこむ。シーツもシルクの新しいものに取りかえられていて、気の抜けたサングリアで洗濯したような臭いがする。愛人に安物の香水をたっぷりつけさせて、シーツの匂いまで変えようとしたのだろう。

それを切り裂いてやろうと思って、ステーキ・ナイフを頭上に振りかざしたが、なんとか思いとどまった。あまりに哀れすぎる。あまりにありきたりすぎる。ステーキ・ナイフを床に落として、ベッド（かつて自分が寝ていた側）に倒れこみ、柚子肌の白い天井を見つめた。そんなふうにしたことはこれまで何百回もある。だが、いまは侵入者という感じのほうが強い。

実際そうなのだ。

ある意味で敵はあっぱれだった。かつてはふたりのものだった家から、妻の痕跡を完全に消し去ったのだ。肩が震えだし、膝が折れ、気がつくと、泣いていた。自分を殺そうとした男のために泣いていることに、怒りが湧き起こり、沸騰した。

泣いたら負け。泣いちゃいけない。

チャズを失ったことが問題なのではない。プライドと自分のイメージの問題なのだ。〝ドクター・フィル〟のトーク・ショーの決まり文句――どうして夫にこんなに憎まれなきゃならないの。わたしが何をしたっていうの。

「なんにもしてない」

ジョーイは洟《はな》をすすりながらつぶやいた。

「本当に」

身体を起こして、シーツを目に押しつける。

「クソ食らえ」

ジョーイはバスルームに入り、鏡に映った自分の姿にたじろいだ。目は腫れぼったく、頬には涙の筋がついている。便器に腰をおろし、次にすべきことを考えながら用を足していたとき、キャビネットに置かれたマーロクスの大瓶が目にとまった。それで少し気分がよくなった。チャズの胃にトルティーヤ・サイズの潰瘍ができていて、そこから血が噴きだし、焼けるような痛みにのたうちまわっていることを祈ろう。

普段、チャズが六時前に仕事から戻ることはなかったので、車のドアが閉まる音が聞こえたときも、よその家の誰かが帰ってきたのだろうと思っていた。だが、次に聞こえたのは玄関の鍵をあける音だった。あわててジーンズを引っぱりあげ、バスルームを飛びだす。絨毯の上に落ちていたステーキ・ナイフを取って、すばやくベッドの下に潜りこむ。

足音が居間を通り抜け、廊下を歩いてくる。チャズではない。チャズの足音はもっと軽い。そのとき、ふと気がついた。しまった。トイレの水を流すのを忘れていた。気づかれたらおしまいだ。

ジョーイは息をこらし、ステーキ・ナイフを右手に持ちかえた。足音はバスルームに向かっている。

トイレの流し忘れで見つかるなんて、シャレにもならない。

農園で働いていたときは、人生はいまよりずっと単純だった。金が必要なら、従業員の賃金をくすねとればよかった。不平が出ることはほとんどなかった。みな入国帰化局に引き渡されることを恐れていたからだ。生まれ故郷のハイチやドミニカは地獄だ。アディオス、糞ったれども。気楽にやりな。

身体の痛みはフェンタニルでしのげるが、気持ちは滅入るばかりだった。歯型のついた血まみれの手を見つめながら、トゥールは思った。おれは都会が嫌いだ。

ハマーナットが前払いをしてくれないせいもある。金持ちの白人から一ドルをせしめるのがどれだけ大変なことかをすっかり失念していた。手持ちの金が十ドルでもあれば、清涼飲料水のトラックの運ちゃんが顔を腐ったカボチャのように腫らして、救急病院に運ばれることはなかっただろう。

考えているうちに腹が立ってきて、トゥールは首を振った。ジェントルマンのように礼儀正しく頼んだではないか。

ちょっと、アンちゃん、マウンテンデューを一ケース分けてもらえねえかな。

運転手は笑って、販売はできないことになっていると答えた。嘲《あざけ》るような、つっけんどんな口調だった。

それから、眉を釣りあげて言った。「いくら出す？　金額によっちゃ考えてやってもいいぜ」強力な鎮痛剤の影響下にある者がどれほど清涼飲料水を必要としているかを知らないのだ。トゥールは遠まわしな言い方を得意とするほうではない。それで、金は払えないと言い、借りはこの次ミニマートに配達にきたときにかえすと約束した。

運転手はオウムのように頭を振りながら笑った。それでムカッとなった。農園の現場監督をしていたときは、こんなふうに笑われることはなかった。まわりの者はみな戦々恐々としていた。

運転手は若く、筋骨隆々で、自信満々だった。普通の人間なら、それを見て、おとなしく引きさがっていただろうが、トゥールはそれがジムで鍛えただけの虚仮《こけ》おどしであることを即座に見抜いた。笑ったときに、長距離バス・ターミナルのトイレのタイルのような真っ白い歯が覗いたからだ。運転手はなめた口をきいているが、トゥールは白く輝く歯を見ながら思った。このクソガキは生まれてこの方一度も痛い目にあったことがないにちがいない。

それで、顔面にパンチを見舞って、映画スター並みの微笑と鼻を叩きつぶし、相手が地面にぶっ倒れると、トラックから二リットルのペットボトルの樹脂パレットを一枚抜きとった。マウンテンデューは生ぬるかったが、そんなことはどうでもいい。チャズの家に向かう途中、一本全部を一気に飲みほした。それくらい喉が渇いていた。

いまは廊下でげっぷをしながら考えていた。小便をしようか、ベッドに横になろうか、それともハマーナットに電話をかけて、前払い金のことを頼んでみようか。大統領や映画スターのボディーガードが小遣い銭に不自由しているという話は聞いたことがない。トゥールは部屋に入り、オーバーオールを脱ぐと、裸のままベッドにすわった。

ハマーナットから預かった携帯電話には、ラベルにあるオフィスの短縮ダイヤルがセットされていた。電話をかけると、リズベスが出て、ミスター・ハマーナットは会議中だと答え、前払い金の話は伝えておくと約束した。

トゥールは手についた血を毛布で拭きながら思った。ここは居心地が悪い。ヤッパ都会は性にあわない。

テレビをつけると、『オプラ・ウィンフリー・ショー』をやっていた。ラジオのキリスト教専門局で、オプラは黒人だが、白人でもかなう者がほとんどいないくらいの金持ちだという話を聞いたことがある。それで、しばらくチャンネルを替えずに番組を見てみることにした。三人の女優との対談で、有名人であることがいかに大変かという話をしている。つねにカメラマンにまとわりつかれ、食料品店にも銀行のATMにもしつこくついてこられる云々《うんぬん》。だが、オプラにも三人の女優たちにも同情の念は少しも湧かなかった。プライバシーが必要なら、家のまわりに高さ二十フィートの壁を築くこともできるだろうし、執事やボディーガードを雇うこともできる。

ふと気づくと、モーリーンのことを考えていた。〝やすらぎの里〟なる施設で、モーリーンはガンにおかされ、ひとりで死を待っている。シャワーを浴びさせてもらうことも、トイレに連れていってもらうこともできない。テレビに出ている女優たちと代われるものなら代わりたい人間はいくらでもいるはずだ。モーリーンだってそうだろう。モーリーンなら、病気でないことに感謝し、カメラマンに向かって微笑み、手を振るにちがいない。

トゥールはテレビを消し、キッチンに行くと、冷蔵庫の中身を外に出して、そこにマウンテンデューを詰めこみはじめた。そのときチャズが家に帰ってきて、何をしているのかと訊いた。

「何をしてるように見える？」

「客が来ることになってるんだ」チャズは言いながら、白ワインのボトルを茶色の紙袋から取りだした。

「押しこめば入るさ」トゥールはずきずき痛む手を上にあげた。「なあ。ここをちょっと診《み》てくれねえか。膿んだらコトだ」

チャズはタランチュラを顔に投げつけられたように後ずさりをした。「まえにも言っただろ。ぼくはそういうドクターじゃないんだ」

「じゃ、どういうドクターなんだ」トゥールは前に進みでて、ワインのボトルをひったくった。

「生物学者だ。医者じゃない。水質汚染の研究をしている」

歯型のついた拳《こぶし》を突きだされて、チャズは顔をしかめた。

「歯にパンチをお見舞いしたんだ。バイキンがこびりついてるかもしんねえ」

「リュックのなかに包帯と抗生剤の軟膏が入ってる。持ってきてやる」

「ありがとよ」

冷凍室にワインのスペースをつくりながら、トゥールは考えた。水質汚染の専門家がなんでボディーガードを必要とするのか。

「いいかい。もうすぐ友だちが訪ねてくることになってるんだ」チャズは噛んで含めるように言った。

トゥールは肩をすくめた。「そいつぁよかったな」

「何か着てくれと言ってるんだ」

トゥールは自分の身体を見おろした。「この格好のほうが楽でいいんだ。だったら、寝室にひっこんでるよ」

「悪いな。礼を言うよ」


チャズはバスルームに入ると、ドアを閉め、ポケットから青い錠剤を取りだした。ゴルフ仲間の話によると、効き目が出るまでに一時間ぐらいかかる。最初は少なめに服用し、適量を見極めたほうがいいらしい。で、このときは二錠にし、それを水道水で喉に流しこんだ。ふとトイレを見ると、トゥールは便座をおろしたまま小便をしたらしく、水も流していない。

「ブタめ」チャズは手にティッシュを巻きつけて、腹立たしげにレバーを押した。

どうしてあいつはこっちに来たのか。客室のトイレは毛で詰まってしまったのか。

チャズは急いでシャワーを浴びると、リッカに電話をかけて、家に来ないかと誘った。

「驚かせたいことがあるんだ」

「あいにくだけど、そんな気分じゃないの」

「どうして」

「気分がよくないのよ。今日は早く寝ようと思ってるの」

女の気持ちを読むのはいつだって容易ではないが、リッカが怒っていることくらいはわかる。

「いいから来いよ。今度はがっかりさせないから」

「言ったでしょ、チャズ。今夜はうちにいたいの」

「そんなことを言わないでくれよ。頼む。今夜は特別なんだ」

「週末にまた電話して」

「待ってくれ、リッカ。昼のことをまだ怒ってるのかい。だいじょうぶだよ。いまはすべて正常に戻ってる。そのことが言いたかったんだ。最高に大きく、固くなっている」

「あたしの話を聞いてないの？　疲れてんのよ。散々な一日だったから。わかったわね。おやすみ！」


それで電話は切れた。チャズは悪態をつき、ベッドに腰をおろした。クスリを買ってきたのはリッカのためなのだ。リッカに対して（そして、もちろん自分に対して）、問題が一時的なもので、簡単に解決できることを証明するためなのだ。

下着のなかでは、ゆっくりとだが確実な動きがある。目を覚ましたヘビが鎌首をもたげているような感じだ。期待はできる。だが、悲しいことに、それを共有できる者がいない。そのときは刻々と迫りつつあるのに、肝心のパートナーがいないのだ。リッカ以外、呼べばいつでもやってくるセックス・フレンドはいない。これまで肉体関係を持った女たちは、チャズの化けの皮が剝がれると、みなすぐに離れていった。最初の性交渉から二、三カ月以上、関係が持続することはなかった。チャズの黒い手帳に記された名前は、ふたつにはっきりと分類することができる――チャズを嫌悪している元ガールフレンドと、いずれ嫌悪することになる現ガールフレンド。

今夜リッカを呼べないとなると、可能性があるのはひとりだけ。メディアという名前で通っている、いかれたニュー・エイジのエステティシャンだ。出会ったのはボカ・ノースのゴルフ・コースをまわっているときで、メディアは九番グリーンと十番ティーのあいだにある休憩所のなかのマッサージ・ルームにいた。寝たのは三回だけだが、それでもうたくさんだった。ベッドのなかでは貪欲で、ホエザルのようにしなやかだが、困った習慣がいくつかあるのだ。ひとつは、行為の最中に鼻歌をうたう癖。いちばんのお気にいりは〝トライバル・ドリーム〟という曲で、ヤニーという名前のミュージシャンが自分のために書いてくれたと自称している。もうひとつは、温めたパチョリ油を全身に塗りたくっていること。接触によって、チャズにも移るので、強烈なミントの臭いが松脂《まつやに》のように肌にこびりつく。そして、それ以上にかなわないのが、特異なファッション・センスだ。ハング・グライダーとして使えそうなイヤリングに胸毛が引っかかって抜けたときの痛みを思いだすと、いまでも身震いがする。

仕上げは、リフレクソロジーへの中毒的な傾倒だ。性交渉のまえにはかならずそれを実行に移し、手足や指を力いっぱいねじったり、首をこねまわしたりする。だから、その後の数日は鎮痛剤《アドビル》をポップコーンのように口に放りこまなければならなくなる。

それがメディアという女だ。電話をかけると、ふたつ返事で誘いに応じた。

メディアが家に着いたとき、チャズは白ワインのボトルと世界記録級の精力を用意して待っていた。

ジョーイの家族に関する記憶は時間とともに薄れていったが、両親が手をとりあって微笑んでいるイメージはいまでも鮮明に脳裏に焼きついている。どの写真を見ても、琴瑟相和《きんしつあいわ》す夫婦仲が偲ばれる。家には笑いが絶えず、特に母は日々の暮らしから無尽蔵のユーモアを汲みあげる名人だった。そんな素質は人間の愚かさの工場ともいえるカジノを運営するうえで大いに役立っていたにちがいない。

ふたりはいま天国から下界を見おろし、娘の無鉄砲ぶりに頭をかかえているはずだ。このシチュエーションはどう見ても滑稽きわまりない。夫がお熱い下半身デートの約束をとりつけようとしているのを、ベッドの下に隠れて聞いているなんて。

チャズは受話器に向かって言っていた。「驚かせたいことがあるんだ」

トイレの流し忘れによって、敵意ある侵入者の存在があかるみに出るという事態はどうやら避けられたようだ。静脈が浮きでた青白い脚が絨毯の上を行ったり来たりするのが見える。毛のない丸まっちい指をステーキ・ナイフで突き刺す衝動を抑えるのは容易でない。

「いいから来いよ。今度はがっかりさせないから」チャズは親しげな口調で言った。

ジョーイは夫の足の爪を見ながら思った。エヴァーグレーズの湿地に潜むタチの悪い菌が、そこで静かに大繁殖していればいいのに。

「そんなことを言わないでくれよ。頼む。今夜は特別なんだ」

振られてやんの。いい気味だ。

「待ってくれ、リッカ。昼のことをまだ怒っているのかい。だいじょうぶだよ。いまはすべて正常に戻ってる。そのことが言いたかったんだ。最高に大きく、固くなっている」

電話の相手の名前がこれでわかった。リッカだ。なんとなく聞き覚えがある。たしか美容師の名前ではなかったか。ステーキ・ナイフの木の柄を持つ手に思わず力がこもる。

「くそっ」チャズは毒づいた。

リッカに電話を切られたのだろう。チャズはベッドに腰をおろし、スプリングがきしんだ。

ふてくされているのだ。血色のいいくるぶしには、うっすらと日焼けのあとがある。片方のかかとには、大きなまめができている。ゴルフ・シューズがあっていないのだろう。ひりひりして、痛そう。ステーキ・ナイフの刃先を親指の爪に押しつけながら、ジョーイは思った。

家から脱けだす機会はあった。チャズは十分ほどシャワーを浴びていたし、そのあいだ象のような足音を立てる男は客室に引っこんでいた。そのときなら、ベッドの下から這いだして、裏口から外に出ることができたはずだ。本当なら、そうすべきだった。それはわかっていた。だが、女房を殺そうとした夫の浮気の現場に立ちあえる機会はそうそうあるものではない。

電話のプッシュボタンを押す音が聞こえた。別のところに電話しているのだ。

「メディアかい」

メディア？　何が悲しくてギリシア神話に出てくる魔女の名前なんかをつけなければならないのか。

「今夜の予定は？　よかったら、うちに音楽を聞きにこないか。そう、ぼくのうちに」

ぼくのうち？　ジョーイは歯ぎしりをした。チャズは無意識のうちに足で拍子をとっている。いい気なものだ。

「住所を言うよ。メモの用意はいいかい」

チャズはさっそく着替えをし、身支度をはじめた。それがなんの音かは見なくてもわかる。

スティック式のデオドラントのふたを取る音、鼻毛切りの低い回転音、糸ようじで歯のあいだを掻く音、ヨーデルのようなうがいの声。

これから起こることを考えると、まずいことになってしまったと思うのは当然だろう。場合によっては、パニくっていてもおかしくはない。夫が別の女の上であえぎ、息を荒らげるのを聞きたいわけはない。だが、実際は不思議なくらい落ち着いていて、なかば期待さえしている。いつも馬鹿みたいに持ち歩いている結婚指輪をここで突きかえすというのも、おもしろいかもしれない。チャズに決定的なダメージを与えるためには、それくらいのことはしなきゃ。

玄関のドアがあく音に続いて、居間での打ちとけたおしゃべりと、コルクを抜く音が聞こえた。そして音楽――ケルトのフォーク・バラードだ。下心が見え見えではないか。

寝室に連れこむまでに十五分とかからなかった。ベッドの下からは、アロマ・キャンドルとお香に火がつけられ、もう少しでくしゃみが出そうになった。ベッドの下からは、部屋のムードづくりのための小道具を並べてまわっている女の身体の一部を見ることができる。トルコ石の飾りがついた金のアンクレット、バラの花のタトゥー、ラベンダー色の足の爪、日に焼けた足。

「いろいろ持ってきたのよ」メディアは言った。

それから、衣類が床に落ちはじめた。丸首のゆったりしたワンピースのタグには、〝10号〟とある。自分と同じぐらいの背格好にちがいない。

チャズのズボンが床に落ちたとき、メディアは言った。「あーら、こんにちは」

「ムスコともどもきみを待ちかねていたんだよ」チャズはひとり悦に入りながら言った。

メディアはベッドを叩いた。「こっちに来て。マッサージをしてあげるわ」

「マッサージはいい。充分にリラックスしてるから」

「つべこべ言わないで、ママにまかせておきなさい」

手で口をふさがないと、笑いが漏れてしまう。

「もうビンビンなんだけどなあ」

「マッサージのあとでもビンビンでしょ。そのころには、わたしもヌレヌレよ。オイルを温めるから、横になって、いい子にしててちょうだい」

「頼むよ、ハニー。このシーツはシルク百パーセントなんだぜ」

「しーっ」

ベッドのスプリングがスズメの鳴き声のような音を立てた。チャズがその上に横になったということだ。脳裏にふと不安がよぎる。メディアの体重はいったいどれくらいなのか。ふくらはぎはそんなに太くないが、それだけでは安心できない。もうひとりの男のこともある。さっきキッチンで何を話していたか知らないが、チャズが念願の三人プレイをいま実行に移そうとしている可能性を否定することはできない。

なんという悲惨。なんという皮肉。乱交パーティーで壊れたベッドにおしつぶされて死ぬなんて。

「す、すごい」

「だろ」チャズは誇らしげに答えた。

「スゴすぎ」

「不満かい」

「そうじゃなくて、ただ……」メディアは口ごもった。「まえのときはこんなに――」

「ハッピー？」

「そりゃ、もう」

チャズは得意満面だ。この調子だと、一晩中ペニス自慢が続きそう。

メディアがベッドにあがったとき、ジョーイは身をすくめたが、結果的に被害はなかった。それから数分間、会話が途切れがちになったあと、とつぜんチャズが悲鳴をあげた。「ひーっ。死ぬー！」

「何をそんなに大騒ぎをしてるの」メディアはインストラクター然とした穏やかな声で言った。「力を抜きなさい」

「足をねじりとられるかと思ったんだよ。この部分をパスするわけにはいかないかな」

「ダーメ。柔軟体操を欠かすわけにはいかないわ」

ジョーイは仰向けになってベッドの下に入ったことを後悔した。これでは寝室の壁の鏡を見ることができない。

「柔軟体操が必要な部分は一箇所だけだ。早くしないと、爆発する」

「あせらない、あせらない」

少しずつ口数が減っていき、ほどなくベッドの揺れはいつもの規則正しいリズムを帯びはじめた。嫉妬や憎悪はほとんど感じない。いま頭のなかにあるのは、みずからの身の安全のことだけだ。チャズの動きが激しさを増してくると、ジョーイはてのひらと膝をベッドのフレームに渡された板に押しつけて踏んばった。これまでの経験からすると、この揺れは、飲んだワインの量にもよるが、十分から二十分は続くものと思われる。結婚指輪を突きかえすのは、もう少し待とう。チャズが発射直前にかならず発するオオカミの遠吠えのような声を合図に、ベッドの下からはいだしていこう。

耳慣れない奇妙なメロディーがベッドからあがり、部屋中に漂いはじめた。メディアが歌をうたっているのだ。それはタントラの不気味な呪文のようにも聞こえるし、元々おかしな歌をさらに調子っぱずれに歌っているだけのようにも聞こえる。チャズのあえぎ声がパーカッションの役目を果たしている。

とつぜんチャズが言った。「くそっ。どうして何も感じないんだろう」

メディアは鼻歌をやめた。「えっ？」

「何も感じないって言ったんだよ」

「こんなところでやめないで。お願い、スイートハート」

スプリングが悲しげな音を立てた。チャズがメディアから身体を離したのだろう。いったい何がどうなったのか。いったん腰を動かしはじめたら、核爆発でも起きないかぎり、最後まで決してやめることはない吶喊《とっかん》小僧なのに。

「快感がないんだ」

「だいじょうぶよ。続けてちょうだい」

「きみはだいじょうぶだろうけど」

「だったら、わたしが――」

「いや。いいんだ」

「いったいどうしたのよ」

床から鈍い音が聞こえ、チャズのむきだしの脚が見えた。とうとうベッドから降りてしまったのだ。

「きみはなんという香水をつけているんだい」

「香水なんかつけてないわ。オイルよ。でなきゃ、コケモモのキャンドルの匂いよ」

「キャンドルじゃない。香水の匂いだ。女房がつけてたのと同じものだ」

凍りつくような沈黙があった。

「女房？」

「死んだ女房だ」

「あなた、結婚してたの？　どうしていままで黙ってたの」

いつのまにかメディアを応援する気持ちになっている。さあ、真実を話しなさい、この臆病者。

「とてもつらい記憶なんだ」

「奥さんはいつ亡くなったの、チャズ」

また沈黙が訪れた。先ほどの沈黙とは種類がちがうが、不快なものであることに変わりはないはずだ。チャズがどんな顔をしているのか見たい。

「その話はしたくない。つらすぎる」

「そんなふうには見えないけど」メディアは皮肉たっぷりに言った。「まだ立ってるじゃない」

「コイツとは別人格なんだ」

メディアはあきらかに怒っている。「さっきも言ったけど、わたしは香水をつけてないわ。匂いは気のせいよ」

シャネルよ。ジョーイは思わず口走りそうになった。

島を出るまえに、耳の後ろに振りかけてきたのだ。メディアのセラピー・グッズの饐《す》えたような甘ったるい匂いのなかで、その香りを嗅ぎわけられるとは、たいしたものだ。

「もう帰るわ」メディアはだしぬけに言った。

「待ってくれ。もう一回トライさせてくれ」

「この家の波動がどうしても好きになれないのよ」

「ちょっとだけ。お願いだ」

チャズはおろおろしている。まさかこんなかたちで肘鉄を食わされるとは思っていなかったのだろう。いい気味だ。結婚指輪による奇襲攻撃は、メディアに敬意を表して延期にしよう。

メディアはもうすでにベッドから出て、キャンドルやオイルをてきぱきと片づけている。

「行かないでくれ。頼む。これを見てくれ」

「ご立派だこと。ブロンズ像にしたら」

「風呂に入ろう。風呂のなかでやろう」

チャズはメディアを部屋の隅に追いつめ、爪先が触れあうくらいまで近づいた。

「いやだって言ったでしょ、チャズ」

「頼むよ。いいじゃないか」

かすれた悲鳴があがり、それが苦痛のうめき声に変わった。

「や、やめてくれ」

「聞きわけが悪いからよ」

「エステの学校では、腕力を鍛える訓練も受けるのよ。おわかり？」

「マ、マジ痛い」

「うぐぐ」

「スティックパンみたいに折ることもできるのよ」

「女房のことを黙ってたのは悪かった。謝る」

「謝ればすむと思ってるの？」

「やめてくれ。爪が……」

「そう。だいぶのびてるでしょ」

「お願いだ。お願いだからやめてくれ」

愉快、愉快。女はこうでなくちゃ。

「勘弁してあげるわ。でも、わたしが玄関を出るまえに、ムスコをわたしのほうに向けたら、今度は容赦しないわよ。あなたは二度とセックスができなくなる。誰とも。ひとりでも。わかった？」

「わかった。痛いっ！　わかった！」

ふたりは無言で服を着はじめた。チャズがいまどんな顔をしているかは見なくてもわかる。従順な子犬のような目だ。いきなり四文字言葉を使って怒鳴りちらしたので、ついかっとなってぶん殴ってやったときの目だ。

「じゃ、さよなら」

メディアは戸口でいったん立ちどまり、そこで麻のサンダルをはいた。

「今夜のことは本当にすまなかった。マジでそう思ってる。また電話してもいいかな」

「正気なの？」

そのとき、床が揺れた。屋根から冷蔵庫が落ちたのかと思うような大きな揺れだった。つづいて、家のなかのどこかから人間のものとは思えない不気味なうなり声があがった。

「くそっ」チャズは力なく言った。「今度は何なんだ」

メディアはもうすでに走っていた。チャズは枕もとの引出しから何かを取りだし、急ぎ足で廊下に出た。その音を聞きとどけてから、ジョーイはすばやくベッドの下から出て、戸口に立って様子をうかがった。手に持ったステーキ・ナイフはなんとなく間抜けて見えたが、あえて投げ捨てはしなかった。


カーテンが開いている部屋はひとつしかなかった。

ミック・ストラナハンはそのなかを覗きこみ、そこで見たものに失望した。桁外れの大男が素っ裸でマウンテンデューをがぶ飲みしていたのだ。最初は風変わりなセーターを着ていると思っていたが、よく見ると、上半身をびっしり覆いつくす体毛だった。ひとりで椅子にすわって、テレビでカントリー・ミュージックのビデオクリップを見ている。チャズ・ペローネの姿も、縮れ毛の女の姿も、ジョーイの姿もない。窓の下に身をかがめて、ひとしきり思案をめぐらせたが、家のなかの様子を見るためには、そこにいる巨大猿人との対決は避けられそうにない。

合鍵は裏口のドアに刺さったままだったので、ノブをまわすだけでなかに入れた。キッチンは無人で、廊下は暗い。客室の前でいったん立ちどまって、耳をそばだて、それからドアをあける。

猿人はライムグリーンの液体を顎から垂らしながら、困惑顔で振り向いた。

ミックは部屋に入って、テレビのスイッチを切った。「家のなかを見させてもらいたいんだ。邪魔をしないでくれるか」

「なんちゅうことを訊くんだ。そんなこと、できるわきゃねえだろ」

チャズの寝室のほうから、くぐもった音と、耳障りな悲鳴が聞こえた。

「あんたはミスター・ペローネの友人かい」ミックは訊いた。

「いんや。ボディーガードだ。こんなときのためにいるんだ」

猿人は立ちあがり、ミックのほうに向かってきた。

「どこに行きたいんだ。何を探してるんだ」

「友人だ。女の友人だ」

猿人は思案顔で股ぐらを掻いた。

「おれに手を出したら、どうなるかわかるか」ミックは言った。「おれは赤ん坊みたいに大声で泣きわめく。ご近所さんはみなびっくりする」

「おめえはバカか」

「計画性のあるほうじゃない。でも、とっさのことだったから、ほかに方法はなかったんだ」

猿人はミックの襟首をつかみ、部屋から出て、裏口のドアのほうに引っぱっていきはじめた。ミックはその力を利用して身体を引き、喉ぼとけにエルボーを食わせた。だが、猿人は倒れない。それで、今度は顎に右の強烈なフックを打ちこんだ。猿人はよろけ、腕を振りまわしながら倒れた。家が梁《はり》まで揺れた。

ミックは外に出て、家の正面にまわり、そこにとまっていたハマーの陰に身を潜めた。家のなかでは、猿人が荒い息をつき、獣のようなうなり声をあげている。縮れ毛の女が家から飛びだしてきて、歩道にサンダルの音を響かせながら、車のほうに走っていった。それから二分待ち、ほかに誰も出てこないのを確認してから、家の裏手に戻ったとき、キッチンの窓ごしに、丸裸のチャズ・ペローネの姿が見えた。途方に暮れた表情で、うつぶせに倒れた猿人の横に突っ立っている。右手には拳銃が握られている。その下では旺盛な性欲のあかしが威風堂々とそそり立っている。

近くでドアが閉まる音が聞こえ、そのすぐあとに車のエンジンがかかる音がした。もしやと思って、生垣を飛び越え、通りのほうに走っていくと、案の定だった。サバーバンがライトを消したままゆっくりと遠ざかっていく。そのあとを追って走りながら、ミックは手を振った。このような状況下では、ジョーイはかならずバックミラーを見るにちがいない。普通の神経の持ち主なら、あとを尾《つ》けられていないかどうか気にするはずだ。

交差点の手前でブレーキ・ランプが光り、助手席のドアが開いた。ミックは車に飛び乗って、手振りで急発進を命じた。

十分後、この日の無鉄砲な行動に関するミックの説教がすむと、ジョーイは言った。「ステキな髪型だわ」

「少なくともウッドストックの大型ゴミ容器《ダンプスター》みたいな臭いはしないはずだ」

ジョーイはいたずらっぽく微笑んだ。「少なくともチャズはそんなこと言わないと思うわ」

16

モーリーンという女に会うために介護施設に立ち寄って以来、トゥールは饒舌になっている。おそらく、その女を介して不心得な看護婦から鎮痛剤を手に入れているのだろう。チャズ・ペローネはそんなことを考えながら、トゥールが毛を剃りおとした背中に新しい膏薬を貼るのを見ていた。

西へ向かう車のなかで、トゥールは言った。「死んだかみさんのことを聞かせてくんねえか」

不意を突かれた。「たとえば？」

「どんな女だったんだ」

「美人で、ブロンドで、利口で、陽気だった」

それは台本の一部だが、リハーサルなしでも話すことができる。全部事実だからだ。それでも、口に出して言ってみると、心穏やかではいられない。どこかに置き去りにしてきた自分のなかの弱くセンチメンタルな部分がよみがえってくる。驚いたことに、ズボンのなかのものはいまも無意味に膨張している。

「なのに、悲しくねえのかい」

「誰が悲しくないと言った？」

口もとに嘲るような笑みが浮かんだ。「まだ一週間かそこらしかたってねえんだろ。それなのにもう女遊びをしてっからさ」

「昨日の女のことを言ってるなら、あれはマッサージ師だ」

「そうかい、そうかい。だったら、おれは宇宙飛行士だ。ほんとのところ、ドクター、かみさんとのあいだに何があったんだい」

「余計なことを訊くな」

「そんなにムキにならなくったっていいだろ」

トゥールのぶしつけさにはいらいらさせられるが、そういった詮索が農園の元現場監督の専売特許ではないことはわかっている。実際のところ、ゴルフ仲間に同じようなことを訊かれても少しもおかしくない。口に出すことはできないものの、答えは単純明快だ。ジョーイが知りすぎたからだ。どこまで知っているのかはわからないが、疑いをもっていたのは間違いない。だとしたら、殺す以外にどんな選択肢があったというのか。不正行為があかるみに出たら、メディアに吊るしあげられる。南フロリダのような汚職が横行するところでも、悪徳生物学者の見出しが新聞の第一面に躍るのは間違いない。刑務所行きは免れない。レッド・ハマーナットに殺される可能性すらある。

皮肉なことに、事情があきらかになれば、女房殺しという選択肢にいちばんの理解を示すのはトゥールだろう。

モニター地点に着くと、チャズはエンジンをかけたまま車を土手の路肩にとめた。湿地は果てしなく広がる青空を映しだし、明るく輝いている。だが、こんなところにいるよりはショッピング・モールの駐車場にいるほうがずっとリラックスできる。ハマーのスティールの覆いの外には、凶暴な野獣がうようよしているのだ。

トゥールが言った。「ここはのどかでいいなあ」

「ああ。まるであの世のようだ」

「ここが嫌いなのかい。ハイウェイで渋滞にはまってるほうがいいって言うのかい。気はたしかか」

チャズは近くに潜んでいるかもしれない豹を追い払うためにクラクションを鳴らし、トゥールのしかめっ面を無視して言った。「さあ、さっさと終わらせてしまおう」

チャズは車から降り、胴長靴をはいた。トゥールは左の新しいフロント・タイヤを点検して、空気が漏れていないことを確認した。朝チャズが見たときにはパンクしていた。ステーキ・ナイフが突き刺さっていたのだ。やったのは、昨夜家に忍びこんで、トゥールをぶちのめした男にちがいない。

「見ろ。ワニがいるぜ」トゥールは言って、スゲの茂みを指さした。

「ああ」

「ずいぶん太ってるな。そう思わねえか」

「たしかに」チャズは言った。死んだ自分が、ディスカバリー・チャンネルのなかでよみがえったみたいな気分だ。

車から二番アイアンを取りだしていたとき、銃声が聞こえたので、チャズはあわててハマーの下に潜りこんだ。そこから覗き見ていると、トゥールがスゲの茂みから土手にあがってきた。ワニの尻尾をつかんで引きずりながら歩いている。オーバーオールのポケットからは、質屋で買った三八口径のグリップがのぞいている。

やれやれ。新聞の大見出しが目に浮かぶ。〝エヴァーグレーズの生物学者、密猟により逮捕される〟

「食ったことあっか」トゥールは笑いながらワニの死骸を前に出した。「コロモつけて、ピーナツ・オイルで揚げると、うめえんだぜ」

以前なら、その馬鹿さ加減を口汚く罵っていただろう。いまは、人生には自分の手に負えないことが数多くあるという事実の一例として、しぶしぶながらそれを受けいれることができる。国で保護されている生物を撃ち殺すのは重い罰金刑と拘禁刑を科せられる犯罪だという説明を一応はしたが、無駄だということは最初からわかっていた。トゥールは鼻で笑い、心配するなと言った。夕食がすめば、証拠はなくなっている。

トゥールが血まみれのワニをハマーの荷室に積みこもうとしたときも、チャズはあえて何も言わなかった。黙って身体を脇へ寄せると、二番アイアンを手に取り、サンプル容器を胴長靴にクリップでとめて、茶色い水のなかに入っていった。ショックも嫌悪感も、さらには怒りすら、限界を大幅に超えている。

「手伝おうか」トゥールが土手から声をかけた。

「いいや。いい」

トゥールのボディーガードとしての能力は、昨夜の侵入者の一件によって、著しく評価をさげていた。なんでも、相手はトゥールより八十ポンドも軽く、二十歳も年上らしい。なのに、無傷で取り逃しただけなく、自分は床の上で身悶えしながら嘔吐していたのだから、お粗末きわまりない。その夜は、喉に氷を包んだタオルを巻き、朝までうめきつづけていた。トゥールが説明した犯人像に合致する人物に心あたりはない。もしかしたら、ロールヴァーグ刑事がゆすりのために雇った男かもしれない。今度やってきたら容赦しないとトゥールは息巻いていたが、いやみが口をついて出てくるのをおさえるのは容易でなかった。

「ハジキが必要なら渡すぜ」トゥールが土手から叫んだ。

「必要ない」チャズはいらだたしげに答えた。

ガマの茂みはこのまえ来たときよりも拡がっていて、ゴルフ・クラブで薙ぎ倒しながら進まなければならなかった。ガマの繁茂はよくない兆候だ。それは化学肥料に含まれるリンが湿地の水に大量に溶けこんでいることを意味している。生物学者に言わせれば、〝特有の石灰質の付着生物層の損失〟ということになる。要するに、レッド・ハマーナットの農園が湿地を死滅させるほど大量の化学肥料を垂れ流しているということだ。

同僚のひとりが不意にやってきて、このようなガマの繁茂ぶりを見たら、リンの含有量を偽っていることは一発でばれてしまう。だから、いつも引っこ抜いて歩いているのだが、今日はあまりにも数が多すぎる。ほかにもっと気がかりなことがあるので、そんなに手間をかけるわけにもいかない。

チャズは厚いゴムの胴長靴ごしに股間をさすりながら考えた。いま死んだら、棺桶のふたを閉めることはできないだろうな。

クスリを服んでから十六時間もたつのに、その効果はいまだに衰えない。冷たい湿地のなかでも、股間はほてり、しびれ、こわばっている。けれども、快感をもたらさない勃起は苦痛でしかない。

チャズは水を汲みあげ、急いで土手に戻った。トゥールは膏薬の作用でとろんとした目をして、湿地の水を瓶に入れるだけで金になるのかと訊いた。

「こんなことで金をもらえるんなら、おれもやりてえよ」

「胴長靴を脱ぐから手を貸してくれ」

チャズを苦しめているブヨやハエは、トゥールにはまったく食欲を示さないようだ。べたべたした体毛が天然の虫除《むしよ》けの役割を果たしているのかもしれない。

「早く！」

せかされて、トゥールは大儀そうに胴長靴を引っぱった。

ハマーの内装のかぐわしい匂いを損ないたくないので、チャズはたいていその場でサンプルを捨てていたが、このところのツキのなさを考えて、この日は持っていくことにした。それが幸いした。ふたを閉めた容器をかたわらに置いて走っているときに、フロリダ州のピックアップ・トラックが反対方向から排水路のほうに向かって走ってきた。そこに水質管理局の上司のマータが乗っていたのだ。それは通常の巡回だったが、チャズは動揺を隠せなかった。

「もう終わったの？」マータは訊いた。

チャズはうなずいて、水の入った瓶を持ちあげた。

「なんなら、わたしが持っていってあげてもいいわよ。あとでオフィスに寄るから」

「い、いいえ。けっこうです」チャズはあわてて容器を両手でつかんだ。ほかの者にサンプルの検査をされたら、レッド・ハマーナットともども一巻の終わりになる。

マータは助手席のトゥールを見て、ぎょっとしたような顔をした。当然だろう。

「学生です」チャズは言った。「一日、同行させてくれと頼まれましてね。べつに問題はないと思いまして」

トゥールは肩ひものないイブニング・ドレスを着ていたほうがまだよかったかもしれない。そんなふうに思わせるようなマータの目つきだった。

「どこの学生なの？」

トゥールにすがるような視線を向けられ、チャズは答えた。「フロリダ・アトランティックです」

「ああ、フレア・トランクスだ」トゥールは言った。

マータはぎこちなく笑った。「社会見学、大いにけっこう。でも、そのときには権利放棄書にサインしてもらわなきゃならないことになってるのよ。現場でどんなことが起きるかわからないでしょ」

「そうだった。うっかりしていました」チャズは言いながら思った。ワニの死骸を胴長靴で隠しておいてよかった。

マータは手を振って、車をUターンさせた。

そのあとに続いて土手をハイウェイのほうに向かう車のなかで、トゥールは言った。「おいおい。手が震えてるぜ」

チャズは荷室のほうに顎をしゃくった。「あれが見つかったらどんなことになるかわかってるのか」

「だいじょうぶだって。言いわけくらい考えてあったさ」

「どんな?」

「土手で手負いのワニちゃんを見つけたから、獣医に診《み》せにいこうと思ってたって」

「やれやれ。胃が痛いよ」

「それだけじゃねえ。顔にヒルがついてる」

「ほんとに?」

「一匹だけだ」トゥールはヒルをつまんで、窓の外にはじき飛ばした。「あれま。顔が真っ青になってるぜ。悪いことは言わねえ。別の仕事を探したほうがいい」

そんなに簡単なら苦労はしない。チャズは頬に手をあてた。ヒルの粘液に毒性がなければいいのだが。そう思ったとき、携帯電話が鳴った。トゥールがディスプレイを見て、非通知であることを伝えた。

電話はゆすり屋からだった。「貴君の言葉どおり、一度会う必要があるかもしれん」

またチャールトン・ヘストンだ。でも、ジェリー・ルイスよりはいい。ジェリー・ルイスほどには神経にさわらない。

「いつでもいい。場所と時間を指定してくれ」

「今晩十二時に、フラミンゴの係船地で」

「どこかわからない」

「地図を見よ。原始人は連れてくるな」

「じゃ、昨夜うちに忍びこんだのはあんただったんだな」

「さよう。ところで、情事のほうはいかがだった」

「ふざけるな」

「剛毅だ。そんなに早く悲しみを忘れることができるなんて」

「じゃ、今晩十二時に」


ジョーイはバスルームの鏡の前でひとりごちた。「あんた、とうとうやっちゃったわね」

これまではいい子にしていようと思っていた。一線は越えないようにしようと思っていた。

リストまでつくりはじめていた。

一、彼は年をとりすぎている。
二、わたしはまだ若い。
三、彼の過去には汚点がある。
四、わたしの過去にも汚点がある。
五、彼はアリシア・キーズを聴いたことがない。
六、わたしはカーラ・ボノフを聴いたことがない。

七、彼は島に住み、犬にちょっかいを出した者に発砲した。

八、わたしは街に住み——

〝ミック・ストラナハンと寝ない10の正当な理由〟として挙げたのはそれだけだった。それ以上あるのはたしかだが、考えるまえに、やってしまったのだ。

「ほんとにどうかしてるわ」ジョーイは鏡のなかの自分に向かってつぶやいた。

さらにまずいのは、自分のほうから手を出したことだ。ゆうべの午前三時、開いた窓から入ってくる潮の味を舌に感じながら、ひとりでベッドに横になっていたときのことだ。目を閉じるたびに、キーキーという耳障りな音が聞こえ、目をあけると、やんだ。間違いない。それは頭のなかで鳴り響いている。気が変になりそう。そう思ったとき、とつぜんそれがなんの音かわかった。ベッドのスプリングの音だ。チャズがエステティシャンと交わっていたとき、頭の上でベッドがきしんでいた音だ。

自分の部屋で不法侵入者のように身を隠して、一週間前まで夫であった男のあえぎ声を盗み聞きするという奇妙な状況を思いかえしているうちに、屈辱と孤独をひしひしと感じ、なんとも哀れな気分になってきた。それで、起きあがると、忍び足で居間に向かい、ソファーで寝ているミックの横にそっと身体を滑りこませた。しばらく寄り添っていたいだけ。強い力で抱きしめてもらいたいだけ。そう自分に言い聞かせながら。

だが、ミックに身体を押しつけ、優しい息づかいに包まれていると、プラトニックな抱擁だけでは満足できなくなってきた。それ以上のものがほしくなってきた。

「いかん、いかん」鏡の前でジョーイはつぶやいて、顔に冷たい水をかけた。電話が終わると、ジョーイは外に出たとき、ミックは携帯電話を持って防波堤にすわっていた。電話が終わると、ジョーイにもすわるように言った。

「今朝は十八歳ぐらいに見えるよ」

「無理しなくてもいいのよ、ミック」

「お世辞じゃない」ミックは口笛を吹いて、仏頂面のペリカンとにらみあっているストラムを呼んだ。

「ゆうべのことで話があるの」

「おれはクタクタに疲れていたんだ。あれが精いっぱいのところだ」

「そういうことじゃないの。あなたは素晴らしかったわ。でも、いくつかはっきりさせておかなきゃいけないことがあるの」

ミックはジョーイの手を軽く叩いた。「そんなことをするのはいちばん最後でいい。おれがそう言うんだから間違いない」

ジョーイは手を引っこめた。「茶化さないで。わたしは真剣なのよ」

「おれもだ。こういう経験はきみよりずっと豊富にある。朝の話しあいによって何かがはっきりしたり、心の平安や相互理解が得られたことは一度もない。朝メシにしよう」

「申しわけないけど、あれはチャズへのあてつけのセックスだったのかもしれない。少なくとも、ローズならそう言うはずよ」

「なるほど。読書サークルは世知《せち》の宝庫のようだね」

「どう？　わたしがあなたと寝たのは、チャズへの腹いせのためだったとしたら？」

「だとしたら、チャズにひとつ借りができたことになる。嘘つきで、殺人鬼で、詐欺師の腐った魂に祝福を。腹はへってないのかい」

「へってない！」

ミックはジョーイを抱き寄せ、ストラムはジョーイの首筋に鼻を擂り寄せた。

「覚えていると思うけど、昨夜、きみはたいそうご満悦だったんだぜ。チャズが珍しく最後までイカなかったと言って。不発に終わったのは、きみの香水の匂いがしたからだと言って。きみの言葉を借りるなら、超愉快だったそうじゃないか。たしかにお笑いだ。きみのことを考えるとインポになるんだから」

ジョーイは笑わずにはいられなかった。「そりゃ、そのときはそう思ったわ。あのチャズが何も感じないって言ったのよ。下半身がいかれてしまったのよ」

「それでいい。あてつけでセックスをするより百倍もいい。世知に長《た》けたローズも同意するはずだ。では、ブラック・コーヒーを――」

「ミック、聞いて」

「しーっ」ミックは人さし指をジョーイの唇にあてた。「正直なところ、昨夜したことの言いわけなど聞きたくない。きみはおれの男としてのストイックな魅力にまいったという中年の幻想を打ち砕かないでほしい」

ジョーイはおどけてミックの肩にもたれかかった。「わかったわ、カウボーイ。降参よ」

「いい娘《こ》だ」

「さっきの電話はチャズにかけてたの？」

「そうだ。今晩十二時に会うことになった」

「何をおどしとるつもり？」

「いい質問だ。ほしいもののリストをつくってくれ。ロールヴァーグ刑事は近々チャズに会いにいくことになる。捜査に大きな進展があったんだ」

「というと？」

「衝撃だ。まさしく衝撃という言葉がふさわしい」


カール・ロールヴァーグは部屋中をひっくりかえしていた。

全長十四・五フィートの二匹のニシキヘビが、狭い部屋からノミのように消えてしまったのだ。

信じられない。いったいどこに消えたのか。

昨夜、飲み水を補充したあと、ガラスケースのふたの留め金をかけ忘れた。そういったことはまえにも二度ばかりあったが、ものぐさなペットはそのことに気づきもしなかった。だが、いまは春。生き物の動きが活発になる時期だ。二匹のニシキヘビはじっとしていられず、これ幸いとばかりに飼い主の不注意に乗じたにちがいない。

家具の下にも、書棚の上にも、電気器具のなかや後ろにもいなかった。寝室を覗いたとき、合点がいった。窓があけっぱなしになっている。そこから逃げたのだ。七階下には、スゲの原団地の社交の場となっているシャッフルボードの白線が見える。しおれたハイビスカスの植えこみに沿って、ネリー・シャルマンが愛《いと》しのペチュニアを散歩させている。チンチラとクズリをかけあわせたような性悪《しょうわる》な駄犬だ。ほかにも犬の散歩をさせている者は何人かいて、紐が躍り、毛玉のようなものが狂ったように跳ねまわっている。数えると、全部で五匹。いずれもニシキヘビの餌としてちょうどいいサイズだ。腹をすかしだすまえに、急いで見つけださなければならない。

けれども、早急に片づけなければならないことはほかにもある。

署に向かう途中、ロールヴァーグは電話会社の知りあいに電話をかけて、捜査への協力を依頼した。残された時間は少ない。チャズは間違いなく嘘をついている。それは時計の見間違いとか、単なる思い過ごしとして片づけることのできないものだ。電話会社の知りあいは折りかえし電話をよこし、いくつかの番号と名前を教えてくれた。探していたものもそのなかにあった。

バッジを見せると、リッカ・スピルマンはすぐにドアをあけた。車のトランクで一夜をあかしたような顔をしている。

「どうかしたんですか」ロールヴァーグは訊いた。

「べつに。コーヒーを飲めばよくなるわ」

屑かごには、半ダースの空のビール瓶が突っこまれている。客が来ていた形跡はない。

「失踪事件を捜査しているんです。失踪者はジョーイ・ペローネと言います。ご存じですね」

リッカはよろめいた。ロールヴァーグは身体を支えてアームチェアにすわらせてやった。

「あたしはそこにいなかったのよ」

「そこというと？」

「クルーズ船よ」

「それはわかっています」

「だったら、あなたはどうしてここに来たの。牛乳パックにあたしの顔が印刷されてたから？わたしはいつのまにか有名人になっていたの？」

ロールヴァーグはチャズ・ペローネがフォート・ローダーデールのホテルの公衆電話から電話をかけているのを見たことを告げた。「土曜日、つまりミセス・ペローネが失踪した翌日の夕方のことです。そのときの電話の相手があなただったんです。ミスター・ペローネに名前を訊くと、リッカという答えがかえってきました」

「ほかにはなんて言ってたの？　いや、ちょっと待って。弁護士に電話させてちょうだい」

ロールヴァーグは別の椅子を引き寄せてすわった。「弁護士は必要ありません、ミス・スピルマン。ペローネ夫妻の関係についていくつかお訊きしたいだけです。あなたの個人的な印象や感想でけっこうです」

「たとえば？」

「幸せそうだったとか、よく口論をしていたとか」

リッカの目には険があった。「奥さんの話はほとんど何も聞いてないわ」

「何か感じませんでしたか……ふたりがいっしょにいたときの奇妙な緊張感とか」

「ふたりがいっしょのところにいたことはないわ。あたしが会ってたのはチャズだけよ」

「家に行ったときに奥さんがいたことはありませんか」

リッカはむっとしたみたいだった。「チャズがなんと言ったか知らないけど、3Pなんかやってないわ。わかるわね。そういうのは趣味じゃないの」

ロールヴァーグは眉を寄せた。「誤解しないでください。ミスター・ペローネはあなたとの関係を正しく話してくれていなかったようです」

「そうみたいね」

「あなたのことを掃除婦と言っていました」

リッカは身を乗りだした。「はあ?」

「あの夜、ホテルのロビーでミスター・ペローネから聞いた話だと、電話をしたのは、掃除婦に警報装置を解除する方法を教えなきゃならなかったからとのことでした」

「掃除婦?」リッカの声は上ずっていた。

ロールヴァーグは手帳をめくり、後ろのほうのページを開いた。「ありました。ミスター・ペローネはたしかにあなたのことを掃除婦だと言っています。念のために書きとめておいたのです。ファースト・ネームはリッカだと言いましたが、ラスト・ネームは思いだせないと言っていました」

リッカは唾を飲みこみ、歯を食いしばった。

「それで、電話会社の通話記録を調べたんです」

リッカは立ちあがり、パジャマの袖で目もとを拭った。「悪いけど、仕事に行く支度をしなきゃ」

「ほかに何か言っておきたいことはありませんか」

「そうね。あたしは掃除婦じゃなくて、美容師よ。それから、チャズの家の警報装置は故障しているので、解除するまでもないのよ。調べたらすぐにわかるわ」

決定的な証拠ではないが、ないよりはましだ。

署に戻ると、ロールヴァーグはリッカ・スピルマンから聞いた話をガーロ警部に伝えにいった。

ガーロは肩をすくめた。「つまり、チャズ・ペローネが嘘をついてたってことだな」

「またしても嘘です」

「秘密の愛人がいるからといって、殺人者だということにはならん。たしかに電話の件では嘘をついた。でも、だったら、どう言えばよかったんだ。〝そうです、刑事さん。愛人と話をしていたんです。結婚記念の旅行で女房が船から落ちて溺れ死んだと言ったら、大喜びしていましたよ〟と？　いいか、カール。嘘がなんの手がかりにもならんケースはいくらでもある。誰だってなんの気なしに嘘をつく」

その点について、ガーロの洞察に異を唱えるつもりはなかった。リッカをもう一押ししたいので、あと数日ほしいと頼んだだけだった。

「リッカはチャズに向かっ腹を立てています。有益な情報を提供してくれるかもしれません」

ガーロは首を振った。「興味はないね。その女がきみの第一容疑者からもらったダイヤの婚約指輪をつけていたわけじゃあるまい。われわれに必要なのは動機なんだ、カール。ブチギレ女の言葉をあてにすることはできん。その女が事件に直接関与してるのなら話は別だがね」

「そういうことはないと思います」

署の職員のひとりがビニール袋に入った厚紙の封筒を持ってやってきた。ガーロは反射的に手をのばしたが、驚いたことに、それはロールヴァーグに宛てられたものだった。封筒をあけると、なかには法定サイズの書類が入っていた。

ガーロは言った。「なんだ、それは。実父確定のための訴状か」

ロールヴァーグは上司の話を聞いていなかった。書類の内容に目を奪われていたからだ。

「どうしたんだ。まさか別の仕事のオファーじゃあるまいな」

ロールヴァーグは書類から目を離さず、ページをめくりながらつぶやいた。「おいおい、嘘だろ」

ガーロはいらだたしげに言った。「上司は誰か忘れたのか、カール。いったいそれは何なんだ」

ロールヴァーグが顔をあげたとき、その目には当惑の色が満ちていた。「ジョーイ・ペローネの遺言書です。愛する夫に千三百万ドルを残すと書かれています」

17

ウェスト・ボカ・デューンズ第二分譲地に入ったとき、ロールヴァーグはレッカー移動車にあやうく接触しそうになった。牽引されているのは錆と傷だらけの古いコルドバで、たぶん誰かがよそから盗んできて、ペローネ宅のそばに乗り捨てていったのだろう。この地域の住人なら、こんなポンコツ車で命を危険にさらすような愚はおかさない。

ロールヴァーグは車の速度を落とし、クロムのグリルに無数の虫がへばりついた黄色いハマーの横にとめた。道路わきにはもう一台の車が斜めにとまっている。ピカピカのグランド・マーキーで、サイド・ウインドーにはレンタカーであることを示すバーコードのシールが貼られている。ボンネットをさわると、冷たい。家の裏側から何かを叩く音が聞こえたので、そこへ行ってみると、アール・エドワード・オ・トゥールが白い木の十字架をハンマーで芝生に打ちこんでいた。

ロールヴァーグはブリーフケースを地面に置いて、身分証明書をさしだした。「あなたはミセス・ペローネのお友だちですか」

トゥールは質問に困惑しているようだった。首を振り、またハンマーを振りおろしはじめた。

「この十字架はミセス・ペローネのためのものですか」

トゥールは何やら口ごもったが、意味を取ることはできなかった。ロールヴァーグは前に進みでて、十字架に記された文章を読んだ。

ランドルフ・クロード・ガンサー

一九五七年二月二十四日生まれ

二〇〇二年八月十七日、主イエス・キリストの深き御懐《みふところ》に抱かれる

飲むなら乗るな

「お友だちですか」ロールヴァーグは訊いた。

「飼い犬だ」トゥールは視線をあわせないようにして答えた。

「ランドルフ・クロード・ガンサー。犬の名前にしてはずいぶん大層ですね」

「縮めてレックスと呼んでた」

「四十五年も生きたんですか。オウムや亀ならともかく、犬がそんなに長生きするという話はあまり聞いたことがありませんが」

トゥールはまたハンマーを振りおろした。「そういう血統なのさ」

「背中に何かついてますよ。ステッカーですか」

トゥールはためらい、それから用心深く答えた。「薬だ」

「なんのための」

「船酔いの予防」

五枚も貼ってある。ロールヴァーグは口笛を吹いた。

トゥールは言った。「旅行に行くんだ」

「ほう。どのあたりに？」

トゥールはまたためらい、少し間を置いて答えた。「ハイチ。かあちゃんといっしょに行くんだ」

「いい考えです。そうしたら、かわいそうなランドルフのことを忘れられるかもしれませんね」

ロールヴァーグは会話を楽しんでいた。捜査の過程でこんなトンチキに出くわすことは、ミネソタに戻ったら二度とないだろう。

「どうしてここに十字架を立てているんです。墓が見あたりませんが」

「それは……飛行機事故だったんだ。だから、埋めるものがなんにもねえ」

「十字架には〝飲むなら乗るな〟と書かれています」

「パイロットが飲んでたんだ」

「なるほど。じゃ、あそこの十字架は？」ロールヴァーグは芝生の上に積み重ねられた三つの十字架を指さした。「あれは誰のものなんです、アール」

「レックスの子供たちだ。同じ飛行機に乗ってたんだ」トゥールはいらだたしげに答えた。

「それより、おめえはなんでおれの名前を知ってるんだ」

「話ができて楽しかったです」ロールヴァーグはブリーフケースを取って、家のほうに向かった。

裏口のドアの前では、チャールズ・ペローネが渋い顔をして待っていた。

その白い十字架はフロリダ・ターンパイクの西側のグレーズ・ロードわきに立っていたものだった。四つがひとところにあったということは、そこで大きな事故が起きたということだ。そのとき、チャズはトゥールが十字架を引っこ抜くのを諦め顔で見ていた。そこへ一台の車がやってきて、路肩に急停止した。車から降りてきたのは、死んだランドルフ・クロード・ガンサーのふたりの兄弟で、故人にたむけるためのヒマワリの花と祈禱書を持ってきていた。ふたりは血相を変えて詰め寄ってきたが、トゥールが知らんぷりをしていたので、聖書に出てくる悪党や悪魔を引きあいに出して声高に説教を始めた。トゥールはふたりを道路わきの用水路に投げ捨てて、祈禱書を引き裂き、花を食べた。チャズはその様子を身震いしながら見ていた
　トゥールは四つの十字架を肩にかついでハマーに戻り、明るく言った。「おれの家には十字架畑があるんだぜ」

「ほう」

「すげえきれいだぜ。花や木みてえに水やりをしなくてもいい」

「それは便利だね」チャズは言いながら頭のなかにメモをした。明日の朝いちばんにレッド・ハマーナットに電話して、ボディーガードを別の誰かにかえてもらおう。

　家に戻ると、トゥールは十字架を裏庭に一時的に立てさせてもらいたいと申してた。刑事が来るとわかっていたら、もっと強く反対していたのに。

「ミスター・オ・トゥールとはどういうお知りあいなんです」ロールヴァーグは戸口で訊いた。あいつはそういう名前だったのか。

「友だちの友だちです」

「サミュエル・ジョンソン・ハマーナットのお友だちということでしょうか」

「正確に言うと、家内の知りあいで、ぼくはあまりよく知らないんです」

「奥さまのお知りあいというのは、ミスター・オ・トゥールのことでしょうか。それとも、ミスター・ハマーナットのことでしょうか」

「どちらもです」

ロールヴァーグは顎をさすった。「どうも変だな」

「何がです。何が変なんです」いらいらが爆発しそうだ。毛糸玉を与えられた猫のような気がする。

「あなたの愛車のハマーはミスター・ハマーナットの会社が購入しています。ディーラーの記録を調べたんです」

やれやれ。

「六万ドルの車を買ってくれた者をよく知らないんですか」

ロールヴァーグは刑事コロンボのように頭を掻いている。チャズは内心の激しい動揺を苦労して隠さなければならなかった。

「それはつまりこういうことです。あの車はジョーイからの誕生日のプレゼントだったのです。レッドには……ミスター・ハマーナットには親しくしているディーラーがいるので、車を安く買うことができるんです。それで、かわりに買ってもらい、代金はジョーイがあとで支払ったんです」

「支払いは小切手ですか、現金振込みですか。いや、そんなことはどうだっていい。銀行に問いあわせればすぐにわかることです」

チャズは肩をすくめた。「どうしたのかは知りません。ジョーイの金ですから」

このときふたりはキッチンの椅子にすわっていた。チャズの前には口をつけていないビールがあり、ロールヴァーグの前にはいつもどおりスプライトがある。会話が途切れたときに、レンジの上の揚げ物用の鍋から肉がはじける音が聞こえてきた。

チャズは身を乗りだし、声をひそめて言った。「こんな馬鹿げたやりとりはもう終わりにしませんか。いくらほしいか言ってください」

ロールヴァーグの顔には、心底驚いたような表情があった。

「くだらない腹の探りあいはやめましょうよ」チャズは続けた。

「どういう意味かわかりませんが」

チャズは刑事にいたずらに刺激を与えないよう、あえて〝ゆすり〟という言葉は使わなかった。

ロールヴァーグは言った。「いいですか。わたしはラベルまで出向いてミスター・ハマーナットと話をしたんです。ミスター・トゥールは友だちじゃなく、元従業員だと言っていました。ほとんど覚えていないとも言ってました」

チャズは椅子の背にもたれかかって、腕を組んだ。「いいでしょう。あなたのやり方で話を進めましょう」

ものは言いようだが、ほかに選択肢があるわけではない。

そのとき、汗まみれのトゥールがキッチンに駆けこんできた。肉の揚がり具合をたしかめると、「あと三分だ」と言って、ふたたび外に出ていく。

「ここに住んでいるんですか」ロールヴァーグは訊いた。

「ええ。トレーラーハウスで暮らしてるんですが、それがいま燻蒸《くんじょう》消毒中なんです」

「あの十字架は何なんです」

「さあ。イカレポンチのすることはわかりませんよ」

「でしょうね」

「尻の割れ目に銃弾が入ってると言っています」

「問題のない人間はいません」

「ところで、今日は何か特別なご用件でも?」チャズは訊いた。他人のキンタマを締めつけるサディスティックな愉悦にふけるためだけに訪ねてきたわけではあるまい。

「ええ、そうなんです」

「だったら、本題に入ってもらえないでしょうか。無駄話に三時間も費やすわけにはいきません」

ロールヴァーグがブリーフケースに手をのばしたとき、トゥールが汗まみれの身体をタオルで拭きながらまた部屋に入ってきた。香ばしい肉の塊をフォークで鍋から大皿に移すと、ほかのふたりに腹具合はどうかと訊いた。

「おれはトラックでも食えるぞ」

チャズは思った。夕食だからといって、ロールヴァーグを追いかえすわけにはいかない。料理にワニの痕跡が残っていなければいいのだが。

「チキンはお好きですか」チャズはロールヴァーグに訊いた。

トゥールは笑った。「チキンっても、そんじょそこらのチキンじゃねえ。極上の湿地チキンだ」

「いい匂いですね」ロールヴァーグは言った。「でも、どうかおかまいなく。家でラザーニアの用意ができていますので」

「ぼくもやめときます。胃の調子がおかしいので」チャズは安堵の念を押し隠すことができなかった。先史時代の爬虫類の肉のステーキをありがたがるようなグルメ志向はない。そもそも、飢え死にするような差し迫った状況にならないかぎり、ハマーナット農園によって汚染された水から獲れたものを食べようという気にはならない。

「だったら、おれが全部食っちまうぜ」トゥールは嬉々として言った。

トゥールのあまりにすさまじい食べっぷりに辟易《へきえき》して、ふたりは居間に退いた。ロールヴァーグは新しく魚を放した水槽を見て立ちどまった。

「この青いストライプが入った小さな魚はベラですか」

「よくご存じで」知ったことか。ジャック・クストーじゃあるまいし。「さっき何かおっしゃろうとしていましたね。クロマニョン人シェフに割ってはいられるまえに」

ロールヴァーグはソファーにすわって、ブリーフケースをあけ、ファイルフォルダーをめくりながら言った。「ええ。奥さんの筆跡のサンプルがほしいんです」

あまりに唐突だったので、チャズは何も考えずに訊いた。「何に使うんです」

「照合したいものがあるんです」

チャズは目を大きく見開き、鼻を鳴らした。それはプレッシャーを感じたときにかならずする仕草で、大学でもこの癖が災いしたことが何度かある。

「そんなに長いものでなくてもいいんです。ほんの数行でいい。ボールペンでも鉛筆でもかまいません」

チャズは探してみると言って、立ちあがったが、もちろん何も残ってはいなかった。ジョーイが書いたものは、バースデーカードも、ラブレターも、ポストイットも、すべて処分ずみだ。チャズが探すふりをしているあいだ、ロールヴァーグはあとをついてまわった。

「家内のものはほとんど残っていないのです」チャズは寝室のビューローの引出しを探しながら言った。

「そういえば、このまえのダンボール箱はどうしたんです」

「倉庫に保管してあります」というか、五千トンの生ゴミの下に。

「サインだけでもいいんです」

「ちょっと待ってください。もう少し探してみますから」

「小切手帳とかありませんか」

チャズは首を振って、別の引出しを探した。ジョーイの筆跡を何に使うのか知らないが、望ましい兆候でないことはたしかだ。

「クレジット・カードの控えとかは？」

「どこにあるか見当もつきません」

「だったら、料理のレシピ帳は？　お気にいりのレシピをメモする主婦は少なくありません」

「あんなに出来のいい妻はいないと思います。でも、キッチンの女王というわけではありませんでした」チャズは甘い過去の回想にふけるように言い、思いだし笑いをしながら付け加えた。

「しょっちゅう外食をしていたんですよ」

ロールヴァーグは車を探したらどうかと言った。「買い物リストとかが落ちているかもしれません」

「そうですね」チャズは言ったが、探しても無駄だということは最初からわかっていた。

ふたりはガレージへ行き、チャズはカムリの車内を探しはじめた。そこには妻の香水の残り香がほのかに漂っていた。鼻で息をしないほうがいい。匂いを嗅いで勃起するとまずい。

しばらくしてロールヴァーグは言った。「わかりました。どうやらどこにもないみたいですね」

いい役者だ、とチャズは思った。ロールヴァーグが自分に与えられた役どころからはずれることは決してない。横目づかいのウィンクとか、いわくありげなまばたきといったサインがいつかかならずあると思っていたが、ゆすりのことなど何も知らないような顔をして、真面目でがんばり屋の捜査官という外づらをかたくなに保持しつづけている。信じやすい者なら、ロールヴァーグがゆすりの張本人だという説をとりさげるかもしれない。だが、自分はちがう。これしきのことでだまされたりしない。考えれば考えるほど、ジョーイを海に投げ捨てる現場を誰かに見られた可能性はないように思えてくる。細心の注意を払って、デッキから人影が完全になくなるまで待ったのだ。あのあと、ひとりで手すりにもたれて立っていたとき、聞こえてきたのは船の機関音だけだった。人間の声も足音も聞こえてこなかった。ジョーイを殺害する現場を見た者はいない。ゆすり屋はカマをかけているのだ。

要するに、ロールヴァーグはあの夜の出来事についての供述に疑問を抱き、だがなんの証拠もないので、一計を案じ、別の方法で罪の償いをさせることにしたということだ。

ふたりで居間に戻ると、チャズはさりげなく訊いた。「好きな俳優はいますか?」

「そうですね」ロールヴァーグは唇を結んだ。「フランシス・マクドーマンドかな」

「誰です、それは」

『ファーゴ』に出ていた女優です」

「男優はどうです」

「さあ、どうでしょうかね。ジャック・ニコルソンあたりかな」

「そうですか。ぼくが好きなのはチャールトン・ヘストンです」

チャズは刑事の反応を観察したが、表情はほとんど変わらない。

「ええ。チャールトン・ヘストンもいいですね。『ベン・ハー』は名作です」

それだけか。目をパチクリさせることも、口もとをほころばせることもない。チャズはいらだち、自分をおさえられなくなった。「そういえば、口調が似ていると言われませんか」

刑事は楽しんでいるみたいだった。「チャールトン・ヘストンと？　それは初耳です」

すっとぼけやがって。

「お役に立てなくて申しわけありません。家内が書いたものがどこにもないなどということはないと思うのですが」

「ご心配なく。銀行に問いあわせてみます。銀行には換金ずみの小切手が残っているはずです」

「どういうことか教えてもらえないでしょうか」

「いいですよ」

ロールヴァーグはブリーフケースから大きな封筒を取りだした。チャズはそれを受けとり、震える指で開封し、最初のパラグラフにすばやく目を通した。

「これをどこで入手したんです」

「とにかく最後まで読んでください」ロールヴァーグは言って、ひとりでキッチンへ行った。

読み終えたとき、チャズの心臓は激しく動悸を打ち、シャツは汗で濡れ、頭のなかではピンボールマシンのような音が鳴り響いていた。それは〝ジョーイ・クリスティーナ・ペローネの公正証書遺言〟のコピーだった。最高のグッド・ニュースであり、同時に最低のバッド・ニュースだ。

グッド・ニュース——亡き妻に千三百万ドルの遺産を譲られたこと。

バッド・ニュース——疑い深い刑事に殺人の動機を与えたこと。

チャズは書類を膝の上に置き、汗ばんだてのひらをソファーにこすりつけてから、もう一度最後のページを開いて、そこに記されたサインを見つめた。

「本人のものでしょうか」ロールヴァーグは言いながら、戸口に立って、二本目のスプライトをあけていた。

「こんなものがあるとは知りませんでした。本当です。嘘発見器にかけてもらってもいい」

「サインした日付けは一カ月前になっています」

「そういった話は何も聞いていませんでした」

「それは興味深い」

「何か聞いていたとしたら、あなたに何も言わないわけがないでしょ。ぼくだってバカじゃない」チャズは心のギアが滑りだすのを感じた。「これで取引しようと言うんですか。それとも、まだ先があるんですか。すっとぼけた顔をするのはやめてください」

「この遺言書が本物かどうかはまだわかりません。だから、ここに来たんです。だから、奥さんの筆跡のサンプルがほしかったのです」

「いいですか。ゲームはもうおしまいです。これ以上たわごとを聞きたくはありません。あなたは悪徳警官です。何をたくらんでいるかはわかっています。これは家内の遺言書じゃない。偽物です。ぼくを告発する材料がないから、でっちあげ工作をして、取引に応じざるをえないように仕向け……」

ここでいきなり遺言書を引き裂いたら、劇的な効果を得られるにちがいない。だが、頭の片隅では、小さな声がささやきかけている。もしかしたらロールヴァーグのことを誤解しているのかもしれない。もしかしたらこの遺言書は本物なのかもしれない。考えにくいことだが、可能性はなくはない。ふと気がつくと、チャズはそれを両手でうやうやしく掲げ持っていた。まるでモーゼ（チャールトン・ヘストンが演じるモーゼ）が聖なる石版を掲げ持っているかのように。

チャズの侮辱的な発言に動じることもなく、ロールヴァーグは言った。「それはあなたが持っていてください。わたしはもう一部のコピーを持っています」

トゥールが居間にやってきて、なんの騒ぎかと訊いた。口のまわりは油でギトギトになっている。

「少々気が立っておられるようです」ロールヴァーグが説明した。「でも、もうだいじょうぶだと思います」

チャズは言った。「そうでもない」

トゥールは言った。「ひでえ顔色だぜ、ドクター」

「余計なことを気にしないでいい。もう少しふたりだけにしてくれ」

ふたたびふたりだけになると、ロールヴァーグは言った。「遺言書のサインについてですが、どう思われます」

「本物っぽいですね。よく似ている。誰が偽造したにせよ、いい仕事をしているのは間違いありません」

ロールヴァーグの表情は変わらなかった。「確認のためにお訊きします。あなたはわたしが遺言書を偽造し、あなたを奥さんの失踪と関連づけようとしていると思っているのですね」

「そういうことです」

「先ほど取引がどうのこうのと言っていましたね。どういう意味かさっぱりわかりません」

「わからなければ辞書をひけばいい」これしきのことで降参すると思ったら大きな間違いだ。しばしの間のあと、ロールヴァーグは言った。「つまりこういうことでしょうか。あなたはわたしにいくばくかの金を渡し、わたしは千三百万ドルの遺産という動機をとりさげる。遺言書は消えてなくなる」

「そのとおり。その瞬間を見たという作り話も同様に消えてなくなる」

「はあ?」

ロールヴァーグは珍しい鳥の鳴き声に聞きいっているかのように首を小さく傾けた。その意味するところは微妙で、どう解釈したらいいのかわからない。

「なんの瞬間です」

胃がむかつく。神よ。この男はとんでもない食わせ者なのか。それとも、自分は人生最大の失敗をおかしつつあるのか。

「なんの瞬間なんです」ロールヴァーグはふたたび尋ねた。

まったく想定外のやりとりだ。チャズは力なく笑った。「冗談ですよ」

「冗談のようには見えませんでしたが」

「そのつもりだったんです。北欧系のひとには冗談が通じにくいようですね」

ロールヴァーグはブリーフケースをそっと閉じた。「わたしはあなたをゆすってなんかいませんよ、ミスター・ペローネ」

「そうでしょうとも」

「でも、気をつけたほうがいいですよ」ロールヴァーグは立ちあがりながら言った。「これまで以上に気をつけたほうがいい」

18

ゆすりとるものをリストアップするのは容易ではなかった。ジョーイがほしいのは、チャズが永遠にもがき苦しむことを除くと、ふたつの問いに対する答えだけだった。

a　なぜわたしと結婚したのか。

b　なぜわたしを殺そうとしたのか。

「いくらにする？」ミックは訊いた。「金額は多ければ多いほどいい。チャズはどれくらい工《く》面《めん》できるだろう」

「さあ」ジョーイは振り向いて、窓の外に目をやった。

フラミンゴはフロリダ半島の最南端に位置する釣り用のキャンプ地で、エヴァーグレーズ国立公園のなかにある。そこまでの距離は三十八マイル。アスファルトの二車線道路の両脇には、低木の茂みや、イトスギの森や、スゲの草原が拡がっている。まわりは漆黒の闇だが、目に見えない生の息吹をはっきりと感じとることができる。マイアミを抜けたあとの静寂には心安らぐものがあり、夜に優しく包みこまれているような気がする。こんなところで脅迫のことを考える気にはなれない。エヴァーグレーズに深く入りこめば入りこむほど、チャズ・ペローネという男はより小さく、より滑稽に思えてくる。

係船地のそばにあるキャンプ地に着くと、ミックはヤシの木立ちの脇にサバーバンをとめた。そのときには夜の十時をまわっていて、キャンパーたちは虫の包囲攻撃から逃れるためにもうすでに寝袋に潜りこんでいた。カーステレオをいじっても、音は途切れ途切れにしか聞こえてこない。

ジョーイはいままで一度もエヴァーグレーズ国立公園に足を踏みいれたことはないと言った。「チャズが連れてきてくれなかったの。仕事のことを思いだすからと言って。ほんとは虫が嫌いだからだと思うんだけど」

「虫？」

「特に蚊。それからへビ。マムシに噛まれるのを死ぬほど恐れてたわ。だから、家でしきりに血清の注射をうつ練習をしていた。グレープフルーツを使って」

「つまりは職業を間違えたってことだ。おかしいと思ったことはないかい。どうしてそんな仕事を選んだのだろうって」

これまでは、そういう学校に進んだからだと単純に思っていた。

「要するに、何が訊きたいのかというと、サミュエル・J・ハマーナットというのは何者なのかってことだ」

「チャズの友人で、大金持ちの農園主よ。でも、どうして？　どういう関係があるの？」

「ハマーの件で問いあわせてみたんだ。すると、その車はハマーナット農園がチャズに買い与えたものだということがわかった」

どうしてハマーナットがそんなことをしなければならないのか。

「どういうことか教えてちょうだい。誰に問いあわせたの」

「警察関係の友人だ。そういう調査を専門にしている者がいる。いいかい。まえにも言ったとおり、そこに欲得が絡んでいるのは間違いない。チャズはハマーナットとなんらかの裏取引をしている。そこにたまたまきみが首を突っこんだということだと思う」

「どんなふうに？　わたしが何をしたっていうの」

ミックは考えていることを話した。ジョーイは興味を持ったが、懐疑的だった。

「悪徳生物学者なんて言葉を聞いたことある？」

「だったら、ボディーガードつきの生物学者という言葉を聞いたことはあるかい」

たしかに。チャズに用心棒がついているという話をミックから聞いたときには、驚きつつも、笑ってしまった。

「賄賂を受けとる警察官もいる」ミックは続けた。「刑期に手心を加える判事もいる。医療保険制度を悪用する医者もいる。チャズは純真だから、そんなことはしないと言うつもりかい。きみを海に投げ捨てて、殺そうとした男なんだぜ」

そのとおりだ。あの卑劣漢はなんだってやる。ジョーイは身体を寄せて、手をミックの膝の上に置いた。

ミックは頭のてっぺんにキスをし、それからしかつめらしくモテルの建物を指さした。「きみの部屋は二階にある。懐中電灯で合図を送るまで、そこで待機していてくれ」

「了解。三回の点滅ね」

二匹のアライグマがキャンプ地に入っていき、しばらくしてからパンとドリトスの袋をくわえて出てきた。

ミックは言った。「計画どおりにいけば、チャズはビビりまくるはずだ」

「そうね。思いっきり締めあげてやればいいわ」

「金額はいくらにしよう。五十万ドルとか？」

ジョーイは笑った。「無理よ。チャズはそんなに持ってないわ」

「でも、金づるはある」

このとき、チャズとトゥールはグランド・マーキーに乗っていた。トゥールが指摘したとおり、黄色いハマーは暗闇でも目立ちすぎる。出発前にレッド・ハマーナットはこう言っていた。どんなことになっても、冷静さを失わずに、最後まで話を聞け。そのうえで、考えさせてくれと答えるんだ。相手を出し抜こうと思うな（これはチャズに対して）。この時点では手荒な真似をするな（これはトゥールに対して）。相手が要求するものがわかってから、どう対処すべきか決めればいい。

当初の計画では、もう少し早めにフラミンゴに到着し、トゥールが隠れる場所を探すことになっていた。遅くなったのは、ハイウェイに入るまえに、トゥールが寄り道をしたからだ。チャズはあえて引きとめず、車に残って、三八口径を取りだし、早抜きの練習をしはじめた。トゥールはテント・サイズの白衣を身にまとって、やすらぎの里に向かった。

トゥールが病室に入っていったとき、モーリーンは上体を起こしてテレビを見ていた。髪には櫛が通り、頬には薄く紅がさされている。

「あら。誰かと思ったら、あなただったのね。そこの椅子を持ってらっしゃい。いまラリー・キングがジュリー・アンドリュースにインタビューしてるところなの。いまでもほんとにきれいなひとねえ」

「晩メシを持ってきてやったぜ」トゥールはふたつきの容器をベッドの台の上に置いた。「どっかに電子レンジないかな。温めなおしたほうがいい」

「ありがとう、アール」モーリーンはふたをあけた。「いい匂いね。なんのお肉なの？」

「えーっと、チキンだ。湿地チキンと呼ばれてる」

「揚げ物は食べちゃいけないことになってるんだけど、正直なところどうしてかわからないわ。

どのみち先は長くないのに。そうでしょ」モーリーンはワニのから揚げをつまんで、口まで持っていってやった。

「どうだい。うめえだろ」

モーリーンは噛みながらうなずいた。そして噛みつづけた。

「ここのお料理は最悪なの。こんなおいしいお肉を食べられるとは思わなかったわ」

「喜んでもらえてよかったよ。じゃ、またな」

「もう行くの？　どうしてそんなに急がなきゃいけないの」

「大事な仕事があるんだ」

「こんな時間に？　どういうお仕事なの。さしつかえなければ教えてちょうだい」

「ボディーガード」

青い瞳が輝いた。「おもしろそうなお仕事ね。誰を護衛してるの。政府の要人？　外交官？　それとも、もしかしたら芸能人？」

「全然ちがう」

「なーんだ」モーリーンはがっかりしたみたいだった。

「ドクターだ。ドクターのボディーガードをしてんだ」どんなクサレなドクターでも、ドクターにはちがいない。

「ドクター？　あなたには打ってつけじゃない」

「ドクターっつっても、医者じゃねえんだ。なんちゅうか、科学者みたいなもんだ」

「きっと偉いひとなんでしょうね。ボディーガードを付けなきゃいけないなんて」

「どうだか」

「いまいっしょにいるの？　ぜひお会いしたいわ」

「ろくなやつじゃねえ。ほんとに。世界は自分のものだと思ってるけど、おれに言わせりゃ、農園でトマトを育ててるニガーやメキ公のほうがよっぽど……」

モーリーンの骨ばった拳がみぞおちに食いこんだ。トゥールは身体をふたつに折って、トラクターのタイヤがパンクしたようなうめき声をあげた。

「恥を知りなさい、アール！　わたしの前で、二度とそのような醜い言葉を使わないで」

トゥールはベッドの手すりにつかまって、ゆっくりと身体を起こした。

「お母さまが生きてらして、あなたがそんな言葉を使うのを聞いたら、どうなさったでしょうね」

「か、かあちゃんが使ってたんだ。かあちゃんも、とうちゃんも使ってた」

「だったら、ご両親も恥を知ることね」モーリーンは言って、ベッドの台の上にあった紙コップをさしだした。「これを飲んで、頭を冷やしなさい」

「たまんねえな」

トゥールは一気に水を飲みほした。まさかこんなババアに殴られるとは思わなかった。これまでの人生で、そんなことをされて、黙って引きさがったことはない。酒屋で二人組のメキシコ人に好奇の目で見られただけで、半殺しにしたくらいなのだ。

モーリーンの身体は枯葉のように萎《しな》びている。その気になれば、手の甲だけで殺すこともできるだろう。だが、そんなことはできない。衝動を抑えているわけではない。何をされても、仕返しをする気にはなれないのだ。不思議なことに、怒りすら湧いてこない。なぜかわからないが、すまないという気持ちのほうが強い。

気がつくと、そう言っていた。

モーリーンは手をのばして、トゥールの腕をつかんだ。「わたしも謝らなきゃいけないわ、アール。いきなり殴ったりして、ごめんなさい。クリスチャンらしからぬ行為ね。ところで、お薬は足りてる?」

「ああ。今朝もらった分で、週末まで持つはずだ」

「あのね、わたしの夫はシカゴの警察官だったの」

「まえに聞いたよ」

「電話で警察の上司か誰かと話をしていたとき、ニガーって言葉を使ったことがあるの。ついうっかりと。〝韓国人の食料品店に盗みにはいったニガーをミシガン湖まで追跡しました〟とかなんとか。電話を切った瞬間、わたしは夫の肩を叩いて、こんなふうに言ったわ。〝パトリック、その汚い言葉をわたしの前でまた使ったら、子供たちを連れて、シャロン叔母さんのいるインディアナポリスに帰りますからね〟って。それで、どうなったと思う?」

「そういう言葉は二度と使わなくなった」

モーリーンは微笑んだ。「そのとおりよ、アール。あなたは信じないかもしれないけど、神さまはみずからの御姿に似せてわたしたちひとりひとりをお造りになったのよ」

「よくわかんねえな」また殴られるかもしれないと思って、トゥールは腹の前で手を組んだ。

「本当のことを言うとね、わたしもときどきわからなくなるの。ここの看護婦のひとりはほんとに地獄からつかわされたようなひとでね。言葉づかいが汚いどころの騒ぎじゃない。でも、わたしには信じてることがあるの。行くまえにそれを聞いてくれる？」

「ああ」

「わたしが信じているのは、ひとはいくつになっても変わることができるってことよ。わたしはいま八十一歳だけど、それでも今日より明日のほうがよりよい人間になれると思っている。明日がなくなるまで、信念は変えないつもりよ。それにもうひとつ。このまえ外科に行くって約束したわね」

「ああ。忘れてねえよ」

「鉄砲のタマを取りだすために」

「ここんところ、おっそろしく忙しかったんだ」

「よく聞きなさい。人生はそんなに長くないのよ。そんな重荷をかかえて生きていくことはないわ」

「ああ」

「行きなさい。遅れるといけないわ。でも、気をつけてね」

「心配ねえって」

「何をするにしてもよ」モーリーンは横目でトゥールを見つめた。「早く行きなさい、アール」

それから薄っぺらな手を振って、テレビに視線を戻した。

フロリダ・シティに入るまで、トゥールはずっと黙りこくっていた。チャズ・ペローネにとっては、そのほうがありがたかった。頭のなかにあったのは、これから会おうとしているゆすり屋のことはなく、ジョーイの遺言書のことだった。もしそれが本物だったら、千三百万ドルもの大金が懐に入ってくることになる。なんという皮肉だろう。もしジョーイが水質検査のデータの改竄に気づいていたとしたら、遺産を譲ろうという気にはならなかったにちがいない。遺言書には数週間前の日付けが入っていた。もしそれが本物だとしたら、ジョーイはハマーナットとの裏取引のことなど何も知らなかったということになる。

つまりジョーイを殺す理由は何もなかったということだ。勘違いもはなはだしい。

その可能性を考えると、頭がクラクラし、吐き気をもよおしそうになる。だが、ロールヴァーグ刑事がゆすりのために遺言書を偽造したという可能性もまだ捨てられない。

「腹ぺこだ」トゥールは言って、急ハンドルを切り、マイアミ・サブスの駐車場に車をとめた。「コーラとフライドポテトを買ってきてくれないか」チャズは言った。

「自分で買ってこい」

チャズは三八口径をフロント・シートの下に隠して、トゥールのあとから店に入った。ボディーガードをかえてくれという要求は、結局受けいれられなかった。レッド・ハマーナットの話によると、トゥールほどの馬鹿力の持ち主はいないらしい。

馬鹿力の持ち主であり、馬鹿そのものでもある。いまはボックス席でフットボール・サイズのターキー・サンドイッチを貪り食っている。

「ハジキは？」トゥールは噛みかけのレタスを飛ばしながら訊いた。

チャズは窓ごしに車を指さした。

「ひとを撃ったことはあっか」

「ない」

「動物を撃ったことは？」

「小鳥ならある」

子供のころ、朝寝坊の邪魔をするスズメやムシクイドリをBB銃で狙い撃ちしていたのだ。

トゥールは言った。「使い慣れてねえものは、あんまり使わねえほうがいいぜ。タマがまたおれのケツにあたらないともかぎんねえからな」

「心配するな」

エヴァーグレーズ国立公園の入口で、ふたりはパーク・レンジャーに呼びとめられ、キャンプや釣り道具を持っていない理由を訊かれた。かたわらには〝公園内に銃器を持ちこむことを禁止する〟という掲示板がある。

「なかで友だちと会うことになってるんだ」チャズは言った。「名前はソーンボローっていうんだがね。ミシガン・ナンバーの真新しいエアストリームで来てるはずだ。ミッキーという名前のアイリッシュセッターを連れている。まだ来てないのかな」

「さあね。さっき交代したばかりなんですよ」

「まあいい。すぐに見つかるだろう」チャズは言って、愛想よく手を振った。

一マイルほど走ったところで、トゥールは言った。「よくそんなに口から出まかせが次から次へと出てくるもんだな」

「この程度は朝メシ前さ」

「エアストリームってなんだい」

「キャンピングカーだ。ウィネベーゴの豪華版と考えればいい。いかにももっともらしいだろ」

「犬を連れてるって話もしてたな。一瞬のうちにあれだけの嘘を全部思いついたのかい」

感心しているようでもあるし、馬鹿にしているようでもある。

「そうだ」

「恐れいったね」

「それが機転ってものだ。車に釣り道具を積んでるかどうかなんて、パーク・レンジャーにはどうだっていいことなんだ。でも、こっちとしちゃ、そう言うわけにもいかないだろ。ああいうときには、口から出まかせで急場をしのぐのがいちばんなのさ」

トゥールは両手をハンドルにかけたままうなずいた。「普通じゃ、あそこまでスラスラ出てこねえよ」

空は曇っていて、星は出ていない。前方には、ヘッドライトの二本の光に切り裂かれた闇が拡がっている。最初は雨が降っているのかと思ったが、フロントガラスに打ちつけられているのはどうやら虫の群れのようだ。ウサギが前方のセンターラインの上にうずくまっていたので、トゥールはそれを避けるためにハンドルを切った。その直後に、チャズは車をとめろと命じた。

「どうしたんだい。ションベンかい」

トゥールは車を路肩に寄せてとめた。

「Uターンしろ」

「なんで」

「いいから早く!」

トゥールは三回の切りかえしでUターンして、ゆっくりと後戻りした。先ほどのウサギはまだセンターラインの上にじっとしていた。チャズは座席の下に手をのばして、拳銃を取りだした。トゥールは鈍重なヒキガエルのようにゆっくりとまばたきをした。

チャズは言った。「使い慣れてないといけないと言っただろ」

「ウサギ相手にとは言ってねえ」

「ウサギは齧歯類《げっしるい》だ。要するに耳の大きいネズミだ。ネズミ退治だと思えばいい」

同僚が聞いたら笑っただろうが、トゥールは間違いに気づかなかった。チャズは車のドアをあけた。

「撃つんなら、食いな」

「ああ、そうするよ」

「冗談を言ってるんじゃねえんだぞ、ドクター。かあちゃんはよくこう言ってた。〝殺した生き物はかならず料理しろ〟ってな。むやみに動物を殺すのはよくねえ」

薬のせいで頭をやられてしまったのか。たかがウサギ一匹ではないか。チャズは車のボンネットに身を乗りだして、ヘッドライトに照らしだされた標的に狙いを定めた。三八口径が火を噴くと、ウサギは宙に飛び跳ね、一回転して、立ちどまった。目を大きく見開き、鼻をぴくぴくと動かしている。

「くそっ、はずれた」チャズはつぶやいて、二発目を撃った。

ウサギは身体を低くし、耳を寝かした。

トゥールは言った。「もういい、ランボー」

「あと一発」

自分はワニを殺したくせに。

「よせ」

チャズは片目を閉じて照準をあわせた。「あと一発だけ」

「よせと言ったんだ」

トゥールがアクセルを踏むとほぼ同時に、チャズは引き金をひいた。自分の身体が浮いて、宙に放物線を描くのがわかった。ウサギの薄茶色の影が草むらに消えるのが見えた。と、次の瞬間には、チャズは地面に落ち、砂利の上で二回転していた。それから数秒間は動くことができなかった。車のヘッドライトにたかっている虫を見ていたとき、砂利を踏む音が聞こえ、巨大な影法師が見えた。

「立ちあがれない。手を貸してくれ」

「ドクターかなんか知らねえが、おめえほどカスな野郎はいねえよ」

トゥールは拳銃を拾って、ゆっくりと車に戻った。

「いったいどういうことなんだ。まさかぼくを殺そうとしたんじゃあるまいな」

チャズはなんとか立ちあがって、服についた砂利を払い、車に乗りこんだ。

トゥールは指でチャズの胸を押した。「そうだとしたら、いまごろおめえは天国で聖ペテロと話をしてただろうよ」

それから十マイルほど走ったところで、チャズは拳銃をかえしてくれと言った。

「今日はもう使わなくてもいい」

「でも、いざってときはどうするんだ。相手が手荒な真似をしないともかぎらない」

トゥールはそれが笑える冗談だと思ったみたいだった。「飛び道具はいらねえよ。おれがついてるんだ」

19

グランド・マーキーが係船地に着いたとき、ミック・ストラナハンは水上にいた。トゥールはゆっくりと運転席から降りた。チャズ・ペローネは自分の顔や首を狂ったようにひっぱたきながら助手席から飛びだした。それからしばらくのあいだ、ふたりは桟橋を行ったり来たりしていた。どうやら無人のハウスボートを物色していたらしく、やがてそのなかからひとつを選ぶと、すばやくドアをこじあけ、トゥールがなかに入っていった。チャズは桟橋に戻ったとき、ロープの束につまずいてこけそうになった。また蚊を叩きながら、闇のなかをうろうろと歩きはじめたとき、ミックは名前を呼んだ。チャズはジャッキー・チェンの真似をしているような間抜けな中腰の姿勢になった。

ミックは手を振った。「ここだ、うすのろ」

チャズはカンフーの達人の姿勢のままゆっくりと近づいてきた。ゆすり屋がカヌーのなかで待っているとは思ってもいなかったのだろう。

「乗れ」ミックは言って、カヌーを桟橋に近づけた。

「いやだよ」

「おまえが言いだしたことなんだぞ、チャズ」

「会おうと言っただけだ。場所も指定していないし、カヌーの話をした覚えもない」

ミックはパドルを膝の上に置き、チャズに状況を把握する時間を与えた。

「取引をしたくないのなら、乗らなくてもいい」

チャズは係留されたハウスボートに不安げに視線をやった。

「それにもうひとつ。原始人は連れてくるなと言ったはずだ」

「なんのことだ」

「おまえはほんとにアホだな。金額は三倍にする」

チャズはおそるおそるカヌーに乗りこんだ。「どこにすわればいい」

「すわれとは言ってない。ひざまずけ」

ミックは規則正しいストロークでゆっくりと舟をこぎ、バトンウッド運河をホワイトウォーター湾のほうに向かった。

「その虫除けを使わせてもらえないかな」チャズは言って、舟底に転がっているカッターズの虫除けスプレーを指さした。

ミックはそれを投げてやった。

チャズはスプレーを振りかけながら訊いた。「どこに行くんだ」

「心配するな。それより、カヌーをひっくりかえさないように気をつけろ」

「わかってる。ひとつの筋肉も動かさないよ」チャズはスプレーを置いて、舟べりを強く握りしめた。

「行先はマムシ水路だ」

「な、なんだって」

ミックの知るかぎり、そんな名前の場所はないが、思ったとおり効果は抜群だった。

「エヴァーグレーズでいちばん大きなマムシがいると言われている場所だ」

チャズは情けないうめき声をあげた。予想以上にヤワな男だ。いざというときには、いつだってビビりまくって、クソの役にも立たないにちがいない。

ミックはジェリー・ルイスの声音で言った。「そこにはワニちゃんやサメくんもいーっぱいいるんだかんねー。だからカヌーをひっくりかえさないようにって注意したんだよーん」

チャズは黙りこんだ。ホワイトウォーター湾に着くと、ミックはこぐのをやめて、懐中電灯をつけ、光を正面に向けた。チャズはたじろぎ、顔をそむけた。

「なんでそんなしかめっ面をしているんだ。おれがおまえをいたぶって楽しんでいると思っているのか」

弱い者いじめはスポーツマンシップに反するが、そうでもしないと、この男の顔をハンバーガーの肉のようにしてやりたいという残忍な衝動を抑えることはできない。そういった非文明的な祝祭は今後のお楽しみにとっておき、いまのところはチャズの顔が蚊で真っ黒になるのを眺めるだけでよしとしよう。それにしても、ジョーイはうまいことを思いついたものだ。防虫スプレーの中身を水道水と入れかえるなんて。

「どうやって家に入ったか教えてくれないか」チャズは言った。

「職業上の秘密だ」

「女房の写真を切り抜いて枕の下に入れたのはあんたなのか」

「いいや。写真の精のしわざだろう」

チャズは両方の頬をぴしゃぴしゃ叩きながら言った。「あんたはいったい何者なんだ。何がほしいんだ」

「まずは金だ」

口もとが皮肉っぽく歪んだ。「ほかにもあるのか」

「あとは簡単な質問に二、三答えるだけでいい。それだけだ」

「質問？　ぼくは何もやっていない。あんたにゆすられる筋合は何もない」

「よかろう。だったら、金を出さなきゃいい。どっちの言い分が正しいか、判断は陪審員にゆだねよう。ところで、ライフォードという風光明媚な町に行ったことはあるかい。連邦矯正刑務所のあるところだ」

チャズは悪態をついて、また蚊を引っぱたいた。

「ナイス・ショット」ミックは懐中電灯を消した。「おれの話がでたらめじゃないってことを証明するには、サン・ダッチス号で起きたことの一部始終を再現してみせるしかないようだな。

耳の穴をかっぽじって、しっかり聞いていろ」

「聞いてやるよ」チャズは憎々しげに言った。

「ちょうど一週間前のことだ。おまえたちは十一時ちょっとまえにデッキに出て、船尾のほうに歩いていった。雨が降っていたので、デッキには誰もいなかった。そうそう。おまえの服装は紺ブレとチャコールグレーのスラックスで、かみさんのほうはクリーム色のスカートに白いサンダル姿だ。たしかゴールドの腕時計をつけていた」

ブラウスの色も聞いていたが、それは忘れてしまった。ミックはまた懐中電灯をつけて、血の気のうせたチャズの顔を見つめた。

「もっと聞きたいか」

「話したけりゃ話せばいい」

「おまえたちは手すりの前に並んで立っていた。かみさんは海を見ていた。そのときに、おまえは一策を講じた。ポケットから何かを取りだして、甲板に落としたんだ。それはコインかもしれないし、鍵かもしれない。とにかくコチンという音がした。おまえはかがみこんで、それを拾うふりをした。覚えているな」

なんの反応もない。

「だが、拾うかわりに、かみさんの足をつかんで、手すりの向こうに放り投げた。一瞬の出来事で、抵抗する間も何もなかった。もっと聞きたいか」

チャズの顔にまた懐中電灯の光をあてたとき、大きく見開かれた目はガラス玉のように虚ろだった。これと同じ表情をミックは剝製の製作所で見たことがある。

「なんだか具合が悪そうだな。西ナイル熱かもしれんぞ。予防接種は受けたか」

チャズは激しく咳きこんだ。「予防接種？　ワクチンがあるのか」

これがほかの誰かだったら、あまりの馬鹿さ加減を哀れんでいたかもしれない。

「どうしてあんなことをしたんだ、チャズ」

「何もしていない」

「これでもまだおれを嘘つき呼ばわりするのか。困ったもんだ」

「いくらほしいのか言ってくれ」

「五十万ドル」

「な、なんだって。気はたしかか」

「キャッシュだ。百ドル札で」

穏やかな南東の風によって、小さなカヌーは広大な湾の闇のなかにゆっくりと押しだされていく。舟の揺れは、ミックにとっては心地よいものだったが、チャズには逆の効果をもたらしているようだ。

「五十万ドルもの金をどうやって用意しろというんだ」

「心配無用。いい考えがある」おもしろいほどトントン拍子だ。「友人のハマーナットに頼むんだ」

反応を見るのに懐中電灯は必要なかった。ドクター・チャールズ・ペローネが嘔吐する音を聞いて、四分の一マイル先の波打ち際で、雄の鷺が求愛のやるせない声をかえした。

ミックとチャズが海に舟をこぎだしてから二十分ほどたったとき、ジョーイはモテルの部屋を抜けだした。だぶだぶのジャージをはおり、マーリンズの野球帽に髪をたくしこんで、桟橋まで歩いていくと、駐車場に黒い大きなセダンがとまっているのに気づいた。ゆうべ家の前にとまっていたのと同じ車だ。けばだったシャツの上に黒いオーバーオールを着た大男が、車にもたれかかっている。が、近づいてみると、シャツと思ったものはびっしりと生えた体毛だということがわかった。

男はジョーイの姿を見て、声をかけた。「何をしてんだ、小僧」

ジョーイは街灯の下に進みでて、危害を加えようとしている者でないことを示した。

「耳が悪いのか。何をしてんのかって訊いたんだぜ」

ジョーイはさらに前に進みでた。「あなたはボディーガードね」

手の甲が飛んできた。ジョーイが舗道に倒れると、男はジャージをつかんで身体を持ちあげ、車のトランクの上に落とした。

「おめえ、女なのか。男じゃなかったのか」

ジョーイは胸までめくれあがったジャージを引っぱりおろした。かすかに血の味がする。

「落ち着きなさい。わたしはボーイフレンドについてきただけよ」

「ボーイフレンド？　誰のことだ」

「あなたの連れをゆすっているひとよ」

男は考える時間がほしそうだったので、ジョーイは一呼吸おいた。

しばらくして、男はジョーイの首根っこをつかんだ。「いますぐブッ殺してやってもいいんだぜ。ワニにくれてやりゃ、朝には骨も残らねえ」

男の手の力があまりに強くて、気を失いそうだ。この馬鹿力なら、指で首の骨を折ることもできるだろう。

「わたしを……わたしを殺してなんになるの」

ひとしきり考えて、男は手を離した。「たしかに。世話を焼かせてんのは、おめえじゃなくて、おめえの連れだもんな」

ジョーイは首をこすった。「念のために言っとくけど、もしわたしたちの身に何かあったら、あなたのクライアントに関するとっておきの情報が警察に届けられることになるわよ」

「クライアントって？」

「チャズ・ペローネ。あなたが護衛してる男のことよ。あなたの名前は？」

「トゥールって呼ばれてる」

「わたしはアナスタシアよ」子供のころからそう呼ばれたいと思っていたのだ。〝ジョーイ〟よりずっとフェミニンで、お上品。

「おめえの連れはあいつに何を要求してんだい」

ジョーイは知らないと答えた。「わたしはただの見張りよ。具体的なことは何も知らないわ」

トゥールは身体をねじって、係船地のほうに目をやった。「あそこの運河はどこに続いてるんだ」

「知るわけがないでしょ。背中に何を貼ってるの？」

「なんだっていい！」

ジョーイはまた前に進みでて、男の両腕に手をかけた。人間の身体にこれほど大量の毛が生えているのを見たことはない。「後ろ向きになって。さあ、ミスター・トゥール」

街灯の淡い光を頼りに背中を見ると、肩甲骨の上の毛がところどころ剃られているのがわかった。そこに薄茶色の絆創膏のようなものが貼られている。

「薬だよ」

「なんのための」

「痛みどめだ」

「まあ。あなた、病気なの?」

「けったいなところに鉄砲のタマが刺さってるんだ」

そのとき、一台のトラックが駐車場に入ってきた。ルーフに青い回転灯がついたピックアップ・トラックだ。

「パーク・レンジャーよ」ジョーイは言った。

トラックが係船地をひとまわりして、ゆっくり走り去ると、トゥールは言った。「カヌーはどこに行ったんだ。えれえ時間がかかってるじゃねえか」

「話さなきゃならないことがそれだけたくさんあるのよ」

トゥールはオーバーオールのポケットを探った。「しまった。携帯電話を忘れてきた。すぐに戻ってくる」

トゥールは栈橋を歩いていき、暗いハウスボートのなかに消えた。戻ってきたときは、手に持った携帯電話に向かって悪態をついていた。

「くそっ。電波が通じねえ」

「誰に電話しようとしてるの」

「おめえの知ったことじゃねえ」

「あなたは誰に雇われてるの。チャズ・ペローネじゃないのはわかるけど」

トゥールはジョーイの胸ぐらをつかんで、顔の前まで持ちあげた。「あれこれ訊くのはやめろ。それでなくても気分がよくねえんだ。わかったな」

息はタマネギ臭く、肌は湿っていて、熱っぽい。

「薬のせいかもしれないわ。コークを持ってきてあげましょうか」

「ちっと黙っててくんねえかな」

「はいはい」

トゥールは車のフェンダーに腰かけて、携帯電話のボタンをいらだたしげに叩きはじめた。ジョーイは杭にもたれて、暗い水面にちらちら光る青い小魚を見ながら、闇のなかのどこかにあるはずの小さなカヌーのことを考えた。ミックはシナリオどおりにことを進めているだろうか。どこかの時点でブチ切れて、暴走しはじめているのではないか。

十分ほどして、トゥールはポケットに携帯電話を突っこんだ。「ちくしょう。もうやめた」

「話しかけてもいい？」

「好きにしな。歌ってもいいし、踊ってもいい」

「あなたは結婚しているの？」

「していた。籍は入れてなかったけどな。六年、いや、七年いっしょにいた」

「どうして別れたの」

「葬儀屋の若い男と駆け落ちしやがったんだ。ヴァルドスタの実家で葬式があったときのことだ。行ったきり帰ってこなかった」

「チャズ・ペローネが奥さんを船から突き落としたってことは知ってた？」

「そんなところだろうと思ってたよ」

「あんまりだと思わない？」

「時と場合によるな。おれが農園で痛めつけたのは野郎だけだ。女には手を出さなかった。でも、やられたらやりかえす。たぶんあいつの場合もそうだったんだろう。女房にやられたから、やりかえしたんだろう。正当防衛ちゅうやつだ」

「チャズ・ペローネから奥さんの話を聞いたことはある？」

「あんまりない。おれが尋ねたときには、褒めまくっていた。きれいだったとか、利口だったとか。でも、何があったかって話はしなかった。ただ死んだって言っただけだ。おれにとっちゃ、そんなことはどうだっていい」

「じゃ、理由も聞いてないのね」

「聞いたって、一銭の得にもなりゃしねえよ」

トゥールはフェンダーから腰をあげた。また胸ぐらをつかまえようとしているのかもしれない。そう思って、ジョーイは一歩後ろにさがった。

「チャズ・ペローネは奥さんを愛してたのかしら」

トゥールは笑った。「なんでそんなことを訊くんだ」

「なんとなく気になるの」

トゥールが何も知らないと言うのはたぶん本当だろう。

「おれの見たところじゃ、あいつはこの地球上で自分がいちばん好きなんだよ。泣いたり落ちこんだりするようなタマじゃねえ」

いや、ミック・ストラナハンから話を聞いたら、チャズは間違いなく落ちこむ。

「わかるわ。あなたもチャズ・ペローネがやったと思ってるんでしょ」

「どっちだって、おれが受けとる金はおんなじさ」

「あなたのような仕事をしてると、目を見ただけで、嘘をついているかどうかすぐにわかるんでしょ。だまされることなんて決してないんでしょ」

トゥールはおだて作戦に乗ってこなかった。男にしては珍しいタイプだ。別のアプローチをするしかない。

「こういう仕事は長いの？」

「今度がはじめてだ」

「どうりでピリピリしてるわけね。だいじょうぶ。チャズ・ペローネは無事に戻ってくるわ。カヌーのなかで馬鹿な真似をしなければ」

「あの男のことだ。しないとはかぎらねえ。それより、さっきから考えてるんだが、おめえのボーイフレンドはなんでこんなことやってるんだ。どうしてあいつがやったってことを知ってるんだ」

「しかるべきときに、しかるべき場所にいた。それだけのことよ」

「ゆうべあいつの家に忍びこんだのと同じ野郎か。だとしたら、お礼参りをさせてもらわなきゃなんねえ。年は五十くらいかな。日に焼けて真っ黒な顔をしていた。似てるとは思ったけど、ハウスボートの窓が汚れてて、よく見えなかったんだ」

「ええ、同一人物よ」ジョーイは認めた。チャズといっしょにここに戻ってくれば、どうせすぐにわかることだ。

「おめえのナニにしちゃ年をとりすぎてねえか」

「そんなことはないわ」

「腕っぷしはめっぽう強い。そいつは認める。おかげでえれえ目にあっちまった」トゥールは言いながら、苦々しげに喉ぼとけをさすった。

「たしかに年のわりには元気ね。奥さんの名前は?」

「ジーン・スザンヌだ。ジーニーって呼んでた」

「いまでも思いだす?」

「いんや、もう忘れた。時間が癒してくれるって言うだろ」

「チャズ・ペローネは奥さんのことを忘れられないと思う?」

「さあね。やつは女房の写真を全部捨てちまった。一枚も残っちゃいねえ」

「でも、奥さんはきれいだったとか、利口だったとか言ってたんでしょ」

「ああ、そう言ってた。でも、もしかしたら、口うるさいガミガミ女だったのかもしんねえな」トゥールは肩をすくめた。「ま、そんなことはどうだっていい。どっちにしても、もらえる金が増えるわけじゃねえんだ」

「そろそろ行かなきゃ。おしゃべりに付きあってくれてありがとう」

トゥールはがっかりしたみたいだった。「やつらが戻ってくるまでここにいろよ」

ジョーイは首を振った。「やめとくわ。こんなことをしちゃいけないと言われてるの」

トゥールはしぶしぶ同意した。「ああ。おれもだ」


チャズ・ペローネにとっては、間違いなく人生最悪の夜だった。

「全部出したか」ゆすり屋は訊いた。

チャズは唇を拭って、口に残った反吐《げろ》の臭いを消すため、舟べりから唾を吐いた。それにしても、この男はどうやってレッド・ハマーナットのことを嗅ぎつけたのか。まさかそこまで知られているとは思わなかった。犯行現場を見られていただけではなかったのだ。

「調べはついている。驚いただろ。リッカも驚いてたよ」

リッカのことまで知っているのか。悪夢だ。勘弁してくれ。

チャズは頭を叩きまくったが、蚊は耳障りなコーラスをやめようとしない。鼓膜をつき破って、脳みそのなかまで入りこんでくるような気がする。耳障りな音はそれだけではない。闇の向こうからは、水が跳ねる音や甲高い鳥の声が聞こえてくる。

地獄だ。ここは地獄だ。

「ハマーナットはオーキチョビー湖の南に広大な農園を持っている」ゆすり屋は言った。「おまえはそこから出る汚水をきれいに見せかけるために細工をしている。そのおかげでハマーナットは枕を高くして眠れるわけだ。見返りは何なんだ。車のほかに」

また懐中電灯で顔を照らされるのではないか。そう思って、チャズは顔をそむけ、しわがれ声で言った。「何をわけのわからないことを言ってるんだ」

「わけはわかっている。おまえも、おれも」

ゆすり屋の表情はわからない。見えるのは三日月型の白い歯だけだ。

「もうひとつ伝えておきたいことがある、チャズ。カール・ロールヴァーグはなんの関係もない。会ったことすらない。これから先も会わないかどうかは保証のかぎりじゃないが」

またあげそうになったので、チャズは頭をさげて、吐き気がおさまるのを待った。

それから、自分の膝小僧に向かってぼつりと言った。「遺言書のことはどうなんだ」

「遺言書?」

「知らないのか」

「舟のなかに吐いたら、泳いで帰らせるぞ」

「だいじょうぶだ。ちょっと待ってくれ」

そもそもどっちの方向に泳いだらいいかもわからない。雲間からは星が見えるが、星座は道案内の役割をはたさない。地上の科学と同様、天文学のほうもさっぱりなのだ。

「誰の遺言書だ?」ゆすり屋は訊いた。「かみさんのか」

「いや、なんでもない」

チャズは思案をめぐらせた。つまりロールヴァーグが持ってきた遺言書は本物だということだ。そこには千三百万ドルという金額と自分の名前が記されていた。いま必要なのは死刑囚監房行きを避けることだけだ。

「わかった。金はなんとか工面する」

「よかろう。スーツケースに入れてもってこい。じゃ、次へ行こう。今度は質問だ」

「やれやれ」

「ふたつだけだ。まずひとつめ。彼女と結婚しようという気になった理由を教えてくれ」

おやおや。なんでも相談室か。

「いい女だと思ったからだよ」チャズはいらだたしげに答えた。「明るいし、美人だし、頭もいい。それで、そろそろ身を固めてもいいと思ったんだ」

なんの前触れもなく、パドルが暗がりのなかを弧を描きながら飛んできて、次の瞬間、脳天を直撃した。チャズはうなり声をあげて、前のめりに倒れた。カヌーは揺れたが、ひっくりかえりはしなかった。

「おまえは見てくれのよさがほしかっただけなんだ。それを友だちに見せびらかしたかっただけなんだ。新しいロレックスのように。それは結婚じゃない。単なる飾り物だ」

チャズは舟底からゆっくり身体を起こし、またひざまずく姿勢をとった。頭に手をやると、こぶが盛りあがってくるのがわかった。ゆすり屋は何ごともなかったかのようにまたパドルをこぎはじめた。日に焼け、がっしりとした身体つきをしているが、年はけっこうとっているはずだ。いきなり殴りかかってくるとは思わなかった。そういうのは血気盛んな若者の専売特許だと思っていた。

「金持ちだったってことも好ましい要素のひとつだったんだな」

「一セントだってせびったことはない」

「そこでふたつめの質問だ。どうしてかみさんを海に投げ落としたんだ」

チャズは瀕死のウシガエルのような音を立てて唾を飲みこんだ。答えたら、犯行を認めることになる。

「ここで一晩過ごしたいらしいな。ひとりで」

「ぼくの身に何かあったら、金を手に入れることはできなくなるぞ」

ゆすり屋は笑い、チャズは震えあがった。

「わからないのか、坊や。これは金だけの問題じゃない。おれは怒ってるんだ」

「ジョーイのことを知りもしないくせに」

「それがなぜか知らない気がしないんだよ」

パドルが水から出て、今度は顔に叩きつけられた。倒れるほどではなかったが、鼻がひしゃげるには充分な強さだ。温かいものが指を伝って落ちる。

「や、やめてくれ!」

「これでわかったはずだ。今回はあまり冷静じゃいられないんだ。なぜやったのか答えたら、栈橋まで送りかえしてやる」

「無理を言わないでくれ」

「何が起きたか、おれは全部知ってるんだ。知りたいのは理由だけだ」

たしかに一理ある。この男はもうすでにすべてを知っている。殴られるのももうたくさんだ。

「隠しマイクをつけてないだろうな」チャズは言った。出血をとめるために鼻をつまんでいるので、アニメのアヒルのような声になっている。

歯が星明かりにまた白く浮かびあがった。「ちょこざいな野郎だ」

ゆすり屋はTシャツを脱ぎ、懐中電灯を持った腕をのばして、自分の胸を照らした。蚊がいっせいに集まってくる。

「見ろ。隠しマイクも何もつけていない。これで安心したか」

「ああ」

「だったら、質問に答えろ」

「密告されると思ったんだ。エヴァーグレーズの水の検査結果を偽っていることがばれたと思ったんだ」

「それで、かみさんをメキシコ湾流の海の藻屑《もくず》にしようと思ったのか」

「あんたにはわかりゃしないよ。もしジョーイがぼくとハマーナットのことを告発したらどうなるか。選択の余地はなかったんだ。そのときは……」

「なんだ」

そのときは、そんなことをする必要はないと考える理由は何もなかった。誰もあの新しい遺言書を見せてくれなかったし。

「なんでもない」

ゆすり屋はパドルをこぎはじめた。チャズは水の上を滑っていくカヌーの速さに一驚を喫した。疲れることは嫌いなので、カヌーを楽しいと思ったことはこれまで一度もない。乗ってみたいと思うものは、二百馬力のマーキュリーのモーターを搭載したスキー・ボートだけだ。

「鼻の具合はどうだ」

「痛くないわけがないだろ」いまではピーマン大に膨れあがっている。

ほどなく、カヌーは湾に出るときに通った長い運河の入口まで戻ってきた。助かった。これでフラミンゴまで連れて帰ってもらえる。

とつぜん、ゆすり屋はこぐのをやめて、背筋をのばした。身体は汗で光り、顔にも胸にも蚊がたかっている。

「虫除けスプレーを使うかい」チャズは言った。

「いや、いい」ゆすり屋は笑いながらパドルをさしだした。「おまえの番だ、人殺し」

「なんだって」

「おれはくたびれた」

チャズはパドルを受けとり、複雑な精密機械を見るようにためつすがめつした。

「カヌーをこいだことがないなんて言わないでくれよ」ゆすり屋は言った。

「そりゃ、なくはないけど」

最後にこいだのはいつだっただろう。たしか大学院時代だ。ノース・カロライナの濁った湖で、もうひとりの学生といっしょに、ニオイネズミの糞が湖底の堆積物のなかでどのように分解するかを調べていたときのことだ。その日が終わったとき、てのひらはマメだらけになっていて、それからの一カ月間はゴルフ・クラブを握れなかったことを覚えている。

「しっかりこげ。でないと、ホワイトウォーターまで押し戻されるぞ」

「無理を言わないでくれ。頭が割れそうなんだ」

「すぐによくなる」

「鼻血もとまらない」

「『脱出』って映画を見ただろ。あの太っちょの身に何が起こったか考えてみろ」

チャズ・ペローネは懸命にパドルをこぎはじめた。

20

悪徳警官呼ばわりされたのははじめてのことで、カール・ロールヴァーグは眠れぬ夜を過ごすことになった。憤りからではなく、好奇心のせいだ。チャズ・ペローネのような男に対して、侮辱されたと感じるなんてことはそもそもありえない。まさか金をゆすりとろうとしていると言われるとは思わなかった。それはマリファナの袋から採取された爪に勝るとも劣らぬ重大な手がかりであり、捜査の大きな転換点になるにちがいない。

いつもどおり冷たいシャワーを浴びている二十分ほどのあいだに、ロールヴァーグはチャズと交わした奇妙な会話を頭のなかで再生した。チャズが実際にゆすられているのは間違いない。だが、誰に？　何をネタにして？

チャズは皮肉たっぷりに〝その瞬間を見たという作り話〟に言及した。それは犯行を目撃した者が実際にどこかにいるということなのか。けれども、そういった筋書きが成立するには、その目撃者がチャズと同じくらい貪欲で、冷血であることが前提になる。ひとが殺されるところを見ていながら、それをとめようともせず、警察に通報するかわりに、殺人者のところに出向いていって、口止め料を要求しているのだ。

南フロリダには、悪党が腐るほどいる。それを考えると、犯行現場にたまたまいあわせた者がチャズと同じような外道だったという可能性はなくもない。けれども、現実問題としては、脅迫しているのは同じ船に乗りあわせた者ではなく、新聞でジョーイ・ペローネの失踪記事を読んだ小ざかしい詐欺師である可能性のほうが高い。いずれにせよ、チャズがその脅しに怯え、泡を食い、刑事が裏で糸を引いていると考えるに到ったというのは、歓迎すべきことだ。そういった不安定な精神状態にある犯罪者は、しばしば大きな凡ミスをおかす。このまま自己破滅への道を一直線に突き進むことを祈ろう。

それ以上に興味を引かれることもある。チャズとサミュエル・ジョンソン・ハマーナットとの関係だ。六万ドルの新車が妻からのプレゼントで、ハマーナットは売買を仲介しただけという説得力のない話を裏づけるものは何もない。おそらく車はハマーナットの付け届けのひとつなのだろう。あのような男が意味もなく大盤振るまいをすることはないはずだ。タダほど高いものはない。

チャズ・ペローネのような怠惰で無能な生物学者が提供できるものは、いったい何なのか。おおよそ見当はつく。

ジョーイ・ペローネの遺言書のこともある。慎重居士《こじ》をもって知られるあのガーロ警部が色めきたっていた。もし偽物だとすれば、偽造したのはおそらく脅迫者だろう。千三百万ドルという動機を警察にさしだす以上に効果的にチャズに圧力をかける方法はない。

だが、もし本物だとしたら……

ロールヴァーグはシャワーをとめ、身体から水をしたたらせながら考えた。先日、警察に匿名で送りつけられてきた遺言書が本物かどうかはわからない。筆跡鑑定の専門家のなかでも、意見は分かれている。死亡証明書がないかぎり、信託財産の管理会社に保管されている遺言書の開示を求めることもできない。

いずれにせよ、あのような男に妻の莫大な遺産を黙ってくれてやるわけにはいかない。それを阻止するためのもっとも確実な方法は、チャズを死ぬまで刑務所に閉じこめておくことだ。少なくとも、いまはそのことしか頭にない。ミネソタへの引越しの準備も先延ばしになっている。

タオルで身体を拭き、ジーンズをはいて、キッチンに向かう途中、玄関のドアの下にまた紙切れがさしこまれているのがわかった。こんなことをするのは、シャルマン夫人とその一党以外にない。あまりにもしつこいと、なんらかの対抗処置を講じることも必要になる。たとえば、カーペットをもっと分厚いものに変えるとか。だが、もう少しの辛抱だ。ここを出ることはもうすでに決まっている。

紙切れを拾いあげて見ると、そこには涙目の貧相な犬のカラー写真がコピーされていた。

迷い犬！
名前はピンチョーと言います。十一歳。オスのポメラニアン（去勢ずみ）
白内障、憩室炎、通風の持病あり。

見つけたら、近づいたり、つかまえようとせず、
スゲの原団地9Lのバートまたはエディ・ミラーまでご一報を。
謝礼金二百五十ドル!!

ロールヴァーグは胸苦しさを感じた。これまでも団地の掲示板には、犬を紐でつないでおくようにという注意書が貼りだされていたが、ピンチョーの運命については責任を免れるわけにはいかないだろう。足を引きずって歩き、目もろくに見えない老いぼれ犬なのだ。腹をすかせたニシキヘビにとっては格好の標的になる。土曜日には半日かけて敷地内を徹底的に捜索しなければならない。逃亡した二匹のうちのどちらか一匹はポメラニアン・サイズの腹の膨らみのせいで動きが鈍くなっているはずだ。ミラー夫妻には謝罪し、しかるべき賠償金を支払わなければならないだろう。

だが、そのまえに片づけておかねばならないことがある。

ブリーフケースをあさると、ニュージーランドのコーベット・ウィーラーの電話番号が書きつけられた紙が見つかった。留守番電話に長いメッセージをふきこんでいる途中、コーベットが受話器を取った。

「もう一度最初からお願いできませんか。ぐっすり眠っていたんです」

ロールヴァーグは謝り、それから訊いた。「妹さんは遺言書を残しておられたでしょうか」

「ええ……どういうことかはおおむね察しがつきます。新しい遺言書が見つかったんですね」

「そのようです。それによると、全財産が夫の手に渡ることになっています」

コーベットは笑った。「チャズが救いようのないバカだってことは先日話しましたよね。そんなことをして、よくばれずにすむと思ったもんです」

「そこなんです、ミスター・ウィーラー。もしその遺言書が偽物だとしても、わたしはチャズが偽造したとは思っていません」

「妹があんなろくでなしに遺産をくれてやるとは思いません。バス賃だって——」

コーベットの辛辣なコメントは長距離電話の雑音によって掻き消された。

「古いほうの遺言書の写しが、あなたの手もとにあるかもしれないと思いまして」

「もちろんあります。でも、そのまえに、さっきのことですが、どうしてチャズが偽造したんじゃないとお考えなのでしょう」

「新しい遺言書が出てくれれば、事件の第一容疑者になるからです。それは妹さんを殺す重大な動機になります。それで謎は解けます」より正確に言えば、謎のひとつは解ける。「率直に申しあげるなら、チャズはそんな危険をおかすほど馬鹿でもなければ貪欲でもないと思います」

コーベットはため息をついた。「そう思わせるのが狙いかもしれませんよ。だってそうじゃありませんか。ほかの誰がわざわざそんなことをすると言うんです」

「それを調べているんです」犯行現場を目撃した者がいるという可能性については、あえて触れないことにした。被害者の家族の気持ちをいたずらに刺激するようなことはしないほうがいい。

「お手もとの遺言書を見せていただけたら助かるのですが」

「喜んで——」また雑音が入った。「オークランドの貸し金庫に保管してあります」

「コピーをフェデックスで送っていただけますでしょうか」

「なんでしたら、お持ちしてもいいですよ」

意表をつかれた。「それはありがたい。こっちへいらっしゃる予定があるとは思いませんでした」

「ありませんでした。でも、状況が変わったんです」

受話器の向こうから、ビールの栓をあける音が聞こえてきた。冷たいフォスターズが急に飲みたくなった。

コーベットは言った。「妹の遺産の管理をする者がどうやら必要なようです。念のために言っておきますが、ぼくも遺産の受取人にはなっていません。ぼくを疑っておられるわけじゃないと思うんですが」

ロールヴァーグは疑っていないと請けあった。「こちらにはいつ到着の予定ですか」

「あさってです。来週の木曜日に式があるんです」

また意表をつかれた。「式というと？」

「妹の追悼式を予定しているんです」コーベットはげっぷを抑えて言った。「どこかいい教会を知りませんか。聖歌隊がいるところなら、宗派は問いません。カトリックでもルター派でもメソジスト派でもなんでもいい」

レッド・ハマーナットはチャズ・ペローネの話を聞きながら思った。いままで、いい思いもいっぱいしてきたが、苦労も尋常ではなかった。大規模農園の経営というのは、すさまじい環境汚染と、移民労働者の酷使のうえに成り立つシビアな事業だ。法の網を逃れながら、税金によってまかなわれる穀物助成金や、今世紀中に返済できるかどうかわからない超低金利の融資の恩恵を受けるのは、そんなに簡単なことではない。これまでどれだけの者にどれだけの政治献金をしてきたか。袖の下、売春婦、プライベート・ヨットのチャーター、ギャンブルの軍資金など、帳簿に記録が残らない金も馬鹿にならない。悪徳政治家たちの歓心を買うために費やした時間も短くない。

楽な仕事ではない。小便臭いリベラルが連邦農業法案のことを〝企業福祉〟だと言うのを聞くたびに、はらわたが煮えくりかえりそうになる。まるで農園経営者は怠け者だと言わんばかりではないか。資金のやりくりをし、トラブルを回避するために、どれだけ苦労していると思っているのか。いまはその一切合財がたったひとりの男のせいで水泡に帰そうとしている。

「金を払いましょう。それがぼくの意見です」チャズ・ペローネは自信たっぷりに言った。

「そりゃたしかに大金です。でも、選択の余地はありません」

オフィスからは、毒入りだが見た目は静かな池が見渡せる。チャズとトゥールはフラミンゴからまっすぐラベルに向かい、午前四時に到着すると、駐車場でしばらく仮眠をとっていたらしい。チャズの鼻には血がこびりつき、顔は蚊に刺されたあとがあばたのようになっている。ハマーナットはそれをまじまじと見つめた。南の国の医学書に掲載された症例写真のようだ。

「われわれは首根っこをおさえられています。金を払う以外に方法はありません」

どんなときでも選択肢がひとつしかないということはないとハマーナットは言った。「よくわからないところがある。状況を正確に把握しておきたい。例の刑事は？　おまえの家に忍びこみ、電話でモーゼの真似をしたという男のことだ」

「勘違いでした。別人です。刑事は関係ありません」

「ささやかながら、いいニュースだ」

「悪いニュースもあります。刑事はディーラーをあたって、あなたがハマーを買ったことを見つけだしました」

「なんだって」

「それでこんなふうに説明しておきました。あなたはジョーイの友人で、親しくしているディーラーがいる。だから、あなたに代金をたてかえてもらって、ハマーを安く買った」

「そんな説明しかできなかったのか。やれやれ」

ふと横を見ると、トゥールは頭をコクリコクリさせている。

「どうしたんだ」

「なんだかくたびれちまって」

「横になっていろ」

「ありがてえ」

トゥールは椅子を脇に押しやって、熊のようにカーペットの上にごろりと横になった。ハマーナットは首を振った。

チャズは言った。「とにかく、刑事に車のことを訊かれたら――」

「心配するな。口裏をあわせておく。ゆすりの話に戻ろう。おまえは五十万ドルを要求され、それをわしに払わせようとしている」

「ぼくにそんな金はありません」

「問題は、金を払わなかったときのことだ。最悪の場合どうなるのか。ゆすり屋はおまえが女房を海に落としたと警察に言うかどうか」

「言わない理由があるんですか」

「そのときには、おまえと同じ船に乗っていたことを証明する必要がある」

「乗っていたのは間違いありません」

「おまえがそう言っているだけだ」

このことがおおやけになれば、マスコミは大騒ぎを始める。チャズがプレッシャーに弱いことはもうすでにわかっている。殺人事件の容疑者のレッテルを貼られた途端、急に肝がすわるとは思えない。もしチャズが本当に女房を殺したとすれば、警察の厳しい尋問に耐えられなくなる恐れは充分にある。ハマーナット農園にとっても、ハマーナット自身にとっても、それは致命傷となる。

「あの男はすべてを知っています」

ハマーナットは舌打ちをした。「ああ。それは最初に聞いた」

「すべてです。ハマーのことも、水質検査のことも。どうやって知ったのかはわかりません。でも、とにかくすべてを知っているんです」

「ついてないな」

ハマーを買ってやったのは大失敗だった。四駆がどうしても必要だとしつこく言うので、根負けしたのだ。おそらく、ゆすり屋は私立探偵を雇って書類を調べさせ、車の売買契約書を見つけだしたのだろう。ハマーナットの名前が浮上したら、農園とその排水を検査している生物学者の関係を突きとめるのはさしてむずかしいことではない。

「抜きさしならない事態であるのはたしかだ。それは認める。だが、五十万ドルというのは大金だ。おいそれと応じられる額じゃない」

「でも、ぼくはジョーイから一セントも受けとれないんです。銀行にはいくらの金も残っていません」

この数年間にチャズに渡した金は、ざっと計算したところ、二十万ドルから三十万ドルくらいになる。そのほとんどがゴルフと女遊びに消えたということだ。

「そう興奮するな。ここはじっくり考える必要がある」

ハマーナットは机のいちばん下の引出しからジャック・ダニエルズのボトルを取りだし、三つのグラスに注いだ。トゥールは横になったまま酒を受けとった。

「返事はいつまでにすればいいんだ」

「月曜日の朝に電話すると言っていました」

「向こうはひとりじゃないんだな。女がいると言ったな」

トゥールが床から口をはさんだ。「アナなんとかって言ってた。詳しいことは知んねえみたいっす」

「そうか」ハマーナットは言ったが、トゥールの見立てを鵜呑《うの》みにすることはできない。「おまえを怖がらなかったのか」

トゥールはげっぷをした。「怖がってるようには見えなかったす」

「おかしいと思わなかったのか」

「女のことをわかろうとすんのは、とうの昔に諦めましたよ」

「さもありなん」チャズが言った。

「ゆすり屋が知っていることをその女も知っていると仮定しよう。そこから始めるしかない。おかわりがほしい者は？」

トゥールが空のグラスをあげた。「家にはいつごろ帰れるんです」

「このゴタゴタが片づいたらすぐに。長くはかからん。約束する」

「わが家が懐かしいっす。庭の白いきれいな十字架を早く見てえ」

「もうちょっとだけ我慢しろ。おまえはワールド・クラスの大仕事をしているんだ」

チャズが咳払いをした。「はっきり言って、ぼくは不満ですね。もう少しまともな男にかえてもらえませんか。言いたくはないが、言わないわけにはいきません」

本人の目の前でそんなことを言うほど無神経ではないと思っていたが、それすら買いかぶりだった。

「昨日は夜の夜中に、気のふれたゆすり屋とふたりきりにさせられたんですよ。あのエヴァーグレーズで。カヌーのなかで」

「けど、生きて帰れたじゃねえか」トゥールは言った。

机の陰になって見えないが、トゥールは身体をボリボリ掻いているようだ。

「ああ、たしかに生きて帰れた。でも、おまえのおかげじゃない」チャズは言い、それからハマーナットに訴えた。「ゆすり屋はぼくの顔をパドルで殴ったんですよ。この鼻を見てください」

ハマーナットは哀れむように言った。「たしかに荒っぽい男のようだな」

「ボディーガードをつけるのは、こういうことにならないようにするためじゃないんですか」

トゥールは頭をあげた。「カヌーに三人は乗れなかった」

「だったら、このまま家のなかで起きたことはどうなんだ。おまえはゆすり屋にぶちのめされたじゃないか」

「いまはそんな話をしてるんじゃねえ」

ハマーナットは同意した。「すんだことはすんだことだ」

「おまえは五十を超えた男に殺されかけたんだぞ」

「そいつはちょっと言いすぎじゃねえのか」

ハマーナットは堪忍袋の緒を切らせた。「黙れ。ふたりとも、いい加減にしろ。ここは幼稚園じゃないんだぞ」

ハマーナットがゆっくりと酒を飲んでいるあいだ、チャズは落ち着かなげにもじもじしていた。トゥールは居眠りをし、いびきをかきはじめた。

気まずい数分の沈黙のあと、チャズはたまりかねたように言った。「どう思います。ゆすり屋に金を払うことについて」

「おまえはいい度胸をしているよ。こんなことになったのはいったい全体誰のせいだと思ってるんだ」

チャズは心外だと言いたげな顔をしていた。「どうしてです。ぼくが何をしたと言うんです」

ハマーナットは思案をめぐらせた。問題は五十万ドルだ。

「とにかく、放ってはおけません。相手が誰にせよ、われわれは破滅の縁に立たされているんです」

そんなことは百も承知だ。「外で待っていてくれ。トゥールに話したいことがある」

「そうしてください。あなたの言うことなら聞かざるをえないでしょう」チャズは満足げに言って、外に出ていった。

ハマーナットは机の反対側にまわって、オーストリッチのブーツの爪先で大男の脇腹を突っついた。トゥールはけだるげに目を開いた。

「もうボカ・ラトンには行きたくないっすよ、ボス」

「日当をいまの倍の千ドルにすると言ったら？」

トゥールは上体を起こした。「あの野郎は自分の女房を殺したんですぜ」

「ああ。たぶんそうだろう」

「スケを家に連れこんだってことは話しましたっけ。女房を亡くして一週間もたたないうちに、もう別の女と乳繰りあってるんですよ」

「おまえがローマ法王なら、おまえの助けは必要ない」

トゥールはまだ痒いらしく、オーバーオールのストラップをはずして、そのなかに手を突っこんだ。「本当のところ、おれはボディーガードには向いてないのかもしんねえ」

「心配するな。ボディーガードの仕事は終わりだ。おまえはもうボディーガードじゃない」

ハマーナットはウィンクをして、札束で膨らんだ封筒を机の上に置いた。

トゥールは顔を輝かせた。「もう一杯おかわりをもらっていいっすか」
ハマーナットはボトルごと渡した。

21

防波堤に寝そべって日光浴をしていたとき、空の高いところに飛行機の小さな影が見えた。ジョーイは両親のことを思いだした。サーカスの熊がガルフストリームの副操縦士席にすわっている姿が頭に浮かび、口もとが自然にほころんだ。両親は、生き方も死に方も、うらやましいほど奔放だった。そんな思いから、ふと気がつくと、ビキニのブラジャーをはずして、桟橋のほうに放り投げていた。それを鼻で受けとめたストラムは、フガフガ言いながら目を覚ました。

海のほうから歓声があがり、拍手の音が聞こえた。ジョーイは振り向いて、顔を赤らめた。岸から五十ヤードくらいのところを、ふたりの男が乗った深緑色の釣り船が走っている。男たちは二十代後半か三十代前半で、最新のアウトドア用品のカタログ雑誌に載っているようなパステル・カラーの大きなフィッシング・シャツを着ている。ストラムがびくっとして、ブラジャーを払い落とし、激しく吠えはじめた。ジョーイが手で胸を隠すと、釣り船からブーイングの声があがった。ジョーイはまた横になり、目を閉じて、釣り船が走り去るのを待った。こういうときには、島の孤独がこよなくいとおしいものに思える。招かれざる客に対するミックの嫌悪感がよくわかる。

ドーベルマンがいらだたしげに桟橋の上を行ったり来たりしているのだ。少しでも分別のある人間なら思いとどまるはずだが、男たちが持っていたかもしれないわずかな良識は、半裸の女を見て、完全に吹っ飛んでしまったらしい。エンジンの音から、釣り船が近づいてくるのがわかる。

バカタレども。

ビスケーン湾の孤島にあっても、ゲス野郎どものセクハラから逃れることはできないのか。潮風が下卑た含み笑いと卑猥なささやきを運んでくる。ひとりは好みの脚だと言い、もうひとりはタトゥーを入れていたらいいのにとほざいている。まるで男子学生のクラブハウスでの与太話ではないか。その声はストラムのけたたましい吠え声によっても掻き消されることはない。顔をあげると、釣り船は防波堤から六、七十フィートの距離に迫っている。

「やあ、ベイビー」ひとりが言った。「もういっぺんオッパイを見せてくれよ」

このふたりにチャズをだぶらせるのは容易だ。チャズなら、こんなふうにニヤニヤ笑いを浮かべて、初対面の女に馴れ馴れしく近づいても少しもおかしくない。ジョーイは静かに立ちあがり、釣り道具が入っている納屋に向かった。スピニング・ロッドの投げ方はミックから教わっている。練習の成果を見せるいい機会だ。ふたりの男は胸にばかり気をとられて、ジョーイが釣り糸にプラスティックの大きなルアーを付けるところを見ていなかった。それは沖合い用のルアーで、キュウリくらいの大きさがあり、三叉《みつまた》の鉤が何本も突きでている。

ストラムは鼻息を荒らげて走りまわっている。ジョーイは桟橋のはずれに歩いていき、釣り竿を後ろに引いた。釣り船の舳先にいる男はがらがら声でスリーサイズの話をしている。まだ胸ばかり見ていたので、光を反射しながら飛んでくる鉤には気がつかなかったのだろう。シャツに引っかかったのか、首に突き刺さったのかはわからないが、とにかく釣り竿を力いっぱい引くと、男は悲鳴をあげて海に落ちた。

リールを巻くと、手足をばたつかせながら、よたよたと岸のほうに歩いてきた。ストラムはそれを見て、本能に目覚めたらしく、桟橋から勢いよく海に飛びこみ、男の太腿に襲いかかった。もうひとりの男は大声で悪態をついたが、てんで意気地はなく、船外機のレバーをバックに入れ、そそくさと逃げ支度を始める始末。

数分後、ミック・ストラナハンがジョーイの読書サークル仲間のローズを連れてモーターボートで戻ってきたときにも、騒ぎはまだ終わっていなかった。ストラムは男の太腿から離れて、不格好に水を掻きながらミックのほうに向かった。ミックは犬を船内に引っぱりあげると、水のなかでもがいている男からルアーをはずすかわりに、釣り糸を嚙み切り、もうひとりの男に相棒を連れていくよう手振りで合図した。男のシャツに引っかかったままのルアーは、派手なブローチのように見える。半ズボンには、ギザギザの穴があいている。ストラムにしては上出来だ。男が舳先に這いあがると、釣り船はすぐに全速で走り去った。

ローズは目の前で起こったことが信じられないみたいだった。ボートを降りると、ジョーイを力いっぱい抱きしめて言った。「こんなにイキのいい死人ははじめて見たわ」

ローズは肩までの長さの髪をガボール姉妹ばりのブロンドに染めている。トレーナー、黒のタイツ、白のハイトップのスニーカーという格好からすると、ジムに行く途中で連れてこられたにちがいない。

ミックは本土のほうに向かっていく釣り船を指さした。「何かしたのかい」

「しようとしたので、ストラムといっしょにマナーを教えてやったのよ」

ミックはジョーイを抱き寄せ、首筋にキスをした。「何か着たほうがいい。火ぶくれができるぞ」

ローズとジョーイが身支度をしているあいだ、ミックはピクニック・テーブルを組み立てて、昼食の用意をした。貝のチャウダー、グレープフルーツ・サラダ、サーディンのサンドイッチ、それにサングリア。涼しい日だったので、食事にはたっぷり時間をかけた。ローズはしばしばジョーイの話を遮って、チャズ・ペローネを罵った。

「あのひとでなし」この言葉が出るのは、これで五回目だった。「まだ信じられないわ。あなたを海に投げ捨てたなんて」

「わたしも信じられない。よく首の骨を折らなかったものだわ」

「警察にはまだ届けてないの?」

「そのほうがいいと思うの。自分たちで決着をつけたいのよ」

「そうそう。図書館で役に立ちそうなものを見つけてきたわ」

ローズはハンドバッグをあさり、新聞の切り抜きのコピーの束を取りだした。ミックは最初の一枚の見出しを声を出して読みあげた。〝エヴァーグレーズを汚染する地元農園〟

「やっぱりね」ジョーイは言った。

ローズはニンジンのスティックをかじった。「教えてちょうだい。サミュエル・ハマーナットって誰なの。あなたの旦那とどんな関係があるの」

「雇用主だ」ミックが口をはさんだ。「たぶん間違いない」

ジョーイはチャズがエヴァーグレーズで水質検査の仕事をしていると言い、それからハマーナット農園がチャズに新車のハマーを買い与えたことを話した。

ローズは優しくジョーイを抱きしめた。「しょせんはその程度の男よ。わたしはずっとそう思ってたわ。それで？」

「兄のコーベットが月曜日にローダーデールに来ることになってるの」

ローズは興味をそそられたようだった。「オーストラリアに引きこもってるひと？」

「ニュージーランドよ。わたしが生きてることを知ってるのは、あなたとコーベット、それにミックだけよ」

「あなたたちのことはまだ何も聞いてないわ。なれそめくらい教えてくれてもいいでしょ」

「そんなんじゃないの。海を漂っているところを助けてもらっただけよ」

ローズはサングリアのピッチャーに手をのばした。「命の恩人ね。なんてロマンチックなの。このひとがいなかったら、溺れ死んでたんでしょ」

「鮫に食われていたかもしれない」ミックはさらりと付け加えた。「突然変異の巨大ダコに絞め殺されていたかもしれない」

ジョーイはミックの耳たぶをつねった。昨夜のフラミンゴでのことは、どうやら水に流してくれたようだ。モテルの部屋を勝手に出て、チャズのボディーガードと話をしたことを、昨夜はプリプリ怒っていたのだ。

ローズが言った。「お兄さんはチャズのケツを蹴っ飛ばしにくるのね」

「そうしたいのはやまやまだと思うけど、そうじゃないの。ボカ・ラトンの教会で、わたしの追悼式を開くためよ。新聞に広告が出ると思うわ」

ローズはミックに視線を向け、それからジョーイに戻した。「あなたたち、悪党ね」

「チャズほどじゃないよ」ミックは言った。

ローズはグラスを置いて、手を揉みあわせた。「わかったわ。それで、わたしは何をすればいいの」

「追悼式に来てもらえるかしら」

「もちろん」

「そこでチャズを誘惑してほしいの」

ほんの少し間があった。「寝なきゃいけないの?」

「寝ないほうがいいと思うけど」ジョーイは答えた。


チャールズ・レジス・ペローネは傷ついた女の扱い方に習熟している。それで、リッカに対しても、できるかぎりのことをした。十二ダースのバラの花束、ゴディバのチョコ、ドンペリのマグナム・ボトル。そのすべてを土曜日に自宅に届けさせた。それでもリッカは電話に出ようとさえしなかった。ここまでかたくなに拒絶されると、さすがにムカつくが、征服欲は逆に喚起される。リッカに、このような気の強さや意志の固さがあるとは思わなかった。だが、もう一度会うことができたら、これまでに培ってきた映画俳優ばりの男の色気と、うわべの誠実さと、超絶的なセックスによって、気持ちを変えさせる自信はある。三度目にチャイムを鳴らしたとき、チャズはポケットのなかにクスリが入っていることを確認した。ほかの手が通じなかったとしても、それさえあれば、なんとかなる。

ドアの向こうからリッカの声が聞こえた。「帰ってちょうだい」

「頼むよ、スイートハート」

「ファック・ユー」

「それはないだろ、ハニー」

鍵がまわる音が聞こえ、チャズは胸を高鳴らせた。

ドアがあき、リッカは言った。「なんて顔をしてるの」

「蚊に刺されたんだ」

「耳は腐ったグアバみたいに見えるわ」

「おおきにありがとう。入ってもいいかい」

「五分だけなら」

チャズはなかに入った。手をのばすと、リッカは身体を引いた。

「バラはどこにあるんだい」

「ゴミ捨て場」

花屋からの請求書のことを考えると、悲しくなる。

「シャンパンはトイレに流したわ」

「ひどいな。チョコレートは？」

「それは取ってあるわ。ヌガー以外はね。あと四分よ」

リッカはドアを背にし、片手をドアノブにかけている。しわくちゃのトレーナー姿で、化粧はしていない。頬もこけているように見える。

「どうしたんだい。どうしてぼくを見ようとしないんだい」

「あんたが奥さんを殺したって話を聞いたからよ」

「誰から」

「目撃者よ」

血の気が引くのがわかった。チャズは後ずさりをして、椅子にすわった。

「あんたがジョーイを海に投げ捨てるところを見たと言ってたわ。あんたが何をしたか全部聞いたわ」

「そんなことを信じるのかい」声がスリム・ホイットマンのヨーデルのように裏返る。

「両足を持って、手すりの向こうに放り投げたそうね。なんてやつなの。あたしはこの二晩まったく眠れなかったわ」

「そいつはぼくをゆすろうとしてるんだ。ニュースを見て――」

「こんなことってはじめてよ。殺人犯と付きあってたなんて」

「ちょっと待ってくれ。きみは見ず知らずの人間の言うことを真に受けるのか。どこの馬の骨かわからない者の言うことを――」

「刑事には、あたしのことを掃除婦と言ったそうね」凍りつくような冷たい声だった。「掃除婦ですって？」

チャズはマリオット・ホテルのロビーからかけた電話を思いだして、自分を呪った。ロールヴァーグはそのことを訊いたとき、手帳を開いてさえいなかった。だから、あとさきの考えもなく、口から出まかせを言ったのだ。いまにして思えば、手帳を開く必要がないくらい記憶力に自信があったということだろう。

「ロールヴァーグが来たのか」

リッカはこくりとうなずいた。「根掘り葉掘り訊かれたわ」

チャズはこみあげてきた胃液を飲みくだした。「仕方がないじゃないか。ほかにどんな言いようがあると言うんだ。ガールフレンドに電話していたと言うのか。ただでさえ容疑者扱いされているというのに」

「そんなこと知らないわよ。電話会社の通話記録を調べたと言ってたわ」

「謝るよ。悪かったと思ってる。あのときは気が動転していたんだ」

納得する気配はない。

「問題は、刑事がどうしてあんたの言葉を信じようとしないのかってことよ」

チャズは嘲るように笑った。「簡単さ。ドクターを殺人罪で挙げて、点数を稼ぎたいのさ」

リッカの目はこう言っている――何がドクターよ。

「何か食べにいこう」

「お腹はすいてないわ。それに、もう時間切れよ」

ドアをあけ、帰るよう促されて、チャズはあわてた。「あんまりじゃないか。お願いだから捨てないでくれ、リッカ」

われながら情けない。

「もう終わったのよ」

「一杯飲もう。弁解のチャンスをくれ」

「お断わりよ、チャズ」

「たった一杯でも？　後悔はさせない」

「わかったわ。でも、ここじゃいや。あんたがベッドに引っぱりこもうとするのはわかってるから」

よかった。

「場所を決めてくれ」

リッカが選んだのは、近くのボウリング場のなかにあるバーだった。そこなら、あやしい雰囲気になることはない。土曜日の夜は団体戦が行なわれており、話をするためには、バグダッドの巡航ミサイルの音にも負けないだけの声を張りあげなければならない。リッカがトイレに立ったとき、チャズは青い錠剤の瓶を取りだした。このままメディアとやろうとしたときの失態を繰りかえさないため、今回は一錠だけてのひらに出した。それを水なしで飲み、腕時計を見て、時間を確認した。魔法のクスリが効きはじめるのは一時間後だ。それまでに、リッカをうまく言いくるめなければならない。

リッカがトイレから戻ってくると、チャズはその腕をとろうとした。だが、まるで膿疱性の伝染病患者に対するように、リッカはすばやく手を引っこめた。驚くほどのかたくなさだ。ここまで忌み嫌われているとは思わなかった。リッカがミラー・ライトを半分あけるあいだに、チャズはマティーニを三杯飲みほしていた。女房を殺したことよりも掃除婦発言のほうが、いまはゆゆしき問題であるように思える。それで、ボウリングのピンがぶつかりあう大きな音のなかで、そのことをひたすら謝りつづけた。

だが、受けいれてはもらえなかった。

「帰る時間だわ」

「まだだ。話はまだ終わってない」

自分でも認めるとおり、チャズは口から出まかせの名人だが、安物のウォッカが即興の才能を鈍らせたらしく、気がついたら、こんなことを言っていた。「ロールヴァーグは女房の遺言書の話をしなかったかい」

「いいえ。あんたの話だと、遺産はすべてヤクとかパンダとかの動物のために使われることになってたんじゃないの？」

「そういう話だったんだけど、昨日、あの刑事が新しい遺言書を持ってやってきたんだ。知ってるかと言って。一カ月ほどまえに作成されたものだ」

「それで？」

「遺産はすべてぼくのものになる」

「変ね。ジョーイはどうしてそんな馬鹿なことをしたのかしら」

チャズは前かがみになって、小声で言った。「千三百万ドルだぜ」

「刑務所でタバコがいっぱい買えるわね。いまから喫《す》う練習をしといたら」

　チャズは笑ったが、本当はおかしくもなんともない。どうしてリッカは遺産の話に飛びつかないのか。陰毛を染めてクローバーのかたちに剃っているバカ女の身にいったい何が起こったというのか。

「これがどういうことかわからないのか。千三百万ドルあれば、何ができると思う。行きたいところにどこだって行けて、買いたいものがなんだって買えるんだぜ」

「あんたなら奥さんを殺しても少しもおかしくないわ、チャズ」

「どうしてそんなふうに言えるんだ」

「家まで送ってちょうだい。いますぐに」

　駐車場で、リッカはチャズの歩き方が不自然であることを指摘した。

「足首をひねったみたいなんだ」

「いつ？　バーのストゥールから降りたときかしら。ちょっとこっちを向いてみて」

「なんでもない」

「いいから、こっちを向いて」

　拒むには虚栄心が強すぎた。けんもほろろにあしらわれながらも、ズボンのなかの膨らみを見せたら、考えなおすだろうとまだ思っていたのだ。けれども、それを見せたとき、リッカの顔に期待や喜びを示すものは何もなかった。

　こう言っただけだった。「気はたしかなの」

　チャズはとっておきの決めゼリフを口にした。「どうにもならないんだ、ハニー。きみのせいだ」

「あら？　だったら、あたしにまかしといて」

チャズが喜びの声を思わず漏らしたとき、リッカは股間に膝蹴りを食わせた。また声が漏れたが、このときは喜びのせいではなかった。

「あたしは家に帰りたいのよ。それくらいのこともわからないの？」

車のなかには沈黙が垂れこめていたが、チャズの頭のなかでは大きな音が響きわたっていた。リッカは間違いなく厄介な存在になる。大問題だ。犯行を裏づける直接の証人になることはないにせよ、検察が描く安直なシナリオ（かわいい愛人と、濡れ手で粟《あわ》の相続財産）を裏づけるには、もってこいの人物になる。その性格からして、すすんで証言席に立ち、市民の義務を遂行しようとするのは間違いない。派手な脚色を施した情事を問わず語りに話し、ドクター・チャールズ・ペローネがいかに下劣な人間であるかを陪審員に印象づけようとするだろう。法廷では間違いなく破壊的な存在になる。

「正直に言ってくれ。本当にぼくがジョーイを海に投げ捨てたと思ってるのか」

「思ってるわ」

「きみはどこの誰ともわからない男の言うことを信じるのか。美容院にふらりとやってきて、口から出まかせを並べたてていった与太者の言うことを信じるのか」

「ひとが本当のことを言ってるときは、わかるものなのよ。あんまりないけど、そのときには、わかるものなの。それに、そのひとは与太者のようには見えなかったわ」

「ちがう。あいつはけだものだ。ゆうべはカヌーのパドルでいきなり殴りかかってきた」

「みたいね」

「この鼻を見てくれ」

あろうことか、リッカは脅迫者の肩をもっている。いま思いだしたが、そういえばトゥールが気になることを言っていた。ゆすり屋のガールフレンドと会った、とかなんとか。

なるほど、そういうことだったのか。それで筋が通る。ゆすり屋はリッカに近づき、さらなる情報を引きだそうとした。リッカは自分も一枚嚙ませろと答えた。だから、フラミンゴにいたのだ。

トゥールがゆうべ桟橋で見たという女はリッカにちがいない。まさかリッカが一枚嚙んでいたとは思わなかった。

「そいつにどこまで話したんだ」

「そいつって？　刑事のこと？　ゆすり屋のこと？」

「ゆすり屋だ」

「何も話してないわ。話を聞いてただけよ」

「それならいい」

「糞くらえよ」

「ロールヴァーグには？　ロールヴァーグにはどんなことを話した」

「あたしは掃除婦じゃないと言って、小さな誤解を正しておいたわ」

「つまり、ぼくたちの関係を知られてしまったってことだな」

「遅かれ早かれわかることよ」

「かもしれない」

「ちょっと。道を間違えてるわよ」

ほかに方法はない。

「どこに行くつもり？　引きかえしてよ」

チャズは座席の下から三八口径を取りだして、銃口をリッカに向けた。弾丸は家を出るまえに再装塡しておいた。「家には行かない」

「どうして。あたしをレイプするつもり？」

「うぬぼれるな」

チャズはヒルズバラ運河ぞいの道を西に向かって二十分ほど車を走らせた。めざすところは、エヴァーグレーズの東側のロキサッチー野生動物保護区だ。その間、リッカはひとことも口をきかなかった。チャズは自分でも驚くほど落ち着きはらい、自信まんまんで、頭は冴えわたっていた。右手に持った拳銃を心臓の高さに保ち、リッカがドア・ロックに手をかけると、すばやく銃口をこめかみに向けた。手はかじかんでもいなければ、震えてもいない。リッカが目を大きく開いてこっちを見ていることが、ダッシュボードの光でわかる。

ようやく怖気をふるいはじめたようだ。

狭い土の道に入ると、そのすぐ先に、鍵のかかった金属のゲートがあった。チャズは口笛を吹き、ゲートを迂回するため、ヘッドライトをハイビームにして、土手の急斜面をくだった。それから、また坂をのぼって、土の道に戻ったとき、前方にあるのは、轍《わだち》と夜の闇に包まれた湿地だけだった。

「いったい何をするつもりなの」リッカは訊いた。

チャズは答えなかった。大事なのは集中力だ。ジョーイを海に投げ落としたときにも、集中力を失うことはなかった。シナリオから逸脱することも、決められたゾーンから足を踏みだすこともなかった。

「その鉄砲、いつ買ったの？　鉄砲は嫌いだと言ってたんじゃ——」

チャズは青光りのする銃身でCDプレイヤーのボタンを押し、車内をジョージ・ソログッド&ザ・デストロイヤーズのスライドギターで満たした。リッカは泣きごとを言うのをやめ、チャズは覚醒剤《スピード》以上の快感をもたらす音楽に身をゆだねた。

さらに十五分ほど土手を走ってから、リッカに降りるよう命じた。リッカは顔から虫を追い払いながら、ヘッドライトの光に目を細めた。気丈にしているが、実際は腰が抜けそうになっているにちがいない。チャズは胃にかすかなさしこみを覚えた。ジョーイのときのように、本当は不意を突きたいところだが、今回はそういう選択肢はない。

「奥さんのことはやっぱりほんとだったのね」

「ああ。残念ながら」

「あたしをどうするつもりなの」

「女房と同じようにする」

チャズはハマーのボンネットにすわって、ヘッドライトの二本の光のあいだに銃口を向けた。リッカの車と家財道具は、あとでトゥールに手伝ってもらって処分すればいい。リッカが街を出たように見せかけるのだ。

「そんなことできないわ、チャズ。あんたにはできない。奥さんとちがって、あたしはあんたの目を見ている。これから何が起きるかわかっている」

こういったウェットなシーンはできれば避けたかった。

「ひとつわからないことがある。女房のことがそんなに気になるのなら、どうしてぼくと寝たんだ」

リッカはたじろいだ。

「答えろ」

「あたしがバカだったからよ」

「それだけ？」

「それに、自分勝手だったから」

「そういうことなんだろうな。じゃ、今度はゆすり屋との関係を聞かせてもらおう。金だけの関係なのか。それとも、身体の関係もあるのか」

「あきれた。頭おかしいんじゃないの」リッカは光を遮るために額に手をかざした。「手が震えてるわよ」

「いい加減なことを言うな」

「震えてるのが見えないの？」

「黙れ」

「それに、なに、そのモッコリは？　信じらんない」

そのことには気づかれたくなかった。まったくとんでもないクスリだ。

「鉄砲を向けるだけじゃ足りないわけ？」

標的までの距離は三十フィートもない。これなら確実に命中する。

「向こうをむけ」

「いやよ」

湿地には巨大なワニがうようよしている。いまヘッドライトで確認できるだけでも、熾《おき》のように光る目が六組はある。リッカの死体は、朝までには消えてなくなっているだろう。たとえワニが食べ残したとしても、亀やアライグマがきれいに残飯整理をしてくれるはずだ。

「背中を向けるつもりはないわ」

「じゃ、じっとしていろ」

チャズはテレビでよく見るように両手で拳銃をかまえ、少し低めに狙いを定めた。

くそっ。言われたとおりだ。アル中みたいに震えている。

「チャズ、あんたは自分のしてることがわかってないのよ」

「じっとしていろと言っただろ」

「ひどいわ。ムチャクチャ……」

チャズは息をとめて、引き金をひいた。リッカは悲鳴をあげたが、倒れなかった。

「ふざけないで！」リッカは飛び跳ねながら叫んだ。「なに遊んでんのよ！」

まいった。わざとはずしたと思っている。でなかったら、空包だと思っている。

いったいどうしてあたらないのか。このまえのウサギより百倍も大きいというのに。チャズは気を引きしめて、ふたたび狙いを定めた。

二発目は左足に命中し、リッカはくるっと一回転した。驚いたことに、それでも倒れない。

「気はたしかなの」「なんてことをするの」リッカは足を手でおさえた。信じられない。こんなことなら、バッファロー用の銃を持ってくるんだった。

また頰を蚊に刺され、力いっぱいひっぱたいた拍子に、チャズはハマーのボンネットから滑り落ちた。リッカはその隙に乗じて、脚を引きずりながらも、驚くべき敏捷さで闇に姿を消した。チャズは体勢を立てなおすと、すぐさま追跡を開始し、前方にグレーのトレーナーがぼんやり見えると、走る速度をあげた。距離は徐々に縮まっていったが、リッカはとつぜん道からそれて、なんと、頭から湿地の水のなかに飛びこんだ。

チャズはその場に立ちどまった。真っ暗な夜のよなかに、エヴァーグレーズの生ぬるい水につかるなんて、あまりに恐ろしすぎる。ヌメヌメの浮き草に吐き気をもよおし、鋭いスゲの葉に肌を引き裂かれ、黒い泥に足を突っこむたびにヒルに脚の血を吸われるのだ。少なくとも自分にはできない。ごめんこうむる。

リッカは泳いで逃げようとしている。チャズは土手から拳銃を撃ちはじめた。リッカはのたうちまわりながら泥水のなかに沈んでいく。それを見とどけたあとも、弾丸がなくなるまで撃ちつづけ、しばらくして耳鳴りがやんだころには、水面は平らになり、湿地の夜のざわめきがまわりに戻ってきていた。リッカが沈んだところに目をこらしても、水面に映った星明かりとゲンゴロウの群れしか見えない。そこから少し離れた、スイレンが群生しているところで大きな水音がした。たぶんクイナかガーフィッシュだろう。これ以上深追いすることはない。ここにはワニがうようよしている。弾丸も尽きた。

チャズは小走りでハマーに戻り、すばやくUターンして、街に向かった。心臓はスズメの雛のように鳴り響いているが、気分は爽快で、心は軽やかだ。いまわしい湿地を共犯者にできたというのもなんか嬉しい。

22

カール・ロールヴァーグは言った。「今朝はいちだんとお美しく見えますよ、ネリー」

「あんたのようなヘンタイ男からそんなこと言われると、首を吊りたくなるわ。ミラー夫妻の愛犬が行方不明になったことは知ってるでしょ」

「知ってますよ。まだ見つからないんですか」

シャルマン夫人は首を左右に動かして、部屋のなかを覗きこもうとした。

「残念ながら、ここにはいませんよ」

「じゃ、お部屋を見せてもらってもいいかしら」

「そんな。困りますよ」

もぬけの殻になったニシキヘビのケースを見られたらまずい。

「よこしまな欲望のために、かわいそうな子犬を誘拐するくらい、あんたなら平気でやりかねないわ。ビデオに撮って、ネットに流したりするでしょ」

このクソばばあ。

「ヘビは犬を食ったりしませんよ」ただしアクシデントがないとはかぎらない。と、もう少しで付け加えそうになった。

「あんたがかわいそうなネズミちゃんの断末魔の声を聞いて喜んでることは知ってるわ。ポメラニアンだったら、もっと楽しめると思ったんでしょ」

「おかしな言いがかりはつけないでください」

ロールヴァーグはくしゃみを呑みこんだ。シャルマン夫人がつけている香水は、腐ったクチナシの花の臭いがする。

「じゃ、どうして部屋に入れてくれないの？　今日は日曜日の朝なのよ」

「わたしをヘンタイ呼ばわりしたからです」

「だって、そうじゃないの。ヘビを飼おうなんて考える者はみんなヘンタイよ。決まってるでしょ」

シャルマン夫人は無理やり部屋に入りこもうとしたが、ロールヴァーグは肩を低くして行く手をはばんだ。

「ミラー夫妻がいまどんな気持ちでいるかわかる？」

ロールヴァーグの気持ちも決して平穏ではなかった。昨日はスゲの原団地の敷地内を三時間も捜したが、見つかったのは左手の親指に嚙みついてきた小さなクロヘビ一匹だけだった。

「昨日、あんたが庭をうろついてるのを見たわ。おいしそうな子犬を捜してたんでしょ」

「まさか。睡眠薬の服みすぎで、おかしな夢をみたんじゃありませんか」

シャルマン夫人はベルトのバックルを指で突いた。「警官だから何をしても許されると思ったら、大きな間違いよ。あんたはいつかかならずこの団地から出ていかなきゃならなくなる。ゴードン・ネヴィルみたいに。いいこと、あのひとは教会の助祭だったのよ」

ゴードン・ネヴィルが団地から追いだされたのは、インペリアル・ポイント病院で理学療法を受けているときに知りあったふたりの女と、深夜シャッフルボードのコートで淫らな行為をしていたからだった。

「あのときと同じように、あんたもここからすごすごと出ていくことになるのよ」

ロールヴァーグはぴしゃりとドアを閉めた。寝室へ向かう途中、背後でカサカサという音が聞こえた。もしかしたら失踪中のニシキヘビが戻ってきたのかもしれない。そう思ったが、それはドアの下から紙切れがさしこまれた音だった。紙切れを拾って、写真を見ると、気持ちはまた落ちこんだ。


探しています！

とってもかわいがっていた子ネコがいなくなりました。

名前はパンドラ。

青い斑点があるシャムで、ラインストーンの首輪をつけています。

目立つ特徴は、右の前足の指が七本あることです。

見つけた方はご一報ください。

ご恩は一生忘れません。

スゲの原団地17G　マンキーウィッツ

どうすりゃいいのか。

相手はニシキヘビだ。熊みたいに餌で釣ることはできない。草木の茂みはくまなく捜した。あとは向こうから出てきてくれるのを祈るだけだ。ミネソタにはたぶん連れていけないだろう。向こうの気候は熱帯の爬虫類にはあまりに厳しすぎる。とはいえ、このままここに放っておくわけにもいかない。ほかのペットたち以上に、ヘビたちにとって危険が大きすぎる。スゲの原団地の年寄り連中の多くはシャルマン夫人同様に情け容赦ない。ニシキヘビを無傷のまま捕獲しようとは決して思わないだろう。熊手や松葉杖の先で一気に片をつけようとするだろう。

ロールヴァーグは軽い朝食をとり、シャワーを浴びて、バッグに荷物を詰めた。そこには、チャズの上司であるマータからもらったエヴァーグレーズの農業地域の地図が入っている。チャズが水のサンプルを採取するときにいつも通る未舗装道路や土手には、赤いマーカーで線が引かれている。隣接する土地の所有者の名前は記載されていないが、ハマーナット農園のおよその境界線も、HBの鉛筆で図示されている。

それが何を意味するかはわかっている。だが、念には念を入れたほうがいい。

中庭に面した窓はあけっぱなしにしたまま、家を出ることにした。ひょっとしたらかわいいニシキヘビが帰ってくるかもしれない。

「今日はずいぶん無口なのね」ジョーイは言った。「普段はおしゃべりだってことじゃないんだけど」

張りだし窓から、ローズの乗ったカヤックが揺れているのが見える。もうすでに二度ひっくりかえっているが、助けはかたくなに拒んでいる。

ミックは言った。「じつを言うと、チャズをパドルでぶん殴った。もっとまえにきみに話しておくべきだった」

「気にしないで。自業自得よ」

「殺そうとさえ思った」

「それで？　わたしなんかつねにそう思ってるわ」

「それとはちょっとちがうと思う」

「わかってるわ。わたしは考えてるだけ。あなたは実際にやったことがある」

「ああ」

「それで人生が狂ってしまった」

「しばらくはろくに眠ることもできなかった」

「とにかく、わたしたちはチャズを殺そうとしてるわけじゃない。あなたがわたしにそう言ったのよ」

ジョーイはキスをした。ミックはきょとんとした顔をしていた。

「よく我慢してくれたわ。勲章ものよ」

「ここで手を引いても遅くない。警察に行って、チャズがやったことを話そう」

「まだ早いわ」

ローズがまたひっくりかえり、ストラムが水に飛びこんだ。助けにいこうとしたようだが、泳げないので、逆にローズに助けられ、岸まで連れ戻された。カモメやアジサシが笑っている。

「へたをしたら、返り討ちにあうかもしれない」ミックは自分に言い聞かせるように言った。

ジョーイはミックの腕を強く握りしめた。「だいじょうぶよ。手に負えないことは何もないわ」

はたしてそうなのか。今回の件に絡んでいる者はみな暴走しがちで、程度の差こそあれ、みな情緒不安定だ。自分自身も例外ではない。ジョーイと割りなき仲になってしまったことが何よりの証拠だ。それは計画に含まれていなかったが、ふと気がつくと、そうなっていた。ジョーイとの関係が深みにはまればはまるほど、チャズを許せないという気持ちは強くなっていく。本当は自白をさせるのがいちばんなのだ。頭を冷やさなければならない。

「わたしたちのことを考えてるのね。わかるわ。わたしたちのこれからのことを考えているのね」

「あいにくだが、過去の参照例は豊富にある」

「わたしにとって、あなたのような男ははじめてよ。でも、あなただって、わたしのような女ははじめてでしょ」

「そりゃそうだけど」

昨夜、ミックはジョーイとローズに対して、年下の女との相性を診るためのテストをした。ビートルズのメンバー全員の名前をあげられるかどうかというものだ。ローズは四人のうち三人しか正確に書けなかったが、ジョーイは見事に全問正解した。亭主が友人たちとトップレス・バーに出かけたときに、ＢＢＣのヒストリー・チャンネルの特別番組を見たかららしい。

ミックは苦笑いをするしかなかった。いまさら手を引けるふりをしても始まらない。ジョーイがいると、気持ちが落ち着かず、胸苦しい。たぶん、これが幸せというものだろう。けれども、この問題が片づいたら、ジョーイは去り、かつての緩やかなリズムが戻ってくる。生活は潮の満ち引きのように規則正しく、犬とボートと古びた釣り具を中心にして穏やかにまわるようになる。

ジョーイはミックの肘を突っついた。「やめなさい、ミック。ギアがきしんでいる音が聞こえるわ」

「すまない」

「あまり深刻に考えないほうがいいわ。わかった？」ジョーイは水着を脱ぎ、ミックを寝室に導いた。「これは命令よ」

チャズ・ペローネは全長十五フィートの双頭のワニに襲われている夢をみた。片方が左足にかぶりつき、もう一方が右足にかぶりついて、どちらが先に股間にたどり着くかを競っているのだ。悲鳴とともに目を覚ますと、トゥールがしらっとした顔でベッドの脇に立っていた。

「ただの夢だ」チャズは言って、気持ちを落ち着かせようとした。身体は汗まみれになっている。西ナイル熱のせいではなく、夢のせいであればいいのだが。昨夜、数えてみると、顔だけで三十四箇所も蚊に刺されていた。いまはそのすべてがウルシでかぶれたようになっている。

「おふくろさんから電話だぜ」トゥールが言った。

「ふうっ。いま何時だと思ってるんだ。かけなおすと言ってくれ」

「バカヤロー。自分で言いな。自分のかあちゃんだろ」

ラベルを出て以来、トゥールの態度は怖いくらいによそよそしくなっている。レッド・ハマーナットの前でなじったのがいけなかったのかもしれない。

トゥールが部屋を出るのを待って、受話器を取ると同時に、このところお決まりになった問いがパナマ・シティから耳に飛びこんできた。

「新しい知らせは？」

「ないよ、ママ」

「あんたはどう？　元気にしてる？」

「まあまあってところかな」チャズは暗い声で答えた。同情をひくようにするのは依然として大事なことだ。

「希望を捨てちゃだめよ」

「もう九日もたつんだよ、ママ。海のなかで、水も食料もなしでそんなに生きのびられるわけがない」

「悲観的になっちゃだめだってば」

「そうは言ってもね」

「『キャスト・アウェイ』って映画を見たでしょ」

チャズは歯を嚙めた。母との関係に亀裂が入ったのは、十代後半から二十代前半のあいだにかけてのことだ。それは母がイギリス空軍パイロットあがりの変人ロジャーと再婚したからではない。息子がいつまでたっても大人にならないことに対して、ガミガミ言いだしたからだ。

だらしがないとか、マスばかりかいているとか、志が低すぎるとか、現実を直視しようとしないとか。チャズは聞く耳を持たず、スーパーのレジ係ごときに何がわかるかと食ってかかった。デューク大学で博士号を取得したとき、母は息子を信じなかったことを涙ながらに詫びた。チャズは不承不承それを許したが、実際のところは母親の意見など最初から痛くも痒くもなかった。家にときどき電話をかけるのは、なかば義務感からだった。そのたびに、母はくだらないことを長々と話した。息子をどれだけ誇りに思っているかとか、エヴァーグレーズを人間の破壊行為から救うために高度な科学知識を使うのがどんなに立派なことかとか。埒《らち》もない。要するに、常識人なのだ。話をしたくない理由のひとつに、母がジョーイのことをいたく気にいっているということもある。

「奇跡は起こるわ。毎晩ロジャーといっしょにジョーイのために祈ってるのよ」

チャズはため息をついた。「ジョーイは死んだんだ、ママ。見つかるわけがない」

「占い師にみてもらったら」

「ばかばかしい。そっちこそ、脳のスキャンをしてもらったらどうだい」チャズは言って、受話器を叩きつけた。「くそっ。いかれてやがる」

「親にそんな口をきくもんじゃねえよ」

トゥールがまた煉瓦の山のように戸口をふさいでいる。チャズは余計なお世話だと言った。と、次の瞬間には、身体を持ちあげられ、壁に叩きつけられていた。そのまま昼までそこに倒れていたい。そう思ったとき、髪をつかんで引っぱり起こされた。

「電話をかけなおせ」トゥールは言って、受話器をチャズの手に押しつけた。「いますぐ電話をかけなおして謝るんだ。じゃねえと、キンタマをひねりつぶすぞ」

チャズはしぶしぶ電話をかけなおし、母親に先ほどのことを詫びた。癇だが、選択の余地はない。

「いいのよ、チャールズ。わかってるわ。よっぽどストレスが大きいのね」

「そりゃもう。なまじっかなものじゃない」

「オトギリ草を試してみたら。ロジャーはそれでずいぶん楽になったみたいよ」

「それじゃまた」チャズはそっと受話器を置いた。

トゥールはチャズを引っぱっていき、キッチンの椅子にすわらせた。「昨夜はどこに行ってたんだ、ドクター」

「友だちに会いに」

チャズは本当のことを話すべきかどうか思案をめぐらせた。リッカ・スピルマンを手際よく始末したことを話したら、この能無しゴリラから一目置かれるようになるかもしれない。縫いぐるみのようにいたぶられることもなくなるかもしれない。だが、ハマーナットはそういった知らせを聞いて、決していい顔をしないだろう。おまえは水質検査の数値を偽造しているだけでいいんだと言って、怒りだすかもしれない。

トゥールは言った。「タイヤに泥がこびりついてた。土の道を走ったようだな」

「友だちとドライブに行ったんだ」

「ひとりで出歩くなと言われてるだろ」

「声をかけようと思ったけど、おまえは列車みたいないびきをかいて眠っていた」

「ハジキはどこだ」

「え、ええっと……どこだっけ」

トゥールは喉もとをつかんだ。「どこにあるんだ」

「リュックのなか」

「リュックはどこにあるんだ」

チャズは車まわしのほうを指さした。「ハマーのなか」

トゥールは手を離して、ドアのほうに向かった。チャズはそっと首筋をさすった。使用ずみの薬莢を捨て、銃身を拭いておいてよかった。

キッチンに戻ってきたとき、トゥールは拳銃の使用に気づいたようなそぶりをまったく見せなかった。拳銃をカウンターの上に置くと、何食わぬ顔で訊いた。「で、誰を撃ったんだ」

チャズは口ごもった。

トゥールは頬をひっぱたいた。「答えろ、坊や」

トゥールとの力関係は完全に逆転してしまっている。

「ふざけるな。おまえはぼくを守る立場にいるんだぞ」

トゥールは首を振った。「いいや、いまはちがう。答えろ。誰を殺《や》ったんだ。おめえがハジキを撃ったことはわかってる。銃身の臭いを嗅いでみな」

これ以上の言い逃れはきかない。

「青いフォードの女を覚えてるか。先週ここに来てただろ」

「覚えてるとも。カウンセラーとかなんとか言ってたな」

「ああ、そうだ。余計なことをして、厄介な存在になりつつあったんだ」

「間違いねえのか」

「名前はリッカっていう。ゆすり屋とつるんでいた。おまえがフラミンゴで会った女だ」

トゥールは眉をひそめた。「はじめて見る顔だったけどな」

「暗かったからだ。しかも、その女は帽子をかぶってたんだろ」

「そりゃそうだけど……」青いフォードの女は小柄で、グラマーだった。野球帽をかぶった女はもっと背が高くて、スリムだった。

「リッカの車と家財道具の始末を手伝ってくれ。夜逃げをしたように見せかけるんだ」

トゥールは汚穢《おわい》を見るような目でチャズを見つめた。「おめえは女をふたりも殺した。いったいどういうつもりなんだ」

「そんなことはどうだっていい。手伝うのか、手伝わないのか」

トゥールは冷蔵庫からマウンテンデューを取りだして、一口飲んだ。「おれはもうボディーガードじゃねえ。これからはベビーシッターだ。レッドにそう言われた。ということは、おれの言うことを聞かなきゃ、ケツをひっぱたいてもいいってことだ」

「ベビーシッター？」チャズはつぶやいた。恐怖よりも屈辱感のほうが大きい。「馬鹿なことを言うな。レッドに電話して、どういうことか訊いてみる」

トゥールは携帯電話をさしだした。「短縮ダイヤルの一番だ」

レッド・ハマーナットは理解を示したが、同意はしなかった。気持ちはよくわかるが、脅迫者が現われたという事態の重要性を考えると、そのような予防措置を講じるほかないとのことだった。すなわち、これからは守られるのではなく、見張られるということだ。もっと言えば、軟禁状態に置かれるということだ。

ハマーナットは明るく言った。「心配するな。ゆすりの問題が片づきさえすれば、すべて元どおりになる」

にわかには信じられない。

「要求に応じるってことですね」

「そういうことだ。心配するな」

ハマーナットが受話器を置くと、チャズは携帯電話をトゥールにかえした。

「女を撃ったことを話さなかったな」

チャズは顔をそむけた。「言い忘れた」

「これからは無断で外出すんなよ。わかったか」

「はいはい」

生返事をすると、頭に拳が飛んできた。

トゥールはなめた口をきくなと言い、チャズは腕を顔の前にあげて後ずさりした。くそっ。冗談じゃない。最初はあの凶暴なゆすり屋に、今度はこの毛むくじゃらの野蛮人に殴られた。こんな痣《あざ》をつくったのは、ダーラムの女子学生クラブ会館で、酔っぱらって階段から落ちたとき以来だ。

「これで少しは懲りただろう」トゥールは言って、裏庭に出ていき、ラベルから戻る途中二七号線の道端から引っこ抜いてきた新しい十字架を立てはじめた。

チャズはブラック・コーヒーをいれた。もともと几帳面でも内省的でもないが、ここは注意深く状況を見極めておく必要がある。この数日間の出来事で、自分に対するハマーナットの評価がさがったのは間違いない。もしかしたら、かつての関係を見直そうとさえ思っているかもしれない。これまでは水質検査のデータの改竄の代価として、甘い汁をたっぷり吸わせてもらってきた。生物学者としてのポスト、高給、広いオフィス、色っぽいブロンドの秘書……なんでもお望みどおりだった。そういう取り決めだったのだ。合意のしるしに、乾杯もしたし、握手も交わした。

だが、いまは……いまは針のむしろにすわらされているような気がする。陰険なクソ刑事に嗅ぎまわられたり、陰湿なゆすり屋に五十万ドルを要求されたり、ろくでもないことしか起こらない。たしかに、何も知らない妻を船から投げ捨てていなければ、こんなことにはならなかったはずだ。でも、あのような悪党が物陰に潜んで、一部始終を見ていたなんて、誰に予測ができただろう。

こんなに簡単に信用を失い、手綱をしめられ、トゥールのような三下に監視されるなんて、フェアじゃない。ハマーナットが昔の母親と同じように自分を見下していると思うと、悔しくてならない。昨夜ロキサッチーでの出来事を見ていたら、評価はまたちがったものになっていたはずだ。リッカをあれだけ手際よく、なんの迷いもなく始末したのだ。あれを見ていたら、ハマーナットは自分に一目も二目も置くようになっていたにちがいない。

トゥールが裏庭に白い十字架を立てるのを見ながら、チャズは苦い思いを嚙みしめた。いまの自分は資産ではなく、負債と見なされている。

レッド・ハマーナットのような男が負債をどう扱うかはよくわかっている。

23

ジョーイとミック・ストラナハンが待ち受けるタミアミ空港に、チャーター機のファルコンが着陸した。そこから出てきたコーベット・ウィーラーは、シープスキンの黒いコートを身にまとい、鍔《つば》の広い革の帽子をかぶり、急流でマス釣りをする男たちが使う節くれだったステッキを持っていた。赤みがかったブロンドの髪はボサボサ、ひげはモジャモジャで、身長はミックより二インチほど高い。社運のかかった取引を成立させたときのような握手を交わすと、細長い腕を妹の身体にまわして強く抱きしめた。ディナー・キーへ向かう車のなかでは、セリーヌという雌羊の写真を取りだして、ふたりに見せた。なんでも、クープワースとフリージャンの交配種で、腐蹄病という難病を克服して、まれに見る多産羊となった自慢の一頭らしい。

「どうだい。べっぴんさんだろ」

ミックはそれを単なる言いまわしの問題として理解することにした。

コーベットは熱っぽい口調で続けた。「この緑の大地で、羊はもっとも平和な生き物だ。奇妙に聞こえるかもしれないけど、人間よりこいつらのほうがよっぽどいい」

ミックはその気持ちはよくわかると答えた。

「念のために言っておくけど、変態的な趣味はないよ。それはジョーイが請けあってくれる」

ジョーイは言った。「請けあうわ。兄は大の女好きよ。だから、結婚も三回か四回している」

コーベットは苦々しげにうなずいた。「人間といっしょに暮らすのは至難のわざだ。ひとりのほうが性にあっている」

「じゃ、島のよさもわかってもらえそうだな」

「ああ。でも、まずはクルーズ船だ」

「恩に着るわ」ジョーイは言った。

コーベットは帽子に手をやった。「かわいい妹のためさ」

三時間後、ギャレリア・モールで必要なものを買いこんだあと、一同はエヴァーグレーズ港に停泊中のサン・ダッチス号の船尾に立って、夕日を見つめていた。

コーベットは手すりから身を乗りだし、ステッキを海に向けた。「万能なる神よ。こんなところから落ちて死ななかったなんて、とてもじゃないけど信じられない」

「とっさに飛びこみの姿勢をとったのよ。それで助かったの。大学で四年間、水泳部にいたおかげよ」

ジョーイはなるだけ手すりに近づかないようにしていた。それを見て、ミックはだいじょうぶかと心配そうに訊いた。

「ちょっとおっかないだけ。それだけのことよ」

「こんなことまでする必要はなかったんじゃないか」

「あら、そうかしら」

コーベットは海面を見ながら口笛を吹いた。「ぼくなら、まず助からないだろうな」

「兄さんなら、海に突き落とすようなひととは結婚しないわ」

コーベットは肩をすくめた。「人間関係というのは複雑すぎる。だから、ぼくは家畜のほうが好きなんだよ」

ミックはタグボートや貨物船や釣り船の航跡を見ながら訊いた。「この船は一艘まるごと借りきりなのかい」

「一晩だけね」

ジョーイはいくらかかったのかと訊いたが、コーベットは気にするなと言って答えなかった。

「エンジンのひとつを点検中なので、貸してくれたんだよ。明日はバルミツバーの儀式のために展望デッキが貸切りになるそうだ」

ジョーイは野球帽をかぶり、サングラスをかけて、顔を隠していた。新聞によると、事件後、チャズが提供したジョーイの顔写真がコピーされて、乗組員全員に配られたらしい。

ジョーイはふたつの大きな買い物袋を上にあげた。「そろそろ始める、ミック？」

「そのまえにカクテルはどうだい」コーベットは陽気に提案した。

「よしなに」ミックは答えた。

トゥールはベッドの脇の椅子に腰をおろして言った。「やあ」

モーリーンは薄目を開き、微笑んだ。唇は腫れぼったく、乾いている。もしかしたら、このまえ持ってきたワニの肉のせいで、按配が悪くなったのかもしれない。

「どうかしたのかい」

鼻の穴には酸素のチューブがさしこまれている。枕もとのスタンドにはビニール袋が吊りさげられ、液体が右腕に注ぎこまれている。

「たいしたことはないわ」

トゥールは唾を飲みこもうとしたが、飲みこむことができず、膝の上に置いたアルミ鍋を見つめた。「カスタード・パイを持ってきたんだけど」

「ありがとう、アール。あとでいただくわ」

「何があったんだい」

気が気でならない。

「本当になんでもないのよ。病気ってこういうものよ」

「こういうものって？」

「よくなったり、悪くなったり。いい日もあれば、悪い日もあるわ」

トゥールはベッドの手すりを関節が白くなるほど強く握り締めていた。その手に生えた剛毛をモーリーンは優しく撫でた。

「お仕事のほうはうまくいってる？　話を聞かせてちょうだい。このまえは大事な用があると言ってたわね」

「そんなことはどうだっていい。心配すんなって」

トゥールはカスタード・パイを枕もとの小卓の上に置いて、テレビのリモコンを取った。チャンネルをいくつか替えると、モーリーンが好きそうな番組をやっていた。ペリカンの話だ。

まえに聞いた話だと、モーリーンは病気になるまでバード・ウォッチングを趣味にしていたらしい。苦労して見つけたホオジロ・シマアカゲラという鳥の話をしてくれたこともある。ズアカ・キツツキに似ているが、ちがうのは絶滅を危ぶまれていることらしい。ペリカンなら、見ていて気分が悪くなることはないはずだ。

正解だった。モーリーンは頭をあげて、枕の高いところにもたれなおした。「いまのを聞いた？ シロペリカンはカナダからフロリダ湾まで移動するんですって」

「すげえ」

そのとき、モーリーンが激しく咳きこみはじめたので、トゥールはあわてて背中を起こし、肩甲骨のあいだを軽く叩いた。それで咳がおさまると、静かにモーリーンの頭を枕に戻してやった。物音を聞きつけた看護婦が部屋に入ってきて、トゥールに何をしているのかと訊いた。

「だいじょうぶ。わたしの甥よ」モーリーンは息を整えながら言った。

看護婦はヒスパニック系の小柄な女で、トゥールの魁偉な容貌と身に着けている白衣の違和感にとまどいを隠せないでいた。

「このひとはドクターなのよ」モーリーンは言った。

「まあ」

「オランダから来てくれたのよ」

看護婦が立ち去ると、モーリーンは言った。「嘘は嫌いだけど、こういうときは仕方がないわ。嘘をつかなかったら、警備員を呼ばれていたにちがいないから」

「あんたの家族や親戚はどうしてるんだい。なんで見舞いに来ねえんだい」

「娘たちはコーラル・ゲーブルズに住んでるの。遠いし、自分たちの子供の世話もしなきゃいけないし。夏休みには来てくれると思うわ」

「そんなに遠くはねえよ。ハイウェイを使ったらすぐだ。少なくとも週末には来れるはずだ」

「お薬は？　もっといる？」

モーリーンは苦労して壁のほうを向いた。ガウンは背中が開いていて、艶のない肌は蠟のように見える。膏薬は貼られていない。

「全部剝がして、持っていきなさい」

「一枚も貼ってねえよ」

「ほんとに？」モーリーンはまた寝返りを打って、トゥールのほうを向いた。「ごめんね、アール。どうやら全部モルヒネの点滴ですませるようにしたみたい。看護婦にとっては、そのほうが手間が省けて楽だからよ。そうなの。あのひとたちって、太った身体をちょっとでも動かしたくないのよ。いつも椅子にすわって、亭主の悪口を言ったり、ナショナル・エンクワイアラーのゴシップ記事を読んだりしてるわ」

「薬がほしかったんじゃない。今日は挨拶をしにきただけなんだ」本当のところ、会いたくてならなかったのだ。自分でも信じられない。

「引出しのなかに一枚残ってたと思うわ。それを持っていきなさい」

とっておいてくれたのだ。トゥールは心のなかで礼を言いながら、それをオーバーオールの胸ポケットにしまった。

「アール」

「なんだい」

「何かいやなことがあったみたいね。それはなんなの？」

「べつに」

「何かあったってことはわかってるわ。話してちょうだい」

トゥールは立ちあがった。「寝たほうがいい」

チャズが女を撃ち殺したことをモーリーンに話しても仕方がない。どうせ理解できないだろうし、余計な心配をさせたくもない。

モーリーンはまたトゥールの手をさわった。「人生の方向を変えるのに、遅すぎるってことはないのよ。そのことをいつまでも忘れないでね」

「そうだ。もしかしたら、薬があってないのかもしれねえ。薬を変えたらどうかってドクターに言っといてやる」

モーリーンは目を閉じた。「聞いてちょうだい、アール。あなたが考えないといけないのは、あなた自身のことよ。人生はあまりにも早く過ぎ去るから、それを無駄に使っちゃいけない」

それから片目をあけて、青い瞳をこらした。「罪というのは無駄に時間を費やすことなのよ」

トゥールは気をつけるようにすると約束した。「いまの仕事はもうすぐ終わる。そうすりゃ、家に帰れる」

「でも、なんかいやな予感がするわ」

「だいじょうぶだって。安心しな」

まったくの赤の他人なのに、どうしてこんなに悲しいのか。母とはぜんぜん似ていない。母はもっと口うるさくて、短気で、口の汚さはワールド・クラスだった、なのに、顎までシーツを引っぱりあげているモーリーンの姿を見ると、母が病気になったときと同じような、大きな無力感や底なしの不安を覚える。

「まだ病院に行ってないのね」

「ああ。ここんところ、いろいろあって手があかなかったんだ」

モーリーンは骨ばった指で手の甲の毛をつかみ、トゥールが悲鳴をあげるまでねじった。

「アール、お尻に鉛のタマが入ったままでいちゃいけないわ。もう少し自分の将来のことを考えなさい」

トゥールは手を引っこめた。「病院へ行く。ほんとだ」

「そうしたら、それがあなたの人生の分岐点になるかもしれないわ。そのときに、エピファニーとかカタルシスと呼ばれるものを経験できるかもしれないわ」

エピなんとかカタルかんとかってのは、尻から銃弾を取りだすための医学用語にちがいない。トゥールは今回の仕事が一段落したら手術を受けると約束した。

「今週中にまた来るよ」

モーリーンは優しい表情で見あげた。「お祈りはするの、アール？」

「ここんところしてねえ」少なくとも三十年はしていない。

「そうでしょうね」

「そろそろ行かなきゃ」

「わたしは信仰心が揺らいだとき、いつも大きな青空を見あげるの。そこにはかならず神さまがおつくりになった生き物がいる。想像できる？　カナダのマニトバからキー・ウェストまで渡ってくるのよ。冬が訪れるたびに」

テレビの画面には、白いペリカンの大群が沼地からいっせいに飛びたつところが映っている。長い白浜が風に吹かれて、粉々にちぎれていくように見える。

「いつか実際に見てみたいな」トゥールは言った。

しばらくしてモーリーンの手が離れた。呼吸の深さからして、どうやら眠りに落ちたようだ。トゥールは番組を最後まで見て、それからテレビのスイッチを切った。病棟から出ようとしたときに、先ほどの看護婦がやってきて、本当にモーリーンの甥なのかと訊いた。

「あんまり似てないけど」

「養子なんだよ」トゥールは言った。

「あんた、ほんとにオランダから来たの？　ほんとにお医者さまなの？」

「いいや、ドクターだ」

「はあ？」

トゥールはグランド・マーキーに乗りこみながら思った。むかつく女だ。カマをかけやがって。

そこから十五マイル離れたロキサッチー野生動物保護区で、片目の男が死んだカワウソの皮を剝いでいた。長身に、大きな手。肌は日に焼けて、馬の鞍のように茶色くなっている。ブルージーンズ、ミリタリーブーツ、大きな舌がプリントされた古いTシャツという格好。頭には不透明なシャワー・キャップをかぶっている。灰色のひげは細かく編みこまれていて、その先には乾燥した浮き草がこびりついて苔むしたようになっている。かなりの年らしく、少しボケかかっているが、身のこなしはアスリートか兵士のように（かつてはその両方だった）滑らかで、自信に満ちている。

数時間前にカワウソを殺した密猟者は、自分が片目の老人につけられていることにまったく気づいてなかった。その結果、いとも簡単に武器を奪われ、服を剝ぎとられ、手首足首をスゲの茎で縛られ、ワニの巣の近くの杭に麻縄で結ばれた。

リッカ・スピルマンはその一部始終を見ていた。

そのときは意識が朦朧としていて、それから二日たっても、その老人が実在の人物なのかどうかさえ定かではなかったが、もしそうであれば、それは命の恩人ということになる。

その老人が言うには、死んだカワウソは、放っておいてもコンドルの餌になるだけだから、自分たちで食べたほうがいいとのことだった。リッカが密猟者の運命について訊くと、老人はこう答えた。「ワニに食われなかったら、縄を解いてやってもいい。そのときの本人の心がけ次第だな」

「あたしはどうなんの」

老人は答えず、カワウソの分厚い皮から身をポケット・ナイフで器用に剝がし、それから言った。「もう一度あんたの男友だちのことを聞かせてくれんかね」

老人は話を聞きながら火をおこした。カワウソの肉はおかしな臭いがしたが、リッカはあまりにも腹がすきすぎていたので、我慢して食べた。老人はバリバリ音を立てて骨まで全部貪り食った。食べ終わると、火に土をかぶせて、手をジーンズの後ろで拭いてから、リッカの身体を抱きあげた。

「足の具合はどうだ」老人は言いながら、低木のあいだを歩きはじめた。

「今日はだいぶよくなったわ。これからどこに行くの、大尉？」

本人がそう呼んでくれと言ったのだ。

「近くに別の野営地がある」

老人はリッカを羽毛の枕のように軽々と抱えて歩いている。

「あたしはいつ家に帰れるの？」

「なんちゅうかわいい声なんだろう。あんたの腕のなかで眠りたくなるよ」

「あたしを家に連れて帰ってちょうだい。お願い」

「悪いが、ハイウェイには近寄れない。無理を言わんでくれ。車を見たら、気が狂いそうになるんだよ」

次の野営地はヤシの木立ちの切れ目にあった。老人はリッカを地面におろし、火をおこして、コーヒーをいれた。それから、〝郵政公社〟と書かれたキャンバス地のダッフルバッグをあさって、一冊の本を取りだした。

「オリヴァー・ゴールドスミスの詩集だ」

リッカは訝しげに眉をあげた。

老人は折ってあるページを開き、リッカの膝の上に置いた。「声に出して読んでもらえんだろうか」

「全部？」

「最初の一節だけでいい」

リッカはまず黙読した。子供のころに読んだ『みどりのたまごとハム』以来、詩とは縁もゆかりもない。

麗しの乙女、身をあやまり
冷たき男の変節を嘆くとき
いかなる魔術が愁いを鎮め
いかなる方途が罪を清めん

それを声に出して読むと、老人は優しい笑みを浮かべた。

「詩にはあまり興味がなさそうだな」

「〝罪〟って何なのよ。あたしは罪なんて感じてないわ。頭に来てるだけよ」

「ごもっとも。そやつはあんたを撃ったんだから」

「しかも、嘘をついた。いくつも嘘をついた」

老人は詩集を受けとって、ダッフルバッグに戻した。

「仕返しがしたいわ。手伝ってくんない」

老人は眼窩《がんか》からガラスの義眼を取りだして、汚れたTシャツの裾で拭いた。二日前に老人が

銃声を聞いたのは、そこから半マイル離れたところだった。水位は高く、なかば歩き、なかば

泳ぎながら、銃声のしたところに着いたとき、発砲した者の姿はすでになく、赤いテールランプが土手ぞいに遠ざかるのが見えただけだったらしい。そのとき、リッカはスイレンの葉の下に身を隠していた。空気を吸うためにときどき水面に唇と鼻が出るので、そこにいることがわかったという。助けにいくと、リッカは足から血を流し、ぶるぶる震えていたにもかかわらず、老人を危険な変質者と見なして必死に抵抗した。

「悪いが、手伝うことはできん。わしには耐えなきゃならない試練があるんだ」

「どういう意味？」

「ひとつは幻聴だ。わしの頭のなかでは、朝から晩まで音楽が鳴り響いていてな。いまはイーディ・ゴーメとキャット・スティーヴンスが〝ミッドナイト・ランブラー〟をデュエットしている。ふたりにはなんの罪もないが、正直なところ、自分の喉に拳銃を突っこみたい気分になる。わずか一時間でも沈黙のときがあれば、どんなに救われるか」

リッカは黙って聞いていた。虚ろな眼窩は洞窟のように暗く、薄気味が悪い。

「それに、幻覚がしょっちゅう見える。たとえば、あんたは実際にはレディー・バード・ジョンソンとは似ても似つかない」

「それって誰？」

「わしをヴェトナムに送りこんだ三十六代大統領の女房だよ。それがあんたなんだ。もちろん、ちがうってことはわかっている。あんたはもっと若いし、ソバカスだらけだし、髪はチリチリに巻いている。にもかかわらず、あんたはレディー・バード・ジョンソンなんだ」

「あなたに何が必要かわかる？　お医者さんよ」

老人は笑った。こんなふうに気がふれるまえは、さぞかしハンサムだったにちがいない。いまでも、ぞくっとするほどの魅力を感じることがある。

「わしはもうすぐ死ぬ」

「ナニ言ってんの、大尉」

「以前なら、あんたの下種な男友だちをとっつかまえて、ここでささやかなパーティーを開くという案に飛びついたかもしれん。ありきたりの復讐じゃおもしろくない。食うか食われるかの闘いをさせるんだ。わかるな。この地球では、太古から激しいサバイバル合戦が繰りひろげられてきた。チャドのような――」

「チャズよ」

「そういったともがらは、乾いた靴下や、デンタル・フロスや、エアコンなしでは日々の暮らしも営めん。この世界で生き抜くすべを心得ているという点では、今朝、手足を縛りつけてやったチンケな密猟者のほうがまだましだ」老人は言いながら、耳を引っかきはじめた。「またあの歌だ。いつまでも続くことやら」

「あたしにはなんにも聞こえないわ」

「先週はデイヴィッド・リー・ロスとソフィー・タッカーだった。もしかしたら、ここで獲れる小魚には水銀が含まれてるのかもしれん」老人は前かがみになって、炎をじっと見つめた。

「あんたの男友だちはここで働いてると言ってたな」

「そうよ。水質汚染の検査をしているらしいわ」

「いままで出くわしたことがないってことが残念でならんよ」老人は笑いながら義眼を眼窩に

戻した。「あんたを土手まで連れていってやる。そこからは、わしの友人の車で街まで行ってくれ」

「それで、あなたはどうするの」

「わし？　わしは西へ向かう」老人はリッカにコーヒー・カップを渡した。「一度、小さなガラガラヘビを食ったことがある。普通なら爬虫類はパスだが、そのときはあまりにも腹がへりすぎていて、どうしようもなかったんだ。それで、つかまえようとすると、そいつは二股の舌をちろちろと出しながら鎌首をもたげた。そのとき、その顔が急にヘンリー・キッシンジャーに変わった」

それが誰なのかはわからなかったが、リッカは礼儀正しく訊いた。「それで、どうしたの」

「もちろん、頭を嚙みちぎってやったさ。胴体はキャノーラ油でフライにした。つまり何が言いたいのかというと、わしの人生には、いろいろ厄介なものがあるってことでな。ハイウェイや雑踏はおろか、ひとの気配がするところにさえ近寄れない。だから、あんたに手を貸すことは、したくても、できないんだよ」

「いいのよ。自分でなんとかするから」リッカは言った。もしかしたら、さっきのガラガラヘビの話は、謎めいた教訓のようなものだったのかもしれない。

老人はリッカの頭のなかを見透かしたように言った。「なせばなる。簡単なことだ」

「努力してみるわ」

老人は火を消すと、またリッカを抱きあげて、湿地を横切りはじめた。灼熱の太陽の下を一時間ほど歩き、土手に着いたときにも、息はまったくあがっていなかった。道路ぞいに、一台の泥まみれのジープがとまっていた。運転席には、ニットの帽子をかぶり、サングラスをかけた若い男がすわっている。落ち着きがなく、緊張しているように見える。

老人はリッカの額にキスをして、怪我をした足に気をつけるように言った。

リッカはキスをかえした。「あなたはあたしの命の恩人よ。ありがとう」

老人はいかめしく敬礼した。「どういたしまして、ミセス・ジョンソン」

24

ドクター・チャールズ・レジス・ペローネは猛スピードで土手にハマーを駆っていた。頭を窓の外に出して空を見あげるたびに、そこにはつねに多くのヘリコプターの機影があった。どうもおかしい。キャンディ・カラーの巨大なトンボのようなヘリコプターが、エヴァーグレーズの上空を乱舞しているのだ。

まるで『グッドフェローズ』ではないか。映画のなかで、レイ・リオッタは自分がヘリコプターに本当に追われているかどうかを考えながら、トランクに拳銃を積んだ車を必死で駆っていた。映画ではハリー・ニルソンの曲がかかっていたが、いま聞こえているのはジョージ・ソログッドで、おれが愛したのは誰かと自分自身に問いかけている。

ドライブにはもってこいの音楽だが、ノリノリの気分にはとてもならない。いまは水の採取をしにいく途中だし、それより何より気が動転しきっている。色とりどりのヘリコプター。水色、グリーン、赤、白、水色……

じつはなんでもないのかもしれない。だが、いま上空を舞っているのは救助用ではなく、個人用のエグゼクティブ・タイプのものだ。ハマーナットに一度だけ乗せてもらったことがあるベル二〇六に似ている。それは農園から農園への移動に使っているもので、ハマーナットの下で働くことが決まったとき、碁盤の目状の農地を空から見せてもらったのだ。上空からだと、汚染の道筋がはっきりとわかった。ハマーナット農園から流れ出た汚水は、褐色の運河に集まり、エヴァーグレーズに流れこんでいた。〝神から与えられた肥溜め〟とハマーナットは言って、サイケデリックなハエのように見える黒いゴーグルの後ろで高笑いをした。チャズも笑った。それは追従の笑いだったが、かならずしも意に反したものではなかった。実際のところ、眼下の湿地にはなんの興味もない。そこが化学肥料で汚染されていることも別になんとも思わない。

くそっ。また一機増えた。

赤いストライプが入ったヘリコプターをずっと見ていたので、もう少しで土手から落っこちそうになった。

そのときの衝撃でトゥールが目を覚ました。「バカヤロー。なんでそんなスピードを出さなきゃなんねえんだ」

チャズは指を上に向けた。「あれを見ろ」

「ヘリコプターだ。それがどうした」

「うようよいるんだよ」

トゥールはくしゃみをし、毛むくじゃらの腕で鼻を拭った。「映画の撮影かなんかじゃねえ
チャズは虫を探しているトカゲのように首をきょろきょろと動かしている。

トゥールは言った。「沼に突っこんだら、溺れ死ぬまえに絞め殺してやっからな」

「どうしてやつらはついてくるんだろう」

「考えすぎだよ」

「そんなことはない。青いヘリコプターがすぐ後ろにいる。ミラーを見てみろ」

「なんでもないって。気にすんな」フェンタニルが効いてきたので、トゥールは目をつむり、すぐまた眠りに落ちた。

チャズは排水路の脇に車をとめると、ゴムの胴長靴をはき、二番アイアンを持って、濁った水のなかに入った。空には全部で七機のヘリコプターが、それぞれ異なった高度で円を描いている。監視されているのはあきらかだ。水のサンプルの採取は、いつも以上に慎重かつ丁寧に行なう必要がある。だが、平静を装うのは容易でない。水色のヘリコプターが高度をさげ、頭のすぐ真上でホバリングをはじめたとき、ふと気がつくと、胴長靴のなかに大量の小便が漏れでていた。

トゥールがふたたび目を覚ましたとき、チャズは猛スピードで土手を引きかえしているところだった。ヘリコプターの姿はもうない。

「携帯電話をよこせ」チャズは言った。

「なんのために」

「レッドと話をするんだよ」

トゥールは携帯電話を放り投げた。チャズは汗ばみ、怒りに顔を紅潮させて、ラベルにあるオフィスに電話をかけ、秘書が出ると、ミスター・ハマーナットと話がしたいと言った。

「どこに行ってるって？　釣り？　のんきなものだ」

トゥールは眠そうな顔で笑った。釣りか。一日の過ごし方としては悪くないかも。

チャズは声を荒らげていた。「だったら、留守電につないでくれ」

「あとでかけなおしなよ」トゥールは言った。

「いいや、あとまわしにはできない。レッド？　ぼくです。チャズです。いいですか。よく聞いてください。二番目のモニター地点を出たら、空がヘリコプターで埋まっていたんです。それが誰のものかも、どこから来たのかも、どういう目的なのかもわかりません。でも、ぼくの知るかぎりじゃ、そんな大量のヘリコプターを動員できる者はあなたしかいない。いいですか。気をつけてください。くれぐれも注意してください。ぼくの身に何か悪いことが起きたら、困るでしょ。ちがいますか。ぼくがハッピーで、落ち着いていて、冷静でなきゃ、困るでしょ。でも、いまのぼくの気分はそれとは正反対で――あっ、切れた！」

チャズは怒りのあまりあえいでいた。

トゥールは携帯電話を受けとって言った。「気はたしかかい」

「たしかじゃなくなることを、おまえたちは望んでるんだろ。そうなるように仕向けてるんだろ。ちがうか」

チャズは車から首を出して、心配そうに空を見あげた。空は明るく晴れわたり、そこにいるのは、気流に乗って飛ぶ一羽のハゲタカだけだった。

ジョーイ・ペローネは『グッドフェローズ』が夫の好きな映画のひとつであることを覚えていて、そこからヘリコプターを飛ばすヒントを得たのだった。その話をすると、コーベットは大乗り気で、さっそくチャーター会社に電話をかけ、一万三千ドル強の費用を自分のプラチナ・カードで支払った。当初ジョーイ自身はヘリコプターに同乗しないつもりだった。両親の身に起きたことのせいで尻ごみしていたのだ。だが、コーベットは間違いなく楽しめると請けあった。気持ちがスカッとするとのことだった。

水色のベル・レンジャーが島にやってきて、三人を乗せ、湾を低空飛行で横切り、本土の海岸に向かったとき、その言葉に嘘はなかったことがわかった。コーベットはパイロットの隣の席にすわっていた。その後ろで、ジョーイは両手でミックの左腕をつかんでいた。ヘリコプターはミックが以前住んだことがあるというスティルツヴィルから、キー・ビスケーンを抜け、サウス・ビーチのコリンズ・アベニューぞいの高層ビル群の上空を通過し、その先で方向を変えて郊外に出た。そこでも一般道路は依然として混雑しているし、ハイウェイは両方向とも事故の影響で大渋滞している。渋滞の中心では、赤と青の非常用ランプがまわっている。

コーベットは首をまわして、ローターの回転音に掻き消されないように声を張りあげた。

「こんなところに住むんだったら、自分で脳に太い針を突き刺したほうがマシだよ」

しばらくしてヘリコプターが北へ進路をとると、コーベットは西ブロワード郡の惨状に声を失った。分譲地が潰瘍のように四方八方に拡がり、クッキーの型から抜いたような何千何万もの家が、屋根伝いに何マイルも移動できそうな密度と広さで立ち並んでいる。住宅やオフィスのないところには、ショッピング・モールか自動車の販売店があり、無数のトヨタやクライスラーが日にさらされている。開発された土地とエヴァーグレーズとを隔てているのは、一本の細い土手だけだ。

「でも、湖はいくつか残ってるわ」ジョーイは言った。

ミックは寂しげに頭を振った。「人工湖だ。深さは何百フィートもある。道路や家をつくるためにそこから土を掘りだした跡だ」

「だったら、元々は何があったの。こんなふうになるまえは?」

ミックは土手の向こう側を指さした。「あれだ。世界でいちばん広い川だ。〝草の川〟と呼ばれている」

コーベットは茶目っ気たっぷりに言った。「草だ! ようやく見つけたよ。一本だけだが、間違いない。あれは本物の草だ!」

ほどなく宅地は途絶え、スゲが風になびく小麦畑のように波打つ大湿原に変わった。蚊のような大きさの数艘のエアボート以外、黄褐色の壮大な風景のなかに人間の痕跡を示すものは何もない。三頭の小鹿が木立ちのなかに駆けこんでいく。ジョーイにとって、それはフロリダに移り住んで以来はじめて見た本物の野生動物だった(ときおり生ゴミをあさりにくる家のそばのアライグマは別として)。エヴァーグレーズに対する興味は前々からあったのだが、チャズは水質管理局の職務規定に違反するからと言って一度も連れてきてくれなかった。ヘビや虫のことで愚痴をこぼすばかりで、その素晴らしさに言及することはまったくなかった。それもまた信じがたいことだった。この景色を見て感動しない者がこの世にいるだろうか。まがりなりにもチャズは生物学者なのだ。

だが、間違いない。チャズは妻を裏切ったのと同じくらい無頓着に湿地を裏切った。そのせいで、おびただしい量の有害物質が眼下で光る水のなかに夜も昼も流れこみつづけているのだ。なんという男と結婚してしまったのか。あのような外道にとっては、土地を殺すのも、ひとを殺すのも、たいした違いはないのだろう。

「見ろ」ミックは言った。

ほかのヘリコプターもやってきて、全部で七機になり、時計回りに円を描きはじめた。壮観だ。

ジョーイは兄のほうを向いて言った。「思った以上だわ。最高よ」

たとえ砂ぼこりをあげていなかったとしても、黄色いハマーを見失う恐れはない。ミックが双眼鏡をさしだした。それを覗きこむと、チャズが運転席の窓から頭を突きだしているのが見えた。

「少なくとも、そんなに楽しそうな顔はしてないわね」ジョーイは言った。

パイロットは無線でほかのヘリコプターと連絡をとり、航路と高度の確認をした。しばらくしてパーム・ビーチ保安官事務所のセスナが飛来して、何をしているのかと無線で訊いてきたときには、ジェイムズ・ボンドの新作映画の空中戦のリハーサルだと答えた。他愛もない嘘だが、それで通った。セスナはすぐに旋回して、飛び去った。南フロリダの警察当局が映画撮影に協力的なことは、つとに有名だ。十代の無謀な若者のドラッグレースのシーンを撮るため、主要な高速道路を全面通行どめにしたこともある。

チャズが車をとめて、水のなかに入っていくと、ジョーイはもっと高度をさげてくれと頼んだ。コーベットは搭乗者の顔が見えなければ問題はなかろうという判断を下し、ヘリコプターは高度をさげて、チャズの頭のすぐ上でホバリングを始めた。けれども、チャズは顔をあげもしなかった。滑稽なことに、ヘリコプターの影にも耳をつんざくような轟音にも気づかないふりをして、湿地の水のサンプルの採取を黙々と続けている。

「もういいわ」ジョーイは言った。

パイロットはふたたび高度をとり、チャズが水のサンプル採取を終え、ハマーで走り去るまで、ほかのヘリコプターと交互に急降下を繰りかえしながら、上空で大きな円を描きつづけた。

「あの男はいまどんな気分でいるんだろう」コーベットは訊いた。

「どんよりしてるにちがいないわ」ジョーイは答えた。

ミックは笑った。「明日の新聞を読んだら、もっとどんよりするはずだ」

島に戻ると、三人はボートで海に出て、大きなフエダイを釣り、それをキューバ風に調理した。コーベットは葉巻に火をつけ、ジョーイはギャレリア・モールで買ったマイケル・コースのシルクのスカートを身につけた。ミックはオーストラリア産のカベルネの栓を抜いた。それから、三人で防波堤にすわって、日が沈むのを眺めた。ストラムは黒い頭をジョーイの膝の上にのせた。

「木曜日にはおまえのことをどんなふうに言えばいいかな」コーベットは訊いた。追悼式の弔辞を考えていたのだ。

「妹は優しくて、愛らしかった、とかなんとか」ジョーイは答えた。「妹は虎だった。闘うことを決してやめなかった」

「よくない。ありきたりすぎる」

「こんなのはどうかな」ミックは言った。

コーベットは笑った。「なかなかいい」

「妹はたくましく、おおらかだった」

「ちがうわ。おおばかだった、よ」ジョーイは言った。

「そんなことはないさ」ミックは慰めて、ジョーイの腕を握った。

「妹は理想主義者だったと言うよ」コーベットは言った。

ジョーイは眉を寄せた。「それはつまりだまされやすいってことね」

「じゃ、美脚の持ち主だったというのは」ミックは言った。

「ああ、それもいい」コーベットは応じた。

ジョーイは両手で耳をふさぐふりをした。「やめてよ、ふたりとも」

コーベットは追悼式の段取りの話を続けた。今回は時間の関係で聖歌隊の都合がつかなかったので、そのかわりにギターのトリオを雇うことにしたという。「ライトハウス・ポイントのカトリック教会で演奏をしている。悪くないと神父は言っていた」

ジョーイは言った。「もしチャズが現われなかったら?」

コーベットは顎をあげて、煙を吐いた。「心配ない。間違いなく来るさ。来なければ、世間に与える印象がどれだけ悪くなるかくらいはわかってるはずだ」

ミックは同意した。「チャズはもうどんな小さな失敗もおかせないところまで追いつめられている。いまは不運な夫の役柄を最後まで演じつづけるしかない」

「わたしも行きたいわ」

「だめだ。約束したはずだ」

「変装して、ばれないようにするから」

コーベットは言った。「これは『ルーシー・ショー』じゃないんだ、ジョーイ。あの男はおまえを殺そうとしたんだぞ」

ジョーイは黙りこみ、ワインを飲みながら、ストラムの首を撫でた。太陽はやがて水平線の向こうに沈み、ビスケーン湾の上空は金色から薄紅色に、それから紫色に変わった。チャズは追悼式にどんな服を着てくるのか。どこにすわるのか。友人になんと言うのか。最前列にすわる予定になっているローズに気づくだろうか。

だいじょうぶ。気づかないわけがない。

「飛びきりの日没だったよ」コーベットは言って、タバコを海に投げ捨てた。

その音でストラムは眠りから覚め、コーベットが口笛を吹くと、しぶしぶ立ちあがった。

ミックも立ちあがった。「じゃ、もう一度ビデオを見よう」

コーベットの言うところによると、ぶっつけ本番にしては驚くほどいい出来だったらしい。

「ふたりとも名優になれるよ」

ジョーイは立ちあがって、スカートの皺をのばした。「いまふと思ったんだけど、追悼式でチャズが弔辞を述べたいと言いだしたらどうするの。もしかしたら、いきなり立ちあがって、説を期待していると言っておいた」

壇上で五分ほどスピーチをし、妹のことを天使のようだったと褒めてやってくれってね。名演

「それは間違いない」コーベットは言った。「留守番電話にメッセージを残しておいたんだ。

ぺらぺらとしゃべりだすかもしれないわ」

ガーロ警部はカール・ロールヴァーグの机の上に置かれたガラス瓶を指さして言った。「小便の見本か？　だとしても、こんなに汚いのは見たことがない」

ロールヴァーグは無理に笑った。「ただの水ですよ」

「病気のバッファローが通ったあとの水か」

「エヴァーグレーズの水です」

こういった話にならないよう、ガラス瓶は机のなかにしまっておくつもりだった。だが、ガーロ警部はこの日にかぎって早めにランチを切りあげて戻ってきた。今日、食事に誘った女に袖にされたということだ。

ガーロはガラス瓶のなかの濁った水を気味悪そうに見つめた。「なんじゃ、こりゃ。虫やら何やらいっぱい浮かんどるぞ」

「ええ」

「なんでこんなものがここにあるんだ」

ほかの刑事たちとちがって、ロールヴァーグは上司にめったに嘘をつかない。嘘をついたほうがいいようなときでも、たいていは本当のことを言う。だが、今回はちがう。

「ヘビに飲ませるんですよ。水道水には多くの化学薬品が入っている。フッ素や塩素は健康に害を及ぼします」

「それでこんなものを?」ガーロは訝しげに言った。「おまえのような変わり者はいないよ、カール。湿地の水と生きたネズミが必要なペットを飼っている者がほかにどこにいる」

ロールヴァーグは肩をすくめた。いまここで本当のことを言っても、何がどうなるわけでもない。そんなことをしても意味はないと言って一笑に付されるだけだ。だが、実際のところ、その意味するところは途轍《とてつ》もなく大きい。そのことをたしかめるために、マータからもらった地図を頼りに、ハマーナット農園に隣接するモニター地点へ行って、そこのガマの茂みに裸足で入り、ガラス瓶三つ分の水を採取したのだ。フロリダ・アトランティック大学で教鞭をとっている友人に分析を依頼すると、そこに含まれているリンの濃度はそれぞれ三一七ppb、三二七ppb、三四四ppbというとんでもない数値を示していることがわかった。ドクター・チャズ・ペローネが定期的に測定している九ppb前後の数値とは、あまりにも差がありすぎる。

自分で採取した水の検査結果も、そこから導きだされる結論も、水質管理局の職員には何も話していない。チャズが手錠をかけられたとしても心を痛める者はいないにちがいないが、先方に礼を失さないよう注意しながらも、肝心のところは質問をはぐらかし、詳細はすべて伏せたままにしておいた。水質検査のデータの改竄と妻の死が、なんらかのかたちでリンクしていると考える根拠はいまのところない。遺言書が本物だったとしたら、チャズは純粋に金目的で妻を殺したということになる。遺言状は偽物で、妻の財産目当てでなかったとしても、動機はいくらでも考えられる。

チャズの不正の話をしても、ガーロ警部は冷たく目をこらすか、苦々しげに舌打ちをして、殺人の動機にはならないと一蹴するに決まっている。にもかかわらず、そういった事実の重要性はいささかも損なわれない。偽装の発覚によって、ハマーナットがどのような窮地に立たされるのかを考えると、チャズが何者かに脅迫されているという話も別の文脈で考えなければならなくなる。エヴァーグレーズの水質検査官を裏で操っていたことが露見したら、ハマーナットは個人的にも経済的にも大きな打撃を受ける。環境汚染に対しては天文学的な数字の罰金刑を科せられ、公務員の買収に対しては重罪として禁固刑を科せられる。たとえ有罪判決を免れたとしても、会社には永遠に消えない汚点が残る。粗暴な暴君はおのれの身を守るためならなんでもするはずだ。チャズの忠誠心が刑務所の扉が閉まったあとも持続するとは思えない。としたら、チャズも脅迫者に負けず劣らず厄介な存在になる。

ガーロが捜査の進捗状況を訊いたので、ロールヴァーグは答えた。「あまり変わりばえしません。ミセス・ペローネの遺言状の真贋については、意見が分かれています。兄は偽物だと主張しています。筆跡鑑定家のひとりもそう言っていました」

「つまり何者かが亭主を陥れようとしてるってことだな」

「可能性はあります。チャズの人望はあまり篤くありません」

ロールヴァーグはくしゃみをした。ガーロは消防用のホースでコロンを振りかけてるにちがいない。

「残念だ。これでめでたく一件落着かと思ったんだが」

「いまは何をしても徒労になります」

「これで踏ん切りがついたってことだな」ロールヴァーグは言った。だが、じつのところ、することはある。すわって、待つことだ。

「何かが出てこなければ、何もすることはありません」

「おまえはもう充分にやったよ」

「そうでしょうか」

「ところで、カール、このまま受けとった辞職願いは、破いて、ゴミ箱に捨てておいたからな」

「だいじょうぶです。コピーはとってあります」

「気持ちは動かないってことか」

「動きません、警部。本気です」

「ミネソタのアイダイナに行くのか。フロリダを離れて?」

「ええ。もうこれ以上は待てません」

今度はトイ・プードルが行方不明になったのだ。ニシキヘビが食いだめをするという話を聞いたことはないが、可能性は否定できない。団地のペットが次々にいなくなっているのは事実で、逃走中のニシキヘビは間違いなく第一容疑者だ。お詫びのしるしに各家庭に一千ドルの小切手を匿名で郵送することを、いまは真剣に考えている。それで気分はすっきりするだろうが、同じように貯金もすっきりする。

「ここにいれば、きみの将来は約束されている」ガーロは言った。

ロールヴァーグは思わず吹きだしそうになった。

「オヤジもきみの仕事ぶりに注目している」内緒ごとを打ちあけるような口調だった。

「保安官はわたしがハマーナットに会いにいったことを怒っていると思っていましたが」

「そんなことはない。そうやって表面を取り繕っているだけだ。オヤジはきみのファンだ。嘘じゃない」

そんなはずがないことはよくわかっている。おだてに乗せられたふりをするのは容易ではない。

「きみの考えを変えさせるには何をしたらいいんだ。チャズ・ペローネを告発する以外に」

ロールヴァーグは微笑んだ。「どうかお気づかいなく」

チャズが妻を船から突き落としたのはほぼ間違いない。にもかかわらず、チャズを妻殺しの容疑で起訴することはできない。そういった事実を受けいれざるをえないのは癪だが、救いはある。机の上に置かれたガラス瓶だ。そのなかには、大量の化学肥料が混じった湿地の水が入っている。金のためにエヴァーグレーズという神聖な場所を裏切ったという事実は、チャズがどれだけ無節操で、非道徳的で、無価値な人間かを如実に語っている。生物学者としてのアコギな犯罪によって、妻殺しの疑惑は確信に変わった。それは啓示であり、さらにはアイロニーでもある。

チャールズ・レジス・ペローネの命運は尽きた。

間違いない。これまでに集めたすべての情報を念入りに検討してみると、チャズを死刑囚監房に送りこむために、これ以上の時間を費やす必要がないことは明白だ。

あの男はもうおしまいだ。逃れようはない。

チャズはサミュエル・ジョンソン・ハマーナットに殺される。たとえ警察が介入したとしても、その時期が先送りになるだけだ。

チャズは傲慢で、無分別で、義兄のコーベットが言うとおり、救いがたい愚か者だ。エヴァーグレーズの水の検査結果を偽っていることがばれそうになったら、罪をできるだけ軽くするために、平気でハマーナットを裏切るだろう。だが、ハマーナットはそれより一枚も二枚も上手だ。その程度のシナリオはすべてお見通しにちがいない。チャズを雇ったのは、まさしくその卑劣さと節操のなさのためなのだ。ハマーナットは一マイル離れたところからでも裏切りの臭いを嗅ぎとることができるはずだ。そのときは、決して黙っていない。

そんなふうに考えると、多少の不満は残るものの、いちおうは心おきなく南フロリダを離れることができる。チャズを妻殺しの罪で起訴することはできないが、制裁を加えることは間違いなくできる。

ひとつだけ引っかかっているのは、アメリカン・エクスプレス社に問いあわせたときにわかったことだ。ジョーイ・ペローネが行方不明になってから十二日のあいだに、何者かが彼女のゴールド・カードを使って、シボレー・サバーバンを借りたり、婦人靴、化粧品、ブランド物のサングラス、服（バーバリーの水着を含む）といったものを買ったりしているのだ。チャズのガールフレンドが家に来て、カードをこっそりポケットに入れたという可能性はある。だが、チャズ自身がそんなことをしたとは思えない。いくらなんでも、そこまで阿呆ではないだろう。買ったものの趣味もよすぎる。

「真剣に考えたとはとても思えん」ガーロは拳を机に叩きつけていた。「本当に本当なのか」

「ええ。雪が恋しくなったんです」

ロールヴァーグは申しわけなさそうに笑いながら思った。もう一度だけウェスト・ボカ・デューンズ第二分譲地に行き、それから家に戻って、トレーラーに荷物の積みこみを始めよう。

25

チャズ・ペローネは言った。「どこへも行くつもりはないよ」

トゥールは冷蔵庫にもたれかかって、ビーフジャーキーをかじりながら、マウンテンデューを飲んでいた。「レッドは行けと言ってる」

「知ったことか」

チャズは右手にサン・センティネル紙を丸めて持ち、鉛の棒のように振りまわしていた。そこには、ジョーイの兄が木曜日の朝に聖コナン教会で催す追悼式の告知記事が掲載され、〝思い出を分かちあい、故人のはじけるような生きざまを偲ぶために〟友人たちに集まってもらいたいという呼びかけで締めくくられていた。

勘弁してくれ、とチャズは思った。記事には十八歳のときに撮ったジョーイの写真が添えられている。電話はいまもひっきりなしに鳴りつづけている。ニュージーランドの変人コーベット・ウィーラーは、五分ほどの弔辞を述べてもらいたいというメッセージを留守番電話に残している。

「言うことをきいたほうが身のためだぜ」トゥールは言った。

「ほう。本当に？」

そのときのチャズの精神状態は普通ではなかった。ものごとを良いほう良いほうに解釈し、希望的観測を打ち消すことができなくなっていた。ロールヴァーグが持ってきた遺言書が本物であり、最終的に千三百万ドルを相続できれば、その時点で、サミュエル・ジョンソン・ハマーナットに絶縁状を叩きつけることができる。エヴァーグレーズと呼ばれる肥溜めに足を踏みいれる必要もなくなる。

「女房の追悼式に参加しねえと、世間さまに変に思われるだろ」

「なんと思われてもいいさ。ぼくは行かない」

脳裏には、神経を逆撫でするヘリコプターの残像がまだ焼きついている。いまは『グッドフェローズ』の追跡シーンというより、『オズの魔法使い』のフライング・モンキーという印象のほうが強い。そのとき土手から腹立ちまぎれにかけた電話に対して、ハマーナットはなんの反応も示さず、不気味な沈黙は新たな不安をまたひとつ付け加えただけだった。考えたら、犯行の夜以降、心臓に悪いことばかり続いている。何者かの自宅への侵入、刑事の執拗な追及、目撃者の出現、ゆすり、リッカの騒動。そして今度は偵察ヘリ！

「追悼式には絶対に行かない」チャズは挑むような口調で繰りかえした。

トゥールは二リットルのペットボトルにふたをした。それから静かに前に進みでると、そのペットボトルでいきなり殴った。チャズは床に倒れた。しばらくして立ちあがりかけると、トゥールはまた殴った。そのときにはペットボトルが裂け、噴きでた緑の液体がチャズの顔を覆った。

トゥールはチャズを引っぱり起こした。「呼び鈴が鳴ってる。追い払ってこい」

チャズは激しく頭を振り、膝をついて、手負いの蟹のようにキッチンのテーブルの下に逃げこんだ。

トゥールはため息をついた。「おめえがトマト畑の作男でないのが残念でなんねえよ」

トゥールは玄関へ行って、ドアをあけた。そこには、ブリーフケースを持った刑事が立っていた。

「ミスター・ペローネはご在宅でしょうか」ロールヴァーグは訊いた。

「台所にいる」トゥールは顎をしゃくって、刑事をなかに通すと、自分は一眠りするために客室に向かった。

チャズはテーブルの下に胎児のような格好でうずくまっていた。ロールヴァーグはそれを見て言った。「何かいやなことでもあったんですか」

「胃の調子がちょっと」幸いなことに、とっさに嘘をつく能力は失われていない。

ロールヴァーグは床にしゃがみこんだ。「どうしてもお訊きしなきゃならないことがありましてね」

「まだあるんですか」チャズはまぶたに手をやった。

「奥さんはアメリカン・エクスプレスのカードをお持ちでしたね」

「マペットだって持っています」

「奥さんのカードはどこにあるのでしょう」

「まえにも言ったと思いますが、家内のものは全部処分したんです。つらすぎて、家のなかに置いておくことができなかったんです。カードは処分したバッグのひとつに入っていたんでしょう」

「どのバッグです。旅行に持っていったバッグですか」

「知りませんよ。どのバッグも全部処分したんです」

「カードや運転免許証を盗まれた可能性はないでしょうか」

チャズはゆっくりと背中をのばし、床の上で上半身を起こした。たしかに家に忍びこんだ者はいる。ゆすり屋がガレージのダンボール箱をあさって、偶然アメリカン・エクスプレスのカードを見つけたのかもしれない。

「なんでこんなことを訊くのかと言うと、奥さんが行方不明になって以降、カードが何度か使われているからなんです」

「ぼくじゃありませんよ」

「買ったものは、女性用の衣服とか化粧品とかがほとんどです」

とまどいは大きい。それが顔にあらわれていればいいのだが。

「奥さんの知りあいでそのようなことをしそうなひとはいるでしょうか。あなたのお友だちでもかまいません」

刑事が何を言おうとしているかはわかる。浮気相手という意味だ。

「家内のカードをくすねたってことですか。そんなことができるわけがないじゃありませんか。ぼくはそこまで間抜けじゃありませんよ」

そうかな、とロールヴァーグの表情は語っていた。

それはゆすり屋のしわざにちがいない。でなかったら、リッカだ。ほかには考えられない。

「そうだ。ミスター・オ・トゥールはどうでしょう」

ロールヴァーグは微笑んだ。「あの男がバーバリーのビキニをつけているところを思い浮かべることはできません。でも、何ごとにも可能性はあります」

「もしかしたら、付きあっている女がいるのかもしれません」牛がラクロスの試合をする日がこないともかぎらないではないか。「いや、いま思いついたんですが、船のなかで盗まれたという可能性もあります。キャビン・アテンダントは船室の合鍵を持っています」

たしかに可能性はあるとロールヴァーグは認めた。「いずれにせよ、アメリカン・エクスプレス社に連絡をとり、至急カードを無効化する手続きをとったほうがいいでしょう」

「ええ、そうします」チャズは言ったが、そんなことをするつもりはなかった。何かをするとしたら、サン・ダッチス号で働いていた多くの若い女のひとりが、アルバ島の浜辺に横たわり、バーバリーのビキニ姿で日光浴をしている姿を思い浮かべることくらいだ。

ロールヴァーグが署に戻ったとき、刑事《デカ》部屋の前でガーロ警部が待ち構えていた。「ミセス・ペローネの兄が来ている。アウトバック・ステーキハウスのコマーシャルのオーディションを受けにきたのかと思ったよ」

コーベット・ウィーラーは待合室に立って、パトカーからエアバッグを盗んでつかまったクラック中毒の男の母親だという隙《すき》っ歯《ぱ》の痩せた女と話をしていた。鍔の広い帽子をかぶり、カウボーイ・スタイルのコートを着て、フェンスの支柱に使えそうな太い木のステッキを持っている。ロールヴァーグがそこへ歩いていって、自己紹介をすると、大きな茶封筒をさしだした。

「約束どおり持ってきました。これが妹の本物の遺言書です」

「お入りください。コーヒーは？」

コーベットが大儀そうに写真帳をめくっているあいだに、ロールヴァーグは遺言書に目を通した。それによると、ジョーイ・ペローネの財産は世界野生動物保護協会をはじめとする自然保護団体や慈善団体にすべて譲り渡されることになっている。先日送られてきた遺言書を取りだして、サインを注意深く見比べると、まったく同じではないが、かといって偽造であると断定できるほどの相違はない。

コーベットは写真帳を上にあげ、消滅した種族の痕跡に出くわした人類学者のような表情で訊いた。「これは何なんです」

「窃盗の常習犯の顔写真です」

「すごいなあ。常習犯がこれだけいるんですか」

「ビーチ地区の分だけです。ブロワード郡全体だと、あと四冊あります」

コーベットは写真帳を閉じた。「さっきぼくが話をしていた女性の息子の写真もこのなかにあるんですか」

「いまはなくても、いつかは加わるでしょうね」

「こんなところにいて、よく気が狂いませんね」

「じつを言うと、もうすぐミネソタに戻ることになっているんです」

「そのほうがいい。ここと比べたら、犯罪などなきに等しいんじゃありませんか」

「季節によりますね。氷点下二十度のところで、他人の家に忍びこむことはできません。金てこが凍って指にへばりつきますから」

ロールヴァーグは二通の遺言書を机の上に置いて、サインをコーベットに見せた。

「ぼくは専門家じゃありません。でも、新しいサインは模倣したもののように見えます」

「だとしても、出来はひじょうにいい」

「夫なら、模倣の練習をする機会はいくらでもあります」

もちろんコーベットは本当のことを知っていた。新しい遺言書はミック・ストラナハンの義理の弟の悪徳弁護士が作成したもので、微妙に異なるサインはミックが入れたものだ。だが、ミックと同様、コーベットにも演じなければならない役割がある。

「妹があのろくでなしに遺産を残すとは思いません。ぼくの言葉を信じてください」

「信じたいのはやまやまです」

「どういうことでしょう。逮捕できるだけの材料は揃っていないということですか」

「そういうことです」

コーベットは肩をすくめた。「残念です。でも、ぼくは信じています。悪事にはかならず報いがあるものです」

ロールヴァーグはチャズとレッド・ハマーナットの剣呑《けんのん》な関係のことを思いだしたが、あえて口には出さなかった。「わたしも追悼式に参加させていただいていいでしょうか」

「もちろんです。明日の正午です」コーベットは身を乗りだした。「チャズが弔辞を述べることになっています」

「それは楽しみですね」

コーベットは立ちあがり、刑事の手を強く握りしめた。「ご尽力に感謝します」

「お役に立てなくて申しわけないと思っています」

「あれは事故じゃありません。請けあってもいい。妹はヤッピーの下種野郎に海に投げ捨てられたんです」

「わたしもそう思っています。でも、それを証明するのは容易じゃありません」

コーベットを下まで送っていったとき、待合室はボーイスカウトの一団に占拠されていた。ロールヴァーグ自身も十代のころミネアポリスでボーイスカウトに入っていた。そのときのもっとも印象深い思い出は、トーテムポールをつくっているときに、もう少しで親指を切り落としそうになったことだった。

「ミネソタに羊飼いはいますか」コーベットは訊いた。

「ええ。たぶんいると思います」

「警察の仕事に飽きたら、やってみたらどうです。羊は全世界共通の平和のシンボルです」

コーベットは節くれだったステッキを持ち、ドアをあけて、刑事部屋をあとにした。

ミックと寝たあと、ジョーイはあらためて思った。チャズとの肉体関係は考えていたほどどいいものではなかった。ミックは精力絶倫というわけではないが、優しく、機転がきき、なごんだり、楽しんだりすることができる。それは新たな発見だった。ミックは鏡に映った自分の尻をこっそり覗き見ることもなければ、男らしさを子供のように誇示することもない。最後にオオカミの遠吠えのような奇声を発することもない。チャズに抱かれていると、大人のオモチャのひとつになったような気がすることがある。たとえば、通信販売のゴムのヴァギナとか。ミックとなら、パートナーでいられる。恋人気分を堪能できる。チャズはメガトン級のオーガズムをもたらしてくれるが、そのあとかならず出来ばえを尋ねてくる。行為そのものより、感想に関心を持っているように思える。ミックの場合には、その瞬間以上に、そのあとがいい。セックスの出来ばえを訊いて、ムードをブチ壊すようなことはしない。年をくっているとか、思いやりがあるとかの問題だけではない。ミックはマナーというものを知っている。自制心もある。

ジョーイはミックの胸に頭をあずけた。「兄は気をきかせて、わたしたちをふたりっきりにしてくれたのかもしれないわね」

「紳士だ。思慮深い」ミックは眠たげな声で言った。

コーベットはモーターボートでヴァージニア島へ渡り、そこからハイヤーでフォート・ローダーデールまで行って、ロールヴァーグ刑事に会うことになっていた。ココナツグローヴにとめてあるサバーバンを使ったらどうかという妹の提案は、渋滞に巻きこまれたら何をしでかすかわからないからと言って断わっていた。

船影が見えなくなると、ふたりはすぐにベッドに入り、湾にスコールが来て、風がたわんだ木の鎧戸を揺らし、雨が網戸を激しく叩いているあいだも、ずっと絡まりあっていた。

しばらくして雲間から日がのぞいたとき、ジョーイは言った。「ここに一生住んでもいいと思いかけてるの。もしお邪魔じゃなければ」

ミックは言った。「邪魔なわけがない。でも、よく考えたほうがいい」

「わたしが必要じゃないの？」

「何よりもきみを必要としている。でも、ここじゃ、することはあまりない。潮風と色鮮やかな夕日以上のものを必要としている人間は多い」

「たしかにそういう女もいるわ」

「いいかい。ここにはテレビのアンテナさえないんだぜ」

「わかったわ。だったら、わたしたちはもうおしまいってこと？」

ミックはジョーイを引き寄せて、額にキスをした。「そうじゃなくて、よく考えたほうがいいってことだ。わかるな」

「あなたほどの変人はいないわ」

「そうそう。ひとつ言い忘れていたことがある。サン・ダッチス号に戻るのは勇気がいったと思う」

ジョーイは話をそらせるなと言った。「でも、あなたの紺ブレ姿はなかなかセクシーだったわ」

「歴史的な瞬間だ。二度とない」

「あなたの犠牲的精神に感謝するわ」

「きみのシルクのスカート姿もなかなかセクシーだったよ」

「クソオヤジ」

サン・ダッチス号にふたたび乗りこむのは、たしかにあまりいい気分ではなかった。デッキはあの夜より低いところにあったが、そこから下を覗きこんだときに見える光景は同じで、身がすくんだ。そんなところから落ちて死ななかったというのは、いまだに信じがたい。もともと信心深いほうではないが、あの夜以来、全能の神のおぼしめしというものがあるのではないかと思うようにすらなっている。

「わたしの足にはいまもあいつの手の感触が残ってるわ」

「できることなら、忘れさせてやりたいよ」

「アイス・バケットのなかでつかまれてるみたいに冷たかった。ミック、わたしたちの計画、うまくいくと思う？　だんだん自信がなくなってきたわ」

「いまならまだ引きかえせる。このまえカヌーに乗せたとき、チャズはもうすでに壊れかけていた」

ミックは手を離し、ジョーイが仰向けになると、肘を突いて、その顔を上から見つめた。

「明日の朝、例の刑事のところへ行こう。法廷で決着をつけよう」

ジョーイは首を振った。「そんな危険はおかせないわ。チャズは嘘の名人よ」

「おれには通じなかった」

「陪審員に女性がひとりでも混じっていたら、それでアウトよ。チャズはつけいり方を知っている。わたしが証人——殺されかけた生き証人よ」

「オーケー。だったら、決行だ」

「了解」

けれども、状況は予断を許さない。そのとき、チャズはどんな行動に出るだろう。必死で言いわけをするか。逃げだすか。自制心をなくし、赤ん坊のように泣きだすか。心臓発作を起こして倒れるか。

それとも、逆襲に出るか。

チャズのリアクションは予測がつかないが、こちらの言うべきことは決まっている。海に投げ落とされた夜以来、疑問は膨らむばかりだ。チャズへの怒りは大きい。あのようなけだものと結婚した自分への怒りも大きい。あの夜、マリファナの袋にしがみついて、何時間も漂流していられたのは、そういった怒りのおかげなのだ。

「プロポーズの日の詩の話はもうしたっけ？　わたしの部屋で食事をとっていたとき、チャズが愛の詩を贈ってくれたのよ。自作だと言って。馬鹿なわたしはその言葉を真に受けた」

「何からとったかをあててみようか。シェリー？　キーツ？」

「ふざけないで、ミック」

「でなかったら、シェークスピア。間違いない」

「ニール・ダイアモンドよ」

ミックは恐怖に凍りついたふりをした。

「利口でしょ。わたしの世代にニール・ダイアモンドのファンはいないわ」

ミックは笑いながら枕に頭を戻した。「どんな曲だい。いや、あててみよう。『アイ・アム、アイ・セッド』だな。いかにもチャズらしい」

「信じられないかもしれないけど、『ディープ・インサイド・オブ・ユー』よ。〝きみといつまでも〟とかなんとか。クサすぎだけど、そのときはすごーいと思ったの。初デートのときに飲んだワインのラベルをとっておいて、その裏に書いてきたのよ。信じられる？」

ジョーイは身体を横に向け、ミックはそこに自分の身体をあわせた。

「両親が経営していたカジノに、名前はイネスっていうんだけど、みんなからは〝大あねご〟って呼ばれていた簿記係がいたの。数カ月後、そのひとと電話で話をしていたときのことよ。どんな亭主かって訊くので、わたしはロマンチストで、プロポーズの日に詩をつくってくれたという話をしたの。すると、どうしても聞かせてほしいって言うので、引出しにしまっておいたワインのラベルを取りだして、電話ごしに読みあげたのよ。イネスはあなたと同じように笑って、タネあかしをしてくれたわ。なんでも、ニール・ダイアモンドのコンサートには十回以上行っていて、すべての歌をそらで覚えているらしいの」

「そのことを話したら、チャズはなんて言った？」

「話さなかったわ」

「おいおい」

「そんなことはできなかった。もう手遅れだった。わたしたちはもうすでに結婚していたのよ。それはわたしをどんなに愛してくれているかってことのあかしだと考えたほうがいい。そうでしょ。数ある歌のなかからしかるべき一節を見つけだすのは、そんなに簡単なことじゃない。もしかしたら何十曲ものなかから苦労して選んだのかもしれない。ものは考えようよ。パクリをしたってことは、誠実でないってことじゃない。だから、黙っていることにしたのよ」

「問いつめたら、チャズはまた嘘をついたはずだ。本当はそれが怖かったんだろ」

ジョーイはうなずいた。「そうね。チャズにそういう機会を与えたくなかったのかもしれないわね。それは偶然の一致だったと信じたかったのかもしれない」

「それで、こんなふうになってしまった」

「そう、こんなふうになってしまった」

ミックはうなじに軽くキスをした。「念のために言っておくけど、おれも詩をかくことはできない」

「どうしてわたしを追悼式に出させてくれないの、ミック」

「きみは故人だ。きみは死んだと思われている」

「変装したらどうかしら。いいでしょ。チャズの弔辞を聞きたいの」

「テープレコーダーを持っていく。今度は『サージェント・ペパーズ』からパクるかもしれない」

ジョーイは身体を離して、ベッドの端に寄った。

「あの大嘘つきはみんなが涙にむせぶような弔辞をつくってくるにちがいないわ」

「おれは泣かないよ」ミックは言って、またジョーイに手をのばした。

26

ミック・ストラナハンは三百ドルを払って、レッカー移動させられたコルドバを保管場所から取り戻した。それでボカ・ラトンまで行くと、ジョーイの兄といっしょにいるところを見られないよう、教会から数ブロック離れたところにあるスーパーマーケットの駐車場に車をとめた。最初はギャレリア・モールで買った灰褐色のかつらをつけるつもりだったが、途中で考えを変えた。カヌーの男だと一目でわからせるようにして、チャズを最初からビビりまくらせたほうがいい。

聖コナン教会のフォークギター・トリオは〝悔悛ブラザーズ〟と呼ばれていて、ミックがなかに入っていったときには、『漕げよ、マイケル』を演奏していた。としたら、『クンバヤ』が始まるのは時間の問題だろう。

教会の信徒席の四分の三はジョーイの友人や隣人で埋められ、そのほとんどが女だった。そのなかには、結婚式に招待された者も大勢いるだろうし、そのうちの何人かは夫がとんでもないろくでなしであることを知っていたにちがいない。だが、もちろん誰もそんなことは口にしなかったし、そんな話が出たとしても、あのころのジョーイは聞く耳を持たなかっただろう。

信徒席の最前列では、ローズがひとり艶やかな異彩を放っていた。ぴったりしたニットのトップに、黒のミニスカート、黒の編みタイツに、スパイクヒールのパンプスをはいている。ブロンドの髪は染めなおしたばかりで、まばゆいばかりに光り輝いている。オニキスのチョーカーが白く長い首を強調し、唇には鮮やかな珊瑚色の口紅が引かれている。それと比べると、読書サークルのほかのメンバーはみな婚《い》き遅れの叔母さんのように見える。

最後列に近いところには、中肉中背の青白い顔の男がすわっている。くたびれてテカテカになった鼠色のスーツを着ていて、どこからどう見ても刑事にしか見えない。それがたぶんカール・ロールヴァーグだろう。ミックはそんなふうにまわりを見まわしながら、通路の反対側の十列ほど前の席についた。

『クンバヤ』が始まって、終わった。チャズ・ペローネの姿はまだない。だんだん不安になってくる。

コーベット・ウィーラーはシープスキンの黒いコートのかわりにピンストライプの紺の三つ揃いを着こんでいる。にもかかわらず、ボサボサの髪とモジャモジャのひげのせいで、保釈決定のための審議にスーツ姿で現われたアウトローのオートバイ乗りにしか見えない。

ベルベットに覆われたテーブルの上には、ジョーイの8×10インチの写真が立てられている。ヤシの木を背景にして、風に髪をなびかせ、芝生の上にあぐらをかいてすわっているところだ。太陽の下で、笑顔がまぶしい。それはほんの二十四時間前にビスケーン湾の島でコーベットが撮ったものだが、参列者には知るよしもない。ジョーイが笑っているのは、早期引退した中年男が日に焼けた尻を見せているからだ。そして、その男はいま聖コナン教会の信徒席にすわって、ゆすりの話ができるときが来るのを我慢強く待っている。

ギター・トリオがカリプソ・バージョンの『風に吹かれて』を弾きはじめた。コーベットは首を切るような仕草をし、音楽がやむと、演壇に進みでて自己紹介をした。

「本日はみなさんといっしょにわが愛しの妹ジョーイ・ウィーラーを偲びたいと思います」追悼式で旧姓を使うことにしたのは、ジョーイのたっての願いによるものだ。「妹は芯の強いしっかり者でした。と同時に、寛容な心の持ち主でした。理想主義者であり、夢見がちなロマンチストでした。ひとはみな生まれながらにして善良で誠実であると、妹は信じて疑いませんでした。残念なことに、それはかならずしも事実ではありませんでしたが……」

コーベットは言葉を切って、信徒席を見まわした。チャズの浮気癖を知っている数人が目配せをしあっている。

「それでも妹は信じていました。ほとんどの人間が基本的には善良で、精神の深いところで高潔であるという信念を失いませんでした」

その次に語った二つのエピソードは、参列者の涙を誘った。ひとつは両親の葬儀のときのもので、当時四歳だったジョーイは墓前で『悲しみのジェット・プレーン』の替え歌をうたって、両親の死を悼んだという。〝クマさんも乗りこんだ。もう行ってしまったのね……〟

もうひとつは、ジョーイの最初の夫の悲劇的な運命についてだった。コーベットは一度も会ったことのないベンジャミン・ミデンボックの高潔さを列挙し、まるで聖人であるかのように持ちあげた。「ベニーは妹の人生を照らしだす光でした。最後のお別れを告げるまえに、妹は棺のなかに愛用のフライ・ロッドと、手づくりのポッパー・ルアーを入れました。棺を担ぐ者のためにも、故人の趣味がボウリングでなくてよかったと話していました」

一瞬の間を置いて、参列者は微笑んだ。

「そうなんです。妹はどのような深い悲しみに直面したときにも、決してくじけることはありませんでした。ユーモアのセンスと楽観主義を失うことはありませんでした。誰よりも前向きで、希望に満ちていました。そして、もっとも無欲な人間でもありました。王女のように生きることもできたのに、普通の平凡な生活を選びとりました。真の幸せはそこにあると信じていたからです。唯一の贅沢はイタリアの靴だけでした」

ジョーイの買い物仲間から泣き笑いの声が漏れた。

「もちろん完璧な人間というわけではありません。みんなと同じように欠点もありました。向こう見ずで、世間知らずで、ときには判断を誤ることもありました」

実例をあげるのはすんでのところで思いとどまったようだ。それにしてもチャズはいったいどこにいるのだろう、とミックは思った。

「妹は決して完璧な人間ではありませんでした。でも、間違いなく善良な人間でした。心より哀悼の意を表したいと思います」

白髪の司祭が壇上に進みでて、東ヨーロッパ訛りの英語で主の祈りを唱えた。そのあと、悔悛ブラザーズが『明日に架ける橋』を十三分間にわたって演奏し、参列者をげんなりさせた。次に壇上にあがったのは、ウェスト・ボカ・デューンズ第二分譲地きっての社交家で、皺とり美容の女王として知られるカーメン・ラグーソという女だった。なんでも、ジョーイはケンタッキー・フライドチキンの裏手にたむろしていた多くの野良猫を保護して、マーゲートの動物病院で去勢手術を受けさせ、そのときにかかった二千ドル強の費用を全額ひとりで支払ったらしい。また、弱ったイルカをグランド・バハマ島の海岸からマイアミの水族館へ輸送するために、飛行艇をチャーターしたこともあるという。イルカは腸閉塞を患っていたので、完治してから、海に戻されたらしい。

「ジョーイが船から落ちた夜、そのイルカがメキシコ湾で泳いでいたら、助けにきてくれたかもしれません。どうして現実は映画とちがうのでしょう」

さらに数人の友人が壇上にあがり、ジョーイの匿名の慈善行為や、自然への愛や、恵まれないひとたちに対する思いやりについて語った。最後はローズだった。壇上にあがると、ロールヴァーグ刑事を含む男たちのあいだで、どよめきのようなものが起きた。

「ジョーイはわたしたちの読書サークルの誇りでした。本当です。ジョーイのおかげで、わたしたちはマーガレット・アトウッドやA・S・バイアットやP・D・ジェイムズを知ることができたのです。ジョーイがいなければ、ジェイン・オースティンに何週間も無駄な時間を費やしていたでしょう。ジョーイはとてもおしとやかでしたが、情熱家でもあり、いざというときには大胆になることを恐れていませんでした。ジーン・アウルの最新作のラブシーンを読みあげたときもそうです。あれを聞いたら、壁も真っ赤になっていたでしょう」

ミックは思った。あのジョーイが？　おやおや。

「あのおしゃべり女はいったい誰なんだ」チャズ・ペローネは言った。

トゥールは答えなかった。実際のところ、この日はまだひとことも発していなかった。チャズが自分の母親を追悼式に招かなかったことが気にいらなかったのだ。

チャズは参列者からは見えないところにある聖具室にいた。西ナイル熱のことを考えると、気が気でなく、もともと極端な潔癖性だったせいもあり、不安は募るばかりだった。首が異様にこわばっているのは、清涼飲料水の二リットル・ボトルで殴られたことによるものではなく、蚊によって媒介される脳炎の最初の症状なのかもしれない。そのあとには、高熱や、痙攣や、震えや、感覚麻痺が続き、最終的には昏睡状態に陥るということも考えられる。昨夜、熱があるかもしれないと思って、トゥールを呼んだら、何を勘違いしたのか、あのバカは冷凍のソーセージとワセリンを持って部屋に入ってきた。

あまりに情けなさすぎる。蚊に刺されて死ぬなんて。

これは湿地の復讐なのか。

あとさきの考えもなく掻きまくったので、蚊に刺された三十四箇所の半分は、かさぶたになるか、腫れあがるかしている。教会の前ではじめて会ったジョーイの兄は、爆発寸前のような顔を見て、猿痘の検査をしたほうがいいと言った。

羊好きの変態男のたわごとに付きあっている暇はない。

自分の弔辞に盛りこめるネタが見つかるかもしれないと思って、チャズはローズの長口舌に耳を傾けようとしたが、どうも集中できない。スカートの短さとストッキングの大胆さについ目を奪われてしまう。見るからに好きそうな女だ。

「用意はいいですか、チャールズ」

チャズはびっくりして飛びあがった。裏口からコーベット・ウィーラーが聖具室に入ってきていたのだ。

「あなたは真打ちです。みなあなたの登場を待っています」

チャズは信徒席を覗きこみながら思案をめぐらせた。ここに来ているのはどういう連中なのか。よくこれだけの人数が集まったものだと思う。結婚式で見たような気がする者も何人かいるが、ほとんどは一面識もない者ばかりだ。そういえば、自分が仕事をしたり、ゴルフをしたり、浮気をしたりしているときに、ジョーイが何をしているかを訊いたことはほとんどなかった。ジョーイの過去の人間関係に興味を示したこともなかった。自分からしゃべらないことはおたがいに訊かないという暗黙の了解ができていたからだ。

「お友だちを連れてこられたんですか」コーベットは返事を待たずにトゥールのほうを向き、手をさしだした。「お見受けしたところ、どうやら農業に従事しておられる方のようですね」

トゥールは洗いたての黒いオーバーオールを着てきていた。チャズの意に反して、レッド・ハマーナットが連れていけと強硬に主張したのだ。

「ちょっとまえまでそうだった。農園で現場監督をしてたんだ」

「ぼくは二千頭の羊を飼っています」

トゥールは興味しんしんだった。「ほう。種類は?」

神よ、救いたまえ。変人は変人を呼ぶ。

ローズがまた参列者を笑わせたとき、チャズはとつぜんコーベットに手をとられ、気がついたときには、聖具室を出て、階段をのぼり、壇上に立っていた。震える手でマイクの高さを調整し、スーツのポケットをあさって、UFOとの通信文のような稚拙な字が並んだメモ用紙を取りだした。

顔をあげて、信徒席を見まわした瞬間、身体が凍りついた。ゆすり屋が前から三列目の席にすわって、飢えたコヨーテのような笑みを浮かべている。顔をあげて、信徒席の反対側に視線をやると、今度はそこにカール・ロールヴァーグがいた。ホッケーの試合を観戦しているように頬杖をついている。顔にはなんの表情もない。

喉におがくずを詰めこまれたような気がした。話をしようとすると、声は壊れたバイオリンのような音になった。コーベットが水を持ってきてくれたが、毒を盛られているかもしれないので、飲むことはできない。

しばらくしてから唇を嘗め、やっとのことで話しはじめた。「みなさん、ジョーイはぼくの妻であり、最愛の女性でした……」

そのとき、ジョーイは鳥の巣箱からスペア・キーを取りだしていた。それを使って、裏口のドアからなかに入り、警報装置を解除すると、急ぎ足でバスルームに行って、この日の朝食べたものを吐いた。

しっかりしなきゃ。ろくでなしと結婚した女は自分だけじゃない。

が、それにしても、どうしてあそこまでひどいのを選んでしまったのか。

ベッドは乱れたままだった。ジョーイはそこに横たわって、呼吸が整うのを待った。枕はマンゴー臭い。チャズがリッカの美容室で買ってきたシャンプーの匂いだ。天井を見ながら、ふと思った。チャズはここで殺意をかためたのか。自分が何も知らないで眠っているあいだに、計画を練ったのか。

ジョーイは居間に行って、シェリル・クロウのCDをかけた。お気にいりの曲で、聞いているうちに、気分がよくなってきた。ソファーに腰をおろし、そこにいつもどおり投げ捨てられていたリュックを取る。ジッパーは開いていて、なかには、水質管理局の未記入の用紙や、マイレージの積算明細書に混じって、ミックがロールヴァーグ刑事に送った遺言書のコピーが入っていた。全財産を夫に遺贈するというくだりには、赤字でアンダーラインが引かれていて、余白には、三つの大きな感嘆符が記されている。最後のページには、ミックがクレジット・カードの控えから写したサインが入っている。これだけ似ていれば、貪欲なチャズは本物だと思うにちがいない。

バカタレめ。

チャズが考えることは容易に察しがつく。自分がこの上なくいい男で、セックスにも大いに自信があるので、妻がその魅力に負けて、衝動的に同意書を破り捨て、すべてを夫に譲る気になったというわけだ。事態の意外な展開をどう解釈するかも、チャズという人間を知っていれば、想像にかたくない。つまりこういうことだ。ジョーイはクルーズ最終日に遺言書の話をしようと考えていたが、結局最後まで打ちあける機会がなかった。後日、コーベットはそれを妻殺しの動機と考え、夫に疑いの目を向けさせるために、遺言書のコピーを匿名でロールヴァーグに送りつけた。

そんなふうにチャズは考えるにちがいない。千三百万ドルの魔力は、現実を見失わせ、ものごとを良いほう良いほうに解釈させる。

ジョーイは遺言書のコピーをリュックに戻し、CDプレイヤーをオフにした。水槽に近づくと、魚が興奮して水面近くにあがってきた。ネオン・グーピー、ベラ、チョウチョウウオ、クイーン・エンジェル、スズメダイ、クロハギ。チャズのような不精者に飼われているのだから、寿命はそんなに長くないかもしれないが、いまはどの魚も元気がよく、光り輝いている。フレーク状の餌を三つまみ水に落としてやると、魚は大喜びで万華鏡のように乱舞した。

水槽の底には、砂のなかに舳先が埋もれたセラミックの難破船がある。ジョーイはジーンズのポケットに手を突っこんで、プラチナの結婚指輪を取りだし、てのひらの上ではずませた。その内側に彫られた言葉は、見なくても、そらで覚えている。〝ぼくの夢、ジョーイ。愛をこめて。CRP〟

「夢というより、悪夢のほうがいいかもよ。〝ぼくの悪夢、ジョーイ〟」

ジョーイは指輪を握りしめ、もう一方の手で水槽のふたをはずした。

演壇で、チャズは落ち着きを取り戻していた。首のこわばりは奇跡的に消え、顔も痒くなくなっていた。

「ぼくはこの悲劇を心のなかで何度となく反芻《はんすう》しました。あれはぼくの責任であると言わざるをえません。あの夜、ぼくがジョーイを先に行かせなかったら、あるいは、ぼくがキャビンでぐずぐずしていなかったら、ジョーイはひとりでデッキに出ていかなかったはずです。あの夜は雨で、甲板が滑りやすくなっていました。ジョーイはひとりで手すりの前に立たなかったはずです。彼女の横にはぼくがいたはずです。そうしていれば、あのような悲劇は起きなかったのです」

犯行現場を目撃した可能性のある者がいるところで、このような作り話をするのが得策でないことは百も承知している。多少なりとも能のある弁護士なら、そういう発言は控えるようにと忠告するだろう。だが、ここではロールヴァーグ刑事に対して、当初の供述にブレがないことを明示しておく必要がある。と同時に、この機会を利用して、ジョーイが人知れず内なる悪魔と闘っていたのではないかという推論を披露し、自殺の可能性をにおわせる必要もある。

「ぼくはその夜のことを心のなかで何度も再現しました。でも、考えれば考えるほど、わけがわからなくなるばかりです。このなかに『ボヴァリー夫人』という本をお読みになった方はいらっしゃるでしょうか」

予想どおり、読書サークルのメンバー全員が手をあげた。ほかにも、ロールヴァーグを含む十数人が手をあげた。

「ジョーイはその本を船のなかで読んでいました。そのあと、ぼくも興味をそそられて、ざっと目を通しました」

実際のところは、インターネットのファン・サイトで、十行足らずの粗筋を読んだにすぎない。

「人生に倦んだ、不幸せな若い女性の話です。彼女は結婚によって刺激と充足がもたらされると思っていました……夫はドクターです」どんなに鈍感な者でも関連がわかるよう、チャズはわざと声をうわずらせた。「悲しいことに、彼女はそれに満足できず、懸命に束縛から逃れようとするが、幸せになることはできませんでした。そして最後には、みずからの命を断つのです」

会場に重苦しい沈黙が垂れこめた。

「その本を読み終えたとき、ぼくはひどく暗い気分になりました。ジョーイは幸せだったのかどうかと考えずにはいられませんでした。もしかしたら、ジョーイは自分を小説の主人公になぞらえていたのかもしれません。ぼくにはそういった感情をずっと隠しつづけていたのかもしれません」

チャズはこうべを垂れ、肩を落とした。顔をあげたとき、ゆすり屋はどうやら居眠りをしているみたいだった。ロールヴァーグの表情（あるいは表情のなさ）は変わっていない。

「ぼくは思案に思案を重ねました。そして、ジョーイを知り、ジョーイを愛した多くの方と話をしました」

それも真っ赤な嘘だ。留守番電話には誰ひとりとして返事をしていない。

「その結果、ジョーイは幸せな人間だったと、これまで以上に強く確信するようになりました。お兄さんが述べたように、ジョーイは前向きな人間でした。親愛なる友人のローズが述べたように、情熱家でもありました。ジョーイは闘士であり、人生を愛する楽観主義者でした。それがぼくの知っているジョーイ・ペローネでした。それがぼくの尊敬するジョーイ・ペローネでした。それがぼくの……」

そのとき、教会に誰かが入ってきた。松葉杖をついて、ぎこちない足取りで歩いている。

「妻を失った悲しみは……」

女だ。中央の通路を歩いてくる。

「……一生……」

チリチリの髪。片方の足に石膏のギプスをつけている。ここが泣かせどころなのに。いったい誰なのか。

「……わ……わ……」

リッカだ。

まさか！　ありえない！

「……わ……忘れないでしょう」チャズは言いながら、演台の脇につかまった。

異変に気づいた参列者のあいだから、心配そうなざわめきが起きた。リッカはゆすり屋の横にすわった。ゆすり屋が松葉杖を受けとり、椅子の下に置く。チャズは目をそらせた。

呪われている。

口から息が音を立てて漏れ、肺がからっぽになった。チャズはよろめきながら演壇から降り、釣りあげられたマグロのように口をパクパクさせながら、おぼつかない足取りで聖具室に向かった。戸口にたどり着いたときには、脚がヌードルのようになっていて、トゥールに身体を支えてもらわなければならなかった。悔悛ブラザーズが奏でる『花はどこへいったの』の優しい旋律に、まぶたがゆっくりと落ちていった。

リッカはミック・ストラナハンにささやきかけた。「あなたの言ったとおりよ。あいつは殺人犯よ。自分でそう言ってた」

「何があったんだい」

「話せば長くなるわ。要するに、沼地に連れていかれて、撃たれたのよ。信じられる？」

ミックは信じられると言った。「ここには何をしにきたんだい」

「あいつをビビらせてやろうと思って。馬鹿げてるかもしれないけど、あたしが生きてるってことを教えてやりたかったの。いくらあいつでも、教会のなかじゃ、めったな真似はできないでしょ」

「警察に連絡は？」

「まだしていない。これからするつもりよ」

「ひとつ頼みたいことがあるんだ。警察に連絡するのは二、三日待ってくれないか」

リッカは微笑んだ。「あいつを脅迫するのね」

「それ以上だ。でも、油断しちゃいけない。チャズはきみと会いたいと言って、泣いたり、媚《こ》びたりするにちがいない。もしかしたら、巨額の口止め料を払うと言いだすかもしれない」

「そして、またあたしを殺そうとする」

「そういうことだ。ある人物の電話番号を教えておく。チャズと会うことになったら、そこに電話をかけてくれ」

ミックは祈禱カードの裏に名前と電話番号を書きつけた。リッカは何も訊かずに黙ってそれをバッグにしまった。

悔悛ブラザーズの演奏が終わり、教会がしんと静まりかえると、コーベットは演壇に戻り、横目で聖具室のほうを見ながら言った。「誰にとっても、本当につらい一日です。自分自身について言うなら、ぼくはいまだに妹が死んだとは思っていません。今朝、妹に羊飼いの靴やアボリジニ風のヘアスタイルをからかわれたばかりのような気がします」

みんな笑ったが、ミックはそれが楽屋落ちであることを知っていた。追悼式用の服を着ているあいだ中、ジョーイは兄をからかっていたのだ。

「本日は大勢お集まりいただき、本当にありがとうございました。妹も喜んでいると思います。夫のチャズが教会の前で待っていますので、お悔やみの言葉をかけてやってくだされば幸いです」

「そりゃいいわ」リッカは言った。

「ムチャはしないように」ミックは釘を刺した。

意識を取り戻したとき、チャズはとまどいを隠せなかった。教会の前で参列者ひとりひとりに挨拶させられることになるとは思わなかった。いくら気分が悪いと訴えても、コーベットは元気を出せと言うばかりで、まったく取りあおうとはしない。トゥールは何も言わず、通路に立ちどまって、テーブルの上に置かれたミセス・ペローネの遺影をじっと見つめていた。知らない顔のはずだが、どこかで見たことがあるような気がしてならないのだ。

誰だったか？　どうしても思いだせない。これもフェンタニルのせいだろう。強い薬なので、ときどき記憶が飛ぶのだ。

トゥールは外に出て、バンヤンの木陰を見つけると、地面にしゃがみこみ、幹に頭をもたせかけた。教会の前で、チャズが参列者と握手をしたり、抱擁を交わしたりするのを見ているうちに、ふと気がつくと、またミセス・ペローネの写真のことを考えていた。あれほど利口そうに見える女がどうしてあのような最低のスットコドッコイに引っかかったのか。世のなかはうまくいかないものだとつくづく思う。

ひとりの男がやってきて、隣に腰をおろした。

「おれを覚えてるかい」

「あ、あたりめえだ」

ゆすり屋だ。チャズの家で、この男にぶちのめされたのだ。

トゥールは目を細めた。「まわりにひとがいてよかったな」

「怒るのも無理はない。このまえはちょっとやりすぎた」

「この次を楽しみにしてな」

「そのことで話があるんだ」ゆすり屋は声をひそめた。「この次は金の受け渡しになる」

「なんの金だ」

「ゆすりの金だよ」

「それで?」トゥールはもぞもぞと身体を動かした。尻が木の根のこぶの真上にあり、銃弾が食いこんだところがおさえつけられているのだ。

「これから先、チャズはどんな馬鹿なことをしでかすかわからない。それは本人にとっても、ミスター・ハマーナットにとってもよくないことだ」

「心配すんな。おれがついてるかぎり、そんなことはさせねえよ」

「それは心強い」ゆすり屋は教会の扉口を指さした。「あのふたりが誰かわかるか」

トゥールは目をまた細めた。「ひとりはデカだ」

「そう。ロールヴァーグ刑事だ。松葉杖をついている黒い髪の女は?」

「顔は知ってる」トゥールはオーバーオールのなかに手を突っこんで、股間を掻きはじめた。ゆすり屋はリッカの名前を教えた。「チャズはあの女を殺そうとした」

「ほんとに?」トゥールはさりげない口調で言ったが、それがただならぬ事態であることはよくわかっている。チャズが撃ち殺したはずの娘が、じつは生きていて、デカと話をしているのだ。ハマーナットに報告しないわけにはいかない。

トゥールは立ちあがって、尻をさすった。尻のなかで銃弾が尾骨をこすっているような感じがする。

ゆすり屋も立ちあがった。「刑事に目をつけられたらまずい。そろそろ退散するよ」

肩をすくめたとき、松葉杖の女にミセス・ペローネの兄が近づいていくのが見えた。またひとつ悪いニュースが増えた。

「とにかく、先週のことは謝る」ゆすり屋は言った。

「謝ってすむなら、世話はねえよ」

「そうかな」

「ところで、そのときいっしょにいたスケはどうしてる」

「家でマシンガンの手入れをしているよ」

それはジョークなのかどうか。と考えていたとき、とつぜん思いあたった。ゆすり屋のスケは遺影の女によく似ている。桟橋は暗かったが、女の顔ははっきりと見た。間違いない。もしかしたら、血のつながりがある者かもしれない。としたら、ゆすりは身内の者による復讐ということなのか。

「ひとつ訊きたいことがある。いいかい」

「だめだ」ゆすり屋は言って、歩き去った。

ありがたいことに、コーベット・ウィーラーが横に立って、参列者への挨拶を手伝ってくれた。礼儀正しさと、心にもない誠意を取り繕うのは容易でない。チャズはお悔やみの言葉を聞き流し、それぞれ十秒ほどでサンドバッグの列のように参列者をやりすごしていった。そのときのみんなの心配そうな顔から、自分がどれだけ惨めに見えるかがよくわかった。弱々しい握手、湿った上唇、蚊に嚙まれて化膿したあと。でも、それでいい。悲嘆に暮れ、精神的にまいっている夫という役どころにはぴったりだ。

握手と抱擁。

しばらくのあいだは神妙に悲しみの仮面をかぶりつづけていたが、ゆすり屋が自分の前に立ったときには、口が醜く歪むのをおさえることはできなかった。

ゆすり屋はチャズの手に封筒を押しつけ、身を乗りだして、チャールトン・ヘストンの声音で言った。「貴君の耳にはヘリコプターの音が届いているか」

チャズは反射的に顔をあげたが、そこにあったのは、バドワイザーの吹き流しをつけた小型機だけだった。

「明日の夜、会おう」ゆすり屋は言って、すぐに歩き去った。

狼狽している余裕はなかった。リッカの姿が見えたからだ。ロールヴァーグと何やらおしゃべりをしている。あけっぴろげで、気楽そうで、緊張感はまったく伝わってこない。ロキサッチーで殺されかけたことを話しているのではないということだ。にもかかわらず、野ウサギのように飛んで逃げないようにするのは容易でなかった。

涙もろく、かすかにモッツァレラの匂いがするラグーソ夫人の抱擁を受けていたとき、コーベットが急にいなくなった。大きな胸に押しつけられたまま、その肩ごしに周囲を見まわすと、コーベットはリッカと話をしていた。

信じられない。こんなのってアリか。

しばらくして、コーベットはリッカを連れてやってきた。

「掃除婦だと言っています」コーベットは言った。「あなたに折りいって話があるそうです。よろしいですね」

「え、ええ。もちろんです」

掃除婦？　いい加減にしてくれ。しつこすぎる。

コーベットは元の位置に戻り、今度はチャズがそこから離れた。リッカの目はカマスのように冷たかったが、松葉杖をついているので、ご機嫌をとるための抱擁をすることもできない。

チャズはささやくような声で言った。「きみに話したいことがあるんだ」

「ひとりでマスをかいてなさい」

「あの夜は頭がどうかしてたんだ。普通じゃなかったんだ」

「はいはい。弁解は陪審員の前ですれば」

「謝る。きみの部屋を片づけたことも。車を処分したことも。気が動転していたんだ。ほかに説明のしようがない」

「それにしても、ひどい顔。疥癬にかかったの?」

「蚊に嚙まれたんだ。西ナイル熱にかかったかもしれない」

「それは何よりだわ。キンタマが腐って落ちることを祈ってる」

「きみが怒るのも無理はない。ぼくはきみにひどいことをした」

「あら、ほんと」

「でも、あれは本当のぼくじゃないんだ。あのときはどうかしていたんだ。嘘じゃない。どうすればわかってくれるのかなあ」

「惨めに野垂れ死ぬ以外に?」

「しーっ。お願いだ。もう少し小さい声でしゃべってくれ」

「二十五万ドル」リッカはさらりと言った。「キャッシュで」

「なんだって」チャズはびっくりしたように言った。だが、実際はそれを聞いてほっとした。前々から思っていたとおり、リッカは貪欲な女だ。これ以上に望ましい答えはない。

「プラス新車。マスタング・コンヴァーティブル。いやなら、新しい友人に話をしにいくわ」

リッカは振り向いて、白髪の司祭と話をしている刑事のほうに視線をやった。

「待ってくれ、リッカ。行かないでくれ。いま返事をする」チャズは手をのばしたが、リッカは威嚇するように松葉杖をあげた。「答えはイエスだ。ほしいものはなんでも買ってやる」

「あとで電話するわ」リッカは言葉少なに言って、足を引きずりながら歩き去った。

元のところに戻ったとき、そこに列をつくっていた者はほんの一握りになっていた。

コーベットが耳打ちした。「ニュージーランドには、あんな掃除婦はいませんよ。なかなかイケてる娘じゃありませんか」

「え、ええ、まあ。淋病にかかっていると聞いています」

コーベットは笑った。「果敢なチャレンジ精神ですな」

ふと気がつくと、誰かに両手を握られていた。ミニスカのブロンド。ジョーイの読書サークルの友人のローズだ。

「ふたりだけでお話ししたいことがあるの」

「いいですよ」

香水の匂いがする。シャネルだ。ジョーイがつけていたのと同じものだ。もっと嗅ぎたくなって、深く息を吸いこむ。この匂いを嗅ぐと、なぜかいつもあやしい気分になる。ジョーイを海に投げ捨てたあと、もっとも鮮明に覚えているのは、宙にほのかに漂うジョーイの残り香なのだ。

ローズは先に立って教会の扉を抜けた。なかは涼しく、薄暗い。チャズは努めて目をそらすようにしていたが、ぴったりとしたニットのトップの下で、その胸はひどく窮屈そうに見える。

「とってもステキなお話でしたわ」ローズは畏敬の念をこめて言った。

「ジョーイはとってもステキな女性でした」

「そう、そうなの。いまでも死んだとは思えない。とても信じられないわ」

「ええ、いまだに現実とは思えません」

「でも、あなたのスピーチを聞いていると……あなたはまるでジブラルタルの岩のようだった」

「ぼくは強くあろうと思っています。ジョーイのためにも」

「でも、本当のところはどうなの。こんなことになって、平気でいられるわけはないでしょ」

ローズはまたチャズの手を握り、優しく撫ではじめた。ぞくぞくするような刺激がある。このところ数日間はセックスのことを考えるどころではなかったが、ここで一発やるというのは悪くないかもしれない。この重苦しい状況のなかで、それは恰好の気晴らしになるにちがいない。

「本当のことを言うと、いまにも崩れ落ちそうになっています」

「たしかにあまりお元気そうには見えませんわね」

「ジョーイのいない家は、あまりにも空虚で、寂しすぎます」

「お察しするわ」ローズは同情深げに言った。

香水の匂いに興奮は高まるばかりだった。珊瑚色の唇を見ているうちに、そこに舌を突っこみたいという衝動を抑えるのは容易でなくなってくる。待て、待て。時と場所をわきまえねば。

「夜が思いやられます。この追悼式で一応のけじめをつけるつもりだったんですが、そう簡単にはいきそうもありません」

ローズは指と指を絡めた。なんかそそられる。ジョーイはどうして一度も家に連れてこなかったのか。

「じゃ、今夜はわたしの家にいらしたら？　いっしょにお食事をしましょ。ビデオを借りて見るというのは？　そうしたら、少しは気がまぎれるんじゃないかしら。パスタはお好き？」

「いいですね。ワインを持っていきます。住所を教えてください」

チャズは外に出て、意気揚々と階段を降りはじめた。階段を降りきったところに、ロールヴァーグが立って、参列者が帰っていく脇道を見つめていた。口もとには、謎めいた奇妙な笑みが浮かんでいる。

チャズはふと思いついて、立ちどまった。「そうそう。もうだいぶまえのことになりますが、妻の何かが見つかったという話をなさっていましたね。それはなんだったんです。もう教えてくれてもいいでしょ」

「もちろん。爪です」

「はあ？　それだけですか」

「ええ。マリファナの袋に食いこんでいたんです」ロールヴァーグは言い、それから急に笑いだした。

「何がおかしいんです」

チャズは首を振って、歩きはじめた。

ロールヴァーグが笑いだしたのは、ミセス・ペローネの爪のせいではなく、教会のまわりをゆっくり二周した車のせいだった。真新しい緑のシボレー・サバーバン。何者かがミセス・ペローネのクレジット・カードを使って借りたのと同じものだ。濃いスモーク・ガラスに光がさしこんだとき、運転手の姿がちらっと見えた。若い女で、大きなサングラスをかけ、野球帽をかぶり、ブロンドの髪をひっつめていた。

あまりにも痛快であり、あまりにも完璧だ。これが笑わずにいられようか。

27

チャズ・ペローネは青い錠剤を服んでから、チャイムを鳴らした。入って、という声がなかから聞こえた。キッチンに行くと、レンジの前にローズが立っていた。電話で話をしながら、リングイネを茹《ゆ》で、マリナラ・ソースを掻きまぜている。ぴちぴちのカットオフ・ジーンズに、浅葱《あさぎ》色のチューブ・トップという格好だ。これは期待できそうだ。チャズはカウンターにメルローのボトルを置き、食器棚の引出しからコルク抜きを取りだした。

ローズは受話器を置いて言った。「じつを言うと、わたし、追悼式から帰ったあと、一時間ずっと泣きどおしだったのよ」

「ぼくもです」チャズは真顔で言った。

気持ちを落ち着かせるために、五本のミケロブとマティーニが必要だったことは言わなかった。

リッカが生きていたのだ。

レッド・ハマーナットが何を考えているかは神のみぞ知る。

ゆすり屋は明日の夜に金を渡せと言ってきている。

きわめつきはビデオテープだ。教会から戻ったとき、玄関のドアの前に置かれていた。画質は悪く、暗めだったが、それが何を撮ったものかは即座にわかった。

〝チャズ、やめて。何をするの〟

ジョーイがそのとき言葉を発したかどうかは定かでない。記憶はもうすでにぼやけ、音声はまったく頭に残っていない。だが、ビデオに映っているのがジョーイであるのは間違いない。顔も、声も、脚も。

スカートも、靴も、腕時計も。

最初に見たときは、うろたえた。二度目は奇妙なことに魅入られてしまった。

ビデオにまず映しだされたのは、タラップの上のアーチ屋根に記された〝サン・ダッチス号〟という文字だった。次は船上のシーンで、一組の男女が手すりのそばの暗がりにたたずんでいた。男のほうはカメラに背を向けているが、それが誰かは一目瞭然だった。短く刈った茶色の髪、紺のブレザー、チャコールグレーのスラックス。バスルームの鏡に映るいつもの自分の身体に比べると、心なしか肩幅が広く、尻が引きしまっているように見える。先を見るのは恐ろしくてためらわれたが、自分のたくましい姿を見るのはまんざらでもなかった。

ビデオデッキの経過時間を測ると、始まりから終わりまで全部で十七秒だった。

〝チャズ、やめて。何をするの〟

ジョーイの叫び声を聞いていると、シラフでいることはできなくなった。飲まずにはいられなかった。ゆすり屋があれだけ自信満々だったわけが、いまではよくわかる。一部始終をビデオテープにおさめていたのだ。

まったくついてない。あの糞ったれはデッキをぶらぶら歩きながら、星や海岸線などをビデオに撮っていたのだろう。そこへ一組の男女が現われた。それで、気がついたときには、殺人現場を記録していたというわけだ。

鍵がデッキに落ちる。男が鍵を拾うふりをして、腰をかがめる。

鍵を拾うかわりに、女の足首をつかむ。

〝チャズ、やめて。何をするの〟

激しい動きがあり、脚が宙に浮く。

女の姿が消える。

パフッ。あっという間の出来事だ。

覚えているかぎりでは、自分は冷静で、落ち着いていたはずだ。そのときどんな顔をしていたか見たかったが、テープは男が振り向きかけたところで終わっていた。

寝室のビデオデッキで、都合六回見た。最初はビールだったが、見ているうちにもっと強い酒が必要になった。車を電柱にぶつけずにローズの家まで行けたのは奇跡と言っていい。

酒も悪くはないが、縁起なおしに最適なのはセックスだ。キャビンのシャワー室でジョーイとやったのが最後で、あれからもう二週間になる。あのときのセックスは本当によかった。あれ以来リズムが狂ってしまい、どうも本調子ではなく、どうしてもトップギアに入らない。十六歳のとき以来、明けても暮れてもセックスかマスターベーションをしていないと、自分を正常に保つことはできず、かならずどこかおかしくなった。頭にモヤがかかったり、動作が鈍くなったり、ホルモンの分泌が滞ったり、睾丸がうずいたり、前立腺がこわばったり……

チャズはふたつのグラスにワインを注ぎ、ひとつをローズに渡した。ここまでのいきさつを考えると、幸先はいい。トゥールは外出していたので（おそらく鎮痛剤を探しにいったのだろう）、家から抜けだすのは簡単だった。ここに来ていることを知られる恐れはない。

ローズは皿を並べながら言った。「お仕事の話を聞かせてくださらない」

「おもしろくないですよ。専門的なことばかりだから」

「ジョーイから聞いたんだけど、エヴァーグレーズの水の汚染を調べていらっしゃるんですってね」

「そう。水のなかに含まれている化学物質を調べているんです。でも、下水とかとちがって、臭いもしなければ、肉眼で見えるわけでもありません」

パスタを取る手のなんと愛らしいこと。

「ステキだわ。だったら、『草の川』などは擦り切れるほどお読みになったんでしょうね」

「もちろん」

「わたしにとって、ミセス・ダグラスは永遠の英雄です。驚嘆すべき女性です。あれほどの情熱家はいません」

「そうですね」チャズは相槌を打ったが、この十年ほど、最後まで読み通した本は一冊もない。

だが、酒のおかげで出まかせはポンポンと口をついて出てくる。

「『沈黙の春』はどう？」

「うーん」

「レイチェル・カーソンよ。ご存じでしょ」

「もちろん。ジョニー・カーソンと結婚したんだっけ」

ローズは笑った。「ジョーイが言ってたとおり、あなたって、ほんとおもしろいひとね」

「そうですかね」股間に奇妙な感覚がある。クスリが効きはじめたにちがいない。でなければ、膝の上にローズの左足がのっかっているということになる。チャズはグラスにワインを注ぎ足しながら、あらたまった口調で訊いた。「ところで、ボーイフレンドはいるんですか」

「いるわ。付きあって二カ月ほどになるのよ」

「そうでしたか」

「そろそろかったるくなりだしたの。何か束縛されているような気がして」

「言いたいことはよくわかります」

「誰だって、ときには羽目をはずしたくなることがあるでしょ」

「感情を解き放つってことですね」

「そう、そうなの。ストレスや緊張を取り除くために。わたしの場合、ヨガとかじゃ効果がないの」

「ぼくもです」

話のわかる女だ。

「パルメザン・チーズを取ってもらえるかしら」ローズは指をさした。「冷蔵庫の隣のキャビネットに入ってるの」

「了解」チャズは股間の膨らみをナプキンで隠して立ちあがった。しかるべきときが来るまでは、相手をいたずらに驚かせるべきではない。

チャズが背中を向けると同時に、ローズは白い粉末をワイングラスに入れた。

「人生って不公平だわ。どうしてよりにもよってジョーイが……」

チャズはテーブルに戻って、パルメザン・チーズの容器を渡し、それからワインを一口飲んだ。

「どうしても腑に落ちないことがあるの。『ボヴァリー夫人』のことよ。ジョーイはその本の話を誰にもしていなかったの。少なくとも読書サークルのメンバーには誰にも。どうしてかしら。読んでる本のことを話さないなんて、普通だったらありえないのに」

チャズは口からはみだしたパスタを巧みに吸いあげた。「単なる推測にすぎないけど、他人ごとのようには思えなかったからということじゃないかな。追悼式でも話したように、ジョーイは友人にも誰にも知られたくない大きな問題を抱えていたのかもしれない。たとえば鬱病とか」

「正直に答えてちょうだい、チャズ。あれは自殺だったと思う？」

「ま、まさか。そんなことは……でも、どうだろう」チャズはさも動揺したようにわざと口ごもった。「そうは思いたくありません。ジョーイは前向きな人間だった」

「たしかにそうね。そのとおりだわ。バカなことを訊いちゃったわ。ごめんなさい、チャズ。もちろん自殺なんかじゃない。ジョーイにかぎってそんなことはしない」

その話はそこで打ち切られ、それ以降は食事にふさわしいもっと軽い話題に変わった。音楽とか、映画とか、スポーツとか。ローズはゴルフのレッスンを受けようとしていると言った。

「汗をかかないスポーツが好きなの。あら、どうしたの、ハニー」

チャズはテーブルの縁をつかんだ。「気分がちょっと……」

部屋が遊園地の乗り物のように揺れ、回転しはじめた。ローズがふたりいるように見える。声がステレオで聞こえる。「横になりたい？　横になったほうがいいわ」

「そうだね」

チャズは寝室に連れていかれ、ベッドにすわらされ、靴を脱がされた。

ローズは重ねた柔らかい枕を軽く叩いた。「さあ、どうぞ。遠慮なく」

チャズはベッドに横たわり、目を閉じた。どうもおかしい。ここ数年、悪酔いしたことは一度もなかったのに。

「すぐに戻ってくるわ」ローズは言って、部屋の明かりを消した。

チャズはほくそえみながらズボンのベルトをはずした。ローズがジーンズを脱ぎ、チューブ・トップを剝ぎとり、シーツのなかに滑りこんでくる姿が目に浮かぶ。ベッドの上にスペースを空けておかねばならない。

問題は本当に気分が悪いことだ。

しばらくして、低いモーター音が耳につくようになった。たぶん天井の扇風機の音だろう。だが、目を大きく見開いても、暗くて見えない。酔いのせいで音は増幅され、ヘリコプターの翼が頭のすぐ上でまわっているように思える。チャズは怖気をふるい、フンコロガシのように枕の下に頭をうずめた。そのせいで、棚から車のキーを取る音も、勝手口のドアが閉まる音も聞こえなかった。

ローズが車で走り去ると、ミックはジョーイのほうを向いた。

「だいじょうぶか」

「やるっきゃないわ」

「ルールを覚えてるな」

「殴るな。蹴るな。刃物を使うな。ほかには?」

「泣くな」

「ご冗談を」

ふたりはいっしょに家のなかに入った。ジョーイは寝室の前で立ちどまり、耳の後ろにシャネルの香水をつけた。

「何かあったときのために、おれはここで待っている」ミックは言った。

ジョーイは寝室に入り、静かにドアを閉めた。暗闇で布がこすれる小さな音がして、ベッドからくぐもった声が聞こえた。「ローズかい」

ジョーイはベッドの隅に腰をおろした。

「こっちにおいで、ローズ」

ジョーイはぎこちなく身を横たえた。枕の下からチャズの顔が出てきて、右肩に頭がのっかる。

「いい匂いがする。大好きな香水の匂いだ」

「ふーん」

チャズの息はアルコールとニンニクくさい。なじみのある固いものが太腿に押しつけられる。

このバカ、ほかに考えることはないのか。

「ちょっと酔っぱらっちゃったみたいなんだ」

酔っぱらっているだけではない。ローズが十ミリグラムのベイリウムをワインに混ぜたのだ。チャズの手が胸にのびてきた。ジョーイはその手をはねのけた。

「やめて」

「きみの心臓の音が聞こえる。まるで早鐘《はやがね》のようだ。どうしてだろう」

知らぬがホトケ。

身体がさらに強く押しつけられる。

「だめよ」

「いいじゃないか。寂しいんだ」

目が徐々に部屋の暗さに慣れてきた。チャズの意識は朦朧としている。もうすでに半分眠りかけている。でも、油断は禁物。

「お願いだ、ローズ。苦しみを忘れさせてくれ。一晩だけでいい」

なんの前触れもなく、目に涙があふれた。信じられない。涙がとめどもなく湧きでてくる。ジョーイが泣きだしたことに、チャズは気をよくしたみたいだった。これで落とせたと思ったのだろう。

「お願いだ、ローズ」チャズは言いながらズボンを脱ごうとした。「これはどちらにとってもいいことなんだ」

「そうかしら」

「おたがいのなかに埋もれよう」

新しい口説き文句だ。これはどこからパクったのか。ジョーイはゆっくりと息を吸い、洟をすすった。

「こんな気持ちになるのはごく自然なことだよ。ジョーイはぼくたちふたりをともに愛していた。だから、きっとわかってくれる」

「いいえ、チャズ。わかってくれないわ」ジョーイは大きな声でぴしゃりと言った。

チャズはズボンを脱いで、身体を少し起こした。目をこらしている。唾を飲みこむ音がする。

「あなたは追悼式の夜に妻の親友と寝ようとしているのよ。そんなことが許されるわけがないでしょ」

チャズは混乱し、凍りついている。ジョーイはトランクスのなかに手を入れて、親指の爪と人さし指で陰嚢をつねった。

「手を離せ。おお、神よ。おお、キリストよ。おお、イエスよ。お願いだ。離してくれ」

頭のなかで十数えてから、ジョーイは手を離した。「動いちゃだめよ、チャズ」

卓上スタンドをつけたとき、チャズは白い大きなハリネズミのように身体を丸め、股間に手をあてがっていた。目を細めてジョーイを見つめ、それから歯をむきだしにして、耳障りな笑い声をあげる。

「おまえは本物じゃない。本物のはずがない。指の爪を見せてみろ」

「飲みすぎよ、チャズ」

チャズはチンパンジーのように笑いつづけた。「おまえは死んだんだ、ジョーイ。ぼくがこの手で殺したんだ。ビデオにも撮られている」

「しっかりしなさい。いくつか訊きたいことがあるのよ」

首がゴムでできているかのように左右に揺れはじめた。まばたきするのも億劫《おっくう》そうに見える。

「まだ寝ちゃだめよ」

「わかったぞ。西ナイル熱だ。そのせいだ。幻覚は病気のせいだ」

睡眠薬の量が多すぎたのかもしれない。チャズは急速に意識を失いつつある。

「チャズ、聞いてるの？」

チャズはうなずいた。「聞いてるとも」

「どうしてあなたはわたしを殺そうとしたの」

「おいおい、待ってくれよ」

ジョーイは髪をつかんで、チャズの頭を引っぱりおこした。

「答えなさい」

「請けあってもいい。あの船の乗客で、自分の女房を海に落とそうと考えたのはぼくだけじゃないはずだ。女のほうだって同じことを考えたにちがいない。夫婦なら誰だって一度や二度はそういったことを考える。でも、ぼくは考えただけじゃない。それを実行に移した。それが唯一のちがいだ。ぼくはそこから一歩先に進んで、それを実行に移した」

ジョーイは部屋のなかを見まわし、ノコギリか何かを探した。できれば、錆びているほうがいい。が、そのときふとミックの警告を思いだした。犯罪をおかすなかれ。

ジョーイが髪から手を離すと、チャズは頭を垂らし、顎が胸についた。

「エヴァーグレーズの水の検査結果を偽っていたことを通報されると思ったからだ」

「わたしはあなたが何をしているか知りもしなかったのよ」

「だったら、あれは過剰反応だったたってことになる」

「それだけ？」

チャズは首にできた十セント玉サイズのかさぶたを掻きはじめた。「きみは何もわかっちゃいない。仕事の話になると、レッド・ハマーナットがどれだけシビアになるか」

「あの日はわたしたちの結婚記念日だったのよ」

「ああ、そうだったね。忘れるところだった」チャズは顔をあげた。「素敵なゴルフクラブ・カバーをありがとう。あのあと、スーツケースに入っているのを見つけたよ」

「あなたは本物のモンスターよ」

「きみが本物のジョーイなら、謹んで謝りたい」

「わたしは謹んで地獄に堕ちろと言いたいわ。どうしてあなたはわたしと結婚したの」

チャズはその質問に心底驚いたみたいだった。「そそられたからだよ。お似あいのカップルだと思ったからだよ」

「そそられた？」ジョーイは卓上スタンドのコードを見ながら思った。わたしを有罪にする陪審員はいないはずだ。

「眠くて仕方がない。そろそろ帰ってくれないか。天国でもどこでもいいから」

また泣きだしてしまうといけないので、ジョーイは明かりを消した。「あなたはわたしを愛していなかったの？　あなたの言ったことは全部嘘だったの？」

「愛していたよ」

「じゃ、どうして？　あなたはあちこちで浮気をしまくっていたじゃない」

暗がりから何やらブツブツ言う声が聞こえた。

「結婚記念の旅行で、あなたはわたしを海に投げ捨てたのよ。わからないわ。そんなにわたしといっしょにいるのがいやなら、どうしてそう言わなかったの。離婚っていう手立てもあったはずよ」

聞こえてくるのは低い寝息だけになった。五秒、十秒、十五秒。

「チャズ」

返事はない。

ジョーイは頭の下から枕を引き抜いて言った。「起きなさい。話はまだ終わってないのよ」

不安げなうめき声のあと、チャズは言った。「ぼくに危害を加えることはできない。きみはもうすでに死んでるんだから」

それから、チャズはいきなり体当たりを食わせようとした。だが、暗いので、かすりもしない。逆にジョーイが背中にのしかかり、マットレスに押さえこんだ。

「なにが〝そそられたから〟よ。本気で言ってるの？」

ジョーイの口はチャズの耳から数インチしか離れていない。

「何を怒ってるんだ。それは褒め言葉じゃないか。頼む。背中から降りてくれ。立ってるものが折れそうだ」

「おもしろいことを言うわねえ。それもニール・ダイアモンドのパクリ？」

寝室のドアが開き、ベッドにくさび形の光が落ちた。

ジョーイは首をまわして言った。「だいじょうぶよ。心配しないで」

チャズがもがきながら訊く。「誰だ」

ドアが閉まる。

「ローズかい」

「落ち着きなさい、女たらし。今夜は誰ともやれないわ」

「起こしてくれ」

「ここにはわたししかいないのよ、チャズ。わたしはあなたに殺されかけた女よ」

「そんなはずはない」

「でも、わたしは死んでない」

「嘘だ」

ジョーイは背中に肘打ちを食わせた。「この感覚はどう？　まだ現実のように思えない？」

「悪夢だ」

「賭ける？」

「もう一回フクロをつねってみてくれ。それでわかるかもしれない」

「あなたの心にいったい何が起きたの、チャズ」

肩が引きつった。「ひとは変わる。それは誰のせいでもない。お願いだから、眠らせてくれ」

「まだだめよ」

「きみが本当にジョーイなら、きみはもうすでにぼくを殺してるはずだ」

息が漏れ、身体の力が抜ける。

ジョーイは襟を持って揺すり、唇を耳たぶの産毛《うぶげ》に触れるくらいまで近づけて言った。「チャズ！　聞きなさい。わたしは警察にすべてを話すつもりよ。証拠もある。新しい遺言書とか、ビデオテープとか、水質検査の偽装書類とか。あなたのお友だちのレッド・ハマーナットも一蓮托生よ。目を覚ましなさい。もうおしまいなのよ。殺人未遂、詐欺、収賄。たとえ罪を逃れたとしても、もう金づるも仕事もない。弁護士への借金の返済は死ぬまで続く。あなたは破滅するのよ」

もうウンともスンとも言わない。完全に眠ってしまっている。

ジョーイはベッドから出て、ミックを呼び、ふたりしてチャズを押したり突いたりしたが、やはり目覚めさせることはできなかった。

「どうしたらいいのかしら。こいつは幻覚を見たと思ってるわ。わたしが本物じゃないと思ってるのよ」

「それでいいんだ」

「よくないわ。こいつはなんにもわかってないのよ。ここに着いたとき、もうすでに酔っぱらっていたんだと思うわ。そのあとローズに睡眠薬を服《の》まされたから、効果が倍になってしまったのよ」

「なるほど。としたら、家に帰る途中で何があってもおかしくない。車ごと運河に突っこむとか、線路の上で眠ってしまうとか」

「やめて」

「べつに不思議なことじゃない。新聞によく出ている」

チャズは盛大ないびきをかき、よだれを垂らしている。それを見ても、ジョーイは虚しさと疲労しか感じなかった。不思議なことに、殴りたいとも、首を締めたいとも、殺したいとも思わなかった。罵倒する気さえなくなっている。怒りや憤りは雲散霧消し、いまは後味の悪さしか残っていない。

「どうかしたのかい」

「べつに。わたしが結婚したのは本当の最低男だったとわかっただけよ」

「そんなにむずかしいことじゃない。仕返しをするなら、いまがチャンスだ」

ジョーイは首を振った。「正直言うと、チャズがどうなろうが、もうどうだってよくなったの」

「おれはちがう」ミックは言って、チャールズ・レジス・ペローネの足音をつかんだ。

28

エレベーターのなかで、ネリー・シャルマンが詰め寄ってきた。服には防虫剤とツナの臭いがこびりついている。

「引越しすることをどうして黙ってたのよ。何をコソコソ動きまわってんのよ」

ロールヴァーグは答えた。「転職が決まったんです」

「部屋を誰に貸すつもりなの？　流れ者？　それとも、あんたみたいな独り者の変人？」

「貸すんじゃなくて、売りに出そうと思ってます」

シャルマン夫人の黄色い入れ歯がカタカタ音を立てた。「ヘビ仲間に売るつもりね。狂気のコブラ使いとか」

「金を出しさえすれば、誰でも買えます。それが法律というものです」

エレベーターの扉が開くと、ロールヴァーグは急いで外に出た。シャルマン夫人はそのあとを追った。

「なにをウダウダ言ってるの。たしかにラムズフェルドは見つかったけど、大手を振ってここから出ていけると思ったら、大きな間違いよ」

ラムズフェルドというのは、やんちゃなミニチュア・プードルで、スゲの原団地で行方不明になった三番目のペットのことだ。ほっとしたことに、それは無断外泊中のニシキヘビの餌食になったわけではなかった。

「ラムズフェルドはアルバートソンさんのお宅の裏にいたのよ」シャルマン夫人は苦々しげな口調で言った。「酒瓶のケースのなかで寝てたらしいわ。浮浪者がソーダ・クラッカーをあげてたんだって」

「ほかの二匹はどうなったんです。ピンチョーと、ええっと、あのシャムネコはなんて名前だったっけ」

ロールヴァーグは玄関のドアの前で立ちどまり、鍵を探すためにポケットに手を突っこんだ。シャルマン夫人は一歩も引きさがる気配を見せない。

「何をすっとぼけてんのよ。パンドラよ。パンドラがどうなったか、あんたが知らないわけがないでしょ。獰猛な爬虫類の生贄《いけにえ》にしたくせに。ピンチョーもそうよ。次はうちの大事なペチュニアの番なんでしょ」

「おかしな言いがかりをつけないでくださいよ。証拠もないのに」

「わたしだけじゃなくってよ。みんな言ってるわ。〝どうしてアナコンダなんて飼ってるんだ〟とか、〝いい大人がいったい何を考えてるんだ〟とか」

「アナコンダじゃなくて、ニシキヘビです。ニシキヘビは飼い猫やポメラニアンを食べたりしない」

ロールヴァーグは思った。自信のなさをスゲの原団地管理組合の副理事に悟られなければいいのだが。

「わたしの考えをお聞かせしましょう。あなたはわたしが自分の意志で出ていくのが気にいらないんでしょ。わたしを無理やり立ち退《の》かせられないのが悔しくってならないんでしょ。ちがう?」

ようやく鍵が見つかり、それを鍵穴にさしこんだとき、関節炎にかかった指に腕をつかまれた。

「ふんっ! あんたが街を出ていくのはわたしがいるからでしょ」

ロールヴァーグは思わせぶりな笑みを浮かべた。「怒鳴りこむ相手がいなくなると、寂しくなるでしょうね」

「クーッ」後ろにさがった拍子にサンダルが脱げ、シャルマン夫人はよろめいた。

ロールヴァーグはすばやく部屋に入り、ドアを閉めた。コンピューターの電源を入れ、天気予報のサイトを開くと、ミネアポリスは快晴であることがわかった。気温は十六度。中西部はいままさに春だ。別れた女房は南フロリダの猛暑によって断念させられたガーデニングを再開しているだろうか。

ロールヴァーグは冷蔵庫から清涼飲料水の缶を取りだすと、キッチンの椅子に腰をおろして、テーブルの上にブリーフケースの中身をあけた。書類の束のいちばん上には、緑のシボレー・サバーバンの貸渡契約書があった。レンタカー会社の店長ははじめのうち協力を渋っていたが、こちらから出向いていって、客の前で金バッジを見せたほうがいいかと訊くと、すぐに考えを変え、書類を保安官事務所にファックスで送ることに同意してくれた。

それによると、サバーバンはミセス・ペローネが船から消えた四日後に貸しだされ、支払いはミセス・ペローネのクレジット・カードで行なわれている。銀行から提供を受けた支払ずみ小切手のコピーの横に並べて置いて、サインを比べると、ぴたりと一致する。それをブリーフケースにしまうまえに、念のために、ミセス・ペローネの兄が持ってきた遺言書のサインと比較し、筆跡を数分間見つめたが、やはり間違いない。チャズと話すことはもう何もない。チャズの運命はもうすでに決まっている。法律によって、それを変えることはできないし、変えるつもりもない。

ロールヴァーグは沿岸警備隊に電話をかけ、ヤンシーを呼びだした。「ジャマイカ産のマリファナの袋のことを覚えているな。そこに指の爪が食いこんでいた」

「ええ。指示されたとおり倉庫に保管してあります」

「焼却処分してもいい。もう必要なくなった」

「わかりました。あとでそちらに焼却証明書をファックスで送っておきます。クルーズ船から消えた女性は見つかったんですか」

「いいや」

「それは残念です」

「それがそうでもないんだよ」

電話を切ると、ロールヴァーグはすぐにミネソタ行きの準備にとりかかった。

トゥールはやすらぎの里で一夜を明かした。モーリーンの眠りは浅く、何度もうなされていた。悪夢のせいかもしれないし、痛みのせいかもしれない。夜、レッド・ハマーナットから電話がかかってきて、すぐにチャズの家に戻って見張りの仕事を続けろと言われたときには、携帯電話の電池が切れかけていて声が聞こえないというふりをした。

こんな状態のモーリーンを置いていけるわけがない。

トゥールはカントリー・ミュージックのビデオクリップを流している局を見つけ、それを見て時間をつぶした。歌詞は、よくよく聴いてみると、気が滅入るようなものか、まったく意味不明なものかのどちらかだった。男は決して一箇所にとどまらず、女はいつもひとり取り残される。そういう意味でも、農家はいい。家庭があって、いるべき場所がはっきりしている。

夜明けまえに、尻の割れ目が痛みだし、立ちあがって、歩きまわらねばならなくなった。部屋に戻ったとき、モーリーンは目を覚ましていた。顔をあげて、口もとをほころばせたが、力はない。ベッドにはブラインドからさしこむ陽光が明るい縞模様をつくっているが、かって星のように輝いていた青い目は、鉛のような鈍い色になっている。ナース・コールのボタンを押しつづけているので、どうしたのかと訊くと、モーリーンは点滴用のビニール袋を指さした。見ると、袋は空っぽになっている。

「お薬を補充してもらわなきゃ」

「ずいぶん按配が悪そうだな」

「三日も身体を拭いてもらってないの。気持ちが悪くって」

「おれが拭いてやるよ」

トゥールはボタンを取り、親指で何度も押した。だが、いつまでたっても、誰もやってこない。

「朝は人手が足りないのよ。少し待たなきゃいけないかもしれないわ」

「行ってくるよ」

「どこへ？」

トゥールは廊下で最初に出くわした女を部屋へ引っぱってきた。女は呆気にとられ、おろおろしている。

モーリーンは言った。「このひとは賄《まかな》いさんよ、アール。ナターシャっていうの」

トゥールは腕を離さなかった。「薬を持ってくるように言ってきてくれ。いますぐに」

「ごめんなさいね、ナターシャ。このひとはわたしの甥なのよ。わたしのことをとても心配してくれているの」

ナターシャは曖昧にうなずき、トゥールが手を離すと、あわてて部屋から飛びだしていった。

モーリーンは後ろから声をかけた。「ゆうべのレンズマメのスープは最高だったわ。今度作り方を教えてちょうだいね」

「ここにドクターはいねえのか」トゥールは言った。

モーリーンはシーツを胸まで引っぱりあげた。「あのひとのコンビーフ料理はいまいちだけど、レンズマメ料理は天下一品よ」

「看護婦を連れてくる」

モーリーンは指を振った。「いいのよ。気にしないで。面倒を起こすと、あなたが追いだされてしまうわ。静かにここにすわっててちょうだい。わたしはもうだいじょうぶだから」

だいじょうぶでないことはわかっている。トゥールはそっとモーリーンの身体を横向きにし、ガウンのひもをほどいた。

「よしなさい、アール」

「しーっ」

トゥールは自分の白衣を引っぱりあげ、背中に手をまわして、そこに貼ってあった最後の一枚の膏薬を剝がした。それをモーリーンの肩甲骨のあいだに貼り、剝がれないようにしっかり押さえつけた。

身体を仰向けに戻すと、モーリーンは言った。「こんなことしてくれなくてもよかったのに。でも、ありがとう」

「新しいのじゃねえが、ないよりましだ」

「聞いてちょうだい、アール」

モーリーンが手をのばした。トゥールはその手を取った。冷たい。

「こういったところにくると、多くのひとがとたんにダメになってしまう。顔を見るとわかるの。闘う気力を失くしてしまうのよ。身体が弱れば弱るほど、投げやりになる。お薬がきいているので、月日は大きな川のように窓辺をゆっくりと流れていくようになる。でも、心配しないで。わたしはまだ諦めていない」

「そうとも。諦めちゃいけない」トゥールは言った。なぜかわからないが、気が変になりそうだ。「最後に娘さんがここに来たのはいつのことだい」

「忙しくて大変らしいわ。子供たちを学校にやらなきゃならないし」

「糞くらえさ。そんなの言いわけになんねえよ」

モーリーンはくすっと笑った。「わたしがもう少し元気だったら、あなたをひっぱたいてるところよ、アール」

トゥールはまごついた。「もしなんだったら、おれが風呂に入れてやってもいいぜ」

「気にしなくていいのよ。言うんじゃなかったわ」

トゥールの母親は、医者に病名を告げられてから、一カ月足らずで死んだ。そのときはトマトの収穫期で、ジャクソンヴィルに住んでいた母の最期を看取ることもできなかった。ふと気がつくと、トゥールはモーリーンにそんな話をしていた。

モーリーンは言った。「そんなに気に病むことはないわ。お母さまはあなたの気持ちをわかってらっしゃったはずよ」

「家族が来ないのはおかしい。そんなに遠くに住んでるわけじゃねえんだから」話しているうちに手に力が入りすぎ、ナース・コールのボタンが壊れてしまった。「チョッ。やっちまったよ」

「落ち着きなさい、アール。わたしは今日死ぬわけじゃないのよ」

ようやく看護婦が新しい点滴用のビニール袋と、二本の麻酔剤の瓶と、成人用のおむつを持ってやってきた。トゥールは気をきかせてベッドから離れた。看護婦は真っ黒い肌をした筋肉質の女で、その口調にはジャマイカ訛りがある。そういえば、自分はいままでこの看護婦と同じジャマイカ人を怒鳴りちらし、乱暴をし、食い物にしてきたのだ。そう思うと、胸に苦いものがこみあげてきた。この看護婦が連中の妹か、いとこか、娘だという可能性だってなくはないのだ。その笑顔は太陽のように明るい。いまはモーリーンの額に手をあてている。農園の現場監督の仕事に戻ることは、おそらくもうできないだろう。汗まみれの黒ん坊の目を見るたびに、いまこうやって自分に感じている嫌悪と不快の念を思いださずにはいられないだろうから。自分は人生のどこかで道を間違えてしまったのだ。軌道修正するにはもう手遅れのような気がする。それもこれもレッド・ハマーナットのせいだ。このままだと、地獄行きの速度はさらにあがるにちがいない。一週間前なら、金さえ払ってもらえたら、どんな汚い仕事でも喜んで引きうけていただろう。でも、いまはちがう。モーリーンと出会ったからだ。

「按配はよくなるんだろうな」トゥールは看護婦に訊いた。

「そうね。朝食をとれば少し落ち着くと思うわ」

モーリーンは言った。「アール、こちらはイーヴィー。数少ない親切な看護婦さんのひとりよ」

イーヴィーは笑った。「一時間後に身体を拭きにきますわね」

ふたりきりになると、モーリーンは言った。「イーヴィーは優秀な看護婦よ。怪我のあとを見てもらったらどう」

「いや、遠慮しとく」黒だろうが、白だろうが、紫の水玉模様だろうが、女に尻の割れ目を広げて見せるわけにはいかない。

「どうして、アール。彼女は専門家なのよ」

「テレビを見るかい？」

「まったくもう」

モーリーンの呼吸は深く、まぶたは重そうだった。イーヴィーが持ってきた薬とフェンタニルがきいてきたようだ。この調子なら、安眠できるだろう。

「おれはこれで帰るよ」

「付きそってくれてありがとう、アール」

「おやすいご用さ」

「お仕事の話を訊くのを忘れてたわ。ドクターはどうしてるの」

「あいかわらずバカだ」

トゥールが立ちあがったとき、モーリーンは壁のほうに寝返りを打ち、身体をクエスチョン・マークのようなかたちにした。

「負けちゃだめだぞ」

「わかってるわ」

「ほんとに心配なんだ」

「アール」

よく聞こえなかったので、トゥールはベッドの手すりに寄りかかって、大きな頭を耳もとに近づけた。

「なんだい」

「お願いがあるの」

「なんなりと」

「簡単なことじゃないの」

「言ってみな」

「ここから連れだしてほしいの」

トゥールは微笑んだ。「あんたに頼りにされるとは思わなかったよ」

チャズ・ペローネは黄色いハマーのなかで目覚めた。素っ裸だった。場所はパーム・ビーチ郡のどこか。車はインターステート95の路肩にとまっている。

金曜日の朝。

ラッシュアワー。

膀胱《ぼうこう》はオーキチョビー湖サイズに膨れあがり、頭は腐って割れたメロンのようになっている。助手席のドアを開いて、小便をすると、尿道からガラスの破片が出てくるような気がした。運転席まで這っていくと、ほっとしたことに、イグニッションにキーが刺さっている。

家に帰りつくまで、制限速度を厳守しなければならない。警官に停止を命じられ、職務質問をされると、面倒なことになる。ありがたいことに、ハマーの車高はバカ高い。トラック以外の車の運転手には、擦り傷だらけの青白い裸体を見られずにすむ。

昨夜はいったい何があったのか。チャズは残酷な朝の光に目を細めながら思案をめぐらせた。はっきりと覚えている最後の出来事は、信じられないほど短いジーンズ姿のローズに寝室に連れていかれたことだ。そのときに正気を失ったにちがいない。ローズがジョーイに変身し、わけのわからないことを口走りだしたのだ。

そのときジョーイが着ていたのは、船から海に投げ捨てた夜と同じスカートとブラウスだった。

ウェスト・ボカ・デューンズ第二分譲地の入口に着くころには、自分なりに納得のいく説明ができるようになっていた。それはジョーイの殺害現場のビデオを何度も見たせいであり、酒を大量に飲んでいたせいだ。しかも、ローズはジョーイと同じ香水をつけていた。

寝室から出たときのことは覚えていないが、察しはつく。一目散に玄関に向かい、外に出ると、ハマーに飛び乗って、雲をかすみと走り去ったにちがいない。ローズは気が触れたと思っただろう。

股間に目をやると、そこのものは悲しげにうなだれ、見えないくらいに縮こまっている。この先、亡き妻になじられることなくコトに及ぶことはできないのだろうか。

家に着くと、グランド・マーキーの隣に車をとめ、通りの両側を見やってから、なかに駆けこむ。トゥールの部屋のドアは閉まっていたので、忍び足でキッチンに行き、アスピリン四錠をマウンテンデューで喉に流しこむ。バスルームに入り、タイルにもたれかかって、熱いシャワーを浴びているうちに、二日酔いは少しずつ覚めてきた。

バスルームから出たとき、電話が鳴っていた。

「どこに行ってたんだ」ハマーナットからだった。「留守番電話に十回以上メッセージを残したんだぞ」

「昨日は友人のところに泊まってたんです」

「トゥールを置いて？」

「緊急の用があったんです」

「何が緊急だ。それはこっちのセリフだ。昨日、メジャーリーグ級のとんでもない代物がフェデックス便で届けられた。ビデオテープだ」

「糞ったれ」

「糞ったれはおまえだ。何が映っているかわかってるのか」

「ええ。ぼくも受けとりました」

「やっぱりほんとだったんだな」唾をためているような音が聞こえた。「たいがいのものには驚かんが、今回だけはちがう。冗談じゃなく身震いがしたぞ」

ハマーナットは朝から飲んでいるらしく、舌はもつれぎみだった。

「いずれにせよ、電話で話すようなことじゃない」

「オフィスにうかがいましょうか」

「いいや、その必要はない。わしはおまえの家の前にいる」

窓から外を見ると、グレーのキャデラックが歩道わきにとまっている。皺くちゃのズボンをはき、急いで外に出ると、助手席のドアが開いたので、おそるおそる乗りこんだ。ハマーナットはカジキ釣りの船から降りてきたばかりといった感じで、エディー・バウアーのカーキ色の服に身を包んでいる。日焼けした小鬼《ノーム》だ。口には嚙みタバコを含み、ラディッシュ形の鼻には皮膚疾患用の軟膏が塗りたくられ、赤らんだ太い首からは偏光サングラスがぶらさがっている。座席の後ろのトレイには、ジャック・ダニエルズのボトルが載っている。グラスはない。

チャズは言った。「まさかビデオで撮影されていたとは思いませんでした。テープを見たときには、度肝を抜かれましたよ」

「まずい。ひじょうにまずい」

「ええ。最悪です」

「とても見ちゃいられなかった。わしはジョーイをとても気にいっていたんだ。嘘じゃない。でも、おまえがどうしてそんなことをしたのかは訊かないでおく。わしにはなんの関係もないことだ」

「その話はもうすんでいます。覚えてるでしょ。ぼくがどれだけ心配していたか。ジョーイにすべてを知られてしまったんじゃないかと思ってたんです」

チャズは軽いいらつきを覚えた。あれだけのことをやりおおすのに必要な胆力と手際のよさについて、ひとことあってもいいではないか。

「ゆすり屋に金を払わなきゃなりません。もう選択の余地はありません」

「たしかに」

「五十万ドルです」

「ああ。わかっている」

安堵の念は即座に疑念に変わった。ハマーナットがこんなにあっさり応じるとは思わない。少なくとも、代案を出すくらいのことはすると思っていた。ハマーナットが金にせこいことはよく知っている。五十万ドルもの大金を巻きあげられたら、六カ月は酒びたりになってもおかしくない。

「金の受け渡しは今晩です。ビスケーン湾沖の浅瀬の家を指定してきました。場所はGPSで探せと言われています」

「ああ。トゥールから聞いた」

「トゥールと話したんですか」

「もちろん。金も渡してある」ハマーナットはバーボンをラッパ飲みした。「どうしてそんなに驚いた顔をしているんだ。やつはわしの部下だぞ」

「ぼくだってそうです」

「おまえには別の仕事がある。どこかでスーツケースを買ってきてくれ」ハマーナットは一片の皮肉もまじえずに言った。「船の用意はできている。マイアミのダウンタウンのバスケットボール競技場を知ってるな。その先のベイサイド・マリーナに係留されている。操縦はトゥールにまかしておけばいい」

「わかりました」

『グッドフェローズ』の最後のシーンがふと頭に浮かんだ。追いつめられ、窮地に立たされたレイ・リオッタは、いまの自分たちのようにむずかしい局面の打開策を食堂でロバート・デ・ニーロと話しあっているとき、フロリダで一仕事してこいと言われる。

その瞬間、レイ・リオッタは自分の命が狙われていることを悟る。

「海の上でおかしな真似をするな」ハマーナットは言った。「トゥールにも同じことを言ってある。金を渡して、すぐに帰ってくるんだ。わかったな」

映画と同じだ。以前は仲間だったが、いまは厄介者というわけだ。

ハマーナットが何を考えているかはわかっている。ゆすり屋がハマーナットの脅威となるのは、チャズが生きている場合にかぎられる。ハマーのことがばれたので、ハマーナットはチャズとの関係を否定できなくなったが、言い逃れはいくらでもできる。車だけではない。エヴァーグレーズの不正はすべてチャズから持ちかけられたもので、脅されて、仕方なしに応じたということにすればいい。

チャズさえいなくなれば、それに異を唱える者はいない、というわけだ。

「大事なのは、これですべてを終わらせることだ」ハマーナットは言った。「後腐れのないようにしろ」

仕方がない。やるしかない。

29

ジョーイとコーベットが魚に残飯をやるため防波堤に行ったとき、ミックはピクニック・テーブルの前でルガーの手入れをしていた。本土の狂気じみた喧騒から離れて、島に戻ると、本当に気分が楽になる。足もとには、ストラムがおとなしくすわっている。カモメの群れの挑発に応じようともしない。何かが起きようとしていることを感じとったらしく、昼すぎからずっとミックに付きっきりなのだ。人間もそれぐらい勘が鋭かったらいいのに。

ミックはストラムといっしょにモーターボートに乗りこむと、銃を油布に包んで、船首側のハッチのなかに入れた。ジョーイはその様子をじっと見ていた。

「ミック、聞いてちょうだい。兄はチャズのガールフレンドにご執心なのよ」

コーベットは手を振って否定した。「よせよ。ぼくはそんな蓮っ葉な女には見えないって言っただけだよ」

「まわりに羊しかいないところで暮らしているから、そんなことが言えるのよ」ジョーイは言った。「人間を見る基準をもっとあげなきゃ。ひとつ忠告しておくわ。お葬式で会った女とはデートをするな。疑うのなら、チャズに訊いてみなさい」

ミックは防波堤に戻り、ジョーイの隣にすわった。ストラムがふたりのあいだに鼻をおしこむ。ジョーイはミックの手を取り、高度三万五千フィートの上空で激しい乱気流に巻きこまれたかのように強く握りしめた。金の受け渡しの時間が迫っているので、気が昂っているのだろう。無理もない。

コーベットは訊いた。「金を受けとれる確率はどれくらいだろう」

「そんなに高くはないだろうね」ミックは答えた。

サミュエル・ジョンソン・ハマーナットは五十万ドルの全部、もしくはその大部分を餌として用意しているにちがいない。金はチャズの用心棒が持っている。受け渡し場所でミックと落ちあうと、スーツケースをあけて、金を数えるように言い、そのときに隙を見てミックを殺し、おそらくは本土に戻る途中チャズを殺すつもりだろう。

そういったシナリオには、いくつもの愉快ならざるバリエーションがあり、ミックはそのすべてについて念入りな検討をすませていた。最初は受け渡し場所にひとりで行くつもりだったが、ジョーイとコーベットはいっしょに行くと言って聞かなかった。気持ちはよくわかる。ふたりは当事者なのだ。それに、人数が多いほうが有利でもある。いくら猿人とはいえ、一気に三人を殺せないことくらいは理解できるだろう。理解したら、あえて手出しはしないだろう。あの男は殺人者ではない。ただ単に獰猛なだけなのだ。

ジョーイは言った。「もしお金を受けとることができたら、エヴァーグレーズの救済基金のひとつに寄付してもいいわね」

「匿名で」コーベットは言った。

ミックは強い酒が飲みたいと思った。だが、いまは自重しなければならない。あとで誰かを撃ち殺さなければならなくなるかもしれないのだ。

コーベットは言った。「ここはいいところだ、ミック。でも、ぼくに言わせれば、まだまだ街明かりに近すぎる」

「しーっ。ここはパラダイスだと言って、あんたの妹さんを洗脳しようとしているところなんだぜ」

「わたしならもうとっくに洗脳されてるわ」ジョーイは足の先を水のなかで動かしながらつぶやいた。

コーベットはニュージーランドのよさをひとしきり熱っぽく語った。「来たら、二度と帰りたくなくなるはずだ」

「今夜ドジを踏んだら、みんなで移住してもいい」ミックは言った。「となると、犯罪者の引き渡し条項を調べとかなきゃいけないな」

ジョーイはミックの脇腹を突っついた。「やめて。もっと前向きに考えましょ」

西の空には紫色の雲が立ちこめ、夕日を覆っている。風はやみ、海面は鏡のように平らになっている。ミックは納屋に行って、三人分の黄色いレインコートを取りだした。ストラムは遠雷に耳をそばだてている。

「荒れそうだな」コーベットは言った。

ジョーイは言った。「いい知らせよ。チャズは雨が大嫌いなの」

ミックは事態をもっと深刻にとらえていた。雷雨の海に船を出すのがどれだけ危険かはよくわかっている。本当なら時間か場所を変えるべきだが、もう遅すぎる。

「行こう。風が吹きはじめるまえに」

チャズ・ペローネはポルノ雑誌の束と、聖コナン教会に置かれていたジョーイの額入り写真を持って、バスルームに閉じこもっていた。不安を解消するには、猿のようにマスターベーションに熱中するのがいちばんだ。だが、安っぽいエロ写真の中心にある亡き妻の写真をもってしても、反応は鈍い。結局のところ、懸命の虚しい努力はドアを乱暴に叩く音によって遮られた。

「ハジキはどこにあるんだ」トゥールの声だった。

「捨てたよ」チャズは嘘をつき、急いでトランクスに一物をたくしこんだ。

「ドアをあけろ」

「ウンチの最中だ」

「嘘つけ」

トゥールはドアを蹴りあけ、床に散らばった雑誌を見て、露骨にいやな顔をした。

「たまらん野郎だな」

チャズはジョーイの写真を脇にはさみ、雑誌を拾いながら言った。「おまえにわかるわけがない。神経がまいってるので、気晴らしが必要なんだ」

トゥールは小学校に現われた露出狂を見るような目をしていた。

「ハジキをよこしな」

「言っただろ。捨てたって」

「海の上でおかしな真似をするなとレッドは言ってただろ」

「ああ。ぼくも聞いた」

トゥールは嘲るような目で便器を見た。「で、もう終わったのか。そろそろ行く時間だぜ」

「着替えをしなきゃならない。外で待っててくれ」

三八口径のコルトは洗濯物用のバスケットの底に隠してあった。それを取りだして、携帯電話といっしょにパタゴニアのレインジャケットのジッパーつきのポケットに入れた。レインジャケットを丁寧に折りたたんで持ち、車まわしに出たとき、トゥールはハマーの運転席にすわり、ビーフジャーキーを嚙みながら、カントリー・ミュージックにあわせて指を動かしていた。

チャズは言った。「何をしてるんだ」

「何をしてるように見える」

「まさかぼくの車を運転するんじゃないだろうな」

「レッドの命令だ。乗んなよ、ドクター」

チャズは怒りを抑えて言った。「スーツケースはどこにあるんだ」

それは格納式の車輪が付いたグレーのサムソナイトで、トゥールはそこに百ドル札の束を詰めていた。チャズは遠くからちらっと見ただけだが、その眺めはさすがに壮観だった。

トゥールは親指を後ろに向けた。「荷室だ」

チャズは助手席にすわった。これが誰の車であるかをわからせるために、ラジオを替えようとすると、トゥールに左の手首をつかまれ、ダッシュボードに叩きつけられた。

「パッツィー・クラインなんだぜ」とだけ、トゥールは言った。

「やれやれ。骨が折れたかと思ったよ」

「パッツィー・クラインの歌のときには替えるな」

狂人め。骨折はしていないようだが、関節か筋を傷めたにちがいない。

トゥールは慎重に車を運転し、マイアミまでずっと沈黙を守りつづけた。それからしばらくして、遠くのほうから雷鳴が聞こえた。前方の空には暗雲が低く立ちこめている。

「天候のせいで船を貸せないと言われたらどうする」チャズは訊いた。

トゥールは質問を楽しんでいるみたいだった。「心配すんな。レッドのやることに抜かりはねえよ」

チャズは封筒をあけて、ゆすり屋の指示を読みなおした。「GPSの使い方は知ってるだろうな」

トゥールは簡単だと言った。「ある年、ちょっとしたドジを踏んで、イモカリーにいられなくなってな。それで、密輸で小銭を稼いでいる野郎といっしょにラムロッド島へ行き、そことサル島のあいだをザリガニ漁用の船で行ったり来たりしてたことがあるんだ。嵐にも何度かあった」

「悪天候は経験ずみってことだな」

「ああ。この程度は序の口さ」

車をベイサイド・マリーナにとめたときには、土砂降りの雨になっていた。船は全長二十三フィートの幌つきのモーターボートで、ヤマハの四ストロークの船外機を搭載し、コンソールにはガーミン社製のGPSが設置されている。

トゥールは重いスーツケースを船尾に置いた。チャズはレインジャケットを着て、フードをかぶり、鉛色の空を見あげた。拳銃の打ち金が肋骨にあたっているのがわかる。左手首はまだズキズキしている。

トゥールは携帯用のスポットライトを見つけて、バッテリー・ジャックにさしこんだ。それから、エンジンをかけて、とも綱を解き、ボートがゆっくりと桟橋から離れ、開けたところに出ると、チャズにすわるようにと命じて、スロットルを倒した。

とそのとき、稲妻が光り、チャズはすくみあがった。なんかひどいことになってきた。たとえ天気がよかったとしても、首尾よくことを運ぶのは容易ではない。この雨だと、それは自殺行為になる恐れすらある。チャズは背中を低くし、雷が光るたびに身をすくめた。だが、トゥールは意に介していないように見える。片方の手で舵を握り、もう一方の手でスポットライトを持っている。オーバーオールはびしょ濡れになり、身体から垂れさがっている。雨が腕や肩の剛毛からしたたり落ち、薄明のなかで幻想的に光り輝いている。

ボートはやがてリッケンバッカー大橋の下をくぐりぬけた。そこはチャズがローゼンスティール校の大学院生だったときに何度も通ったところで、いやな思い出しか残っていない。こんなところで船が転覆したら、えらいことになる。腹をすかせた海シラミはきっと大喜びするだろう。そう思うと、恐怖心はいや増しに募っていく。もしかしたら、ここには凶暴な人食い鮫がいるかもしれない。ビスケーン湾で人間が鮫に襲われたという話はあまり聞かないが、実際のところはどうかわからない。聞いたけど、覚えていないだけという可能性もある。してみれば、最近よく夢に見る双頭のワニは、シュモクザメだったのかもしれない。どちらの動物のこともよく知らず、どちらの動物にも本能的な恐怖心を抱いているので、ごっちゃになってしまったのだろう。

幸いなことに雷はやみ、雨も小降りになったが、風はあいかわらず冷たく強い。ボートがケープ・フロリダにさしかかるころには、チャズはこれまで以上に反アウトドア派になっていた。痛む手で座席にしがみついていないと、何かの拍子に船底に投げだされたら、その衝撃で、ポケットのなかの拳銃が暴発するかもしれない。暴発で死ななくても、心臓発作で間違いなく死ぬ。

GPSのマジックに導かれてやってきたのは、浅瀬の草むらに古い高床式の家が並ぶ集落のあとだった。かつてはスティルツヴィルと呼ばれていたが、ハリケーン・アンドリューの襲来によってほぼ壊滅し、残った数少ない家屋は国立公園部によって買いとられることになった。空っぽの暗い家は、雷の青い光に照らされて骸骨のように見える。

トゥールはエンジンをとめて、ボートを潮の流れにまかせた。GPSの緑のスクリーンに照らしだされた表情は険しい。小声で何やらぶつくさつぶやいている。

「どうかしたのか」チャズは訊いた。

「ここが金の受け渡し場所だ。だが、どうも気にいらねえ」

ボートがいちばん端の家の前まで来ると、トゥールは舳先に移動して、錨をおろし、とも綱を杭に結んだ。ボートが停止すると、仏頂面で戻ってきて、操舵席にすわった。

そして、尻を撫でながら言った。「あとは待つだけだ」

チャズは腕時計に目をやった。指定の時刻までにまだ一時間以上ある。指示されたとおり携帯電話の電源を入れたとき、雲の高いところで稲妻が光り、雷鳴がとどろいた。

「雨雲はまだ少し離れたところにある」トゥールは言った。「やつらが時間どおりに来たら、嵐が来るまえに、おれたちはここを立ち去ることができる」

立ち去るのはどちらかひとりだけだ、とチャズは思った。このままだと、間違いなくトゥールに殺される。ハマーナットがそういう指示を出しているのは火を見るよりあきらかだ。自殺に見せかけるのは、そんなにむずかしいことではない。妻の死を嘆き悲しみ、とうとう耐えられなくなり、妻のあとを追って海に飛びこんだというわけだ。

だが、千三百万ドルの遺産のためにも、そう易々と殺されるわけにはいかない。こっちにも考えはある。

「喉がカラカラだ」トゥールは言った。「クーラー・ボックスはどこにあるんだ」

「車のなかに置いてきた」

「ほんとかい。冗談だろ」

「すまん」

チャズは痛めていないほうの手でレインジャケットから拳銃を抜きとり、トゥールの巨大なシルエットに銃口を向けた。

雷が先ほどよりも近い距離で光ったとき、トゥールはそのことに気づいたみたいだった。その顔の表情までは見えなかったが、警告の言葉は聞こえた。「バカなことをするな」

「バカはどっちだ」チャズは言って、二度引き金をひいた。

一発目はキャンバス製の幌に穴をあけただけだった。二発目でトゥールはよろけて海に落ち、食肉用の冷凍庫をプールに投げ捨てたような大きな振動がボートに伝わってきた。チャズは残りの弾丸を大きな水の輪の中心に撃ちこんで、テレビの刑事ドラマでよく見るように死体が浮きあがるのを待った。全身を覆いつくしている毛のせいで、浮力は人一倍大きいにちがいない。だが、案に相違して、なかなかあがってこない。

拳銃をポケットにしまったとき、携帯電話が鳴った。

「何をしてるんだ」

ゆすり屋の口調は厳しく、張りつめている。今夜はジェリー・ルイスの気分ではないらしい。

「カメを撃ってたんだよ」チャズは答えた。「いまどこにいる」

時間は充分にあると思っていたが、ゆすり屋も早めに来ていたのだ。銃声を聞いて、何ごとかと思ったのだろう。

「カメ?」

チャズは笑った。「退屈しのぎさ。近くにいるのか。だったら、嵐がやってくるまえに、取引をすませてしまおう」

「猿人はどうした」

「今日は連れてきていない」

それで電話は切れた。

「くそっ」

チャズは船底からスポットライトを拾い、その光で水面をゆっくりと掃いたが、船影は認められない。

しばらくして、また携帯電話が鳴った。

「どこにいるんだ」

「ここよ!」

女の声だ。身体がこわばる。

「拳銃を捨てなさい。船の外に」

チャズはスポットライトを高床式の家に向けた。屋根の端に、女がすわっている。ジョーイだ。生きている。間違いない。大口径のライフルをこっちに向けている。頭を狙っている。

「ジョーイか。本当にきみなのか」チャズは携帯電話に向かって叫んだ。

銃口からオレンジ色の閃光がひらめき、目の前で、ボートのフロントガラスが粉々に砕けた。

「これが答えよ」

チャズは三八口径をポケットから取りだして、言われたとおり海に投げ捨てた。

最初の銃声を、ミック・ストラナハンは驚きをもって受けとめていた。

「たぶんチャズが用心棒を殺したんだろう」

三人はチャズに見られないよう屋根の上で身を伏せていた。

「それでどうするの」ジョーイは訊いた。

「正直言ってわからない」

「銃を貸して」

コーベットは心得顔でうなずき、ミックに向かって言った。「ケリをつけさせてやろう」

「わかった」ミックは言って、ジョーイにライフルを渡した。

ジョーイは先日ミックから撃ち方を教わり、いくつもの椰子の実を吹き飛ばしていた。発射時の反動は大きいが、扱えないことはない。

船上で何かが起きたことは、ミックがチャズに電話をかけ、二言三言話をしただけでわかった。

「やっぱりそうだ」ミックは言った。「これで相手はひとりになった」

ジョーイはうなった。「あの男、どこまでアホなの」

「用心棒を殺したってことは、ハマーナットも殺そうとしているってことだ」

「それに、あのガールフレンドも」コーベットは小声で付け加えた。

「名前を言ったってかまわないわ。リッカよ。それで、わたしたちはどうすればいいの、ミック？」

「ルガーを見たら、チャズはすくみあがるはずだ」ミックはまた同じ番号をダイヤルし、携帯電話をジョーイに渡した。「拳銃を捨てないと、取引はご破算にすると言ってくれ」

チャズは電話の向こうから怒鳴った。「どこにいるんだ」

「ここよ！」ジョーイは答えた。

ミックはコーベットといっしょに屋根から降りて、自分たちのボートを係留してある家の裏手にまわった。そこからふたりで静かに泳いでいき、チャズをひっとらえるつもりだったのだ。服を脱いでいたとき、ライフルの銃音が響き、ジョーイの声が聞こえた。「これが答えよ」

「撃たないでくれ」

「わたしが撃たないと思う理由を十個あげなさい」

粋な女だ、とミックは思った。

コーベットが腕を引っぱった。「何か聞こえるぞ、ミック」

「どこで」

「すぐ近くだ。ほら」

たしかに聞こえる。「なるほど。そういうことか」

これでゲームオーバーだ。これでやっかいな仕事がひとつ減った。チャズに殺人者としての才能はまったくない。ここはダーウィンに敬意を表し、何もしないで、自然のなりゆきにまかせたらいい。チャズは欲をかき、自滅する。

「また聞こえた」

ミックはうなずいた。「ああ。おれには妙なる音楽のように聞こえるよ」

風が吹き、高床式の古い家がきしんだ。雲間に稲妻が光り、係留用の木の杭ごしに、船の舳先でスポットライトを持っているチャズの姿が見えた。

「急ごう」

ふたりはうめき声がするほうに向かって歩いていった。浅瀬で灰色の大きな人影が悶えている。傷ついたマナティーのように見えなくもない。

「ジョーイはどうする」コーベットは訊いた。

「もう少し楽しませてやろう。それより、こっちへ来て、この哀れな男を引きあげるのを手伝ってくれ」

ジョーイは屋根から降り、栈橋のはずれにふたたび姿を現わした。チャズのボートが係留されているところからは百フィートほどしか離れていない。大きな黄色のレインコートを着ているが、フードはかぶっておらず、ブロンドのポニーテールが風に揺れている。チャズはそこにスポットライトの光をあてようとした。だが、船が揺れているのと、ライフルの銃口を向けられて手が震えているのとで、どうしても光を一点に固定させることはできない。

やはり昨夜の出来事は現実だったのだ。そう思うと、身体から力が抜けていく。

「どうしたの、ダーリン」

チャズは両てのひらをあげて、わけがわからないといった仕草をした。

「あら。まだわからないの」ジョーイは言った。「簡単よ。あなたはわたしを船から投げ捨てた。でも、わたしは溺れ死ななかった。それだけのことよ」

「どうしてそんなことが……」

「水泳のおかげよ、チャズ。お金はどこにあるの」

チャズは振り向いて、サムソナイトが平らに置かれているところを指さしたが、ジョーイが立っているところからは見えない。ジョーイは何かを言っているようだが、風のせいでよく聞こえない。

ジョーイは叫んでいた。「忘れたの？　わたしが撃たないと思う理由を十個あげなさいと言ったのよ」

「えっ？」

雨粒が鼻にあたり、チャズは苦虫を嚙みつぶしたような顔をした。クロゼットのなかの黒いドレス、枕の下に置いてあった穴あき写真、沿岸警備隊が爪以外の何も見つけられなかったという事実。当然だ。ジョーイは生きている。だとすれば、納得がいく。

「聞こえてないの？」

「ちょっと待ってくれ。いま考え中だ」

ライフルがまた火を噴き、手に持っていたスポットライトが砕ける。ガラスとプラスティックの破片が船底に散らばる。

「わ、わかった！」チャズはあわてて叫んだ。「ぼくは精神に異常をきたしているんだ」

「はあ？」

「それが第一の理由だ。ぼくの頭は正常じゃない。ぼくには助けが必要なんだ、ハニー」

「その程度のことしか思いつかないの？」

残念ながらそうだ。妻に頭を吹っ飛ばされない理由はほかに見あたらない。なんとかして話題を変えなければならない。

「この二週間、きみはどこにいたんだ」

「あなたが道化を演じるのを見ていたのよ」

「ジョーイ――」

「ベッドの下に隠れていたこともあるわ。あなたが足首にバラのタトゥーを入れた女を家に呼んで、ことに及びはじめたときに。あのときのあなたって、かなりカッコ悪かったわよ」

なんという屈辱。歌うエステティシャン、メディアのことだ。あの夜の大失態の一部始終を盗み聞きされていたかと思うと、ぞっとする。

居直ることによって形勢を逆転させるしかない。「それもこれもきみのせいだ。ぼくのクリスチャンとしての罪の意識がそうさせたんだ」

「心に染みるわ。刑務所に行く準備を始めなさい。わたしはこれから警察に行くつもりよ。例のビデオテープを持って」

「お願いだ、ハニー」

「刑務所でゴルフはできないわ、チャズ。尻軽な美容師もいない」

水面を打つ雨の音は、残酷な拍手のように聞こえる。

「あの遺言書は？」声は震えている。「あれは本物なのか」

「たしかにあなたは精神に異常をきたしてるわ」

そういうことだ。千三百万ドルは絵に描いた餅だったのだ。風と雨が突然やみ、文字どおり嵐のまえの静けさが訪れた。

「ぼくにはもう何もわからない。今夜の取引のお膳立てをした男はどこにいるんだ。ぼくをカヌーに乗せて、蚊に襲撃させた男だ」

「ここにいるわ、チャズ。あなたがバカな真似をしないよう見張ってるのよ」

「じゃ、きみも一枚嚙んでいたのか」

ジョーイは笑った。「最初っからね、ダーリン」

「でも、どうして？　きみには金なんて必要ないだろ」

「お金の問題じゃないのよ。あなたってどうしてそんなにアホなの」

たしかに。最初から間違いばかりだった。メキシコ湾流の流れの方向にはじまって、ロールヴァーグから、レッド・ハマーナット、さらにはリッカに到るまで。死んだはずの妻の出現で、いま頭は混乱のきわみにある。ただひとつ現実的なのは、五十万ドルが入ったスーツケースだ。これだけの金があれば、しばらくのあいだは遊んで暮らせる。

「あなたはわたしのものを全部捨ててしまった」ジョーイは言った。「服も、絵も、本も、窓辺にかけておいたランの花さえも！」

「全部じゃない。宝石は銀行の貸し金庫に入ってる。必要なら、鍵を渡すよ」

「ふざけんな！」

「ぼくが悪かったと言ったら？　本当にそう思ってるんだ。ぼくは大きな幸せを失った。きみがいなくなってから、何もかも変わってしまった」

「それが目的だったんじゃないの？」

雷が近くの家に落ち、チャズは両手で耳を覆った。一瞬の間を置いて顔をあげたとき、また降りだした雨の向こうの栈橋には、上半身裸のゆすり屋が立っていた。腕をジョーイの腰にまわし、何やら耳打ちしている。

「心配するな。金はある！」チャズは叫んだ。

「やるよ」ゆすり屋は答えた。

「なんだって」

「おまえにやると言ったんだ」

ジョーイは手を振って追い払う仕草をした。「聞こえたでしょ。気が変わるまえに、立ち去りなさい」

チャズは大あわてで錨をあげ、コンソールの後ろに首を引っこめた。ジョーイがライフルを肩まであげたからだ。銃声は雷鳴と重なり、銃弾は船尾の上を飛んでいった。チャズは息をとめたが、小便をとめることはできなかった。温かいものが脚を伝って落ちていく。

「さよならも言わないつもり？」ジョーイは言った。

さらに数発の銃弾が高いところを飛んでいく。潮流と追い風のおかげで、ボートは滑らかに動きだした。雨粒は痛いほどで、稲妻はストロボスコープのように光り、空気は薪《まき》がはぜるような音を立てている。チャズは船のなかで低い姿勢を保ちつづけた。舷側を叩く波が奇妙に心地いい。ジョーイとゆすり屋が自分を逃がしてくれた理由はよくわからない。まぶたには、ふたり並んで桟橋に立っている姿が焼きついている。やけに親しげで、仕事上のパートナーというよりは、恋人どうしのようだった。もしかしたら、できてやがるのかもしれない。

高床式の家は遠くに離れていき、それとともに被弾の脅威は薄れていった。チャズは勇を鼓してイグニッションに手をのばし、キーをＯＦＦの位置に戻した。船外モーターの始動の仕方を知らないので、高速での逃走は望めない。船底には水が一インチ以上たまっているが、排水ポンプの扱い方もわからない。万が一のときに備えて、船尾のほうに這っていき、スーツケースにしがみつく。金が入っていたとしても、スーツケースは水に浮くにちがいない。

二時間後、ボートはケープ・フロリダの岩場に打ちあげられ、チャズは携帯電話でタクシーを呼んだ。

「神を呪いたくなるわ、ミック」

「きみがチャズを撃ち殺さなかったことをおれは誇りに思ってるよ」

ミックはジョーイからライフルを受けとった。

「どうしても撃てなかったの。理由は訊かないで」

「きみがいまもチャズを愛してるからでなきゃ問題はない。もしそうなら、おれはいますぐ海に飛びこんで溺れ死ぬ」

「チャズを愛してる？　あいつは下水管のゴミよ。わたしはただあなたがしてくれた話を思いだしただけ。ひとを殺すっていうのはどんなことか。そのあとに見る悪夢はどんなものかっていう」

「それでいい。少なくとも、この島をついのすみかにしようと思っているのなら、きみは正しいことをした」

「銃の扱いにもう少し慣れていたら、少なくとも腕の一本くらいは吹っ飛ばしてやっていたはずよ」

「スポットライトを吹っ飛ばしただけで充分さ。そうそう。きみに会わせたい者がいるんだ」

栈橋のはずれにある錆びたプロパンのボンベに、その男はもたれかかってすわっていた。アール・エドワード・オ・トゥールだ。

その横で膝をついていたコーベット・ウィーラーが言った。「右の腋の下に被弾している。でも、病院には行きたくないらしい」

オーバーオールは破れ、毛むくじゃらの腕には血が滲んでいる。高床式の家の下で、フジッボが付着した杭にしがみついていたせいだ。ミックとコーベットがうめき声を聞きつけて、そこへ行ったときには、力尽き、なかば水に溺れかかっていた。その身体を引っぱりあげるのは、ふたりの男が全力を振り絞らなければならなかった。

トゥールは顔をあげて言った。「どっかで会ったことがあるな」

「フラミンゴのアナスタシアよ」ジョーイはお辞儀をした。「またお会いできて嬉しいわ」

「でも、ほんとは死んだことになってんだろ」

「そうよ。わたしは一度死んだ女よ」

「どうもよくわかんねえな。レッドは事件の一部始終を撮ったビデオがあると言ってた」

コーベットが口をはさんだ。「そのとおりだ。ぼくたちがつくったんだよ。ミックが茶色のカツラをつけて殺人犯の夫を演じた。ジョーイ役はもちろん本人だ。カメラはぼくがまわした」

もっともトリッキーなのは、ジョーイが船から放り投げられるシーンだった。そのデッキには、手すりの向こうに救命ボートがくくりつけられていたのだ。そこにクッションを敷いておけば、落ちても怪我をすることはない。

トゥールは興味しんしんだった。「なんでそんなことをしなきゃいけなかったんだ」

「夫婦仲というのは微妙なものでね」ミックは言った。

ジョーイはいらだたしげにため息をついた。「もういいわ。このひとを病院に連れていかなきゃ」

トゥールは顔をしかめて、尻の位置を変えた。「あんたの旦那は正真正銘の糞ったれだ」

「知らせてくれてありがとう」

「スーツケースはどこにある」

「船のなかよ。チャズが持っていったわ」

「やつはどこにいるんだ」

ミックは黒雲に覆われた海を指さした。

「金を持ち逃げしたのか。あれはレッドの金なんだぜ」

「そういう男さ」

「どうしてあなたを撃ったのかしら」ジョーイは訊いた。

「先に撃たなきゃ撃たれるって思ったんだろうよ」

「あなたは撃つつもりだったの?」

「ああ。でも、途中で考えを変えた。たまにゃ、いいことをしなきゃいけねえと思ってな。それで、見逃してやることにしたら、このザマさ。見事にやられちまった」

ミックはまたレインコートを着た。コーベットはトゥールのオーバーオールのポケットに入っていた九ミリのベレッタをさしだした。ミックはそこから弾丸を抜きとって、トゥールにかえした。

トゥールはそれを海に放り投げた。「水につかったハジキは使いものにはなんねえ。やつの姿は見えるか」

ジョーイは腰に手をあてがって、暗闇に目をこらし、それから首を振った。稲妻はもう光っておらず、海は暗い。闇のなかで、潮に流されていく小さなボートを見つけることはできない。

「本当にこれでよかったの、ミック」ジョーイは訊いた。

「心配するな。チャズはもう過去の人間だよ」

トゥールは苦労して立ちあがった。「おれを本土へ連れてかえってくれねえか。そうしたら、このままドクターの家でおめえがやったことはチャラにしてやる」

「おやすいご用だ」

トゥールはミックとコーベットに助けられてボートに乗りこんだ。その重みでボートが大きく沈んだので、ジョーイは思わず二の足を踏んだ。だが、それに乗らないと、スティルツヴィルを出ることはできない。

コーベットはライフジャケットをさしだしたが、トゥールには小さすぎた。

「しばらくプリングルズを食うのを控えねえとな」トゥールは言った。

闇のなかでも、トゥールの腕の付け根から血が流れ落ちているのが見える。ジョーイは病院に直行したほうがいいと言ったが、トゥールは一笑に付した。

船の揺れは大きく、大波が来たら、すぐに沈没しそうだった。ゆっくりビスケーン湾の西海岸をめざす船のなかで、一同は微動だにしなかった。海は荒れ、みなびしょ濡れになったが、パインズ運河に入ると、雨も風もぴたりとやんだ。トゥールは運河ぞいの大きな屋敷の裏手で船を降り、そこからクランドン通りまで歩いていくことになった。

「早めに怪我の治療をしたほうがいいよ」コーベットは言った。

トゥールはそれが何かのジョークであるかのように悲しげに微笑んだ。「どうもよくわかんねえ。あんたたちはなんのためにこれだけの大芝居を打ったんだ。何がほしいんだ」

「ふたりに訊いてみたらどうだい」コーベットは言って、妹とその連れを指さした。

「償いだ」ミック・ストラナハンは答えた。

「それに、けじめ」ジョーイは答えた。「あとは心の平和かしら」

トゥールは血みどろの腕を振りながら、腹立たしげに言った。「それはそれでけっこうだが、世のなか、そううまくいかないもんだぜ」

「いいや。ときにはうまくいくこともある」ミックは言った。

30

チャズ・ペローネは自宅のベッドでスーツケースを抱いて眠った。夜明けまえに起きると、チェリー味の胃薬を五錠服《の》み、歯ブラシと下着三セットを買い物袋に放りこんだ。それから、遺書を一片の皮肉もまじえずに書きはじめた。

すべての友人たち、そして愛するひとたちへ

ひとりきりの人生は耐えがたい。朝が来るたびに、ぼくはかけがえのない妻ジョーイを思いだす。いままではなんとか強く生きようとしてきたが、もう無理だ。最後まで希望を捨てまいと思っていたが、とうとう残酷な現実に直面しなければならないときがやってきた。ジ

ョーイはもう戻ってこない。それはぼくの責任だ。あんな雨の夜に、ジョーイをひとりでぼくの目の届かないところに行かせたのだから。

ほかの者はぼくを許すかもしれない。でも、ぼくは自分を許せない。今夜、ぼくは最愛の妻とふたたび結ばれ、抱きあいながら、ふたりで幸せの地へ旅立つつもりだ。

白鳥の衣装をここへ！

悲しみのドクター・チャールズ・ペローネ

ジョーイが警察に行ったら、もうなんと弁明しても信じてもらえなくなるだろう。このような哀切きわまりないメッセージを残しておけば、ジョーイの奇妙な打ちあけ話のほうが逆に眉《まゆ》唾《つば》臭くなる。それで逃亡する時間を稼ぐことができる。文章は有名な遺書や今際の言葉を集めたインターネットのサイトから引用したもので、とりわけお気にいりの最後の一行は、一九三一年に死亡したバレリーナのアンナ・パブロワの最期の言葉のパクリだ。

遺書を冷蔵庫の扉にテープで貼りつけると、チャズはリュックに入っていた書類を細かく引き裂きはじめた。ハマーナット農園の排水から検出されたリン酸値を記した書類には特に気をつけた。数字が採取予定日よりまえに書きこまれていることを水質管理局の職員に知られたら、厄介なことになる。そういったものをいままで保管していたのは、ハマーナットを脅す必要が生じたときか、法廷で証言をしなければならなくなったときのためだ。だが、五十万ドルという思いがけない大金が手に入ったからには、そんなものはもう必要ない。行方をくらますまえに、余計なものはすべて処分しておかなければならない。黄色いハマーには未練が残るが、そのうちにまた新しいのを買えばいい。コスタリカにディーラーがあればいいのだが。

タクシー会社に電話をかけたとき、玄関のチャイムが鳴った。チャズは受話器を置くと、トゥールの部屋に入って、黴《かび》臭いスポーツバッグから錆びたリボルバーを取りだした。急ぎ足で玄関のほうに向かったとき、ふたたびチャイムが鳴った。黙っていると、クロッケーの木槌を使っているのかと思うほどの大きな音が玄関から響いてきはじめた。

「うるさいぞ。いったい誰なんだ」

「掃除婦よ」

「リッカ?」

「ドアをあけないと、大声を出すわよ」

「や、やめろ」

ベッドの上での経験から知ったことだが、リッカはガラスが割れそうになるくらいの声を出す。

「あんたにレイプされかけたって言えば、警察はなんと思うかしらね。しかも、わたしは足を怪我してるのよ」

チャズは急いで拳銃を腰にさし、玄関のドアをあけた。リッカはチャズを睨みつけながら、その脇を擦り抜けた。ドアには石膏のギプスを叩きつけたあとが残っている。

「足の具合はどうだい」チャズは口先だけで訊いた。

「どうってこともない……わけねえだろ」

「ぼくが家にいるってどうしてわかったんだい」

リッカはタイル張りの床に石膏のギプスを引きずっていく。「昨日の夜ずっと電話をかけつづけていたのよ。今朝の六時になって、急に話し中になった」

「コンピューターを使ってたんだ。かけてくれ」

リッカはいらだたしげにため息をついて、ソファーに腰をおろした。「新しい車のことを考えてたの。マスタングはやめることにしたわ。サンダーバードのコンヴァーティブルがほしくなったの」

「いい選択だ」チャズは言った。よりにもよって、こんなときに来ることはないのに。

「プラス現金。用意はできた？」

「いま掻き集めているところだ。何か飲むかい」

「成分無調整のミルク……なんてないわね」

チャズはキッチンに行き、冷蔵庫のなかを探すふりをしながら策を練った。立ちあがったとき、後ろにリッカが来ていた。ギプスをつけているのに、どうしてなんの物音も聞こえなかったのか。振り向いたとき、リッカの顔には軽蔑の色があふれていた。その手には先ほど冷蔵庫の扉にテープで貼りつけた遺書が握られている。

「利口だわ」リッカは言った。「逃げるつもりなのね」

「本当に死ぬつもりだと言ったら？　本気なんだよ、ハニー。ぼくはもう立ちなおれない」

リッカは廊下に置かれたグレーのサムソナイトを指さした。「それで、スーツケースに荷物を詰めたの？　あの世で使うために？」

「ああ、あれか。話を聞いてくれ」

こうなったら、殺すしかない。今度こそ本当に殺さなければならない。チャズは腰の拳銃を抜いた。

リッカはため息をついた。「またかよ？」

「今日はどうやってここに来たんだ。車か」

チャズはマイアミからここまで来るのにタクシーを使った。ハマーはベイサイド・マリーナに置いたままだし、キーはトゥールのポケットに入っている。そして、トゥールはビスケーン湾の底に沈んでいる。

「今度はどこに行くつもりなの」リッカは訊いた。

チャズはリッカを居間に連れていった。カーテンの隙間から外を見ると、フロント・バンパーにアラモ・レンタカーのステッカーが貼られた白い小型車がとまっている。サムソナイトと手荷物ぐらいはトランクに入る。だが、足に大きなギプスをはめた死体をいっしょに入れることはできない。

まあいい。どこか人目のないところで撃ち殺して、そこに死体を捨て、そのあとリッカのレンタカーで空港に向かえばいい。時間はたっぷりある。アメリカン航空のサン・ホセ行きの直行便が出るのは夕方の五時だ。

「知ったことか」

リッカは母親のように気づかわしげに水槽を覗きこんだ。「魚がお腹をすかせてるわ」

なんでこんなときに水槽に近づくんだ。

「これを見て」リッカはプラチナの指輪を上に持ちあげた。「水槽の底の難破船のマストにひっかかってたわ」

チャズはなんとか冷静を装いながら、指輪を水槽に戻せと言った。

リッカは指輪の内側に刻まれた言葉を声に出して読んだ。「〝ぼくの夢、ジョーイ。愛をこめて。CRP〟。まあ、なんてロマンチックなの」

ここはリッカの皮肉を黙って聞いてやろう。もしかしたら、リッカは何もかも知っているのかもしれない。ジョーイが生きていたことも。ジョーイが復讐をたくらんでいたことも。さらには、ジョーイが腹いせのために結婚指輪を水槽に投げ捨てたことも。もしかしたら、ジョーイと裏でつるんでいるのかもしれない。ありえなくはない。もう何があったとしても驚きはしない。

リッカは指輪を薬指につけようとしたが、入らなかったので、小指につけ、わざとらしい甘え声で言った。「どう？　似あう？」

できることなら、ここでいますぐ撃ち殺したい。

「しばらくじっとしていろ」チャズは言って、松葉杖を奪いとり、玄関の間に放り投げた。

リッカは小指にはめたプラチナの指輪をくるくるまわしながら言った。「でも、どうして結婚指輪がこんなところに入ってるの。何かワケありってことね」

チャズは痛めた左手に拳銃を持ちかえ、キッチンのほうに戻っていった。ロキサッチーでリッカを取り逃がしたときのことを思いだすと、暗澹《あんたん》たる思いに駆られる。またおかしな真似をしなければいいのだが。

水に濡れた札束は信じられないくらいに重い。傷めていないほうの手でサムソナイトを玄関のほうに転がしていき、松葉杖をリッカに渡して言った。「よし、行こう」

「あたしはあんたのためにあそこの毛を緑に染めたのよ。これがそのお返しなの？」

なんでこんなときにこんなジョークが言えるのか。本当なら、恐怖に震えて、命乞いをすべきところなのに。

「車に乗れ」

「あたしのことをどこまでバカだと思ってんの？」

「その点についてはあとで話しあおう」

「あたしはどこにもついてかないわ」

いまここでリッカを撃ち殺さないのは、壁に血が飛び散ったりしたら、妻を亡くした夫の自殺という秀逸なシナリオに大きな狂いが生じるからだ。あんなに手間ひまかけてつくった遺書を反故《ほご》にする手はない。

「立ちあがれ、リッカ。早く！」

「いやよ。どうしてもと言うのなら、抱いて運んでちょうだい」

やれやれ。一日くらい頭を悩ませずにすむ日があってもいいではないか。外で車のクラクションが三回鳴った。リッカは口もとをほころばせた。

「今度はなんだ」

「ほんとのことを言うと、サンダーバードなんかほしくないの。二十五万ドルもよ」

「どういうことかわからない」

「そりゃ、あんたにはわからないでしょうね」

そのとき、ドアが勢いよく開いて、アール・エドワード・オ・トゥールが姿を現わした。分厚い胸には、白い包帯がぐるぐる巻きにされている。

チャズは蚊の鳴くような声で言った。「みんなでぼくをかついでいるのか」

まずジョーイ、次にリッカ、そして今度は用心棒のトゥール。ひとを殺すというのはこんなにむずかしいことだったのか。

チャズはわめきながら拳銃をあげ、人さし指を不器用に引き金にかけた。と思った瞬間、顎にトゥールの左フックが炸裂していた。


十二時間後、ハマーは堤防ぞいの三九号線を走り、ラジオからはフェイス・ヒルの甘い歌声が流れていた。レッド・ハマーナットは象牙の楊枝をくわえて、チャズの家にあったビデオカセットを分解していた。

「わからんのは、リッカっていう娘がどうしてわしのところに電話をかけてきたのかってことだ。そりゃ、ありがたいことではあるが、どうも納得がいかん。どうしてわしの名前と電話番号を知っていたのか」

トゥールは車を運転しながら、まったく見当がつかないと答えた。「本人に訊かなかったんですかい」

「本人の話だと、ジョーイ・ペローネの追悼式で、誰かから受けとった祈禱カードの裏にわしの連絡先が書いてあったらしい。その話が本当かどうかはわからんが、いまとなったら、もうどっちでもいい」ハマーナットは楊枝をポケットにしまって、窓の外に痰を吐いた。「いずれにせよ、今回の出来事は最初から最後まで奇妙なことだらけだった。もうちょっとで、いっぱい食わされるところだったよ」

チャズがリッカ・スピルマンだけでなく、ミセス・ペローネの殺害まで失敗していたという事実を、トゥールはハマーナットに報告していなかった。いまはあまり立ちいったことをしゃべりたい気分ではない。土手のでこぼこのひとつひとつが、腋の下に食いこんだ銃弾の存在を思いださせるからだ。痛みをやわらげてくれるものはない。最後のフェンタニルはモーリーンにやってしまった。

丸めた黒いテープのかたまりが車の窓から投げ捨てられるのが、目の端にちらっと映った。ハマーナットが言うには、例の詮索好きな刑事に見られるとまずいからだ。オフィスのほうに送られてきたテープも朝のうちに処分したという。

「あのへなちょこヤッピーがおまえを至近距離から撃ったなんて、いまでも信じられないよ。細工は流々だったのに」

そうでもない、とトゥールは思った。

ハマーナットが立てた計画では、スティルツヴィルに着くまえにチャズを撃ち殺すことになっていた。だが、トゥールは独断で計画を変更した。モーリーンが言っていたように、人生をよりよい方向に変えるのに、遅すぎるということはない。もしチャズを殺したら、そのことはいつかモーリーンにばれてしまう。そんなことで心配をかけたら、ただでさえ悪い容態がそれ以上に悪くなってしまう。だからチャズを殺すかわりに、ボートから突き落として、岸まで泳がせることにしたのだ。そうしたら、蚊に食われたあとだらけの顔を二度とフロリダに現わすことはないだろう。

だけど、先に撃たれちまった。

当初の予定では、金はすんなりとゆすり屋に渡す予定だった。最初その話をハマーナットから聞いたとき、トゥールは一驚を喫した。だが、ハマーナットは鼻水が飛んでくるのではないかと思ったくらい大笑いし、マイアミの〝キューバのスパイ・ショップ〟でジェームズ・ボンド風の小道具を買ったと言った。ウィンストンの箱くらいの大きさの発信機だ。それを札束といっしょにサムソナイトに入れておけば、スーツケースはいつでも取りかえすことができる。農園には腕っぷしの強い現場監督がいくらでもいる。そのうちの何人かを本土側で待たせておけばいい。ゆすり屋にも、謎のガールフレンドにも、ほかの共謀者にも、たっぷり焼きを入れてやることができる。

だが、金はチャズが持っていった。

その発信機は壊れてしまったにちがいない。チャズが浅瀬でボートを降りて、水のなかを歩いていたときに、スーツケースに水が入ったのだろう。ハマーナットが金を失って癇癪玉を破裂させていたとき、電話が鳴って、リッカと名乗る女が言った。〝余計なお世話かもしれないけど、チャズ・ペローネはボカ・ラトンに戻ってきてるわよ〟

ハマーナットはすぐ行くから待っていてくれと答えて、受話器を置き、それからトゥールに言った。「行こう。あの野郎はまっすぐ家に帰ったらしい」

そういうわけで、チャズはいまハマーの荷室に乗せられ、スーツケースといっしょにエヴァーグレーズに向かいつつあった。

「これでいい。これで万事オーケーだ」ハマーナットは言った。

だが、トゥールはそう思わなかった。問題はチャズだ。スティルツヴィルでいきなり発砲され、殺されかけたにもかかわらず、なぜか復讐心が湧いてこないのだ。こんな気持ちになったことはいままで一度もない。が、チャズを殺さなくてすむようにする手立ては、いくら考えても見つからない。ハマーナットは最後まで見届けると言っている。

「このフェイス・ヒルって女はなかなかイカしてるな」ハマーナットはラジオを聴きながら言った。「それ以上にイカしてるのは誰だと思う? シャナイア・トウェインだ」

「ええ。おれも好きっす」

「どこかで読んだんだが、作家のトウェインの親戚らしいな」

「へーえ、そうなんですか」

「ハックルベリーの冒険の話を知ってるか。白人の小生意気なガキが、大きな黒ん坊といっしょにいかだに乗って川下りをするんだ」

「はあ」

ハマーナットは酔っぱらってるのだろう。

「シャナイアはそのマーク・トウェインの血を引いている。そう書いてあった」

「だったなら、次のビデオクリップは決まりっすね。バンドの連中といっしょにいかだに乗るんです」

ハマーナットは振り向いて、荷室を覗きこんだ。「これでいい。われわれの友人はようやく静かになったようだ」

数時間前、ふたりはチャズを見つけると、手足を縛って、ラベルに連れて帰り、収穫したばかりの千七百ポンドのキャベツやセロリといっしょに冷蔵車に放りこんだ。トゥールはいったんトレーラーハウスに戻り、別のオーバーオールに着替え、十字架の庭に生えている草に水をやった。ハマーナットは北米自由貿易協定の破棄を公約にしているふたりの上院議員を迎えて、メキシコのトマト農園をぶっつぶそうと気炎をあげた。

客が帰り、トゥールがハマーナットといっしょに冷蔵車に戻ったとき、チャズは唇を紫色にして、ぶるぶる震えていた。だが、それはまだ序の口だった。そのあと、野菜のラッピング用のプラスティック・フィルムで頭から爪先まで密封包装をされたのだ。だから、ロキサッチーに着くまでには、窒息死しているはずだ。あとはそこに死体を捨てるだけでいい。ハマーナット農園からは遠く離れている。

「スゲやハゼよりゼニが好きな御用学者をまた見つけなきゃいかん」ハマーナットは言った。「でないと、排水の浄化槽をつくらなきゃならなくなる。そうなったら、何百万ドルもの金がかかる。弁護士や政治家にも、それなりの付け届けが必要になる。こんなんじゃアメリカの農業が先細りになるのも無理はない」

ハマーナットの手入れの行き届いた爪と真っ白い歯を見ながら、トゥールは思った。この男は一度でもショベルや鍬《くわ》を握ったことがあるのだろうか。ハマーナットの亡き父はアーカンソーの天然ガスでぼろ儲けしたことで知られている。ハマーナットはその相続財産で南部諸州の農地を買いあさったのだ。

「よし。あの車だ」ハマーナットは言った。

前方の土手に、泥まみれのダッジのピックアップ・トラックがとまっていた。ふたりの帰りの足用に、一時間ほどまえにハマーナット農園の現場監督が持ってきたものだ。ハマーは運河ぞいに放置することになっている。ダッシュボードにはチャズの遺書を残しておく。白鳥の衣装云々というところの意味はよくわからないが、遺書があったのはもっけの幸いだとハマーナットは言った。

ハマーをとめたとき、驚いたことに、チャズはまだ死んでいなかった。気のふれたリスのような執念で、プラスティック・フィルムをかじって破り、そこから息をしていたのだ。サトウキビを搾汁機にかけているような音がする。

「くそったれが」ハマーナットは毒づいて、ハマーの後部座席から十二番径のレミントンを取りだし、それからチャズを自由にしてやるようトゥールに命じた。

「マジっすか」

「ああ」

トゥールがポケット・ナイフを使ってプラスティック・フィルムを剝ぎとると、チャズは腰を折って、うずくまった。服は汗びしょで、顔は真っ赤になっている。

「ありがとうございます」

ハマーナットは言った。「なんの礼だ。盗っ人を許すつもりはないぞ」

「金のことは本当に申しわけないと思ってます」

「そりゃそうだろうな」

「なんでもします。なんでも言ってください」

チャズは身を縮め、虚ろな目をし、罪悪感のかたまりのようになっている。トゥールは同情もしなかったが、かといって、チャズの脳味噌がオートミールのように飛び散るのを見る気にもなれない。

ハマーナットは言った。「これは最初から仕組んだことだったんだろ。ちがうか。ゆすり屋っていうのは、欲の皮の突っ張ったおまえの仲間だったんだろ」

「そ、それはちがいます。誤解です」

「おまえが女房を殺したってことはわかっていた。最初からそう思っていた。でも、まさかその一部始終をビデオに撮っているとは思わなかったよ。それもこれもわしから金をまきあげるためだったんだな。おまえほどの悪党はいないよ」

「ちがうんです、レッド。ぼくはジョーイを殺していません。ジョーイは生きてるんです」

ハマーナットはちらっとトゥールのほうを向いた。トゥールは素知らぬ顔で肩をすくめた。

「おいおい。それはいったいどういうことなんだ。ジョーイも一枚嚙んでるってことなのか」

「そうなんです。ゆすり屋とつるんでいたんです」チャズは言った。

「おまえの死んだ女房が？」

「ええ。昨日わかったんです」

ハマーナットはうなずいた。「わかった。では、わしの次の質問に答えろ」

「なんでしょう」

「おまえはどこまで嘘をつけば気がすむんだ」

「ちがうんです、レッド。ぼくは本当のことを言ってるんです」

「だったら、トゥールの意見を聞いてみよう」

トゥールは日が沈むのを見つめていた。腋の下がうずいて、焼けるように熱い。「ショットガンを貸してもらえないすか」

ハマーナットは笑った。「そうこなくっちゃな」

遠くのほうから、ワニのうなり声が聞こえてくる。トゥールはレミントンを手に取り、薬室に弾薬を送りこんだ。それからチャズのほうを向いて、立ちあがれと言った。

ハマーナットはゆっくり後ずさりした。「わしはトラックのなかで待ってるぞ」

そう言うと思っていた。高価な服を返り血で汚したくないのだろう。

「水のなかに入れ」トゥールはチャズに命じた。

「ジョーイのことは嘘じゃないんだ。レッドにそう言ってくれ。頼む」

「おめえはおれを撃って、金を奪った」

「悪いことをしたと思ってる。本当だ」

「それですむと思ってんのか。これから五つ数える」

「お願いだ。あんな水のなかに入る気はしない」

「おめえのガールフレンドもおんなじことをしたんだ。何をそんなに怖がることがある」

別のワニが沼地のどこかでうなり声をあげた。交尾の季節なのだろう。

チャズはぶるぶる震えながら、自分の腿をぴしゃりと叩いた。「ぼくの姿を見てくれ。こんな格好なんだぜ」

なんとも哀れな姿だった。アンダーシャツと格子柄のトランクス、それに明るい茶色のソックス。その格好で家から連れだされたのだ。柔らかい腕にも、ほうきの柄のような脚にも、蚊がたかっている。

「チャンスがほしいか」トゥールは訊いた。

チャズは苦々しげにうなずいた。「ほしい」

「がむしゃらに走れ」

「どこへ？　あっちか？」チャズは言って、後ろのほうへ手をやった。

「そうだ。よし、行け。一……二……三……」

チャズは土手を駆け降り、膝までの深さの沼地に飛びこむと、草を掻き分け、水しぶきをあげながら、重たげな脚を必死で動かしはじめた。

最初の一発は大きく左にそれた。二発目は低すぎて、跳ねあがった水がトランクスの尻を濡らしただけだった。三発目は大きく右にそれた。

ハマーナットは車から飛び降り、怒声を張りあげはじめた。トゥールは片目を細めて、ショットガンの狙いを定めるふりをした。

四発目で、チャズは叫び声をあげ、前のめりに転倒した。

「ようやく仕留めたか」ハマーナットは言った。

だが、チャズは立ちあがって、おぼつかない足取りでまた歩きはじめた。スゲの草原はふたつに切り裂かれ、逃走のあとは船の航跡のように見える。

ハマーナットはトゥールの手から銃を奪いとり、あわてて狙いを定めた。

「早くしないと、逃げられますよ」

トゥールは笑ったが、ハマーナットはそれに気づかなかった。

「黙れ！」

レミントンに残っていた弾丸は最後の一発だけで、狙いは高くはずれ、散弾はゆるやかな放物線を描いて、標的の遥か後方に小石のように落ちた。

「くそっ！」ハマーナットは憎々しげに地団太を踏んだ。「つかまえてこい！　行け！」

「腋の下が痛くって。あの野郎に撃たれたところです」トゥールはそれが職務執行中に受けた傷であることを強調するように言った。

「放っておいたら、逃げられてしまう」

「だったら、追いかけてくださいよ、ボス。先が見えにくかったら、ヘッドライトをつけますよ」

愛に飢えたワニのうなり声が先ほどよりも近くから聞こえた。

ハマーナットは暗く静かな水のほうに向かって一ミリたりとも動こうとしなかった。

「ちくしょうめ」ハマーナットは毒づき、超常現象で手もとが狂ったかのようにショットガンを見つめた。「タマはもうないんだな」

「ええ」

張りつめた緊張と静寂のなかで、ドクター・チャールズ・レジス・ペローネの姿は銅色の薄明のなかに少しずつ溶けていった。

31

ジョーイは兄のシープスキンのコートに顔をうずめた。

「もう少しゆっくりしていったらいいのに」

「ロマンスと冒険がぼくを呼んでいるんだ」コーベットは答えた。「それに、ぼくがいないと羊たちが路頭に迷うことになる」

「よくよく考えてのことなんでしょうね。本当に蓮っ葉だったらどうするつもり？」

「その程度の悲劇なら、へっちゃらのはずだぜ」

ジョーイは冗談でうなり声をあげ、兄の帽子を目もとまで引っぱりおろした。島には、着陸時にストラムに心臓発作を起こさせそうになったヘリコプターが待機している。ミックが機内に荷物を運びこむと、操縦士はふたたびエンジンをかけた。ジョーイは涙をこらえながら後ろにさがった。

コーベットは投げキスをし、陽気にステッキを振りまわしている。ヘリコプターに向かう途中、立ちどまって、ミックと握手をしながら、真剣な顔で言葉を交わす。ミックはうなずき、小走りに後ずさりした。ヘリコプターが離陸すると、ふたりは大きく手を振り、機影が本土のほうに飛んでいくのを見送った。

「リッカは今朝ボカ・ラトンにやってくる。空港でお兄さんと落ちあうことになっているらしい」

「ほかには？」

「それだけだよ」

「嘘でしょ。兄とほかに何を話してたの」

「べつに。嘘じゃない。妹が世話になったと礼を言われただけだ。さぞかし手を焼いただろうと同情されたよ」

ふたりは桟橋まで走っていき、そこでおたがいの服を脱がせて、海に飛びこんだ。島のまわりを三周したとき、パーク・レンジャーの船がとつぜん現われた。マークの双発エンジンを搭載した大きなシークラフトで、筋骨たくましい四十代前半のキューバ人が舵を握っている。ふたりにゆっくりと近づいていくと、破顔一笑した。

「相変わらずだな」

「やあ、ルイス」

「やあ、ミック。こんにちは、べっぴんさん」

ジョーイはミックの肩ごしに軽く会釈をした。

「伝説のルイス・コルドバを紹介しよう」ミックは立ち泳ぎをしながら言った。「スティルツヴィル時代からの知りあいだ。そのころは新米の海上巡回員だったが、いまは国立公園局きっての有能な覗き屋で、天真爛漫なヌーディストの監視に余念がない」

コルドバは笑いながらロープを投げた。「いい気なもんだな。おれは仕事でここに来たんだぜ」

「おいおい。まさかセニョール・ゼディーリョがくたばったなんて言うんじゃないだろうな」

ミゲル・ゼディーリョというのは島のオーナーであるメキシコ人の小説家で、ミックの寝室の本棚に著書が並んでいたので、ジョーイはその名前を覚えていた。ミックから聞いた話だと、病気がちで、死んだら島は売りに出されるだろうとのことだった。だったら自分が買ってもいいとジョーイが言うと、ミックは喜び、即ピクニック・テーブルの下でのラブ・メーキングになったのだった。

「心配するな。おれが知るかぎり、あのじいさんはまだ生きていて、タンピコで元気に暮らしている。おれがここに来たのは、乗り捨てられた船について二、三訊きたいことがあったからだ」

ミックはロープをつかみ、ジョーイはその背中にしがみついた。コルドバはロープをたぐり寄せ、ふたりは船尾のダイビング用デッキにはいあがった。ありがたいことにコルドバは礼儀をわきまえた紳士で、ジョーイの下半身から懸命に視線をそらせようとしてくれている。

「船というと?」ミックは訊いた。

「二十三フィートのレンタル・ボートで、ゆうべ嵐が通り過ぎたあと、ケープ・フロリダの岩場に打ちあげられていた。船内は無人で、ダイビングの道具も、釣りの道具もなかったらしい。船底にスポットライトの破片が散らばり、船べりには血痕が残っていた」

「人間の血かい」

コルドバは腕をひろげた。「だからここに来たんだよ」

「書類を調べたら、誰に行きついた？」

「書類はなかった。レンタル会社の話だと、船は嵐のまえにマリーナから盗まれたものらしい。本当かどうかはわからない。おれは眉唾くさいと思ってる」

「二十三フィートと言ったな」

「青い幌、ヤマハの四ストローク船外機」

「あいにくだが、ルイス、そんな船は見ていない」

ジョーイが口をはさんだ。「わたしたち、ゆうべはずっと家のなかにいたのよ。あんな空模様じゃ、どこにも行けないでしょ」

「たしかに」コルドバは同意した。裸の女の首から上しか見ないのは至難のわざにちがいない。「ところで、あなたの名前は？」

ジョーイは一瞬だけ胸から手を離して、ミックの脇腹を突っついた。それでピンときたみたいだった。

「勘弁してもらえないかな。誰にも家庭の事情ってものがあるからね。どういう意味かわかるだろ」

「フロントガラスが粉々になっていたという話はしたっけ」

「いいや、していない」

「銃声のような音を聞かなかったか」

「いいや。なにしろあの雨と雷だからね」

「自分たちの話し声でさえ聞きとりにくかったくらいよ」

コルドバはうなずいたが、完全に納得したわけではなさそうだった。

「念のため訊いておこうと思っただけだ。血のついた船が見つかるたびに、あんたの顔が頭に浮かぶんだよ、ミック」

「そいつは光栄だ。でも、最近はしごくまっとうな静かな生活を送っている」

「そのようだな。お楽しみのところを邪魔して悪かった。よかったら、桟橋まで送っていくよ」

「いや。泳いで帰るからいい」ミックはジョーイといっしょに船尾から離れた。「久しぶりに会えて嬉しかったよ」

「おれもだ、アミーゴ」

「死体を探してるってことなの？」ジョーイは訊き、水のなかでミックに尻をつねられた。

「死体？」

ジョーイは思った。わたしって、やっぱりバカ。

「もしかしたら、嵐のために誰かが船から落っこちたかもしれないでしょ」

失踪者の届け出はないとコルドバは言った。「でも、いいかい。ここはマイアミだ。誰かがいなくなっても、警察に届けないってことはよくある。なにせ海は広いからね」

そのことは誰よりもよくわかっているつもりだ。

泳いでいるあいだ、ジョーイはそのことをずっと考えていた。五十万ドルの札束が詰まったスーツケースが船内から見つかっていれば、おそらくコルドバはそのことに触れていただろう。スーツケースも死体も見つかっていないということは、チャズが金を持って逃げたということだ。そう思うと、はらわたが煮えくりかえる。

ジョーイは十ヤードほど後ろから泳いでくるミックに向かって叫んだ。「あなたは心配するなと言ったけど、これはいったいどういうことなの。結局はまんまと逃げられちゃったじゃない」

「どうしておれを信用しないんだ」

「あなたが男だからよ」ジョーイは言って、口から泡を飛ばしながら笑った。

「上等だ。きみはおれに二週間分の部屋と食事代の借りがあるんだぞ」

「わたしをつかまえられるのなら、つかまえてみなさい」

ジョーイは水に頭を沈め、大きなストロークで泡立つ波を切り裂きはじめた。後ろからミックの叫び声がかろうじて聞こえた。

「おーい、ジョーイ。もっとゆっくり泳いでくれ！　きみを愛してる！」

老いぼれめ。

ジョーイは楽しげに波を蹴った。防波堤では、ストラムが短い尻尾を振り、きゃんきゃん鳴きながら走りまわっている。

レッド・ハマーナットは唇の端を嘗めた。何度も唾を吐き、悪態をつきつづけたせいで、舌は白い粉を吹いたようになっている。「ふたつの目玉を持っていながら、どうしてあんなはずし方ができるんだ」と、こんなふうに言うのは、これでもう六度目だ。

トゥールはふたつの目玉を土手ぞいの道に向けている。返事はせず、その話はもうすんだというような顔をしている。

ハマーナットはまだおさまらない。トゥールは心配しないでもいいと言ってきかせる。あのようなヘタレがエヴァーグレーズから生きてかえれるようなことは絶対にない。

だが、もし生きてかえれたら？

「わしは破滅する」ハマーナットはしかつめらしく言った。

トゥールは笑った。「そんなことはないですって、ボス。やつは逃げまわって、野垂れ死にするだけです」

「聞いたようなことを言うな」

「ここはヤバイところなんです。だいじょうぶですって」

「もし誰かにつかまったとしたら？　そういった可能性を考えたことがあるか。死刑囚監房を前にしたら、あいつは喜んで司法取引に応じ、わしを売るはずだ」

「考えすぎっすよ」

チャズが引きかえしてくるかもしれないので、ふたりはしばらく土手の暗がりのなかで耳をすまし、動く影がないかと目をこらしていた。が、結局はハマーナットが蚊の攻撃に耐えられなくなった。ハマーはそこに置いておくが、チャズが近くの草むらに身をひそめていたときのことを考えて、キーは持っていかなければならない。遺書はダッシュボードの上に置いたままになっている。

「水死体があがったときのためだ」ハマーナットは言った。

トゥールといっしょに泥だらけのトラックに乗りこむと、ハマーナットは間抜けな生物学者が女房を殺してから起きた一連の出来事に思案をめぐらせはじめた。事態がいかに急展開し、秩序と道理が一瞬のうちに崩壊するかは、想像の範囲を遥かに超えている。自分は思索家でもないし、複雑な人間でもない。実利主義者であり、策士であり、暴君だ。運命やカルマや巡りあわせといったことは信じない。何かがうまくいかなくなったとしたら、それはどこかで誰かがヘマをしたということだ。

通常なら、問題の所在をあきらかにし、それに適切に対処するのは、むずかしいことではない。解雇するか、叩きのめすか、飛行機のチケットを用意すれば、たいてい用は足りる。だが、今回のようなケースにはこれまで一度も直面したことがない。万が一にもチャズが生きてかえってきて、エヴァーグレーズの不正のことを洗いざらい白状したら、どんなに金や政治的なコネを使っても、逃げおおすことはできない。こんなことになるとわかっていたら、ジョーイ・ペローネの殺害現場を撮影した二本のビデオテープをとっておいたのに。そうすれば、それを取引材料に使えたのに。

外道め。

唯一の救いは、金が戻ってきたということだ。

トラックはロキサッチーの土手ぞいの道をゆっくり走り、スーツケースは荷台でガタガタ音を立てている。

「どうしてもっとスピードを出さないんだ」ハマーナットは怒鳴った。

「ヘッドライトをつけられないからですよ」

「どうしてヘッドライトをつけられないんだ」

「パーク・レンジャーや監視員がいるから。ここは農園じゃなくて、国の管轄地なんすよ」

「国の役人は喜んでわしの尻を嘗める」

「ガソリンの残量もあまり多くありません。もともと四分の一ほどしか入ってなかったんです」

「わかったよ」

ハマーナットはエヴァーグレーズの残り少ない手つかずの部分をよく知らないし、そこで過ごす時間もほとんどない。そんなところよりは、排水され、耕され、舗装されたところのほうがずっと性にあっている。キャデラックやヘリコプターで巡回する農地は、排水路や刈りこんだ木で長方形に規則正しく仕切られている。ときおり野ブタや迷ったアライグマに出くわす程度で、野生動物の姿を目にすることはめったにない。

手つかずの自然が怖いわけではないが、特に夜などはあまり気色のいいものではない。ショットガンに弾薬が入っていないとなるとなおさらだ。

「国も州も糞食らえだ。水を汚染していると言って、わしを非難するのがいかにお門違いかってことを証明するのはわけもない」

「はあ」トゥールは口先だけで相槌を打った。

「さっきのワニのうなり声を聞かせればいいんだ。やつらは三億年もまえからここに住んでいる。化学肥料ごときでくたばるわけがない。農薬がどうした。防虫剤がどうした。DDTを自分の体重ぶん食ったところで、屁ひとつひりはせんだろう。あいつらは恐竜なんだ。お上に守ってもらおうなどとは思ってない」

トゥールはじっと道路前方を見つめていた。「でも、ほかの恐竜はみんな絶滅したんでしょ」

「なんだと」ハマーナットは自分の耳が信じられなかった。「おまえは誰の味方なんだ。ほかの恐竜がどうなったかなんて知ったことじゃない。そんなことはどうだっていい」

「このまえ、ワニを撃ち殺したんです。四フィートもない、ちっちゃなワニっす。それでも……」

「それでもなんだ」

こんなふうに、ハマーナットはしばらくのあいだ爆発寸前の状態にあった。車がロキサッチーを出て、乾いた舗装道路に入り、東のほうにパーム・ビーチ郡のナトリウム灯の明かりが見えるようになって、腹の虫はようやくおさまりはじめた。

「明日の朝いちばんにヘリコプターを出す。心配ない。あのへなちょこ野郎はかならず見つかる」

「まだワニに食われてなかったらの話ですがね」

「わしを怒らせたいのか。わかってないようだから、念のために言っておくが、いまわしはジョークに付きあえるような気分じゃないんだ」

「はあ」

「おまえは明日何をすべきかわかっているか、トゥール。射的場に行って、ショットガンの練習をするんだ。そうすれば、次は納屋の壁ぐらいにはタマを当てられるようになるだろう」

トゥールは侮辱の言葉を聞き流した。ハマーナットはそれを服従と読みちがえた。トゥールがもはやなんの忠誠心も持たず、頭のなかで素朴な怒りをたぎらせていることは見抜けなかった。

「やつを逃がしたのはおまえのせいだ。ほかの誰のせいでもない。おまえがヘマをしたせいだ」

トゥールは肩をすくめた。「腋の下に銃弾が刺さったままショットガンを撃ってみなせえよ」

「やかましい。黙って運転しろ。いまのおまえの仕事はわしを一刻も早く家に連れてかえることだ」

ハマーナットは目を閉じて、家で待っている温かいジャクジーのことを考えた。早く身体から汗と日焼けどめと虫の死骸を洗い流したい。十六オンスのTボーン・ステーキとジャック・ダニエルズのボトルの前にすわりたい。とそのとき、トラックが路肩の草むらに急停車し、夢想ははじけた。

ハマーナットは周囲を見まわした。「どうしたんだ。パンクか」

「ちょっと待っててください」トゥールは言って、トラックから降りた。

「おい、戻ってこい」ハマーナットは大声で叫び、トラックから飛び降りて、トゥールのあとを追いかけはじめた。「いったいどこに行くつもりだ。遊んでる暇はないんだぞ」

トゥールは歩調を緩めなかった。ハマーナットは追いつき、思いつくかぎりの罵詈《ばり》雑言《ぞうごん》を投げつけた。

「しーっ」トゥールは煉瓦サイズの手をあげた。それから前かがみになって、小さな白い十字架をじっと見つめ、しおれた百合の花を払いのけた。

「いまはよせ。別の日に戻ってきて、持ってかえればいい。今晩はだめだ。時間を無駄に使うな」

「すぐにすみますよ」

「言ったことが聞こえなかったのか。頭だけじゃなく、耳も悪いのか」

トラックのヘッドライトに、手づくりの十字架に記された名前が照らしだされている。

パブロ・ウンベルト・ドゥアルテ
愛すべき夫であり、父であり、息子であり、兄
一九五九年九月三日生　二〇〇三年三月二十一日没
いまは全能の神といっしょにドライブをしているにちがいない
忘れるなかれ――シートベルトは命を救う

「馬鹿なメキ公だ」ハマーナットは言った。「どうせ酔っぱらって、用水路に突っこんだんだろう」

「知ってるんですかい」

「名前を見ろ。パブロ・ウンベルトだ。それがメキ公の名前じゃないって言うのか」

トゥールは地面にしゃがみこみ、膝に肘をついた。

「まあいい。早くしろ。そいつを地面から引っこ抜いて、さっさと行こう。わしには酒と風呂が必要なんだ」

トゥールは動かない。ハマーナットは睨みつけた。

「どうしたんだ、おい」

「頭んなかで計算してたんです。こいつはおれと同じくらいの年だなって」

「このメキ公が？」

「ミスター・ドュアルテです。言葉に気をつけたほうがいい」

「やれやれ」

神よ、この阿呆のせいで、気が狂いませんように。

トゥールは木の十字架を指さした。「少なくともこいつは夫であり、父であり、息子であり、兄であった。おれはそのどれでもねえ。女房もいなけりゃ、家族もいねえ。ろくでもない従兄《い と》弟《こ》がひとりいるだけだ。そいつは洗濯袋を盗んで、スターク刑務所にぶちこまれてる」

もう忍耐の限界だ。今日は土曜日の夜なのだ。なのに、どうして州道四四一号線の路肩にこんなふうに突っ立っていなければならないのか。馬鹿なメキシコ人がシートベルトを締め忘れたせいで、毛むくじゃらの低脳がとつぜん中年の危機に襲われているだけなのに。

ハマーナットはあとさきの考えもなくトゥールの脳天をひっぱたいた。それは大きな間違いだった。そこまでコケにされて黙っていられる者は多くない。

「よく聞け、この能無しエテ公。五十万ドルという大金が、路上にとめたトラックの荷台にハゲタカの糞みたいに載ってるんだ。バスケットボール・シューズをはいたチンピラなら、五秒でかっぱらって、逃げられる。おまえが何を考えているのかは知らんが、そんなことはどうだっていい。これから十数えるから、それまでに十字架を引っこ抜いて、トラックに戻るんだ。わかったか」

トゥールは動かない。オーバーオールに飛び散った唾を拭おうとさえしない。

もしこのバカが旋毛《つむじ》を曲げて、言うことを聞かなかったら、どうすればいいのか。もう一度

「一……二……三……四……」

ひっぱたくか。

ほっとしたことに、トゥールはゆっくりと立ちあがった。「あんたはボスだ」

それから、大きな手を白い十字架の軸の部分にまわして、パイン材が裂けないように慎重に引き抜いた。

ハマーナットは言った。「時間切れだ。行くぞ。急げ」

「いんや」

人間とは不思議なもので、壊れだしたら早い。そんなことを考えながら、ハマーナットはまた頭ごなしに怒鳴りつけた。「なんだと。いまなんと言った」

トゥールはトラックとハマーナットのあいだに立った。大きな身体がヘッドライトの光を遮る。ハマーナットは自分を小さく感じ、いまここではじめて恐怖を覚えた。トゥールの息づかいが少しも乱れていないことに、身体が凍りついた。

そびえ立つ影をおそるおそる見あげる。「今度はなんだ、エテ公」

「じっとしてな」

大男の両手が高くあがる。パブロ・ウンベルト・ドュアルテの十字架が、真珠色の雲にシルエットをつくる。そのあと、何も見えなくなる。

レッド・ハマーナットのような悪徳農園主によるエヴァーグレーズの破壊は、ゆっくりと進み、それゆえさほどにドラマ性はない。テレビ受けもしない。南フロリダのサトウキビ畑や野菜畑からトン単位で垂れ流される化学肥料は、悪臭ふんぷんたる大量の魚の死骸や、動物の累々たる腐乱死体を生みだすわけではない。だが、リン酸肥料などの汚染物質は、湿地の底に堆積して滋味豊かなぬかるみとなる藻を、目に見えないところで確実に死に追いやっている。その結果、それを餌にしていた小さな魚がまずそこを去る。食物連鎖の流れに沿って、次にシラサギやアオサギが去り、さらにはブルーギルやバスが去る。スゲは徐々に枯れていき、リン酸肥料の流入によって繁茂するガマなどの水生植物にとってかわられる。野鳥や野生動物にとって、そこはもはや居心地のいい生活の場ではなくなる。

政府のエヴァーグレーズ再生プロジェクトの第一の目標は、化学肥料の流入を少しでも食いとめることにあった。大規模農園主はしぶしぶ要請に応じた。政治家に働きかけて、環境保護庁や監督官庁の監視の目を逃れることは、もうすでにできなくなっていたからである。汚染物質を濾過するための浄化槽の設置によって、当初の最低限の目標は達せられた。にもかかわらず、エヴァーグレーズはいまも一日に二エーカーずつ消滅しつつある。チャールズ・レジス・ペローネがひとりでさまよい歩いていたのは、そういった場所だ。

気色の悪いぬかるみに足をとられて、靴下は脱げ、アンダーシャツとトランクスはスゲの葉に引き裂かれてしまった。スイレンやタヌキモの葉に行く手を阻まれ、悪態が口をついて出る。花穂をつけたガマは化学肥料の存在を示しているが、それは恐怖の対象とはならない。リンが細菌性の汚物とちがうことくらいはわかっている。それに、ハマーナット農園に隣接する地域に比べたら、ここの水はずっときれいで、野生動物はまだ快適に暮らすことができる。湿地には爽やかなそよ風が吹いている。だが、追っ手に対する恐怖は消えない。レッド・ハマーナット、ショットガンを持った用心棒、病原菌を運ぶ食欲旺盛な虫、鋭い牙を持つ毒蛇、血を吸うヒルやダニ、狂犬病にかかったヤマネコ、近親交配の豹、うなり声をあげる発情期のワニ……

みずからの立場に皮肉は感じていない。自分はあくまで第三者であって、自然を破壊する張本人とは思っていない。エヴァーグレーズの死を生物学者のせいにするのは、肺ガンをタバコ会社に雇われた医学者のせいにするのと同じくらい馬鹿げている。誰がなんと言おうと、結局、タバコを喫うかどうかは本人の意志次第なのだ。市街地からも農地からも、汚水は自然の肥溜めにとめどもなく垂れ流される。それがもっとも手っとりばやく、安あがりな汚水の処理法なのだ。環境破壊を気にしている者は、実際のところそんなに多くない。

人間の本性にさからうことはできない。だったら、流れに身をまかせたほうがいい。

御用学者としてハマーナットに雇われてからは、同僚と話をしていて、とんだ食わせ者だとばれない程度にしか、エヴァーグレーズの生態に注意を払ってこなかった。いま自分が歩いているこの腐ったようなぬかるみがどのような役割を果たしているかはよくわからない。同僚が〝猿のゲロ〟と冗談で言っていたが、言いえて妙だと思う。

普段から水に濡れるのが嫌いで、ゴルフ場でボールが浅い池に落ちたときですら、決して拾いにいくことはない。それがいまは、丸腰に丸裸で暗い湿地をさまよい歩いているのだ。考えただけでも、気が変になりそうになる。雲は途切れ、水面には星明かりが映り、いまではもののかたちがはっきりと見てとれる。ワニのかたちに少しでも似たものには、とりわけ気をつけなければならない。ワニが近くにいることは、あちこちで響くうなり声でわかる。爬虫類のことはほとんど何も知らないが、それが発情によるものであることくらいは想像がつく。食われる可能性と、レイプされる可能性とでは、どちらのほうが高いのだろう。ヘビのほとんどは二本のペニスを持っているという。学生時代に、この話題で大いに盛りあがったことを覚えている。だが、ワニはどうだったか。よく夢に見た双頭のワニに食われているところ以上におぞましいシーンが、頭のなかに像を結ぶ。

遠くのほうに低木のしげみがぼんやりと見えた。平らな湿原のなかで、そこだけこんもりと盛りあがっている。体重五百ポンドの欲情したワニの二本のペニスに刺し貫かれる恐怖から、体内にはアドレナリンが駆けめぐっている。スゲの葉が容赦なく皮膚を切りつけるが、チャズは臆することなく、水しぶきを跳ねあげながら、前へ進みつづけた。乾いた陸地にたどり着き、月桂樹の幹にもたれかかったとき、自分の窮状をようやく顧みることができるようになった。

疲労と脱水症状で、筋肉は痙攣《けいれん》している。

背中には散弾の粒が食いこんでいて、焼けるように痛い。

腕と上半身はスゲの葉に切られて血まみれになっている。

顔は蚊に覆われている。

股間と太腿には、原因不明の痒さがある。

ここまでは肉体的な苦痛だ。そこに精神的な苦痛が加わる。

千三百万ドルの遺産の譲渡は、サディスティックなでっちあげだった。

殺そうとした女房は生きていて、警察に行くと言っている。殺そうとしたもうひとりの女も生きていて、今回の拉致劇のお先棒をかついだ。エヴァーグレーズの不正の共謀者には裏切られ、役立たずの馬のように殺されかけた。そしていまは泥まみれになり、裸のまま、ほかのどこよりも忌み嫌っている場所で途方に暮れている。

どうしてこんな目にあわなければならないのか。これは何かの報いなのか。

人さし指で向こうずねをなぞり、チョコレート・ソースのような泥を取る。それを鼻に近づけたが、そんなにいやな臭いはしない。だが、たとえこの泥に大量の化学肥料が混入していたとしても、それがどうしたと言うのだ。ただの泥でないか。なにもアザラシの赤ちゃんを殴り殺そうとしているわけではない。

銀色の月が湿原に青白い光を注いでいる。どこかでゴソゴソという音がする。チャズは膝を胸に引き寄せ、手探りで石をさがした。ワニが近くで求愛の野太い声をあげる。

あなたは……誰を……愛しているの？

いったい……誰を……愛しているの？

32

モーリーンはにっこりと微笑んだ。トゥールは足をひきずりながら納屋から出てくると、トラックのドアをあけ、運転席にすわった。

「どうだった」モーリーンは言って、手をさしだした。

トゥールは変形した二個の鉛の玉をてのひらに落とした。「錆びてるのは尻に入ってたやつで、光ってるのは腋の下に入ってたやつだ」

モーリーンは銃弾をしげしげと見つめた。「えらいわ、アール。痛かったでしょ」

そうでもなかったとトゥールは答えた。「あのおやじは本物のプロだよ」

「専門は……牛だったかしら」

「家畜全般だ」

トゥールの話だと、銃創の治療を行なう場合、医師は警察に届け出なければならないことになっている。ただし獣医はそのかぎりではない。

「大事なのは、あなたが重荷から解放されたってことよ。もう無用の苦しみを味わわなくていいのよ」

「ああ。次はあんたの番だ」

「わたしはだいじょうぶよ、アール」

「ほんとはどうなんだい」

「ほんとのところ、外でおいしい空気を吸えて、最高の気分よ」

「こんなところに連れてきて悪かったと思ってるよ」

「いいえ、こんなに素敵なところはないわ。牛のウンチでさえかぐわしい。感謝してるわ、アール」

「どうして？」

「わたしを自由にしてくれたからよ。あなたは円卓の騎士のようにわたしをやすらぎの里から救いだしてくれたのよ」

モーリーンはトゥールを引き寄せて、頬にキスをした。

顔が赤くなるのがわかる。「もういい。わかったよ」

モーリーンを介護施設から連れだしたときには、文句を言う者も、邪魔立てする者もいなかった。モーリーンは何時間も前から起きて、ベッドの上で上半身を起こし、ハンドバッグを膝の上に置いて待っていた。点滴のチューブは腕からはずされていた。服はいつもの病院のガウンから、群青色の薄いコットンのドレスに変わっていた。髪はきれいに梳きつけられ、口と頬には紅が引かれていた。ふたりの娘には、心配しなくていいというメッセージを残していた。

朝食時には、意地の悪い看護婦が入ってきて、狂人を見るような目でモーリーンを見つめた。そして、今日はきれいに見えるとかなんとかお上手を言いながら、枕を直し、点滴注射をするためベッドに寝かせようとした。

だが、モーリーンはかたくなにそれを拒み、看護婦は援軍を呼びにいった。しばらくして、ふたりの看護士がやってきた。どちらもにきび面で、筋骨隆々。よりごついほうがモーリーンの腕をつかみ、もうひとりが脚をおさえた。看護婦は注射器のキャップを取り、にやにや笑いながら、モーリーンに近づく機会をうかがっていた。

汗に光るトゥールの不気味な巨体が戸口に現われたのはそのときだった。ワークブーツは泥だらけで、オーバーオールは肩からずり落ち、汚れた白い包帯が覗いている。腕とうなじの黒い巻き毛は濡れて絡まり、遠くからだと、ド派手なタトゥーのように見える。

「手を離しな」一片の感情もまじえない口調だ。

ふたりの男は即座に手を離し、後ずさりした。

「だいじょうぶよ、ポリー」モーリーンはぶるぶる震えている看護婦に言った。「オランダから来たわたしの甥よ。まえに話したことがあるでしょ」

トゥールは部屋に入り、モーリーンを抱きあげて、廊下に出た。フロントの前を通って、両開きのドアを抜けると、その前の車寄せには、昨日三万三千六百四十一ドルで買ったアップルレッドのF一五〇がとめてあった。

苦労して計算したところによると、サムソナイトのなかにはまだ四十六万五千ドル以上の金が残っているはずだ。

ボイントン・ビーチの安売りの薬局で、モーリーンのためにフェンタニルの貼り薬を三十一枚買ったが、それでも金が減った感じはしない。

モーリーンはピカピカの新車を見て、感嘆の声をあげた。「ステキな車ね。でも、わたしには梯子《はしご》がいるわ」

「いいや、そんなのはいらねえよ」トゥールは言って、モーリーンをうやうやしく抱えあげ、助手席にすわらせた。

肘かけつきの座席は革張りで、足もとのスペースは広く、エアコンの効きもいい。荷台は深く、昨夜一晩かけてトレーラーハウスの奥から引き抜いた十字架を全部積みこんでも、まだ余裕がある。

モーリーンはトゥールの汚れた包帯を見て、医者に診てもらえと言い、それから何マイルにもわたって粘り強く説得を続けた。その甲斐あって、トゥールはようやく一大決心をし、キシミーの近くでハイウェイを降りて、川ぞいの牧場へ向かった。そこに友人の獣医がいたのだ。モーリーンのたっての頼みで、獣医は二発の銃弾の摘出手術に同意した。

「生まれ変わったみたいな気分でしょ」モーリーンは言いながら、銃弾をハンドバッグにしまった。「痛みどめは打ってもらったの?」

「ああ。牛用のやつをね」実際のところ、調子はすこぶるいい。「さあ、どこへ行こう」

「ひとつ個人的な質問をしていいかしら、アール」

「いいとも」

車は牧場をあとに、細い土の道をはずみながらゆっくり走っている。ラジオからは旅の孤独と傷心を切々と訴える歌が流れている。トゥールは音量をさげた。

「大きなお世話かもしれないけど、ボディーガードのお給料でどうしてこんないい車を買うことができたの」

トゥールは生ぬるいマウンテンデューをゆっくり一飲みし、そのあいだに答えを探した。

「たまにゃ、儲かることもあるさ」

「結果的にはいい仕事だったたってことね」

「まあ、差し引きすりゃ、そういうことになるかな。そんじゃ、今度はおれのほうから質問だ。いいかい」

「いいわよ」

「あんたがいまいちばん行きたいところはどこだい」

「世界中どこへでも行けたら、という意味かしら」

「そういうことだ。おれたちはどこへでも行ける。どこでもいいから、言ってくれ」

モーリーンは窓の外を見やった。直射日光の下で髪はより細く、白く見えるが、瞳は海のように青く輝いている。目鼻立ちと同時に、おおらかで屈託のない表情から、若いころの顔は容易に察しがつく。

「いまはまだ春ね」

「ああ。四月だ。もうじき五月になる」

「ペリカンのことを考えてたの。もうすぐ北に渡るんだなと思って」

「テレビで言ってたな。カナダまで行くって」

「そう、カナダまで行くのよ。覚えてるわ。それってすごいことだと思わない？」

「そりゃ、すごいさ。何千っていう大きな白い鳥が空から降りてくるんだ。一度でいいから見てみてえよ」

「わたしもよ、アール」

「長い旅になるぜ。だいじょうぶかい」

モーリーンは身を乗りだして、トゥールの横っ面をひっぱたいた。「余計なことを気にしなくていいの。あなたはわたしの運転手よ」

「わかりやした、奥さま」トゥールは笑いながらラジオに手をのばした。「音楽でもいかが？」

カール・ロールヴァーグはシルクのように滑らかな縄でじわじわと首を絞められる夢をみた。目を覚まして、喉に手をやると、むっちりとした白いものが首にぴったり巻きついている。ヘビの尻尾だ。それをほどいて、明かりをつけ、その先をたどると、シーツを横切り、ベッドの下に降り、マットレスの破れた穴のなかに消えている。分厚い布を切り裂くと、家出をした二匹のニシキヘビがスプリングのあいだで仲よく眠っていた。注意深く目をこらしたが、どちらの腹にも子犬や子猫サイズの膨らみはない。逆に、心なしか痩せ、腹をすかせているように見える。

ほっとしたが、さほどに驚きはしなかった。スゲの原団地でいなくなったペットたちは、すでに無事に飼い主のところに戻っている。老いぼれ犬のピンチョーは、鈍足のエホバの証人を噛んで捕獲され、郡の収容施設に保護されていた。シャム猫のパンドラは、近所のごろつきの家から、ビール一ケースと引きかえにマンキーウィッツ家にかえされたという。

これで身の潔白は証明できたが、やり残したことがひとつある。二匹のヘビをマットレスのなかから取りだし、そっと肩にかける。華やかだが、アクセサリーとしては重すぎる。廊下を横切って、向かいのドアの前へ行き、三度ノックをする。幸いなことに、シャルマン夫人の背はドアの覗き穴よりずっと低い。さもなければ、決してドアをあけなかっただろう。

ロールヴァーグは言った。「われわれに謝ってください、ネリー」

シャルマン夫人は恐怖に身を縮こまらせた。「あんたはモンスターよ！　人間の道から完全にはずれてるわ！　その気色の悪いものといっしょにわたしの前から消えてちょうだい！」

「謝ってもらうまで動きません」

「あんたを裁判所に引っぱりだせなかったのが残念でならないわ。行きなさい、このヘンタイ男！」

シャルマン夫人の足もとでは、ペチュニアが狂ったように跳びはねている。ニシキヘビはそれに気づいたらしく、乳白色の鎌首をもたげ、赤い舌を出したり引っこめたりしている。興奮しているらしく、首に巻きつく力が強まるのがわかる。

「落ち着け、相棒」ロールヴァーグはささやいた。

ヘビの頭がひくひく動きはじめるのを見て、シャルマン夫人は意地悪そうな目を大きく見開いた。

「あんたは病気よ！　変質者よ！」そして、ドアをぴしゃりと閉めた。

ロールヴァーグが自分の部屋に戻ったとき、電話が鳴っていた。放っておくと、しばらくして留守番電話に切りかわった。

「カール、いますぐこっちへ来い」ガーロ警部からだった。「いっしょにヘリコプターに乗りこんでくれ。また新しい展開があった」

「やれやれ」ロールヴァーグはひとりごちた。

多少の後ろめたさはある。ガーロ警部は利口だが、ジャングルの掟には疎い。昨日も、パーム・ビーチ郡の西の四四一号線でサミュエル・ジョンソン・ハマーナットの死体が見つかったという知らせを保安官から受けて、心底驚いていた。

ひどい死に方だったらしい。道端から抜き取った十字架で串刺しにされていたのだ。その十字架はパブロ・ウンベルト・ドュアルテという脚の疾患の専門医のもので、ちょうどその場所で何者かに当て逃げされて死んだらしい。犯人はいまもつかまっていない。十字架に記された警告にケチをつけるつもりはないが、たとえシートベルトを締めていても、命は助からなかっただろう。ドュアルテが乗っていたミニ・クーパーは、つぶされて、ベーグル用のトースター・サイズになっていたのだから。

儀式めいた殺害方法ゆえに、パーム・ビーチ郡の刑事たちはそこで起きた自動車事故との関係を疑っているらしい。ドュアルテの遺族がなんらかの方法でハマーナットが当て逃げ犯であることを突きとめ、おぞましい復讐劇を仕組んだのではないかというわけだ。

ロールヴァーグは吹きだしたが、ガーロは笑わなかった。部下のひとりが事情聴取をした地域の有力者が、その十日後に殺害されたのだ。神経を尖らせるのも無理はない。

「明るい面を見ましょう。現場はうちの管轄外です」ロールヴァーグは言った。

だが、ガーロの気分は翌朝まで変わらなかった。ロールヴァーグが署に到着すると、ガーロは自分のオフィスに引っぱりこんで、ドアを閉めた。

「いまからエヴァーグレーズに行く」

「わかりました」

「理由を訊かないのか」

「予想はつきます」

ガーロは柄にもなく困惑の表情で、下唇を強く嚙みしめている。

「ざっくばらんな意見を聞かせてほしい、カール」

「何が知りたいんです」

「それを知りたいんだ。わしはいったい何を知りたがっているのか」ガーロはウィンクをしようとしたが、顔が引きつっただけだった。「どう思う、カール。わしはペローネ事件をシカトすべきなのかどうか。答えるのはいまでなくてもいい。考えておいてくれ」

ヘリコプターに乗りこむまえに、ガーロはロールヴァーグに何を持っているのかと尋ねた。ふたに空気穴があいた大きなプラスティック容器のことだ。

「ヘビです」ロールヴァーグは答えた。よくよく考えて決めたことだ。

ガーロは呆気にとられた。「気はたしかか？　逃げたらどうするんだ」

「操縦士には内緒にしておいてください」

ヘリコプターはフォート・ローダーデールの西側の郊外を横切り、ソーグラス・エクスプレスウェイぞいに北上して、パーム・ビーチ郡に入った。五百万の人間の騒々しい営みを、先史時代から変わらないエヴァーグレーズから隔てているのは、驚くべきことに一本の土手だけだ。

南フロリダに来て以来、土手の手前の騒々しい狂気の世界でしか過ごしてこなかったことに、ロールヴァーグは後悔の念を覚えた。

「パーム・ビーチの保安官が教えてくれたんだ」ガーロはプラスティック容器を見ながら言った。「どうしてそんなことをしたのかは知らん。これはあくまで連中の事件だ」

「ありがたいことに」

湿地の褐色と緑を背景にして、チャズ・ペローネのハマーはまずきらきら光る点のように見え、それから鮮やかな黄色の染みのように見えるようになった。ヘリコプターが高度をさげると、二台のパトカーと、FBIの車とおぼしき一台の四輪駆動車の姿も認められるようになった。ハマーを最初に見つけたのはロキサッチーのパーク・レンジャーらしい。ヘリコプターが着陸すると、出迎えたオグデンという刑事は車内で見つかった遺書をさしだした。

「白鳥の衣装？」ガーロは紙を指ではじいた。「いったい何のことだ」

オグデンは肩をすくめた。

「遺体は見つかったのか」

「まだです。現在も捜索中です」

背の高い草を縫って進む捜索用のエアボートの音が聞こえてくる。チャズの死体が発見されても驚きはしない。だが、死因が自殺だなんてことは間違ってもありえない。

オグデンは言った。「あなたはミスター・ペローネと何度か話をしたと聞いています。自殺を考えるほど落ちこんでいるように見えましたか」

「はっきり言って、そんな様子はまったくなかったですね。冷酷な男だという印象を受けました」

ガーロは丁寧に注釈を加えた。「カールはミスター・ペローネが妻の失踪になんらかのかかわりを持っているのではないかと考えているようだ。いまのところ、それを裏づけるものは何も出てきていないがね」

「残念ながら」ロールヴァーグは言った。死体があがってもいないのに、二週間でそれが殺人事件であることを立証できるわけはない。

「ミスター・ペローネに最後にお会いになったのはいつです」オグデンは訊いた。

「数日前です。奥さんの追悼式で」

「取り乱していましたか」

「いいえ。奥さんの親友に言い寄っていました」

「やりますね」

「たいした男です」

「その箱には何が入っているんです」

「知らないほうがいいでしょう」

ロールヴァーグは重いプラスティック容器を持って土手を歩きはじめた。人目につかないところまで行くと、道をそれて土手を降り、プラスティック容器を地面に置いた。それが最良の解決法でないことはわかっている。ニシキヘビは外来種であり、元々フロリダに生息していたわけではない。とはいえ、近々原産地のインドに旅行する予定もない。少なくとも、ここは温かく、比較的安全だ。タカやアライグマやカワウソに襲われるほど小さくもないし、弱くもない。それよりも、ハマーナット農場で見た奇形のヘビの赤ちゃんのことを考えると、殺虫剤などの化学物質のほうが心配だ。ここロキサッチーの水の汚染がそれほど進んでいないことを祈るしかない。

プラスティック容器のふたをあけ、日が当たると、ニシキヘビは一匹ずつゆっくりと身体を動かしはじめ、縁からおずおずと丸っこい鼻を突きだした。なんという優美な動きだろうと、このときもまた思わずにはいられなかった。ヘビはもっとも純粋な捕食生物だ。脳幹に尻尾がついているようなもので、感情は持たないが、見ているだけで、うっとりさせられる。

「あばよ、相棒たち。達者でな」

ロールヴァーグはパトカーがとまっているところまで戻り、立入禁止のテープの色と同じ鮮やかな黄色のハマーを見つめた。おそらく、チャズは不正が発覚することを恐れたハマーナットに殺されたのだろう。チャズが愚かにもハマーナットから金をゆすりとろうとしていたという可能性もある。ハマーナットのほうは、あの特異な殺され方からして、アール・エドワード・オ・トゥールとなんらかのいさかいを起こしたものと考えられる。トゥールが死体に刺さっていたのと同じような十字架を収集していたことはわかっている。

通常であれば、知っていることや考えていることをすべてオグデン刑事に話していただろう。だが、このときはちがった。一刻も早く家に帰って、荷造りをしたかった。それに、いまここでオグデン刑事に情報を与えたところで、それがなんになるというのか。事件を捜査するだけの時間を上司からもらうことさえできないだろう。

しばらくして、ふたりをヘリコプターまで送っていく途中、オグデンは言った。「死体が見つかったら連絡します」

「白鳥の衣装を着ていたとしたら、ぜひとも写真を見てみたいものだ」ガーロは言った。

フォート・ローダーデールへ戻るヘリコプターのなかで、ガーロは身を乗りだして言った。

「さいぜんの質問に答えてくれ、カール。いますぐにだ」

「いいでしょう。答えはこうです。わたしなら自分が知っていることを知りたいとは思わないでしょう」

ガーロはほっとしたみたいだったが、すぐに疑わしげな顔になった。「わしが鈍いから理解できないという意味じゃなかろうな」

「もちろんちがいます」

「ミスター・ペローネは死んだと思っているんだな」

「ええ」

「でも、そうでなかったらどうする」

「そのときは裁判のために飛んで帰ってきますよ」

「それはなんの裁判だ。被害者が唯一の目撃者なんだぞ」

ロールヴァーグは口の前に指を突き立てた。「知りたくないんじゃなかったんですか」

「やれやれ。困ったもんだ。よりにもよってこんなときに辞表を出すなんて」

「一件落着はもう時間の問題です。信じてください」

「信じる？　わしはおまえについていくこともできんのだぞ」

オフィスに戻ったとき、そこはまるで美術館のように静まりかえっていた。刑事たちは書類に目を通しているふりをしながら、ロールヴァーグの机の前で本を読んでいる女にちらちらと目をやっていた。真珠色のハイヒール、白いノースリーブ、風邪をひきそうなくらい短い紺のスカートという格好。ローズ・ジュエルだ。

ローズは顔をあげて、ロールヴァーグを見ると、ぴしゃりと本を閉じた。「今度のことをボヴァリー夫人と関連づけるのはどうかと思うわ。そんなことは絶対にありえません」

まばゆいブロンドの髪には、ゴーグルサイズの黒いサングラスがのっかっている。

「コーヒーをごちそうしてくださらない」

「コーヒーは飲まないんじゃなかったんですか」

「察しの悪いひとね」ローズは笑いながらたしなめるように言った。「あなたとふたりで話がしたいってことよ」

ガーロ警部が割ってはいって、肉付きのいい手をさしだした。「まだ紹介していただいていませんでしたね」

「そんな必要があるとは思いませんわ。あなたは結婚なさっているんでしょ」ローズは結婚指輪を指さし、それからロールヴァーグのほうを向いた。「来てくださる？」

ふたりは廊下に出て、自動販売機が並んでいるところまで歩いていった。ロールヴァーグはダイエット・ソーダを買い、ローズはそれを缶からじかに飲んだ。

「机の上に箱が山積みになっていたけど、異動か何か？」

「ミネソタの警察に新しい働き口が見つかったんです」

「ミネソタ？　ジョーイのことはどうなさるおつもり？」

「べつに」

「捜査を打ち切るってこと？」

「そうじゃありません、すべて終わったということです」

ロールヴァーグはチャズ・ペローネの車と遺書がロキサッチーで見つかったことを話した。

だが、事実としてわかっているわけではない事柄や、類推の範囲に属する問題についてはいっさい触れなかった。

ローズは自動販売機にもたれかかった。「困ったわ。じつは打ちあけなきゃならないことがあるの」

「ミスター・ペローネを殺したなどと言わないでくださいよ。引越しのトラックはもうすでに手配ずみなんです」

「まさか。そんなことはしてないわ。追悼式のあと、チャズを家に誘って……飲み物に薬を入れたの。ジョーイを船から突き落としたってことを認めさせるために」

「認めたんですか」

「ノーコメント。弁護士を呼んだほうがいいかしら」

「いいえ、その必要はありません。ミスター・ペローネに告訴されないかぎりはね。でも、告訴される可能性はまずないと言っていいと思います」

ローズは飲みさしの清涼飲料水をさしだした。ロールヴァーグはそれを受けとって、ゴミ箱に投げ捨てた。

「わたしの母はミネソタのミネトンカに住んでるのよ」

「本当に？　わたしの新しい勤務先はアイダイナなんです」

「いいところね」ローズはくすっと笑った。「ジョーイの追悼式で、あなたを見かけたわ。後ろのほうの席にいたでしょ。だから、声をかけられなかったの」

「いいスピーチでしたよ。ミセス・ペローネもきっと気にいってくれたでしょう」

「わたしはまだ諦めてないわ。とんでもないことが起きたのよ」

「わたしも諦めていません」もっと突っこんだ話をしたいが、それはできない相談だ。

「年に一度か二度は母に会いにいくことにするわ」

「春がいいですよ」

「行ったときには連絡するわね。アイダイナは犯罪とは無縁の町よ。ランチタイムはまるまる一時間とることができる」

「とろうと思えば、もっととれると思いますよ」

ローズ・ジュエルは一度も振りかえらずに歩き去った。おかげで、その視線にどぎまぎさせられずにすんだ。これほどしゃれた立ち去り方を見たことはない。気をとりなおして、机の前に戻ると、ふたたびファイルを箱に詰めはじめる。しばらくして留守番電話をチェックしたが、期待していたメッセージは入っていなかった。ひょっとしたら自分は大きな勘違いをしているのかもしれない。その可能性はある。ごく少ないが、なくはない。

その日はだらだらと過ごし、ひたすら電話を待ちつづけた。だが、いっこうにかかってこない。五時少しまえに、がっしりした身体つきの色黒の中年男が訪ねてきた。男は名前を名乗ると、以前、捜査官として働いていた州検察局の色あせた身分証明書をさしだした。

「どういったご用件でしょう、ミスター・ストラナハン」

「食事でもどうだい」

「ごらんのとおり立てこんでいましてね。今週で辞めることになっているんです」

「チャールズ・ペローネという男のことで話があるんだ」

ロールヴァーグは上着に手をのばした。「ラス・オラスにハンバーガーのうまい店があります」

「友人を連れていっていいかい」

手帳は机のいちばん下の引出しにまだ残っている。「けっこうです」

三ブロック先の公営駐車場に、緑のサバーバンがとまっていた。それを見て、ロールヴァーグは微笑を禁じえなかった。後部座席に乗りこむと、顔に日の光を当てるために窓をあける。ラス・オラスの店に着くと、ハンバーガーはテイクアウトにし、海辺のピクニック・テーブルに持っていった。

ジョーイ・ペローネは写真で見るより美しかった。ミック・ストラナハンはほとんどしゃべらず、もっぱらジョーイ・ペローネが話をした。

話が終わると、ロールヴァーグは尋ねた。「最後に覚えているのはどんなことです」

「海に落ちた、というか、飛びこんだことよ」

「そのまえは？」

「夫に足首をつかまれて、放り投げられたこと」

「そのあとについては？」

「ミックの家で目を覚ましたんだけど、昨日まで何も思いだせなかったの」

「記憶は一気によみがえったんですか。それとも断片的に出てきたんですか」

ここでミックが口をはさんだ。「断片的に。しばらくは自分の名前さえ思いだせなかった」

ロールヴァーグは手帳を置いて、フライドポテトに手をのばした。

「海に浮かんでいたマリファナの袋から、あなたの爪のかけらが見つかったんです。それで、ずっと考えていたんです。どれくらいのあいだ袋にしがみついていたのだろうって」

ジョーイはぼんやりと自分の手を見つめ、記憶を取り戻そうとしているかのように指を曲げたりのばしたりした。

ミックが言った。「一晩中だ。袋にしがみついているところを見つけた」

たしかにジョーイはたくましく、強そうに見える。だが、それにしてもすごい。船から突き落とされ、八時間も冷たい波にもてあそばれて生きていられる者は、男でもほとんどいないだろう。

「どこにお住まいになっているんです」

ミックは答えた。

「としたら、船をお持ちですよね。どうして病院に連れていかなかったんです」

「動かせるような状態じゃなかったんだよ。小さな船だから、波が荒いと、不測の事態を招きかねない」

「島に電話とか無線とかはないんですか」

「携帯電話はバッテリー切れだった」

「充電器を持っていないんですか」

「故障していた。無線も同じだ」

「ということは、この二週間は——」

「ミックがわたしの面倒をみてくれていたのよ」ジョーイが答えた。「とんだ災難でしたね」このロールヴァーグはLサイズのスプライトの氷を掻きまわした。

ときの話のなかで、信じられるのはそのことだけだ。

ジョーイは思案顔でグリーク・サラダを突っついた。「水かけ論になることはわかってるわ。でも、わたしは夫を殺人未遂罪で告訴して、法の裁きを受けさせたいの」

「それはおそらく不可能です。ご主人はエヴァーグレーズで行方不明になっています。車のなかには遺書が残されていました」

ジョーイはショックを受けたみたいだったが、ミック・ストラナハンはそうでもなく、穏やかな口調で遺書の真贋のほどを尋ねた。

「ミスター・ペローネが永久に見つからない可能性は高いと思います」

ジョーイはフォークを置いて、顔をそむけ、海を見つめた。ミックが身体を寄せて、背中に手をかける。

「こんなことがあっていいの」ジョーイはつぶやいた。

「だいじょうぶですか」ロールヴァーグは訊いた。

ジョーイはうなずいて、立ちあがった。「少し歩いてくるわ」

ジョーイが歩き去ると、ミックは刑事に保安官事務所を辞めてどうするのかと訊いた。

「故郷のミネソタに帰るんです。何がまともで、何がまともじゃないかわかっているうちに、ここを出たほうがいいと思いましてね」

「幸運を祈ってるよ」

「昨日もフロリダならではの事件に遭遇しました。道端で男が死んでいるという連絡を受けたんですがね。死亡事故現場に白い十字架がよく立てられているでしょ。それが腹に突き刺さっていたんですよ」

ミックはチーズバーガーをかじった。「被害者は？　旅行者かい」

「いいえ。殺されたのは、オーキチョビー湖のそばの大農場の経営者です。偶然にも、ミスター・ペローネの知りあいでした。名前はサミュエル・ハマーナットといいます」

ミックはなんの興味も示さなかった。テーブルの隅にとまったカモメにフライドポテトを投げてやっている。

ロールヴァーグは言った。「先週の木曜日にミセス・ペローネの追悼式があったんですが、教会であなたとそっくりな男性を見かけました」

「ほう」今度はピクルスの一片を投げてやると、カモメはそれを一瞬のうちに平らげた。「まるで羽根が生えたネズミだ。なんでも食う」

「州検察局で働いていたころ、こちらが何もしていないのに、向こうのほうで勝手に片づいてしまうような事件に出くわしたことはありませんか。悪党どもがおたがいを殺しあい、裁判の手間を省いてくれるのです」

「何度かある」

「わたしははじめてです」ロールヴァーグは手帳を取って、屑かごに投げいれ、カモメを驚かせた。「これはフロリダを出ていけという合図のようなものかもしれません。そう思いませんか、ミスター・ストラナハン」

「かもしれないね。タイミングがすべてだ」

ふたりは話をやめた。ジョーイが海岸ぞいに歩いてくる。ポニーテールをほどき、サングラスをかけ、靴を脱いでいる。足もとに大きな縞柄のボールが転がってくると、歩みをとめることなく、優しく蹴りかえす。ブロンドの男の子がボールを拾い、笑いながらスキップで去っていく。ジョーイはときどき立ちどまり、足もとにまとわりつく波の泡を見つめたり、貝殻を拾ったりしている。

容貌魁偉《ようぼうかいい》な老人がスゲの茂みを肩で掻き分けながら出てきた。武器は持っていないようだ。チャズは石を投げた。石は老人に当たらず、その手前に落ち、水しぶきをあげた。

「こっちに来るな!」

老人はにやりと笑い、真っ白い歯をむきだしにした。最初に見たときは、その格好からしてアル中のホームレスにちがいないと思ったが、どうもそうではないらしい。アル中の歯はボロボロであるとおおむね相場が決まっている。

「これ以上は近寄るな!」チャズはもうひとつの石を拾って、腕を振りあげた。

老人はなおも近づいてくる。十ヤードのところまで来たとき、チャズは石を投げた。老人はその石を素手で受けとめ、投げかえした。石は信じられないような速度でチャズの頭の上を飛んでいった。

「大学で野球をやってたんだよ。大昔の話だけどな」

チャズは蚊に食われた股間を手で隠して後ずさりし、月桂樹の幹にへばりついた。こんなジジイひとりくらいどうってことはない。ショットガンを持ったハマーナットやトゥールに比べたら、ずっとましだ。

老人は言った。「ゆうべ遠くのほうで銃声が聞こえた」

「何がほしいんだ」チャズは震える声で訊いた。

「鹿の密猟者かと思ったよ。五発も撃ったんだから、誰かが何かを殺そうとしていたのは間違いない」

「ぼくを殺そうとしてたんだ」チャズは背中を向けて、散弾のあとを見せた。

「危ないところだったな」老人は冷ややかな口調で言った。

チャズは思った。もしこの男が猟区管理人だとすれば、ここで迷子になって何十年にもなるにちがいない。ローリング・ストーンズのぼろぼろのTシャツに、汚いブルージーンズ、爪先の縫い目がほどけた古いミリタリーブーツという格好。頭にはビニールのシャワー・キャップをかぶり、片方の目はあさってのほうを向いている。灰色のひげは細かく編みこまれていて、首には歯のネックレスがかかっている。

人間の歯だ。チャズは目を丸くした。金属の詰め物がしてある。

老人はチャズの視線に気づいて言った。「これか？　本物の歯だよ。カワウソを意味もなく殺した男からひっこ抜いてやった。ところで、おまえさん、服は？」

「スゲの葉に引き裂かれてしまったんだ」

喉はからからで、腹はペコペコ。一晩中、ワニのセレナーデを聞かされ、睡眠不足で、意識は朦朧としている。

「おまえさんを撃とうとしたやつはどこにいるんだ」

チャズは周囲に広がる湿地に曖昧に手をやった。「知るもんか。ふたり組の男で、そのときは土手にいた」

老人はうなずいた。「おまえさんをどうするか決めるまえに、いくつか訊いておきたいことがある。いいな」

「なんでもどうぞ。とにかく、この肥溜めから一刻も早く連れだしてくれ」

「言っとくが、わしはまともな人間じゃない。つらいことがいろいろあってな。たとえば、H・R・ハルデマンという男がいる。おまえさんとはたぶんそんなに似ていないと思う。ホワイトハウスでは〝ボブ〟と呼ばれていた」

チャズは誰のことかわからないと言った。

「傲慢で、嘘つきで、卑劣な悪党だ。ろくでなしの第三十七代合衆国大統領に仕えていた」老人は腹立たしげに言った。「とにかく、わしにはその男の幻覚が見える。それがおまえさんの姿とだぶっているんだ。その点を考慮に入れておいてくれ。おまけに、わしの頭のなかでは、貨物列車が走っているような音がつねに鳴り響いていてな。いまはボビー・ジェントリーとプラシド・ドミンゴがデュエットで『ヘイ・ジュード』を歌っている。自分で自分の腹を切り裂こうという気にならないのが不思議なくらいだ」

「あんたの名前は？」チャズは努めて平静を装いながら、邪気のない口調で愛想よく尋ねた。

「大尉と呼んでくれ。だが、いまはわしが質問をしようとしているところだ。いいな」

チャズは従順にうなずいた。

「よろしい。では、まず自己紹介から始めてもらおう」

「わかった。名前はチャールズ・ペローネ。湿地生態学の学位を持っている。南フロリダ水質管理局でフィールド・バイオロジストとして働いている」

「具体的に言うと、どんなことをしているんだい、ミスター・ペローネ」

「ドクター・ペローネだ」肩書きが少しでも惨めな外見を埋めあわせてくれればいいのだが。

「エヴァーグレーズで水中のリン酸値を検査している。政府による大規模な湿地再生プロジェクトの一環だ」

老人は期待したほどには感銘を受けたようにも見えないし、敬意を示しているようにも見えない。眼窩から義眼を取りだして、錆びたポケット・ナイフでガラス玉から乾いた藻のかたまりをこそげとっている。

それから、義眼を眼窩に戻して言った。「もう一度名前を聞かせてくれんか」

「ペローネ」

「ちがう、ファースト・ネームのほうだ」

「チャールズ。みんなからはチャズと呼ばれている」

老人は首をかしげた。「チャド？」

「いいや、チャズだ。Zで終わる」

老人はなぜか笑った。「世界は狭いな」

「どういうことだい」なんだかいやな予感がする。

「つい先日、おまえさんの女友だちに会ったんだよ」

胃がさしこみ、舌が紙やすりのようになる。

「名前はリッカという。じつにおもしろい話を聞かせてくれた」

早朝の薄紅色の光にかざした。

チャズは弱々しく笑った。「想像力が豊かな女なんだ」

「おや。脚に三八口径の穴があいたのは想像力のせいだと言うのかね」

老人はジーンズのポケットをあさり、鉛のタマを探しあてると、不気味に笑いながら、早朝の薄紅色の光にかざした。

「曲げた釣り針とプライヤーを使って取りだしたんだ。地獄の痛みだったはずだが、あのお嬢ちゃんは黙って耐えた。たいしたもんだよ」老人は言って、つぶれた銃弾を水のなかに捨てた。

チャズは茫然自失のていで立ちつくした。リッカを助けたのはこの不気味なぶっ飛びジジイだったのか。こんな途方もない偶然があっていいものだろうか。

老人は言った。「いくつかのことを教えておいてやろう、ミスター・ペローネ。ひとつ、わしは素手でおまえさんの首の骨をへし折れないほどの老いぼれじゃない。ふたつ、ここは肥溜めではなく、わしの住みかで、自分では楽園だと思っている。三つ、もしおまえさんが本物の科学者なら、わしは女優のゴールディー・ホーンで通る」

チャズは早口で経歴を並べたてたが、老人は冷ややかな不信の目で見つめるばかりだった。

「ぼくの言い分も聞いてくれ、大尉。お願いだ」

とても自分の声とは思えない。

老人は顔をあげ、朝日に目を細めた。「そろそろ移動したほうがいい。朝になったら、誰かがおまえさんを探しにくるはずだ」

「誰にも見つかりたくない」

「だったら行こう。悲嘆にくれている場合じゃない」

チャズはしぶしぶ片目の老人のあとについて、低木のしげみをあとにし、うだるような湿地に入っていった。脚を前に踏みだすたびに、スゲの葉に身体を切り刻まれたが、もはや痛みの感覚はない。しばらく行ったところに、タグボートのロープほどの太さのクリーム色のヘビが二匹いた。チャズとは正反対に、野生からエネルギーを受けとり、何も恐れることなく、力強く、しなやかに身をくねらせている。

「たしかにぼくは悪党だった」チャズは前を行く老人に向かって言った。「でも、ひとはチャンスさえあれば変われる」

「ハルデマンは変わらなかった」老人は肩ごしに言い放った。「それに、わしはおまえさんをただの悪党とは思っていない。屑だと思っている」

それが何を意味するのかは定かでないが、話の流れからすると、最悪のことであろうという察しはつく。リッカはよほどひどいことを言ったにちがいない。

先へ進むにつれて、自然はさらに荒々しく、敵意に満ちたものになり、チャズは自分が置かれた立場の悪さをひしひしと感じるようになった。神よ。絶体絶命だ。

文字どおり。

一時間ほど行ったところで、老人が足をとめ、でこぼこの水筒をさしだした。チャズは大急ぎでそれに飛びついた。水を飲みながら、ふと思った。このぶっ飛びジジイなら、ワニにペニスが何本あるか知っているだろう。

だが、結局はこの問題も、曖昧なまま終わるにちがいない。

問題はほかにもある。いま自分の身にいったい何が起きつつあるのか。

糞ジジイは自分の頭のなかをすべて見透かしているような気がする。

「テニスンを読んだことはあるか」老人は言った。「いや、ないだろうな。〝自然、爪と牙で血塗られた〟。有名な一節だ」

縁起でもない。

「ぼくはもうボカ・ラトンには帰れないってことだろうか」チャズは尋ねた。

「そうだよ、ドクター・ペローネ。そういうことだ」老人は答えた。


（了）

解説

本書はカール・ハイアセンの第十一長篇*Skinny Dip*の全訳である。

ハイアセンはアメリカでは絶大な人気を誇るベストセラー作家であり、本書もアメリカ版の初版はなんと五十万部！　一方、日本でも読書通から熱い支持を受けていて、作家・石田衣良氏がリスペクトしているほか、ミステリ好きで知られる俳優・児玉清氏も新刊が出れば原書で読むほどのファンだという。

とはいえ、まだ日本では本国アメリカほどの人気を勝ち得ていないので、本書ではじめて知った、という読者もいるかもしれない。ではハイアセンとはどんな作家なのだろうか。

とにかく楽しくスピーディなミステリを書かせれば世界一——手短かに言うとそうなる。それは本書冒頭をお読みいただくとお判りになるのではないか。第一行目で、いきなり主人公は豪華客船から夜の海へと墜落中——物語はすでに高速で動き出しているのである。余計な挨拶抜きで本題に突入する。このスピード感がハイアセンの持ち味だ。このペースは加速こそすれダレることなくエンディングへと突進する。

さらに、これも冒頭で明らかなように、コメディ・センスにもすぐれている。これがもっとも見事に発揮されるのが人物造型であり、「キャラ立ち」の点でハイアセンの右に出るミステリ作家はいない。強いていうと『チーム・バチスタの栄光』（宝島社）の海堂尊や、『溺れる魚』（新潮文庫）の戸梶圭太が近いだろうか。楽しくもヘンなキャラの右往左往を追ってゆくだけで、読者はあれよあれよと結末まで持っていかれてしまうのである。

とくに本書は、これまでのハイアセン作品のなかでも筋立てがすっきりしていて、そのぶん、ハイアセン一流のスピード感と痛快さがこれまで以上に映えている。それでいてキャラの楽しさは減量していないから、初体験者にはうってつけの一冊だろうと思う。

本書『復讐はお好き？』のメイン・ストーリーは「ろくでなしの夫に殺されかけた妻が、最高に意地悪な復讐を企む」というもの。とってもシンプルだ。

主人公ジョーイ・ペローネ（男のような名前だが女性です）は、夫のチャズとともに結婚記念の豪華客船クルーズに出ていた。ところがその途上、海のまんなかでチャズに突き落とされてしまう。深夜の外洋。まず助からない。けれどもジョーイは学生時代、水泳の選手だったのだ。半死半生になりつつも、彼女は無事にフロリダ沖の小さな島にたどりつき、そこに住む元捜査官のミックに助けられた。

チャズは生物学者で、大湿地帯エヴァーグレーズ国立公園の水質汚染を調査している。ところがひそかに大農園主ハマーナットからワイロを受け取って、ハマーナットが農園から汚染された農業排水を不法に流している事実を握りつぶしていた。これがジョーイにバレたと思い込んで、チャズは彼女の口をふさぐべく、海に突き落としたのだった。ひとまず事件は「事故」として決着がつき、チャズの前途は安泰となる。

もちろん、ジョーイはおさまらない。彼女は決意する――自分は死んだと思わせて、あのクソ亭主に復讐してやる！　かくしてミックの助けを借りながら、ジョーイはあの手この手で徹底的に意地悪な逆襲を開始する……。

痛快きわまりない。狙われるチャズが、もう本当に情けなくなるほどロクでなしで、妻を「殺した」罪悪感などカケラもない（何せ即座に浮気相手を家にひっぱりこむような男なのだ）から、痛快さにも拍車がかかる。

そんなシンプルな物語にからんでくるのが、ヘンなキャラづくりでは世界一のハイアセンが造型した脇役たちである。大蛇を二匹も飼っている敏腕刑事カールや、スピリチュアルにかぶれたチャズの愛人、膨大な数の男と寝たことを誇るジョーイの親友など、挙げはじめればキリがないが、最高なのは、悪徳業者に雇われてチャズの身辺警護にあたる男、トゥールだろう。

このトゥール、毛むくじゃらの大男で、以前に銃で撃たれた尻に弾丸が残っており、その痛みを鎮めるために強力な膏薬を背中にべたべた貼っている。趣味は道路わきに立てられている交通事故の犠牲者を弔う十字架（日本でいうと道路わきに置かれた供花や千羽鶴に相当する）を勝手に引き抜いてきて裏庭に飾ること。この悪党が最低男チャズをめぐる騒動を通じて変化するのも読みどころで、なんとトゥールは後半に行くにしたがって、男気のあるイイ男へと変貌してゆくのである。すごく泣かせるエピソードまで演じてしまう彼は、ハイアセンの全作品中で一、二を争う名脇役なのではあるまいか。

痛快な物語、スマートな語り口と軽快なスピード感、最低の敵役に最高の脇役。いずれも以前からのハイアセンの美点だが、それらが最高水準で、しかもすっきり引き締まったかたちで提示されているのが本書なのである。おまけに、これまでにはなかった泣かせる挿話と、ちょっとしたロマンスまで加えられている。

つまり本書はハイアセンの最高傑作——そう言っても言いすぎにはならないだろう。

カール・ハイアセンは、もともとジャーナリストとして文筆のキャリアをスタートさせた。小さな新聞社を皮切りに、やがて名門紙《マイアミ・ヘラルド》に移籍。同紙の調査報道班の一員として、フロリダ州の社会問題を取材、告発する硬派の記者として活動してきた。現在も同紙にコラムを寄稿、環境破壊や政界の腐敗など、シリアスな問題に切り込んでいる。新聞記者としてのハイアセンの思いは、第九長篇『ロックンロール・ウイドー』で見ることができる。新聞利益ばかりを追求するアメリカの新聞界を熱く糾弾する主人公は、硬派な記者としてのハイアセンの怒りを代弁しているのだろう。

フロリダの乱開発の問題は作家ハイアセンにとっても主要なテーマで、スラップスティックなコメディの体裁をとりつつ、ハイアセンの作品はすべて、環境破壊をメイン・テーマにしている。本書でとりあげられているのはフロリダにひろがる湿地帯、エヴァーグレーズの汚染問題である。エヴァーグレーズはフロリダの南端にある浅い水に覆われたエリアで、多種多様な植物が密生しているため、一見すると広大な草原にも見える。そのほとんどが国立公園に指定されており、世界遺産にも登録された。そんな一帯に農業排水を不法に流す、というのが、本書の悪役どものやっている蛮行なわけである。ハイアセン作品の敵役は皆この手の連中で、ハイアセンの怒りのペンによって痛烈な一撃を喰らわされることになる。

そんなハイアセンの熱い正義感を体現する人物が、ハイアセン作品の唯一のシリーズ・キャラクターといえるスキンクだ。深い森に住み、自然をリスペクトしない連中に壮絶な天誅を喰らわせる怪人。ファンのあいだで「デニス・ホッパーが演じればぴったり」とも言われている彼は、第二長篇『大魚の一撃』の準主役として初登場して以来、『珍獣遊園地』『虚しき楽園』『トード島の騒動』で、主役を喰ってしまいかねない活躍をみせている。

本書は、そのスキンクが『トード島の騒動』の邦訳以来、六年ぶりに日本の読者の前に登場する作品でもある。なぜか今回は「スキンク」と明記されていないのだが、相変わらずの怪演ぶりを見ることができる。ただし、初登場からもう二十年、さすがのスキンクもここにきて老いをみせはじめているのがちょっと寂しい（本書でハイアセン初体験のかた、後半に登場するあの怪老人がそうです）。ジュヴナイルを除けば一作おきに登場している勘定になるので、未刊の第十四長篇で再会できることを祈りたい。

〝犯罪小説界のマーク・トゥエイン〟――そんな異名をとるカール・ハイアセン。先述したとおり、日本での人気はアメリカにはまだ及ばないが、ある種の翻訳小説のように日本人に面白さが理解できないたぐいの作品ではまったくない。本書を通じて、より多くの読者がハイアセンの楽しさを知ってくださるとありがたい。初期の作品には現在入手が容易でないものも多いようだが、作品のクオリティがつねに高いのがハイアセンなので、本書がお気に召したなら、どの作品も気に入っていただけるだろうと思う。

聞くところでは、少年少女向けのレーベルから刊行されたジュヴナイル作品『ＨＯＯＴ　ホー』は、日本でもかなりの売上を記録したという。明朗で痛快でスマート、そのくせ芯は熱いハイアセンの物語を、子どもたちに独占させておく手はない。余裕のあるユーモアも、過激なコメディも、あるいは真摯な社会告発も、そもそもは成熟した大人の楽しみなのだから。

（編集部）

カール・ハイアセン著作リスト

■フィクション

1 *Tourist Season*（1986）『殺意のシーズン』山本光伸訳　扶桑社ミステリー
2 *Double Whammy*（1987）『大魚の一撃』真崎義博訳　扶桑社ミステリー
3 *Skin Tight*（1989）『顔を返せ』汀一弘訳　角川文庫上下二巻
4 *Native Tongue*（1991）『珍獣遊園地』郷原宏・山本楡美子訳　角川文庫
5 *Strip Tease*（1993）『ストリップ・ティーズ』北沢和彦訳　扶桑社ミステリー上下二巻
6 *Stormy Weather*（1995）『虚しき楽園』酒井昭伸訳　扶桑社ミステリー上下二巻
7 *Lucky You*（1997）『幸運は誰に？』田口俊樹訳　扶桑社ミステリー上下二巻
8 *Sick Puppy*（2000）『トード島の騒動』佐々田雅子訳　扶桑社ミステリー上下二巻
9 *Basket Case*（2002）『ロックンロール・ウイドー』田村義進訳　文春文庫
10 *Hoot*（2002）『ＨＯＯＴ　ホー』千葉茂樹訳　理論社　＊ジュヴナイル

11 *Skinny Dip* (2004)『復讐はお好き?』田村義進訳　本書
12 *Flush* (2005)『フラッシュ!』千葉茂樹訳　理論社　＊ジュヴナイル
13 *Nature Girl* (2006)

※ビル・モンタルバーノとの共著
1 *Powder Burn* (1981)『麻薬シンジケートを撃て』平井イサク訳　サンケイ文庫
2 *Trap Line* (1982)『さらばキーウエスト』北沢和彦訳　扶桑社ミステリー
3 *A Death in China* (1984)『皇帝の墓を暴け』大熊栄訳　集英社文庫

※共　作
1 *Naked Came the Manatee* (1996) ハイアセンほか、エルモア・レナード、デイヴ・バリーら総勢十三人の作家たちが章ごとに交替して書いた長篇。十三人の女性作家による同趣向の長篇『裸のフェニックス』はヴィレッジブックスから刊行されている。

■ノンフィクション
1 *Team Rodent: How Disney Devours the World* (1998)
2 *Kick Ass: Selected Columns of Carl Hiaasen* (1999)
3 *Paradise Screwed: Selected Columns of Carl Hiaasen* (2001)

文春文庫

復讐《ふくしゅう》はお好《す》き？

定価はカバーに
表示してあります

2007年6月10日　第1刷
2007年12月5日　第3刷

著　者　カール・ハイアセン
訳　者　田《た》村《むら》義《よし》進《のぶ》
発行者　村上和宏
発行所　株式会社　文藝春秋
東京都千代田区紀尾井町3-23　〒102-8008
TEL　03・3265・1211
文藝春秋ホームページ　http://www.bunshun.co.jp
文春ウェブ文庫　http://www.bunshunplaza.com

印刷・大日本印刷　製本・加藤製本
Printed in Japan
ISBN978-4-16-770549-7

文春文庫

海外ミステリ＆サスペンス・セレクション

（　）内は解説者。品切の節はご容赦下さい。

推定無罪（上下）
スコット・トゥロー（上田公子訳）
美人検事補の強姦・殺害事件を手がける同僚検事補が、一転容疑者として裁判にかけられることに……。ハリソン・フォード主演で映画化された、ミステリ史上に残る法廷サスペンスの傑作。
ト-1-1

有罪答弁（上下）
スコット・トゥロー（上田公子訳）
弁護士事務所の内部で起きた数百万ドル横領事件、しかも容疑者の行方は不明だ。男と金の行方の捜索をまかされた元警察官の弁護士マロイは、さらに巨大な悪の壁につきあたるが……。
ト-1-5

われらが父たちの掟（上下）
スコット・トゥロー（二宮磬訳）
女性判事ソニアの担当した殺人事件の裁判は、被告、弁護人をはじめ知人ばかりで、さながら同窓会だった。公判の進展とともに一九六〇年代の諸相が現代に重なる。異色の法廷ミステリ。
ト-1-7

囮《おとり》弁護士（上下）
スコット・トゥロー（二宮磬訳）
法曹界の大規模贈収賄事件を摘発すべくFBIの選んだ手段は、敏腕弁護士を使った大胆な囮捜査だった！　あの『推定無罪』を凌ぐ傑作と各紙誌から絶賛された法廷人間ドラマ。（松坂健）
ト-1-9

弁護
D・W・バッファ（二宮磬訳）
「正義は陪審が決めるもの」。そう割り切りどんな被告も無罪に導くことを生き甲斐とする辣腕弁護士が直面する、道徳上の〝正義〟という現実。リーガル・サスペンスの真髄。（中嶋博行）
ハ-17-1

訴追
D・W・バッファ（二宮磬訳）
潔白かもしれない男を有罪にし、根拠なく親友を人殺しと法廷で言いたて……。優秀な法律家の主人公が、前作に続き直面する「真実」の壁。何のためなら、嘘をついても許されるのか。
ハ-17-2

文春文庫

海外ミステリ＆サスペンス・セレクション

（　）内は解説者。品切の節はご容赦下さい。

審判
D・W・バッファ（二宮磬訳）
首席判事とその後任が同様の手口で殺される。どちらも外部通報でホームレスが逮捕される。模倣犯に見せかけた真犯人は意外な人物だった。MWA最優秀長編賞候補作の法廷サスペンス。
ハ-17-3

遺産
D・W・バッファ（二宮磬訳）
次期大統領を目指す上院議員が路上で射殺され、黒人医学生が容疑者として逮捕される。被告側弁護人アントネッリは事件の鍵を握る人物と接触するが。迫真の法廷ミステリ。（三橋暁）
ハ-17-4

聖林《ハリウッド》殺人事件
D・W・バッファ（二宮磬訳）
ハリウッドの大女優が殺され、夫である有名映画監督が被疑者に。弁護を引き受けるのはおなじみアントネッリ。殺人事件の裁判としては空前絶後の結末が待ちうける、第一級サスペンス。
ハ-17-5

患者の眼
シャーロック・ホームズ誕生秘史Ⅰ
デイヴィッド・ピリー（日暮雅通訳）
医学生コナン・ドイルが出会った天才法医学者ベル博士。ドイルは博士とともに不可解な暗号の躍る怪事件に立ち向かう。ホームズのモデルと生みの親の事件簿第一弾。BBCドラマ化。
ヒ-5-1

無頼の掟
ジェイムズ・カルロス・ブレイク
（加賀山卓朗訳）
米南部の荒野を裂く三人の強盗。復讐の鬼と化して彼らを追う冷酷な刑事。地獄の刑務所から廃鉱の町へと駆ける群盗に明日はあるか？　ペキンパー直系、荒々しくも切ない男たちの物語。
フ-27-1

荒ぶる血
ジェイムズ・カルロス・ブレイク
（加賀山卓朗訳）
暗黒街の殺し屋ジミーが出会った女。彼女に迫る追手。暴力を糧として生きてきたジミーは愛と義のために死地に赴く。日本冒険小説協会大賞受賞作家が再び放つ慟哭の傑作。（関口苑生）
フ-27-2